聲韻學

林　燾　著
耿振生

三民書局

唐人寫本王仁昫《刊謬補缺切韻》照片之一

故宮博物院收藏。原件為素箋厚紙朱絲欄小楷書寫，共二十四頁，裱為「旋風裝」式，係宋宣和間所裝裱。上鈐有宋宣和至清宣統間收藏或鑑賞印二十餘方，末有明宋濂題跋。這是目前所見最早的完整本《切韻》系韻書。

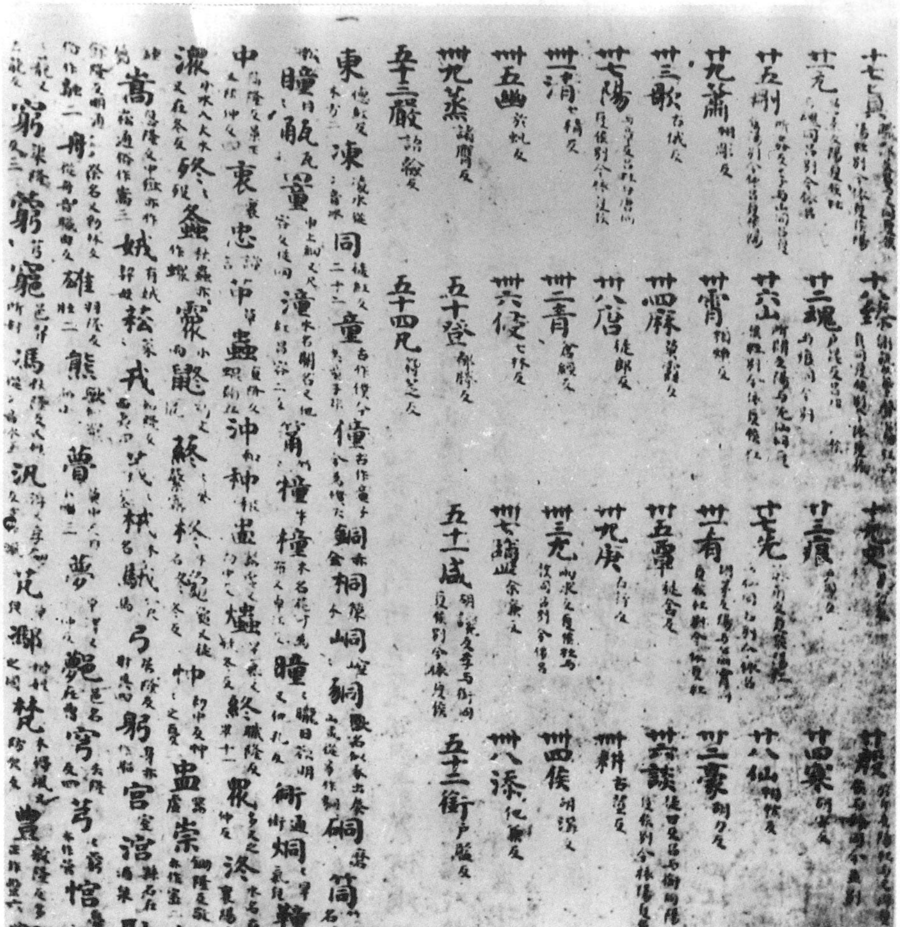

唐人寫本王仁昫《刊謬補缺切韻》照片之二

修訂二版說明

　　聲韻學，也稱作音韻學，是跟我們的常識有緊密連結的一種學問，日常生活運用的語言文字，也都和語音脫離不了關係。近一百年來，由於引進西方的研究方法，使漢語音韻學研究有重大的飛躍。本書作者，多年來在漢語音韻學領域研究不輟，亦同時從事音韻學的教授工作。此書即為作者針對二十世紀以來音韻學研究新成果的概論性著作。

　　本書出版迄今，由於舉例豐富、解說精闢，在學界屢獲好評，亦深受讀者喜愛。此次再版，採新式電腦軟體排印，美觀而清晰，並針對出版少數訛誤疏漏之處進行修正，期能增進讀者閱讀時的舒適與便利，並對書中內容的掌握及音韻學的理解，更加得心應手。

編輯部　謹誌

序

　　音韻學本是一門古老的學問，已經有一千多年的歷史，近百年來又煥發出了新的生命活力。傳統音韻學過去一向被人稱為「絕學」，晦澀難懂的術語和錯綜複雜的圖表也確實容易使人望而卻步。到了二十世紀，引進了西方先進的研究方法，研究資料和內容也都有很大的拓展，不但過去那些難懂的術語和圖表得到了科學的解釋，而且可以進而擬測各時代古人說話的實際音值，推求古今語音演變的規律，這不能不說是一個重大的飛躍。如果認為這一百年的研究成果超過了過去一千年，也是不為太過的。

　　從二十世紀初，就已經有了概論性的音韻學著作，第一部是 1918 年錢玄同先生在北京大學授課時的講義《文字學音篇》，從那時到現在，這類概論性的著作估計有幾十種之多。其中影響最大的是三十年代王力先生編寫的《中國音韻學》（後改名《漢語音韻學》）、四十年代羅常培先生編寫的《中國音韻學導論》（後改名《漢語音韻學導論》）和五十年代末董同龢先生在臺灣編寫的《漢語音韻學》，這三部著作原來也都是三位先生在大學講授音韻學的講義。充分反映出五十年代以前音韻學的研究水平。

　　前年歲末，臺灣三民書局編輯同仁來舍下，約我編寫一部能反映近三四十年來音韻學研究新成果的概論性著作，這確實是一件十分有意義的事，但我自五十年代以後教學和研究方向已經從古代轉到現代，不再常涉及音韻學，且已年邁體衰，獨立完成，已非力所能及，於是邀請耿

振生君合作，共同編寫。耿君八十年代初畢業於北京大學中文系漢語專業，又在王力、周祖謨兩先生指導下攻讀博士學位，主攻音韻學，學成留校，一直在北大中文系講授音韻學等課程，有相當豐富的教學經驗。在編寫本書時，先由我擬出編寫大綱，兩人共同討論，確定編寫原則，然後耿君根據討論的原則和近年講授音韻學的經驗寫成初稿，交給我逐章修改潤色成定稿，歷時一年有餘，始克告竣。

近幾十年來音韻學研究進展迅速，各家意見紛陳，作為一本概論性的著作只能是述而不作，但又不宜於只述一家之言，使讀者的眼光受到局限；我們在各家之間斟酌取捨，是頗費周章的，其中恐仍多有未當之處，尚祈讀者不吝指正。

林　燾

1997 年 4 月於北京大學燕南園

聲韻學

目　次

修訂二版說明

序

第一章　緒　論 ……………………………………………… 1

第二章　現代漢語音韻 ………………………………………… 11

　第一節　語音常識 ………………………………………… 11

　第二節　漢語音節的構成 ………………………………… 22

　第三節　北京話的語音系統 ……………………………… 25

　第四節　漢語方言音韻概況 ……………………………… 31

第三章　音韻學的研究方法 ………………………………… 49

　第一節　用反切給漢字注音 ……………………………… 49

　第二節　聲母、韻母、聲調的分類和命名 …………… 56

　第三節　韻書和韻圖的編纂體例 ………………………… 63

　第四節　從文獻中探索古代音類的方法 ……………… 72

　第五節　推定古代實際音值的方法 …………………… 79

第四章　中古音韻 ……………………………………………… 87

第一節　《切韻》與《切韻》系韻書 ……………………… 88

第二節　《廣韻》的體例 ………………………………… 103

第三節　《切韻》的聲類 ………………………………… 110

第四節　《切韻》的韻類 ………………………………… 119

第五節　南北朝詩文用韻的韻部系統 …………………… 132

第五章　韻圖和等韻學 ………………………………………… 135

第一節　古代的字母系統 ………………………………… 135

第二節　早期的等韻圖《韻鏡》、《七音略》 …………… 141

第三節　南宋至元代的等韻圖 …………………………… 151

第四節　等韻門法 ………………………………………… 163

第五節　明清等韻圖簡說 ………………………………… 167

第六章　中古音的構擬 ………………………………………… 175

第一節　高本漢對《切韻》音系的構擬 ………………… 175

第二節　《切韻》擬音的修訂 …………………………… 189

第七章　上古音韻 ……………………………………………… 201

第一節　研究上古音的根據和方法 ……………………… 201

第二節　古音學的前導 …………………………………… 204

第三節　清代學者對古韻分部的貢獻 …………………… 211

第四節　先秦的韻部系統 ………………………………… 226

第五節　上古聲母的研究 ………………………………… 236

第六節　上古聲調系統的研究 …………………………… 242

第八章　上古音的構擬 ································· 247

　　第一節　構擬上古音的方法 ····················· 247
　　第二節　上古聲母的構擬 ······················· 249
　　第三節　上古韻母的構擬 ······················· 259

第九章　近代音韻 ································· 269

　　第一節　研究近代音韻的材料和方法 ············· 269
　　第二節　《中原音韻》和曲韻派韻書 ············· 274
　　第三節　《中原音韻》的語音系統 ··············· 282
　　第四節　「小學派」韻書和韻圖舉要 ············· 291

第十章　漢語語音歷史發展縱覽 ············· 309

　　第一節　先秦到《切韻》之間的語音變化 ········· 309
　　第二節　《切韻》到《中原音韻》之間的語音變化 ··· 327
　　第三節　《中原音韻》到現代北京話之間的語音變化 ··· 343

參考書目 ····································· 353

第一章　緒　論

一、音韻學的內容和對象

音韻學，或稱聲韻學，是研究歷代的漢語語音系統、漢語語音的發展過程以及發展規律的科學。

提起音韻學，往往有人把它看成很玄奧、艱深的學問。其實，如果瞭解了它的實質，就會發現它既不玄奧神秘，也不是高不可攀，而是跟我們的常識有緊密聯繫的一種學問。稍有語音常識的人都知道，一個漢字的讀音可以分成聲母、韻母、聲調三部分，三者拼合在一起，構成一個音節（即一個字的讀音）；並且可能也知道漢語的聲母、韻母、聲調的數目是有限的，它們的拼合規律也是嚴格的。這些常識，本身就都屬於音韻學的內容，也是音韻學的基礎知識。只不過音韻學更多涉及的是古代的語音，而不僅僅是現代的語音。古代的語音和現代的語音是不同的，古人用來解釋語音現象的名詞術語又遠離我們的現實生活，所以音韻學就顯得有些玄奧了。

音韻學要講到古代有哪些聲母、韻母、聲調，要講到古代聲母、韻母、聲調的配合規律，要講到古人拼讀字音和分析音節成分的方法，這就必然要涉及這方面的許多名詞術語。漢語在歷史上分為不同的時代，各個時代的語音系統是不同的，漢語各個方言的語音系統也是不同的，音韻學要用「一以貫之」的原則，把各種音系聯繫起來進行考察。我們可以從斷代的角度去研究不同時代的漢語語音，更要從歷史發展的角度

去研究它們，揭示其發展過程，發現其發展規律。有了以上的認識，我們就基本上瞭解了音韻學的實質。

音韻學之所以被有些人視為畏途，重要原因之一就在於它的許多名詞術語過於專門、難懂。要學通音韻學，首先必須掌握這些名詞術語，再進一步把握它們之間的關係，這就抓住了入門的鑰匙。此外，還必須瞭解古代和現代人分析語音材料的主要方法，以及古代主要音韻文獻的體例特點。這些都是本書要講到的內容。

漢語語音史的研究已經取得了豐碩成果，人們通常把周秦兩漢時代的漢語稱作上古漢語，把南北朝隋唐時代的漢語稱作中古漢語，宋元明清時代的漢語稱作近代漢語，二十世紀為現代漢語。本書要重點介紹代表不同時代的幾個音系，即代表上古漢語的《詩經》音系，代表中古漢語的《廣韻》音系，代表近代漢語的《中原音韻》音系，代表現代漢語的北京音系（即「普通話」或「國語」的標準音系）。另外還要簡單地敘述一下過去幾千年裡漢語語音的歷史發展概況。

二、音韻學與其他語音學科的關係

語言學裡有兩種不同方向的研究，一種是所謂「共時」的研究，即對於某一時代的語言進行斷代的研究；另一種是所謂「歷時」的研究，即對於一種語言在各個時代的演變情況進行研究並且探討其變化規律。語音、語法、詞彙都可以分別進行共時的和歷時的研究。這樣就形成了共時語音學、歷史語音學、共時語法學、歷史語法學、共時詞彙學、歷史詞彙學等很多分支學科。當新的研究方法出現時，每一個分支學科裡邊都可以分化出新學科，比如語音學分化出音系學或音位學。漢語音韻學的研究對象是漢語語音，所以它屬於語音學的範疇；它進行的是歷史的研究，所以屬於歷史語音學；它的研究範圍在於古今漢語，所以它是漢語的歷史語音學。

　　漢語音韻學跟普通語音學之間既有區別，又有密不可分的聯繫。普通語音學的研究對象是全人類的語音，並且以共時的研究為主，它研究人類的發音生理基礎和物理基礎，對發音器官的構造、功用進行分析，分析語音的物理性質，訓練人們聽音、辨音、記音的能力。這種共性的研究當然需要以個別語言的研究為基礎，但是，其最終目標要歸結到一般的語音問題。音韻學的研究對象是漢語語音，不需要過多地關心其他語言。但是，音韻學也要借助於普通語音學，要應用普通語音學的知識和方法。音系學對於音韻學來說尤其重要。音系學研究語音的系統性，研究在特定的語言中最小語音單位的實用功能和組合規律。中國的傳統音韻學實際上早已運用了歸納音位系統的方法。普通語音學和音位學是音韻學的基礎學科，不掌握語音學的基礎知識，是很難讀懂音韻學的。

　　普通歷史語音學跟漢語音韻學的關係更為密切。普通歷史語音學研究各種語言歷史演變的一般性規律，其中的主要原則都可以運用到漢語語音的歷史研究當中，其他語言的音變規律可資參考，方法可資借鑑。反過來，所謂一般性的規律、原則都是從具體的語言研究中「提取」出來的。在此意義上，音韻學既借助於普通歷史語音學，又可以為後者作出貢獻。

　　漢語音韻學跟漢語方言學的關係也非常密切。方言學的研究包括語音、語法、詞彙等方面，其中的語音部分，就本質而言也隸屬於音韻學。當前的方言研究主要針對著現代，還沒有深入地展開歷史追蹤，但是，現代音韻學研究已經廣泛利用了方言學的研究成果；深入調查、研究現代方言更要借助於音韻學裡的古音知識。

　　總之，語言學中有關語音的分支學科，幾乎都和音韻學有聯繫，可以說是相互滲透、相互依存、相互利用。本書中將會講到音韻學是怎樣運用語音學、音位學、方言學作為自己的研究手段的。

三、音韻學與訓詁學、文字學

漢語音韻學產生於西元二世紀，至今已經有大約一千八百年的歷史。在十九世紀以前，傳統的研究語言文字的學問叫做「小學」，音韻學是小學裡邊的一個分支。小學的另外兩個分支是講字義的訓詁學和講字形的文字學。清朝紀昀等人所編《四庫全書》的小學類，分出「訓詁之屬」、「字書之屬」、「韻書之屬」，最明顯地體現了古代小學的學科劃分。

小學的三個分支當中，訓詁學產生得最早，在先秦時代就出現了。文字學的成熟在訓詁學之後。真正的文字學是從漢代開始的。東漢的許慎用畢生精力寫成《說文解字》一書，這是最早的文字學專著，是「字書之祖」，標誌著文字學的成熟。

音韻學的成熟比文字學、訓詁學要晚一些。漢代以前，還沒有科學有效的注音方法，漢代的注釋家經常用「急言」、「緩言」、「急氣」、「緩氣」、「長言」、「短言」、「閉口」、「橫口」、「舌頭」、「舌腹」等名詞解說字音，這些名詞的確切含義是什麼，現在已經搞不清楚。此外還常用「聲近」、「聲同」、「讀若」、「讀如」、「讀為」、「讀曰」等等解釋一個字的讀音跟另外一個字的讀音的關係。到了東漢，反切的方法被創造出來了，標誌著人們對於字音的分析進入了新的階段，也標誌著音韻學進入萌芽時期。專門分析字音的著作，到了三國才出現，那就是李登的《聲類》，它是中國最早的音韻學專著，今已亡佚。到南北朝，這門學科才蓬勃發展起來，以後薪火相傳，經久不衰，直到現代成為漢語語言學的一個重要部門。

古人覺得「小學」都是圍繞著文字進行研究的：文字學講的是「字」形，訓詁學講的是「字」義，音韻學講的是「字」音，所以又有人把「文字學」作為小學的別名。本世紀早期，錢玄同在北京大學教授音韻學這門課，名稱就叫「文字學音篇」，其中「文字學」就是指整個小學而言。

　　小學三科當中，音韻學產生得最晚，但是它的地位和作用卻一點也不下於另外兩科。文字是詞的代表符號，詞是音義的結合體，文字學不可能離開字音去孤立地講字形，必須結合古音才能正確地分析字形。訓詁學主要解釋古代的文獻，需要通過古音知識去揭開字形的翳蔽，從語詞的角度發現古義。清代顧炎武說「讀九經自考文（弄懂字義）始，而考文自知音始」（《答李子德書》）。段玉裁說：「音韻明而六書明，六書明而古經傳無不可通」（《寄戴東原先生書》）。王念孫說：「訓詁之旨，本乎聲音」（《廣雅疏證》序）。他們都認識到了音韻學的重要性。舉例來說，古書裡的假借字的識別就依賴於古音知識。《詩經・商頌・玄鳥》：「方命厥后，奄有九有」，「九有」即「九域」。「有」屬上古之部，「域」屬上古職部，之、職兩部有對轉關係；「有」、「域」在上古同為匣母；知道這種語音上的聯繫才能正確地理解它們為什麼會通假。清代的訓詁學之所以取得前所未有的巨大成就，就在於清儒掌握了「因聲求義」的方法。把音韻學看作「小學」的根基，這種觀點是正確的。

四、傳統音韻學內部的門類劃分

　　傳統音韻學作為小學的一支，它的內部還有更細緻的門類劃分。在清代把它分成古音學、今音學、等韻學三個分支，這三個分支又叫古韻學、今韻學和等韻學。《四庫全書總目・經部・小學類三》：「韻書為小學之一類，而一類之中又自分三類：曰今韻，曰古韻，曰等韻也。」清末勞乃宣《等韻一得・序》：「有古韻之學，探源六經，旁徵諸子，下及屈宋，以考唐虞三代之音是也；有今韻之學，以沈陸為宗，以《廣韻》、《集韻》為本，證以諸名家之詩，與有韻之文，以考唐宋以來之音是也；有等韻之學，辨字母之重輕清濁，別韻攝之開合正副，按等尋呼，據音定切，以考人聲自然之音是也。」這可能是古代關於這三個分支學科的最完善的解釋。

　　古音學的研究對象主要是西周至兩漢期間的漢語語音，屬於現代音韻學所說的「上古音」階段；再往前則屬於現代音韻學所說的「遠古」漢語語音。在勞乃宣所處的時代不區別上古音和遠古音，他說的「唐虞三代之音」是一種籠統的稱呼，實際上清代以前的學者並沒有接觸到多少遠古音的材料，而且到目前為止對遠古音的研究也還十分薄弱；傳統古音學中真正取得的重大成就是對上古音的研究。研究上古音所用的材料主要是先秦兩漢典籍中的韻文詩歌和占漢字大多數的形聲字等。韻文詩歌以《詩經》為主，旁及其他資料如《尚書》、《左傳》、《楚辭》等，這些大都是西周以後的作品，反映的是周秦時代的語音。形聲字反映造字時代的語音特點，也是探求上古音的重要材料。比如「江」的聲符是「工」，可知造字時代這兩個字讀音非常接近；其他如「播」從「番」聲、「祈」從「斤」聲、「怡」從「台」聲、「域」從「或」聲，每一對字都是後代讀音相差較遠、而上古讀音非常接近的。所以傳統音韻學也很重視文字材料在上古音研究中的作用。

　　今音學，或者叫今韻學，是研究南北朝唐宋語音的學問，主要的對象是隋唐至宋代的韻書《切韻》、《廣韻》、《集韻》、《平水韻》等。從時間來說，這個階段大體和現代音韻學所說的「中古音」階段相當。清朝人為什麼把這一時期的語音研究叫做「今韻」呢？原因有兩個方面：其一，宋、金時代問世的《平水韻》在元明清時代一直是讀書人必須掌握的「官韻」，在科舉考試中，或者平時作近體詩，都要遵守它，直到清代仍然有實用價值，所以被稱為「今韻」；其二，清代的許多學者有濃重的厚古薄今意識，他們重視宋代的官韻《廣韻》，以為《廣韻》是正音的準則，於是把《廣韻》音系也稱作「今韻」。《廣韻》音系和平水韻音系有很大的差別，卻被籠而統之地都看成了今韻。在詩歌領域，所謂今韻主要指的是平水韻；在音韻學界，所謂今韻主要指的是《廣韻》以及在音系上與之相同的《切韻》、《集韻》等。明清時代的實際語音，反而不叫

「今韻」，而叫做「時音」。

等韻學是由於等韻圖的產生而形成的一門學問。這門學問不以某一段時期的語音作為特定的研究對象，而是由於研究方法的特殊性形成傳統音韻學的一個分支。它從全局的系統性上考察漢語的各種語音現象，充分注意到語音成分的對比關係，和語音成分組合的規律性。等韻圖實質上是古代的音節表，可以比較完整、直觀地顯現語音組合的系統性，這一特點是韻書所不具備的。正是研究方法上的特殊性使得等韻學成為音韻學的一個分支學科。

元明清「時音」的研究在傳統音韻學裡只處於附屬地位。由於保守思想的支配，清代的「正統」學術界輕視甚至壓抑時音的研究，沒有把它和上古音、中古音的研究同等看待。但是，研究時音的人數和著作並不少，早就形成一股「民間學術」性質的潮流，無視它的存在顯然是不正確的。

五、現代音韻學與傳統音韻學的異同

音韻學是一門十分古老的學科，但並不是衰老的學科，在現代，它又注入了新的生命力，得到了強勁的發展，成為現代語言學裡邊朝氣蓬勃、生機旺盛的一個重要組成部分。

大致上說，十九世紀與二十世紀之交是分界，此前的音韻學屬於傳統音韻學，此後的音韻學則屬於現代音韻學。現代音韻學是傳統音韻學在新時代的延續和發展，它保留、繼承了傳統音韻學一千多年積累的優秀遺產，同時也揚棄了一些已經過時的內容，比如，傳統音韻學曾經罩上過神秘主義的迷霧，往往把一些本來不屬於語音內容的哲學觀念套在音韻學上。把陰陽、五行、三才、四象、八卦、天干、地支、時令、節候、律呂之類的術語，牽強附會地跟聲母、韻母、聲調聯繫起來。這樣，本來容易講清楚的問題沒能講清楚，本來不容易講清楚的問題就更加糊

塗。從前人們認為音韻學是「絕學」，在一定程度上就是由此造成的。這些東西在現代音韻學毫無用處，理所當然地要被拋棄掉。

現代音韻學跟傳統音韻學的區別大致歸結為以下三個方面：⑴觀念的更新；⑵研究手段的增加；⑶研究範圍的擴展。

㈠觀念的更新

現代音韻學接受了十九世紀以來興起的普通語言學理論，在語言觀念上跟過去有很大不同。過去的音韻學家儘管對語言的看法並不統一，但是有一些比較普遍的觀念，在傳統音韻學中起很大的影響，和現代的語言觀差距很遠。

在書面語和口語的關係上，過去的音韻學家崇尚書面語，以為書面語是文雅的、高尚的，口語是粗俗的、鄙陋的；即使是研究時音的一派人物，也同樣把書面語放在口語之上來看待。現代音韻學家，就多數人而言，認為口語是第一性的，是真正的自然語言，書面語是用文字記錄下來的口語，是第二性的；語言研究的最終對象是口語，即使是研究古代語言，雖然直接研究的對象是書面語，研究目的仍然是為了找出書面語背後的口語形式。這種觀念上的變化，對研究方法和研究目標有很大影響。

古代音韻學家也承認標準語音，但認為標準語音是天然生成的，是所謂「天地之元音」；並且大都排斥方音，把方音看成「訛音」、「謬讀」等等。他們往往想規定出一種標準的讀音系統，讓大家都服從於這種系統。現代音韻學家的主要目的不是去規範別人的讀音，而是要發現語言事實，揭示語言史上的規律。至於為語音規範服務，僅僅是音韻學功用的一小部分。

由於歷史的局限性，很多古代音韻學家沒有能樹立起正確的歷史觀念，他們當中有的人根本不瞭解語言是隨時而變的，以為漢語語音在幾千年裡始終是一樣的；有的人雖然瞭解音隨時變，但是卻「是古非今」，

以為只有古音才純正、才高尚，後代的讀音都是訛讀造成的。實際上，語言一直處在不斷的發展變化過程當中，變化造成了語言的歷史，同一種語言在不同時代的語音系統各自屬於時代的產物，都起著交際工具的作用，不存在誰是誰非的問題。研究古音可以使人們更深入地從本質上瞭解現代音，但是卻不能用古音去改造或取代現代音。

語言觀對研究方法、目標、思路有最直接的影響，語言觀的轉變是音韻學研究具有根本意義的轉變。

㈡研究手段的增加

傳統音韻學一直使用漢字作為工具來分析語音，這種做法的局限性極大。漢字所代表的語音單位是音節，而音韻學所分析的單位卻小於音節，是音節下邊的聲母、韻母等等，要用一個漢字去代表比漢字更小的單位，讓人懂得某字代表的只是一個聲母或韻母等，可不是一件容易的事情。比方說，拿「來」字代表某一個聲母，沒有學過拼音的人讀這個字的時候，不會想到這個音節是 [lai] 這樣由幾個音素組合而成的。要告訴他「來」字在這裡只代表一個 [l]，用不著去管後半部分的 [ai]，並不那麼容易講清楚。這是古人認為音韻學難學的一個重要原因。現代音韻學吸取西方普通語音學的方法，採用音標作為標音工具。這是一個十分重要的改進。用音標作為標音工具，簡單明瞭，音韻學也就顯得不那麼神秘難學了。

清代的古音學家研究上古音，非常希望知道先秦時代的實際讀音，有些人也作了種種猜想，但是都無法完整、準確地表達出來。因為漢字不能承擔這個任務。所以，傳統音韻學家的研究工夫主要是用在音類的分析上，不可能探求具體音值。二十世紀初，音韻學家引進了西方歷史比較語言學的方法，把構擬的手段應用到音韻學當中。用國際音標來記錄下所推測的古代的具體音值，使得古人的聲音通過音標重現出來，這就是構擬，又叫做擬測。這種方法的使用，解決了古人無法克服的難題，

成為現代音韻研究的重要內容。

傳統音韻學不大重視方言語音的研究，拿方音材料去證明古音的人是很少的。自從引進了歷史比較法，發現活生生的方言裡邊包含著十分重要的古音現象，可以補充文獻之不足，起到了文獻所不能起的作用，方音材料就被大量地用於古音的構擬。此外，親屬語言、域外漢字音和中外對音也被大量地應用到古音擬測當中。漢藏語系各語言跟漢語有許多同源成分，為古音擬測提供了線索；域外漢字音如日語、朝鮮語、越南語裡邊的漢語借詞，以及歷代中外音譯詞的對音，都能夠在一定程度上反映古代某個時期的漢語讀音。這些材料的使用也是歷史比較法帶來的新氣息。

㈢研究範圍的擴展

傳統音韻學的研究範圍，主要局限於韻書、等韻圖、先秦韻文這幾方面，基本上是研究斷代的語音系統，不大考慮各個時代語音平面之間的縱向聯繫。這是因為古人研究音韻學的目標本來就是為讀經服務的。現代音韻學的重要變革之一就是建立起漢語語音史這門學科，從歷史發展的角度把歷代的語音系統聯繫起來，探討語音變化的規律性，研究漢語語音自古至今的發展過程。研究的對象也擴大了許多，舉凡能夠有助於瞭解古音的材料，比如殷商時代的甲骨文和商周時代的金文、魏晉南北朝以後的詩詞韻文、元代周德清《中原音韻》及繼起的曲韻韻書等，都成了音韻學的研究對象。這些材料中有的是近代新發現的，古人未曾見到過；有些材料雖然古已有之，但是古人沒有用在音韻學的研究上。可以說，現代音韻學的領域比傳統音韻學寬廣得多。

第二章 現代漢語音韻

第一節 語音常識

一、音素和國際音標

　　人們說話所發出的一連串聲音就是語音。語音研究的基本手段，是把這一連串的聲音切分成更小的片段，然後分析這些片段的語音性質。切分片段的方式不只一種，切出的單位也可以有大有小，形成不同的等級，直到不能切分為止。所分出的最小單位叫做音素。比如「天地」這兩個字，包含著 [tian]、[di] 這樣兩個音節，但是還可以分出 [t]、[i]、[a]、[n]、[d]、[i] 六個音素。「音素」是從音質角度劃分出來的最小的語音單位，是人的聽覺所能夠辨別出的最小的語音片段。

　　語音的形成是由肺部、咽喉、口腔、鼻腔共同作用的結果。肺部呼出氣流，氣流通過咽喉可以使得聲帶顫動，口腔可以對呼出的氣流造成各種不同的阻礙，也可以讓氣流通過鼻腔。在這個過程當中，任何一個發音部位或發音動作發生改變，都可以形成不同的音素。(附發音器官圖)

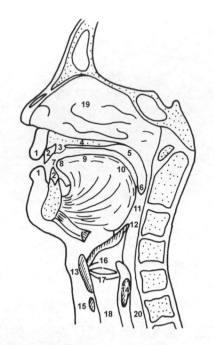

1.上下唇　2.上下齒　3.齒齦　4.硬顎
5.軟顎　6.小舌　7.舌尖　8.舌葉　9.
舌面前部　10.舌面後部　11.咽頭　12.會
厭　13.甲狀軟骨　14.環狀軟骨（後板）
15.環狀軟骨（前弓）　16.假聲帶　17.聲
帶　18.氣管　19.鼻腔　20.食道

　　音素分為兩大類，一類叫元音，一類叫輔音。元音的特點是：氣流
呼出時振動聲帶，通過口腔時不受任何阻礙，因氣流通道的形狀不同而
形成不同的音色。像a、o、e、i、u等符號所標誌的聲音就是元音。輔音
的特點是：氣流呼出時聲帶不一定振動，口腔裡要形成一定的阻礙，阻
礙方式的不同形成不同的音色。像t、d、p、b等所標誌的聲音就是輔音。

　　人類能夠發出的音素是非常多的。語音學上需要給每一個音素規定
出一個書寫符號作標記，最通行的符號是國際語音協會制定的「國際音
標」，是各國語言學界通用的音素標寫符號。制定國際音標的原則是「一
個音素只用一個音標表示，一個音標只表示一個音素」。這些符號以拉丁
字母為基礎，拉丁字母不夠用，就用一些字母的變形或借用其他語言的
字母來解決。為了使國際音標區別於一般拼音字母，每個音標通常用方
括號括起來。上面所舉的「天地」兩個字所包含的音素，用國際音標來

記，應該是 [tʻ]、[i]、[a]、[n]、[t]、[i]。

二、元音的分析

　　我們能夠發出的 a、i、u 等不同的元音，主要是由於嘴唇、舌頭的動作改變氣流通道的形狀而形成的。元音的音質主要取決於嘴唇的圓、展，開口度的大小，舌位的高、低和前、後。因為開口度的大小跟舌位的高低是一致的（舌頭在高位時開口度小，舌頭在低位時開口度大），所以通常語音學上就用圓唇不圓唇、舌位的高低、舌位的前後這三種因素來描寫元音，根據這三種因素，製成了元音舌位圖：

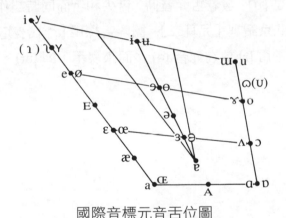

國際音標元音舌位圖

圖上的橫線標誌舌位的高低，豎線標誌舌位的前後。最高橫線上的元音是高元音，第二條橫線上的元音是半高元音，第三條橫線上的元音是半低元音，最低橫線上的元音是低元音，不高不低的元音叫中元音。左邊豎線上的元音是前元音，右邊豎線上的元音是後元音，不前不後的元音叫央元音。同一條豎線左邊的是不圓唇元音，右邊的是圓唇元音。一般的元音都可以用這種方法來描寫。例如：

[i] 前、高、不圓唇元音；[ɨ] 央、高元音；[u] 後、高、圓唇元音；

[y] 前、高、圓唇元音；　　[ə] 央、中元音；[o] 後、半高、圓唇元音；

[e] 前、半高、不圓唇元音；　　　　　　　　[ʌ] 後、半低、不圓唇元音；

[ɛ] 前、半低、不圓唇元音；

[a] 前、低、不圓唇元音；[A] 央、低元音；[ɒ] 後、低、圓唇元音；

　　以上都是舌面元音。此外，還有舌尖元音和卷舌元音沒有顯示在舌位圖上，舌尖元音只有四個，不圓唇的如北京話裡「資詞思」的韻母 [ɿ] 是舌尖前元音，「支吃施」的韻母 [ʅ] 是舌尖後元音。發 [ɿ] 音時，舌尖前伸，靠近門齒背，氣流的通道比較狹窄。發 [ʅ] 音時，舌尖上翹，對著硬顎前部，氣流的通道也比較狹窄。跟 [ɿ] 相對的圓唇元音是 [ʮ]，跟 [ʅ] 相對的圓唇元音是 [ʯ]。發卷舌元音時，舌尖和舌面同時起作用，舌尖要向硬顎翹起，如北京話裡「兒耳二」。國際音標用 [ɚ] 代表這個音素，為了便於書寫，通常用 [r] 放在元音 [ə] 後面來表示，即 [ər]。

元音表

類別 前後 唇圓度 舌位高低（口腔開閉）		舌尖元音					舌面元音														
		前		混或後			前					混（央）					後				
		不圓	圓	不圓	略圓	圓	特開	中性	略圓	圓	最圓	特開	中性	略圓	圓	最圓	特開	中性	略圓	圓	最圓
							0	1	2	3	4	0	1	2	3	4	0	1	2	3	4
（閉）最高		ɿ	ʮ	ʅ	ʯ	ɥ	i				y	ɨ				ʉ	ɯ				u
高 次高							ɪ				ʏ					ɵ					ʊ
（中）中高							e				ø			ɘ			ɤ				o
中 正中				ɚ			E						ə							ɒ	
低中							ɛ				œ	ɜ				ɞ	ʌ			ɔ	
（開）次低				ɚ			æ					ɐ									
低 最低							a					A					ɑ				

　　發元音的時候軟顎下垂，打開鼻腔通路，使聲音同時從口腔和鼻腔送出，就成為鼻化元音。國際音標在元音符號上邊加上「~」表示鼻化，漢語的不少方言中有鼻化元音。例如西安話，「銀」[iẽ]，「孫」[suẽ]，「森」[sẽ]；揚州話，「算」[suõ]，「傳」[tsʻuõ]，「灌」[kuõ]。

　　元音還可以有長短、鬆緊的不同。有的語言裡同一個元音發音的長短不同能夠區別意義。國際音標用元音後邊加附加符號的辦法表示長元

音。例如英語 beat[bi:t]。

　　鬆緊元音的區別在於發緊元音時聲門和喉頭的肌肉緊張，發鬆元音時肌肉比較鬆弛。一般說來，緊元音比較長一些，氣流比較強一些；鬆元音比較短一些，氣流也比較弱。國際音標在元音下面加短橫線來表示緊元音。例如彝語的 [vu̠]（進入）和 [vu]（腸子）的區別就是元音鬆緊的不同。

　　為了更精確地記錄各種語言的發音，國際語音學會還設計了一些附加符號，可以加在普通國際音標的上、下、左、右，表示發音部位跟國際音標標準位置的細微差別，這裡就不詳談了。

三、輔音的分析

　　一個輔音音素的發音過程可以分為三個階段：形成阻礙的階段叫「成阻」，保持阻礙方式的階段叫「持阻」，解除阻礙的階段叫「除阻」。

　　發輔音時，氣流在發音器官的某一部分遇到阻礙，由於形成阻礙的部位及克服阻礙的方法不同而形成各種不同的輔音。分析輔音就是從發音部位和發音方法兩方面進行的。

㈠發音方法

　　輔音的發音方法可以分為幾個方面，即克服阻礙的方法、聲帶是否振動和氣流的強弱。克服阻礙的方法主要有以下幾種：

　　1.塞音：阻礙的部位完全閉塞，然後突然打開，使氣流驟然衝出。如 [p]、[t]、[k]。

　　2.擦音：阻礙的部位不完全閉塞，留有狹窄的縫隙，讓氣流擠出來，發生摩擦。如 [s]、[x]、[f]。

　　3.塞擦音：是塞音和擦音結合成的，這種音先塞後擦，兩種方法緊緊地結合為一個發音過程。如 [ts]、[tɕ]、[tʂ]。

　　4.鼻音：口腔的某個部位完全閉塞，軟顎下降，打開鼻腔的通道，

使氣流從鼻腔出去，形成的輔音就是鼻音。如 [m]、[n]、[ŋ]。

　　5.邊音：舌頭中間的通道閉住，氣流從舌頭的兩邊或一邊流出。如[l]。

　　6.顫音：發音時發音器官有彈性的部分（如嘴唇、舌尖、小舌）被氣流衝擊顫動，氣流忽通忽塞，急速交替。如舌尖顫音 [r]。

　　7.通音：阻塞部位並沒有完全閉塞，氣流通過時只產生很輕微的摩擦，甚至可以沒有摩擦。又叫「無擦通音」。如北京話的 [r] 實際上就是卷舌通音 [ɻ]；半元音 [j]、[w]、[ɥ] 也屬於通音。

　　發輔音時，聲帶振動的音叫「濁音」，聲帶不振動的音叫「清音」。發清音時，聲門敞開，聲帶鬆弛，氣流順利通過，不引起聲帶振動。發濁音時，聲門緊閉，聲帶並攏，氣流從聲帶縫隙擠出去引起聲帶振動。鼻音、邊音、顫音一般都是濁音；塞音、塞擦音、擦音則有清有濁，如 [p] 是清音，[b] 是與之相對的濁音；[ts] 是清音，[dz] 是與之相對的濁音；[f] 是清音，[v] 是與之相對的濁音。

　　氣流的強弱也形成不同的輔音。氣流強的叫送氣音，氣流弱的叫不送氣音。北京話裡「低」[ti] 和「梯」[t'i] 的發音區別就是前者不送氣，後者送氣。國際音標表示送氣的方式，是在字母右上角加一個倒寫的逗號，如果所送的氣流很強，就在字母後邊加上一個 h，如 [p'] 寫作 [ph]，[k'] 寫作 [kh]。

㈡發音部位

發音部位指的是形成阻礙的部位。主要有以下這些：

　1.雙唇音：雙唇閉住或貼近所發出的音。如塞音 [p]、[b]，鼻音 [m]。

　2.唇齒音：下唇和上齒接觸所發出的音。如擦音 [f]、[v]，塞擦音 [pf]、[bv]。

　3.舌齒音：舌尖處在上下齒之間，也可以只向上齒靠攏。如塞擦音 [tθ]，擦音 [θ]。

4.舌尖前音：舌尖平伸接觸或靠近上齒背。如塞擦音 [ts]、[ts‘]、[dz]，擦音 [s]、[z]。

5.舌尖中音：舌尖接觸上齒齦或齒齦邊緣。如塞音 [t]、[t‘]、[d]，鼻音 [n]、邊音 [l]。

6.舌尖後音：又叫卷舌音。舌尖翹起接觸前硬顎，常見的是塞擦音和擦音。如塞擦音 [tʂ]，擦音 [ʂ]。

7.舌葉音：由舌面兩側的舌葉和上門齒部位發出的音叫舌葉音。如塞擦音 [tʃ]，擦音 [ʃ]、[ʒ]。

8.舌面前音：由舌面前部和前硬顎接觸或靠近發出的音。如塞擦音 [tɕ]、[dʑ]，擦音 [ɕ]，鼻音 [ȵ]。

9.舌面中音：舌面中部接觸或靠近硬顎後部發出的音。如塞音 [c]，鼻音 [ɲ]。

10.舌根音：也叫舌面後音。舌面後部接觸軟顎發出的音。如塞音 [k]，擦音 [x]，鼻音 [ŋ]。

11.小舌音：舌根前部和小舌接觸發出的輔音。如塞音 [q]。

12.喉音：由喉頭部分形成阻礙而產生的音，最常見的有喉塞音 [ʔ]、喉擦音 [h]。

國際音標裡輔音符號很多，下面所列是比較適用於漢語音韻學的簡化國際音標輔音表。

輔音表

發音方法 ＼ 發音部位			雙唇（上唇下唇）	唇齒（上齒下唇）	舌尖前（舌尖齒背）	舌尖中（舌尖齒齦）	舌尖後（舌面硬顎前）	舌葉	舌面前（舌面硬顎）	舌面中（舌面中硬顎）	舌面後（舌根軟顎）	喉
塞音	清	不送氣	p			t				c	k	ʔ
塞音	清	送氣	pʻ			tʻ				cʻ	kʻ	
塞音	濁		b			d				ɟ	g	
塞擦音	清	不送氣		pf	ts		tʂ	tʃ	tɕ			
塞擦音	清	送氣		pfʻ	tsʻ		tʂʻ	tʃʻ	tɕʻ			
塞擦音	濁			bv	dz		dʐ	dʒ	dʑ			
鼻音	濁		m	ɱ		n	ɳ		ɲ		ŋ	
閃音	濁					ɾ						
邊音	濁					l						
擦音	清		ɸ	f	s		ʂ	ʃ	ɕ	ç	x	h
擦音	濁		β	v	z		ʐ	ʒ	ʑ	j	ɣ	ɦ
半元音	濁		wɥ	ʋ					j (ɥ)		(w)	

四、音高、音強和音長

　　構成語音的要素，除了屬於音質成分的元音和輔音以外，還有音高、音強、音長。音高指的是語音的頻率高低；音強指的是語音的強弱輕重；音長指的是語音持續的時間長短。這些要素都是在具體的話語──一連串的聲音中通過對比才能顯示出來。它們在表達意義方面也同樣起重要的作用，和元音、輔音一樣是不可缺少的。音高、音強、音長三要素，

統稱為「非音質成分」，或曰「超音質成分」。任何語言的語音都是由音質成分和非音質成分共同構成的，但是在不同的語言裡，非音質成分的作用是不一樣的。

音高在漢語裡非常重要。漢語聲調的構成是由音高起主要作用，即通過聲音頻率的高低、升降變化來區別不同的意義；音強和音長跟聲調也有一些關係，但不起主要作用。句子的語調主要也由音高起作用，不同的語調可以表達不同的意義，同一個句段，如果是升調，表示疑問語氣；如果是降調，表示陳述語氣。

音強和音長是表現語調的常用手段，在一些語言或方言裡也有辨別意義的作用。例如北京話「大意」，後一音節讀輕音是「疏忽」的意思，讀重音則是指「主要內容」。廣州話「心」[ʃem] 元音短，「三」[ʃaːm] 元音長，但是這種分別往往不單純是音強或音長在起作用。音長的變化對於北京話輕重音的分別就非常重要，重音讀得長，輕音讀得短。廣州話元音長短的分別同時也有音質的變化。完全靠音強或音長分辨詞義的語言是很少的。

五、音位

人類語言可以使用的音素是非常多的，但是，在每一個具體語言或方言裡，使用的音素數目卻是有限的，使用的方式也各不相同。兩個比較接近的音素，在一種語言或方言裡可能被看作同一個音，根本覺察不出它們之間的區別；而在另外一種語言或方言裡，這兩個音素就可能被嚴格地區別開，一點兒也不會混淆。這就是說，這兩個音在前一種語言或方言裡不起區別詞義的作用；在後一種語言或方言裡具有區別詞義的作用。研究一個具體語言的語音時，要以能否區別意義作為標準去分辨語音片段，最小的能夠區別意義的語音單位叫做「音位」。各語言的音位內容都不相同，一個音位可以包含幾個不區別意義的音素，也可以只包

含一個音素。

　　漢語和英語裡都有 [p] 和 [p'] 這兩個音素，但是兩種語言的使用方式大不一樣。在漢語裡，[p] 和 [p'] 能夠區別詞義，不可以互換，[pian]（邊）不等於 [p'ian]（偏），[pau]（包）不等於 [p'au]（拋）。可見漢語裡的 [p] 和 [p'] 是兩個必須區別的音位。在英語裡，[p] 和 [p'] 出現在不同的語音環境裡，[p] 只出現在 [s] 後邊，如 sport（運動）；[p'] 出現在音節的開頭，如 port（港口），但不出現在 [s] 後邊。在這種情況下，兩個音所處的位置是互相補充的，叫做「互補分布」，它們就沒有區別詞義的作用，把 [sport] 的 [p] 誤讀成 [p']，一般也不會引起誤解。可見在英語裡 [p] 和 [p'] 應該同屬一個音位。

　　[n] 和 [l] 這兩個音素，在北京話裡能夠區別詞義，[nan]（南）不等於 [lan]（藍），[ni]（泥）不等於 [li]（梨）。而在中國長江流域的一些方言裡，[n]、[l] 常常是混讀而不能區別，在武漢話裡，「南」、「藍」都既可以讀為 [nan]，也可以讀為 [lan]；「泥」、「梨」都既可以讀為 [ni]，也可以讀為 [li]。所以，[n] 和 [l] 在北京話是兩個音位，而在武漢話則同屬於一個音位。

　　語音學上標識音位的方法，是在國際音標符號的外邊加上斜線。如 /p/、/p'/、/n/、/l/。

　　屬於同一個音位的幾個音素，是這個音位的變體。上面舉例中，英語的 [p]、[p'] 都是音位 /p/ 的變體。因為它們從來不出現在相同的語音環境，出現的條件不重複，所以叫做「條件變體」。武漢話的 [n] 和 [l] 也是一個音位的兩個變體，但它們可以出現在相同的語音條件下，這種情況叫做「自由變體」。

　　由元音、輔音形成的音位叫音質音位。音高、音強、音長具有區別意義的作用，也能夠形成音位。比如漢語的聲調，主要是由音高形成的音位。這樣的音位叫「非音質音位」。

　　區別音素和音位，在語言研究當中是非常重要的。音位體現一種語言的使用者共有的對於語音的認識，反映他們使用語音的特有方式。語音的系統性通過音位而具體化。音韻學從音位的角度去研究各個時代漢語的語音系統，音位學的理論和方法可以說是漢語音韻學的理論基礎之一。

第二節　漢語音節的構成

　　音節是聽覺上最容易分辨的語音片段。漢語的一個語素通常就是一個音節，一般用一個漢字來表示。所以人們常常把說話時的一個音節也叫做一個字。音節是漢語音韻學研究的基本單位。傳統音韻學不大注意比音節更大的單位如多音節詞、詞組、句子的語音組合形式，只注意分析音節內部的構成成分和構成方式；現代音韻學也把分析音節內部結構放在第一位，大於音節的音段的分析在此基礎上進行。

一、音節的結構方式

　　漢語一個音節可以分成聲母、韻母、聲調三部分。一個聲母一般由一個輔音充當；韻母可以分為三部分：韻頭、韻腹、韻尾。這樣，一個音節最多可以包含五個成分。聲母、韻頭、韻腹、韻尾的發音在時間上前後接續，它們的結合方式是「線性組合」，韻頭跟在聲母後邊，韻腹跟在韻頭後邊，韻尾跟在韻腹後邊。聲調由發音的高低抑揚形成，是非音質音位，跟聲母、韻母是「非線性組合」，是附加在聲母韻母上頭，隨著音節的開始而開始，隨著音節的結束而結束。在音節裡邊，聲調的地位和聲母、韻母是平等的，同樣起辨別意義的作用。我們可以用一個平面圖來表示聲、韻、調的結合關係：

聲 調		
聲 母	韻 母	
	韻頭	韻腹	韻尾

這樣的處理方式，實際上是把音節按三個層次切分，第一層把聲調跟聲母、韻母分開，第二層分開聲母和韻母，第三層把韻母分成韻頭、韻腹、韻尾三部分。

古代的音韻學總是把韻腹和韻尾看作一個單位，為了便於指稱，現代有的學者認為有必要給這樣的單位起一個名稱，稱為「韻基」。這個名稱便於古音的分析，本書在以後的敘述裡有時會使用它。

二、聲母

在現代漢語裡，充當聲母的通常只能是輔音，而且只能有一個音素。上古漢語裡聲母的情況比較複雜，可能有兩個以上輔音構成的複輔音聲母。

有些音節，開頭部分沒有輔音，這樣的音節也算是有聲母的，它的聲母是「零形式」，叫做「零聲母」。例如北京話的「安、烟、晚、遠、歐、尤、夜、月」，都是零聲母的音節。現代漢語方言和古代漢語都有零聲母音節。

三、韻母

漢語的韻母由韻頭、韻腹和韻尾構成。其中韻頭和韻尾是可以不出現的，也就是說可以有「零形式」；而韻腹則是每個音節必不可少的成分，不能有「零形式」。

韻頭又叫「介音」。充當韻頭的通常都是元音，如北京話裡的韻頭就

是 [i]、[u]、[y]。根據韻頭的不同性質可以把韻母分為四類,叫做開、齊、合、撮四呼。沒有韻頭、韻腹也不是 /i/、/u/、/y/ 的韻母叫開口呼,韻頭或韻腹是 /i/ 的韻母叫齊齒呼,韻頭或韻腹是 /u/ 的韻母叫合口呼,韻頭或韻腹是 /y/ 的韻母叫撮口呼。

　　韻腹必須由元音來充當,而且是一個音節裡邊必不可少的成分,因此又稱為「主要元音」。

　　充當韻尾的音位,可以是元音,也可以是輔音。北京話裡的韻尾,有元音 [i]、[u],也有輔音 [n]、[ŋ]。在漢語的一些方言裡,還可以用鼻音 [m]、塞音 [ʔ]、[p]、[t]、[k] 作韻尾。

四、聲調

　　聲調是音高在一個音節內的高低升降的變化形成的,可以用五度標調法來標誌:用一條四等分的豎線,底點為一度,頂點為五度,中間三個點自下而上為二、三、四度。在豎線的左邊,用一條橫線從左到右把音高隨著時間的變化而形成的曲線畫出來。例如北京話的陰平、陽平、上聲、去聲四個聲調的表示方式即如下圖:

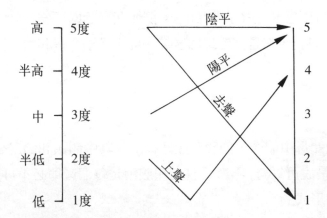

　　為了便於書寫和印刷,五度標調法也可以用數字表示。如上面的陰平標

為 [55]，陽平標為 [35]，上聲標為 [214]，去聲標為 [51]。

聲調也像韻腹一樣，是每個漢語音節中必不可少的成分，不能是零形式。

漢語的不少方言裡另有一類入聲調。多數情況下入聲調不僅僅是由於音高的變化而跟其他聲調區別開來，更突出的特點是讀音短促，而且往往有塞音韻尾 [ʔ] 或者 [p]、[t]、[k]。

把一種語言裡出現的所有調值加以歸類，得出的類別叫做「調類」。一般是把單字讀音時調值相同的字歸為一個調類。所謂「陰平、陽平、上聲、去聲」就是為調類起的名稱。在音節連讀時，調值會形成有規律的變化而不同於單字調，這種現象稱為「連讀變調」。比如北京話的上聲字，單字調是 [214]，後邊跟著陰平、陽平、去聲字時的調值就變成 [211]，後邊跟著另一個上聲字時就變成 [35]，這種變調並不改變上聲字的調類。

在不同的方言裡，相同的一些字雖然調值不同但也可能屬於相同的調類。如「高天秋風」，北京話的調值是 [55]，天津話的調值是 [11]，人們說北京話的 [55] 是陰平，也說天津話的 [11] 是陰平。調類的命名，是從古今音的對應、今音各方言之間的對應關係著眼的。

漢語的各個方言裡的調類數目很不一致。最少的為三類，最多的達十二類，一般的在四個至八個之間。

第三節　北京話的語音系統

北京話語音系統是漢民族共同語的標準音，在漢語的各個方言裡具有特殊重要的地位。對於北京話語音系統的分析可以具體地說明漢語的音節構造方式。

一、元音音位

關於北京話的元音音位，有好幾種歸納方法，其間分歧還比較大。本書採取比較簡單的一種，把元音歸納為六個音位：/i/、/ɨ/、/u/、/y/、/a/、/e/。這六個元音音位中，/i/ 主要讀 [i]，/u/ 主要讀 [u]，/y/ 主要讀 [y]，/ɨ/、/a/、/e/ 有以下幾個比較重要的音位變體。

/ɨ/ 的變體有：

[ɿ]，出現在 /ts/、/tsʻ/、/s/ 之後，如「資」/tsɨ/ [tsɿ]、「詞」/tsʻɨ/ [tsʻɿ]、「司」/sɨ/ [sɿ]。

[ʅ]，出現在 /tʂ/、/tʂʻ/、/ʂ/、/r/ 之後，如「知」/tʂɨ/ [tʂʅ]、「吃」/tʂʻɨ/ [tʂʻʅ]、「詩」/ʂɨ/ [ʂʅ]、「日」/rɨ/ [rʅ]。

[ər]，只出現在零聲母條件下，即「兒而耳爾二」等字的韻母。

為了便於說明一些語音現象，下文在必要時只把舌尖元音 [ɿ] 和 [ʅ] 寫成 [ï]，[ər] 仍單獨寫作 [er]。

/a/ 的變體有：

[æ]，出現在韻頭 /i/、/y/ 和韻尾 /n/ 之間，如「邊」/pian/ [piæn]、「宣」/ɕyan/ [ɕyæn]。

[ɑ]，出現在韻尾 /u/、/ŋ/ 之前，如「高」/kau/ [kɑu]、「剛」/kaŋ/ [kɑŋ]。

[a]，出現在其他條件，如「打」/ta/ [ta]、「班」/pan/ [pan]、「加」/tɕia/ [tɕia]。

/e/ 的變體有：

[ɤ]，出現在單獨作韻母時，如「歌」/ke/ [kɤ]。

[e]，出現在 /i/ 之前，如「杯」/pei/ [pei]。

[ɛ]，出現在 /i/、/y/ 之後，如「別」/pie/ [piɛ]、「學」/ɕye/ [ɕyɛ]。

[o]，出現在 /u/ 之後，如「國」/kue/ [kuo]。

[ə]，出現在其他條件，如「本」/pen/ [pən]、「勾」/keu/ [kəu]、「登」/teŋ/ [təŋ]。

二、輔音音位

北京話的輔音音位共有二十二個，排列很整齊，每個音位的變體也很簡單。其中除了 [ŋ] 只作韻尾，其餘二十一個都只能作聲母。下面列出北京話輔音音位表，並在括號內附列漢語拼音方案和注音字母以便對照：

唇 音：/p/	/p'/	/m/	/f/
(b)	(p)	(m)	(f)
(ㄅ)	(ㄆ)	(ㄇ)	(ㄈ)
舌尖中音：/t/	/t'/	/n/	/l/
(d)	(t)	(n)	(l)
(ㄉ)	(ㄊ)	(ㄋ)	(ㄌ)
舌 根 音：/k/	/k'/	/x/	/ŋ/
(g)	(k)	(h)	(ng)
(ㄍ)	(ㄎ)	(ㄏ)	(ㄫ)
舌尖前音：/ts/	/ts'/	/s/	
(z)	(c)	(s)	
(ㄗ)	(ㄘ)	(ㄙ)	
卷 舌 音：/tʂ/	/tʂ'/	/ʂ/	/r/
(zh)	(ch)	(sh)	(r)
(ㄓ)	(ㄔ)	(ㄕ)	(ㄖ)
舌面前音：/tɕ/	/tɕ'/	/ɕ/	
(j)	(q)	(x)	
(ㄐ)	(ㄑ)	(ㄒ)	

三、調位（聲調音位）

北京話的四個調類，從音位學的角度看就是四個調位，即：

　　陰平 /55/，陽平 /35/，上聲 /214/，去聲 /51/。

其中只有上聲 /214/ 的音位變體比較複雜：

　　[35]，出現在另一個上聲音節之前，如「領 [35] 導」、「演 [35] 講」。

　　[211]，出現在陰平、陽平或去聲音節之前，如「普 [211] 通」、「語 [211] 言」、「感 [211] 謝」。

　　[214]，出現在停頓之前，如「工廠 [214]」、「牛奶 [214]」、「手錶 [214]」。

四、韻母的結構規則

　　北京話韻母中的單純韻母由一個音位構成，結構簡單；複合韻母的組合有相當強的規律性。

　　作韻頭的有 /i/、/u/、/y/。

　　只作韻腹的有 /a/、/e/ 和 /i/。其中 /i/ 只作單純韻母；/a/ 和 /e/ 可以跟任何韻頭、韻尾結合，一共組成了三十多個複合韻母。

　　作韻尾的有 /i/、/u/、/n/、/ŋ/。

　　下面列出北京話的韻母表，在每個韻母的下邊圓括號內附列漢語拼音方案和注音字母以便對照：

	開口呼	齊齒呼	合口呼	撮口呼
單純韻母：	/i/	/i/	/u/	/y/
	(i, er)	(i)	(u)	(ü)
	(ㄦ)	(一)	(ㄨ)	(ㄩ)
無尾韻母：	/a/	/ia/	/ua/	
	(a)	(ia)	(ua)	
	(ㄚ)	(一ㄚ)	(ㄨㄚ)	
	/e/	/ie/	/ue/	/ye/
	(e)	(ie)	(o, uo)	(üe)
	(ㄜ)	(一ㄝ)	(ㄛ, ㄨㄛ)	(ㄩㄝ)

i 尾韻母：	/ai/		/uai/	
	(ai)		(uai)	
	(ㄞ)		(ㄨㄞ)	
	/ei/		/uei/	
	(ei)		(ui)	
	(ㄟ)		(ㄨㄟ)	
u 尾韻母：	/au/	/iau/		
	(ao)	(iao)		
	(ㄠ)	(一ㄠ)		
	/eu/	/ieu/		
	(ou)	(iu)		
	(ㄡ)	(一ㄡ)		
n 尾韻母：	/an/	/ian/	/uan/	/yan/
	(an)	(ian)	(uan)	(yan)
	(ㄢ)	(一ㄢ)	(ㄨㄢ)	(ㄩㄢ)
	/en/	/ien/	/uen/	/yen/
	(en)	(in)	(un)	(yn)
	(ㄣ)	(一ㄣ)	(ㄨㄣ)	(ㄩㄣ)
ng 尾韻母：	/ang/	/iang/	/uang/	
	(ang)	(iang)	(uang)	
	(ㄤ)	(一ㄤ)	(ㄨㄤ)	
	/eng/	/ieng/	/ueng/	/yeng/
	(eng)	(ing)	(ong)	(iong)
	(ㄥ)	(一ㄥ)	(ㄨㄥ)	(ㄩㄥ)

五、聲母和韻母的結合規則

北京話和漢語其他方言一樣，聲母和韻母的結合規則表現為不同部位上的聲母跟四呼的配合有嚴格的選擇性。屬於相同部位的聲母，一般都具有相同的組合功能，即它們所結合的韻母在四呼上是一致的。例如舌根音 /k/、/kʻ/、/x/ 所結合的韻母是開口呼和合口呼，不結合齊齒呼和撮口呼。下表概括了北京話所有的聲母與韻母的結合規則：

	開口呼	合口呼	齊齒呼	撮口呼
tɕ, tɕʻ, ɕ			+	+
k, kʻ, x	+	+		
ts, tsʻ, s	+	+		
tʂ, tʂʻ, ʂ, r	+	+		
f	+	(+)		
p, pʻ, m	+	(+)	+	
t, tʻ	+	+	+	
n, l	+	+	+	+
ø	+	+	+	+

可以看出，從跟聲母的結合關係來看，四呼可以分成兩類：開口呼和合口呼為一類，在音韻學裡叫做「洪音」；齊齒呼和撮口呼為一類，在音韻學裡叫做「細音」。聲母發音部位與韻母之間的選擇性主要以洪細為條件：

舌面前音只結合細音，不結合洪音；

舌根音、舌尖塞擦音、唇齒擦音只結合洪音，不結合細音；

舌尖塞音、雙唇塞音和鼻音不結合撮口呼；

雙唇音和唇齒音所結合的合口呼韻母外加括號，因為它們只限於 /u/ 和 /ue/，如「布」/pu/、「波」/pue/。

舌尖的鼻音、邊音和零聲母能夠結合洪細四呼。

六、輕音和兒化

北京話音節結合在一起的時候，有的音節要讀得短而輕，成為輕音音節。五度制標調用圓點「‧｜」表示，一般可以在漢字之前加圓點，如「我‧們」、「石‧頭」、「回‧來」、「糊‧塗」。輕音音節可以使韻母央元音化，如「大‧方」[faŋ → fəŋ]；也可以使複合韻母單元音化，如「回‧來」[lai → lɛ]。

輕音音節有辨義的作用。例如，「東西」是指東邊和西邊，「東‧西」則是指事物；「地下」是指地面之下（如「地下水源」），「地‧下」則是指地面之上（如「掉在地下」）。

北京話的後綴「兒」字不獨立成音節，要和前面的音節合併成一個音節，使前一音節原來的韻母變成卷舌韻母，也就是兒化韻。有一些韻母兒化以後結構產生較大的變化，最明顯的是韻尾 /i/ 和 /n/ 兒化時不再發音，如「（小）孩兒」[xai+ər → xar]，「盤兒」[pʻan+ər → pʻar]。

兒化音節也有辨義作用。例如「頭」指頭部，「頭兒」則指頭目或物品的殘餘部分（如「布頭兒」）等；還可以表示詞性的變化，例如「亮」是形容詞，「亮兒」則是名詞。

第四節　漢語方言音韻概況

漢語方言可以分為七個大方言區：北方方言、吳方言、閩方言、粵方言、客家方言、贛方言、湘方言。方言之間的語音差別，大多可以從

古音來源中找到根據，通常在介紹方音特點時，往往要和古音聯繫起來。
但在沒有學習古音之前，只能就各個方言與北京話的異同大略談談它們
的特點。

一、北方方言

北方方言的分布區域最廣，使用人口最多。分布範圍包括長江以北
各省區、長江南岸九江以東至鎮江的沿江地帶、湖北（東南角除外）、四
川、雲南、貴州、廣西的西北部、湖南的西北部。使用人口約占漢族人
口的百分之七十。

北方方言是漢民族共同語的基礎方言，北京話是北方方言的代表。
北京話的聲母、韻母、聲調系統可以總結為下表（表示音位的斜線符號
略去，以下各方言同）：

聲母系統：

p 巴邊部	p' 爬篇蒲	m 麻面穆	f 發福
t 達顛杜	t' 他天土	n 拿年女	l 拉路旅
ts 雜尊	ts' 擦寸	s 撒松	
tʂ 招中	tʂ' 超沖	ʂ 燒順	r 饒潤
tɕ 家君	tɕ' 恰群	ɕ 下尋	
k 高公	k' 康空	x 寒烘	
ø 恩因溫暈			

韻母系統：

ï 資詞支持	i 衣積皮	u 古胡圖	y 魚居女
er 兒耳二			
a 搭八扎	ia 家雅倆	ua 娃瓜抓	

e 歌娥德　　ie 皆蔑也　　ue 或左伯　　ye 覺學月

ai 該來麥　　　　　　　　uai 外懷揣

ei 雷煤給　　　　　　　　uei 微錐追

au 高濤保　iau 交表料

eu 勾侯走　ieu 就修紐

an 安般贊　ian 前邊燕　uan 專桓算　yan 源卷旋

en 根岑盆　ien 新賓印　uen 尊昆頓　yen 君韻群

aŋ 剛當棒　iaŋ 江祥亮　uaŋ 光莊望

eŋ 更恆朋　ieŋ 興應平　ueŋ 紅同從　yeŋ 永迴雄

聲調系統：

陰平 55　　　三天剛黑　　　陽平 35　　　河流田雜

上聲 214　　講爽好鐵　　　去聲 51　　　下面是作

在北方方言區內部，各地區的語音差別也相當不少，例如：

聲母方面

北京話卷舌音聲母在各地的讀法有明顯差別，有些地方合併於舌尖前音 [ts]、[tsʻ]、[s]（如山西太原），有些地方分為卷舌音 [tʂ]、[tʂʻ]、[ʂ]和舌葉音 [tʃ]、[tʃʻ]、[ʃ] 兩套（如膠東半島），有些地方分為舌尖前音 [ts]、[tsʻ]、[s] 和舌面前音 [tɕ]、[tɕʻ]、[ɕ] 兩套（如漢口），還有的地方讀唇齒塞擦音。

北京話的舌面前音 [tɕ]、[tɕʻ]、[ɕ] 聲母，有些地方按照古音來源分為 [tɕ]、[tɕʻ]、[ɕ] 和 [ts]、[tsʻ]、[s] 兩套（如河北中南部、河南大部）。

北京話的 [r] 聲母，有些地方讀成零聲母（如東北大部），有些地方讀成邊音 [l]（如山東一些地方）。

北京話的 [n]、[l] 聲母，一些地方混而不分（如長江下游和西南地

區）。

北京話零聲母的開口呼字，一些地方讀成 [n] 聲母或 [ŋ] 聲母（如河北、東北）。

北京話零聲母的一部分合口呼字，一些地方讀成 [v] 聲母（如河南）。

韻母方面

北京話的 [n]、[ŋ] 兩種韻尾，許多地方混而不分（包括西南、江淮、西北等地）；其中的部分字，一些地方讀成鼻化韻母（如太原、西安、揚州）。

北京話的撮口呼的字，一些地方讀成齊齒呼（如雲南）。

聲調方面

山西和江淮等地的一些方言有入聲調，是北京話所沒有的。

北京話的陰平、陽平兩種調類，在少數方言裡併為一個平聲調（如河北蔚縣、寧夏銀川）。

以上所說的特點，只是舉例性質，遠遠沒有包括各地區所特有的語音現象。

二、吳方言

吳方言主要分布在江蘇省的長江以南、鎮江以東地區和浙江省大部分地區。語音特點舉例如下：

聲母方面

塞音、塞擦音聲母裡有一套濁聲母（[b]、[d]、[g]、[dʑ] 等）。

北京話的卷舌音聲母在吳方言區許多地方變成了舌尖塞擦音 [ts]、[ts']、[s] 等。

韻母方面

單元音豐富，北京話的 ai、ei、au、eu 等韻母，在吳方言裡大多合併成單元音。

北京話的鼻音韻尾 [–n]、[–ŋ]，在吳方言區大多合併為一種，或為 [–n]，或為 [–ŋ]。

聲調方面

聲調比較複雜，一般在六個到八個調類，最多的地方有十二個。普遍有入聲調類，通常是收喉塞音韻尾。

下面是吳方言的代表點之一蘇州話的聲韻調系統（以下各方言逢無字之音以方框「□」表示；同一字見於兩個地方時則分別屬於文白異讀）：

聲母二十八個：

p 班比布	pʻ 怕匹普	b 盤別防	m 門米味	f 分番飛	v 馮扶文
t 刀斗短	tʻ 太討通	d 同道奪	n 難怒農		l 蘭呂連
ts 糟精招	tsʻ 倉秋抄			s 僧修少	z 謝潮柔
tɕ 經間舉	tɕʻ 丘去敲	dʑ 旗巨跪	ȵ 泥女嚴	ɕ 休戲向	j 移尤雨
k 貴高根	kʻ 開空康	g 共狂逵	ŋ 岸月軟	h 吼歡好	ɦ 猴湖完
ø 安烟溫迂					

韻母四十九個：

ɿ 資師是	i 閉飛趣	u 布破無	y 居跪魚
ʮ 支恥時			
ɒ 敗拉街	iɒ 姐寫野	uɒ 怪歪	
æ 保草照	iæ 條小要		
E 蓋杯山		uE 灰塊	
	iɪ 貶仙全		
o 怕瓜蝦	io 靴霞		
ø 半酸看	iø 權犬遠	uø 官歡完	
ɤ 畝走歐	iɤ 丘舊優		

əu 土苦五

ən 本沉能　in 兵命斤　　uən 困昏滾　yn 軍訓允

ɒŋ 幫方雙　iɒŋ 講腔旺　uɒŋ 光曠

aŋ 廠打硬　iaŋ 兩相陽　uaŋ 橫

oŋ 風中公　ioŋ 兄容用

ɒʔ 麥石客　iɒʔ 腳鵲藥

aʔ 拔甲殺　iaʔ 捏俠　　uaʔ 滑挖　　yaʔ 日

ɤʔ 不奪直　iiʔ 筆接一　uɤʔ 忽活窟　yɤʔ 決血越

oʔ 八各福　ioʔ 菊確欲

l̩ 而兒　　　m̩ 姆畝　　n̩ 你　　　　ŋ̍ 五魚兒

聲調七個：

　　陰平 44　　陽平 24　　上聲 52　　陰去 412　　陽去 31

　　陰入 4　　陽入 23

三、閩方言

　　閩方言分布於臺灣、福建、廣東等地，是漢語各個方言中內部分歧最大、語音現象最複雜的方言。在閩方言區內，很多地方是不能互相通話的。閩方言的文白異讀現象也比其他方言複雜。閩方言大致分為閩南方言（以廈門話為代表）、閩東方言（以福州話為代表）、閩北方言（以建甌話為代表）、閩中方言（以永安話為代表）、莆仙方言（以莆田話為代表）。語音特點舉例如下：

聲母方面

大部分地方只有十五個聲母。

北京話的 [f] 聲母，在閩方言許多地方讀成 [p]、[pʻ]（白話音），或

者 [h]（讀書音）。

北京話的卷舌音聲母字，在閩方言區內有的讀 [t]、[tʻ] 和 [s]，有的讀 [ts]、[tsʻ] 和 [s]，因古音來源不同而區別。

韻母方面

有的地方有 [–m]、[–k]、[–p]、[–t]、[–ʔ] 韻尾。

有的地方有豐富的鼻化韻。

北方話的撮口呼字在有的地方讀成開口呼、合口呼或者齊齒呼。

少數地方存在著「雙韻尾」。如福州話的 [aiŋ]、[eiŋ]。

聲調方面

聲調數目在六到八個之間，以七個為常見。普遍有入聲調。

閩方言中以閩南話的使用人口最多，通行範圍最廣，下面是閩南話的代表點廈門話的聲韻調系統：

聲母十七個：

p 布別房	pʻ 怕伴芳	b 門蚊武	m 名門麻
t 到同除	tʻ 太團拆	n 拿連讓	l 南連日
ts 糟巢主	tsʻ 倉處市		s 散時常
k 高狂懸	kʻ 開去吸	g 岸蟻牛	ŋ 雅午硬　h 化法蟻
ø 襖藥運			

韻母七十六個：

	i 比美池	u 居丘事
a 巴家教	ia 姐車騎	ua 瓜夸蛇
e 迷雞灰		ue 杯買初
ɔ 布斗模		
o 波多高	io 茄小腰	

ai 排太利　　　　　　　　　　　uai 怪懷
　　　　　　　　　　　　　　　　ui 肥對水

au 包草畫　　　iau 苗條小
　　　　　　　iu 柳州有

ã 馬打三　　　iã 城向艾　　　　uã 寡山安
ẽ 嬰
ɔ̃ 模奴火
　　　　　　　ĩ 你天青

ãĩ 買耐艾　　　　　　　　　　　ũãĩ 懸橫
　　　　　　　　　　　　　　　　ũĩ 梅

ãũ 茅鬧　　　ĩãũ 描鳥
　　　　　　　ĩũ 紐長羊

am 南三監　　　iam 點鉗鹽
　　　　　　　im 臨枕金

an 難山顏　　　ian 免戰犬　　　uan 反團酸
　　　　　　　in 民珍因　　　　un 村銀雲

aŋ 綁港東　　　iaŋ 涼雙
ɪŋ 朋間城
ɔŋ 方雙風　　　iɔŋ 向長用
ap 答鴿十　　　iap 帖接葉
　　　　　　　ip 立十急
at 達割實　　　iat 別舌悅　　　uat 法奪說
　　　　　　　it 必實一　　　　ut 不出物
ak 北六學　　　iak 鑠
ɪk 脈伯或
ɔk 作各沃　　　iɔk 六雀玉

aʔ 百搭合　　iaʔ 壁拆頁　　uaʔ 潑活割

eʔ 冊說伯　　　　　　　　　ueʔ 八狹截

oʔ 作鐲各　　ioʔ 借藥

　　　　　　　iʔ 舌接　　　uʔ 托

　　　　　　　　　　　　　　uiʔ 挖拔

auʔ 雹落

ãʔ 跋　　　　ĩãʔ 嚇

ẽʔ 脈　　　　　　　　　　ũẽʔ 夾

ɔ̃ʔ 膜

　　　　　　　ĩʔ 物

ãũʔ □

m̩ 梅茅　　　ŋ̍ 方長酸　　m̩ʔ 默　　　ŋ̍ʔ □

聲調七個：

陰平 55　　陽平 24　　上聲 51　　陰去 11　　陽去 33

陰入 <u>32</u>　　陽入 5

四、粵方言

　　粵方言分布在廣東、廣西境內，廣州話是代表。語音特點舉例如下：

聲母方面

　　北京話裡的舌面前音聲母 [tɕ]、[tɕ‘]、[ɕ]，在粵方言裡一部分讀成 [k]、[k‘]、[h]，另一部分讀成舌葉音 [tʃ]、[tʃ‘]、[ʃ] 或舌尖前音 [ts]、[ts‘]、[s]。

　　北京話裡 [x] 聲母的合口呼字，在粵方言大部分地方都讀成 [f]。

　　北京話裡 [k‘] 聲母的字，有一部分讀成 [f]，如科 [fɔ]、寬 [fun]、枯

[fu]。

　　北京話裡零聲母的一部分合口呼字，在粵方言裡讀成 [m] 聲母，如「文微物武萬」等。

　　北京話裡卷舌音聲母和舌尖前音聲母，在粵方言裡的讀法很不一致。有的地方合併為一類，讀成舌葉音 [tʃ]、[tʃʻ]、[ʃ]（如廣州）；有的地方分別讀成舌尖前音 [ts]、[tsʻ]、[s] 和舌面前音 [tɕ]、[tɕʻ]、[ɕ]（如廣西梧州）；還有其他的讀法。

　　一些地方有邊擦音聲母 [ɬ]。

韻母方面

　　多數地方沒有舌尖元音 [ɿ、ʅ]，北京話裡的「資詞思、之痴詩」等字的韻母，在廣州話裡韻母為 [i]。

　　鼻音韻尾有 [–m]、[–n]、[–ŋ]，塞音韻尾有 [–p]、[–t]、[–k]。

　　有些地方沒有撮口呼韻母。

　　有些地方元音分長短。

聲調方面

　　聲調的數目較多，一般為八個到十個。各地都有入聲調類。

　　下面是廣州話的聲韻調系統：

聲母二十個：

p 巴別伴	pʻ 拋盤普	m 馬門微	f 夫灰科	w 委橫永
t 多道淡	tʻ 體同拖	n 女怒年		l 蘭禮路
tʃ 至者子姐	tʃʻ 抄抽此齊		ʃ 試少四小	j 影有任
k 高改叫基	kʻ 困括求溪	ŋ 岸我硬	h 漢好許希	
kw 瓜果鬼	kʻw 夸葵框			
ø 歐挨丫				

現在一般的歸納方法是把廣州話的舌根音聲母分圓唇和不圓唇兩組，即把 [w] 這個介音成分看作聲母的一部分。但仍有把舌根音作一組看待而把 [w] 看作韻頭 ([u]) 的。上表採取前一種辦法。

韻母五十三個：

a 家也瓜	ɛ 爹蛇野	œ 靴朵	ɔ 歌禾過波
i 字兒衣	u 烏古附	y 朱魚樹	
ai 拜街怪	ɐi 米矮貴	ei 皮美死	ɔi 內海外	ui 杯梅灰
au 飽交茅	ɐu 布土早	u 畝走舊	iu 表要照	øy 女去推
am 談三喊	ɐm 林含任	im 念閃掩	
an 班山關	ɐn 新人群	øn 頓進春	ɔn 趕漢安
in 邊天戰	un 官碗本	yn 短犬孫	
aŋ 生硬橫	ɐŋ 朋更宏	ɛŋ 平鏡餅	ɪŋ 冰兄永
œŋ 良昌香	ɔŋ 幫創江	uŋ 風中孔	
ap 答雜甲	ɐp 立濕入	ip 貼接葉	
at 八壓刮	ɐt 筆吉橘	øt 律出血	ɔt 割渴
it 別浙必	ut 沒撥活	yt 奪撮雪	
ak 白冊格	ɐk 北則克	ɛk 劈石吃	œk 腳若掠	ɔk 博作各
ɪk 力逼域	uk 木足曲		
m̩ 唔	ŋ̩ 吳五		

聲調九個：

陰平 53 或 55　　陽平 21　　陰上 35　　陽上 23　　陰去 33　　陽去 22

上陰入 5　　下陰入 33　　陽入 22

五、客家方言

客家方言分布於廣東的東部和北部、廣西南部、福建西部、江西南部、以及臺灣、四川、湖南的部分地區。以廣東梅縣話為代表。語音特點舉例如下：

聲母方面

北京話裡的塞音、塞擦音不送氣聲母，有一部分字在客家方言裡讀成送氣聲母（這一部分字來自古代的全濁聲母）。

北京話裡一部分 [x] 聲母的合口呼字，在客家方言讀成 [f] 聲母，如「灰輝花懷」。

北京話裡一部分 [f] 聲母的字，在客家方言讀成 [p]、[p']，如「飛斧肥浮」。

北京話裡讀舌面前音 [tɕ]、[tɕ']、[ɕ] 聲母的字，在客家方言一部分讀成舌尖前音 [ts]、[ts']、[s]，一部分讀成舌根音 [k]、[k']、[h]。

韻母方面

一般沒有撮口呼韻母，北京話讀撮口呼的字，客家方言多讀成齊齒呼。

以 [o]（或 [ɔ]）作主要元音的韻母比較多。

鼻音韻尾有 [-m]、[-n]、[-ŋ] 三種，塞音韻尾有 [-p]、[-t]、[-k] 三種。

聲調方面

一般有六個調類。普遍有入聲調。

下面是梅縣話的聲韻調系統：

聲母十八個：

p 巴布比　p' 怕縫別　m 門尾網　f 夫花奉　v 文委王

t 多端知　　t' 太提豆　　n 南尼奴　　　　　　l 來路離

ts 祖莊針　　ts' 粗深鄭　　　　　s 蘇山沙

　　　　　　　　　　　ȵ 疑元人

k 歌家怪　　k' 可勸共　　ŋ 牙五昂　　h 何海閑

ø 安音于

韻母七十六個：

ɿ 資世租　　i 比每居　　u 布故無

a 巴家化　　ia 姐野斜　　ua 瓜跨卦

ɛ 雞細街　　iɛ □　　　　uɛ □

o 波歌多　　io 靴茄　　　uo 果過

ai 再壞械　　iai 皆解　　uai 乖快

oi 臺害背

　　　　　　iui 銳蕊　　ui 對歲追

au 包刀交　　iau 標笑茂

ɛu 某瘦後　　iu 流九秀

am 凡擔三　　iam 廉欠嫌

ɛm 岑森參

əm 針沉甚　　im 林心飲

an 半山單　　ian 間牽眼　　uan 關慣款

on 短算川　　ion 軟　　　　uon 官觀

ɛn 敏根朋　　iɛn 邊仙天　　uɛn 耿互

ən 真稱剩　　in 民親頂　　un 本分頓　　iun 君銀忍

aŋ 爭冷硬　　iaŋ 丙醒映　　uaŋ 礦

oŋ 江長忙　　ioŋ 香框網　　uoŋ 光廣

　　　　　　　　　　uŋ 東風窗　　iuŋ 龍從恭

ap 甲蠟法　iap 接業貼

ɛp 粒澀

əp 汁濕　　ip 立急入

at 八達設　iat 結缺月　uat 括闊

ɛt 北色克　iɛt 別雪鐵　uɛt 國

ot 說割發　iot □　　　uot □

ət 質室直　it 筆息律　ut 不出骨　iut 屈

ak 伯石冊　iak 壁劇額　uak □

ok 剝落芍　iok 雀腳若　uok 郭廓

　　　　　　　　　　　uk 木讀谷　　iuk 足綠玉

m̩ □　　　ŋ̍ 五魚

聲調六個：

陰平 44　　陽平 11　　上聲 31　　去聲 52　　陰入 1　　陽入 5

六、贛方言

贛方言分布於江西省中部和北部、湖南東部、福建西部。是通行範圍較小、使用人口較少的方言。語音特點舉例如下：

聲母方面

北京話不送氣的塞音、塞擦音聲母的字，有一部分在贛方言讀成送氣音（如「道在趙轎」）。

北京話的 [x] 聲母的合口呼字，贛方言聲母為 [f]。

北京話 [n]、[l] 兩個聲母，在贛方言洪音字往往混併，如「腦」、「老」同音；細音字不混併，如「泥」、「梨」不同音。

北京話 [tʂ]、[tʂʻ]、[ʂ] 聲母的字，在贛方言讀成 [ts]、[tsʻ]、[s] 或 [t]、

[t']、[s] 聲母。

韻母方面

撮口呼韻母較少。

在高元音、前元音之後，只有舌尖鼻音韻尾 [–n]，沒有舌根音鼻音韻尾 [–ŋ]。如「燈星京聲」等字的韻尾都是 [–n]。

不少地方有塞音韻尾，但很不一致，有些地方是 [–t]、[–k]，或者 [–ʔ]，有些地方是 [–p]、[–t]、[–ʔ]，有的地方還有韻尾 [–l]。

聲調方面

一般為六至七個調類。有入聲調類。

下面是贛方言的代表點南昌話的聲韻調系統：

聲母十九個：

p 巴搬比　　p' 坡蓬白　　m 迷麥梅　　Φ 法花風
t 多端答　　t' 提他敵　　　　　　　　　　　　l 冷熱努
ts 左周桌　　ts' 搓茶層　　　　　　　s 所善蘇
tɕ 雞豬尖　　tɕ' 茄處青　n̠ 泥軟業　ɕ 西書穴
k 家根瓜　　k' 科櫃掐　　ŋ 牙恩額　h 下何學
ø 而衣烏于

韻母六十五個：

ɿ 資知事　　i 米賠眉　　u 路租符　　y 豬女雨
a 怕家社　　ia 寫夜靴　　ua 瓜卦話
ɛ □　　　　iɛ 去鋸魚　　uɛ □　　　ye 靴
ə 如兒
o 歌多火　　　　　　　　uo 果課窩
ai 菜街壞　　　　　　　　uai 外乖快

əi 灰肺培　　　　　　　　ui 水催非

au 高包抄

ɛu 斗奏超　iɛu 勾口條

əu 周抽受　iu 流九休

an 南山斬　　　　　　　　uan 關晚反

ɛn 占痕登　iɛn 天跟更

on 貪酸漢　　　　　　uon 官款換　yon 全卷宣

ən 本門證　in 林親冰　un 孫文敦　yn 勻群

aŋ 生更硬　iaŋ 定晴影　uaŋ 橫

oŋ 幫霜江　ioŋ 槍兩香　uoŋ 光王礦

　　　　　　iuŋ 窮用熊　uŋ 東風龍

at 答甲辣　　　　　　　　uat 滑刮法

ɛt 折色北　iɛt 葉滅刻　uɛt 國或

ot 鴿末脫　　　　　　uot 闊活　yot 雪月缺

ət 濕直識　it 急力積　ut 骨物佛　yt 橘屈律

ak 百客尺　iak 迹壁錫　uak □

ok 薄霍角　iok 削約略　uok 郭沃擴

　　　　　　iuk 六肉足　uk 讀福族

m̩ 姆　　　ṇ 你　　　ŋ̍ 五

聲調七個：

陰平 42　　陽平 24　　上聲 213　　陰去 45　　陽去 21

陰入 5　　陽入 <u>21</u>

七、湘方言

湘方言也是通行範圍較小、使用人口較少的方言。本方言主要分布於湖南省，另外廣西的北部小片地方也有分布。語音特點舉例如下：

聲母方面

北京話的 [x] 聲母的字，本方言讀成 [f] 聲母。

北京話的卷舌音聲母，開口呼字在湘方言有些地方讀成舌尖前音 [ts]、[tsʻ]、[s]，合口呼字讀成舌面前音 [tɕ]、[tɕʻ]、[ɕ]。

北京話的 [n]、[l] 兩個聲母，洪音字在湘方言混併，如「腦」、「老」同音，「南」、「藍」同音；細音字仍區別，如「泥」、「梨」不同音，「年」、「連」不同音。

韻母方面

北京話的 [–n]、[–ŋ] 兩種鼻音韻尾，湘方言混併為一種，或者都為 [–n]，如長沙話；或者都為 [–ŋ]，如邵陽話。

北京話裡以低元音作韻腹而收 [–n]、[–ŋ] 韻尾的音節，湘方言往往讀成鼻化韻，如「官搬端、莊霜幫」等字。

聲調方面

湘方言區很多地方有入聲調類，但是入聲調不收塞音韻尾，音節也不短促，完全是憑藉音高等非音質因素構成調位。

下面是「老湘語」的代表點湖南雙峰話的語音系統：

聲母二十八個：

p 巴擺幫	pʻ 怕判普	b 平婆步	m 門夢明
t 多張居	tʻ 拖穿區	d 地場權		l 老南流
ts 左雜摘	tsʻ 村昨插	dz 慈鋤時	s 三俗刷
tʂ 知支之	tʂʻ 赤遲直	dʐ 池治	ʂ 世食使

tɕ 積交畫　tɕ' 七清曲　dʑ 謝奇強　ɳ 娘研若　ç 心香書
k 歌皆展　k' 枯敲欠　g 葵共狂　ŋ 牙額矮　x 化活分　ɣ 回雄上
ø 阿羊歪

韻母三十三個：

ɿ 子此誓　　i 皮日力　　　u 布普婆　　　y 女豬歲
ʅ 之十尺

a 拿排街　　ia 色鐵輒　　ua 摘活關　　ya 月血
e 杯才口　　ie □　　　　ue 衰臺活　　ye 說血
　　　　　　　　　　　　ui 飛規骨

ɤ 茅敲叟　　iɤ 交少走
o 巴畫伯　　io 靴下惹
u 多鎖角　　iu 秋周學
əu 都谷禾

æ 山耕恩

ĩ 邊閃米　　iĩ 年仙然　　uĩ 犬傳縣
ɐn 幫冬松　　iɐn 兵今中　　uɐn 存群永　　yɐn 訓兄勛
ɒŋ 當雙江　　iɒŋ 良商央
m̩ 姆　　　　n̩ 你

聲調五個：

陰平 55　　陽平 23　　上聲 21　　陰去 35　　陽去 33

第三章　音韻學的研究方法

音韻學的研究方法從古代到現代有很大變化。我們不但要掌握現代的研究方法，還必須瞭解古代的研究方法，否則無法讀懂和繼承古人研究音韻學的成果。本章所介紹的方法，包括古人給漢字注音的方法、古人表現語音成分和語音系統的方法、古人和現代人從文獻中探索古代音類的方法以及現代人推測古代音值的方法等等。

第一節　用反切給漢字注音

古人沒有音標，也沒有拼音字母，他們用漢字作為注音工具，給另外的漢字注音。應用最普遍、使用時間最長久的方法，叫做「反切」。本節主要介紹反切注音法，順便也談一下其他的方法。

一、反切以前的注音方法

古人的注音方法是逐漸改進的。漢代人為了讀懂先秦典籍，一直在探索為漢字注音的方法，曾經有「譬況」、「讀若（讀如）」、「直音」等注音方法。

用譬況的方法標注讀音，是拿一個字作為參照，說明要注音的字跟那個參照字在發音上有什麼不同。例如：

《呂氏春秋・慎行》：「相與私哄。」高誘注：「哄，讀近鴻，緩氣

言之。」

《淮南子‧說林》:「亡馬不發戶轔。」高誘注:「轔,讀近鄰,急氣言乃得之也。」

也可以是把兩個字（或同一字的兩種讀音）放在一起加以對比,說明其間的不同。例如:

《公羊傳‧宣公八年》:「曷為或言而,或言乃?」何休注:「言乃者內而深,言而者外而淺。」

《公羊傳‧莊公二十八年》:「《春秋》伐者為客,伐者為主。」何休注:「伐人者為客,讀伐長言之,齊人語也。……見伐者為主,讀伐短言之,齊人語也。」

讀若或讀如,是用一個讀音相同或相近的字來提示要注音的字的讀音。例如:

《說文解字‧口部》:「噲,讀若快。」

《說文解字‧民部》:「氓,讀若盲。」

《呂氏春秋‧重己》:「其為飲食酏醴也。」高誘注:「酏讀如《詩》『虵虵碩言』之虵。」

直音,是直接用同音字來注音。例如:

《漢書‧高帝紀》:「單父人呂公善沛令。」顏師古引孟康注:「單,音善;父,音甫。」

《漢書‧藝文志》:「別栩陽賦五篇。」顏師古引服虔注:「栩音詡。」

《穆天子傳》三：「山川間之。」郭璞注：「間音諫。」

直音法最便捷可靠，六朝、唐宋，乃至於明清、近代，一直有人使用。

譬況和讀若的注音方法，對讀音的說明不準確、不明瞭，效果很不理想。直音的方法簡便準確，但是使用範圍很受限制，如果找不到同音字，就無法注音了；或者雖然找到了同音字，但是個很生僻的字，也起不到注音的作用。

到東漢末年，人們發明了反切，在注音方法上前進了一大步。

二、反切的基本原理

反切，又叫「反語」或「切語」，是用兩個漢字給另外一個漢字標注讀音，可以用一個公式來表示：

X–AB 反

或者：X–AB 切

X 代表被注音的字，是「被切字」；A 和 B 代表用來注音的字，A 是「反切上字」，也叫「切上字」；B 是「反切下字」，也叫做「切下字」。「反」和「切」是標誌字，是這種注音方式的記號。隋唐以前用「反」字，唐代以後通用「切」字。

反切的原理是：取反切上字的聲母，取反切下字的韻母和聲調，兩者結合成另外一個音節，就是被切字的讀音。它的前提是：反切上字跟被切字的聲母相同，反切下字的韻母和聲調跟被切字相同。例如：

「冬，都宗切」。被切字「冬」和切上字「都」的聲母相同，和切下字「宗」的韻母、聲調相同。用漢語拼音表示，就是「冬 dong，都 d(u) 宗 (z)ong 切」。

「譚，徒含切」。被切字「譚」和切上字「徒」的聲母相同，和切下字「含」的韻母、聲調相同。用漢語拼音表示，就是「譚 tan，徒 t(u) 含

(h)an 切」。

「榜，北朗切」。被切字「榜」和切上字「北」的聲母相同，和切下字「朗」的韻母、聲調相同。用漢語拼音表示，就是「榜 bang，北 b(ei) 朗 (l)ang 切」。

「號，胡到切」。被切字「號」和切上字「胡」的聲母相同，和切下字「到」的韻母、聲調相同。用漢語拼音表示，就是「號 hao，胡 h(u) 到 (d)ao 切」。

被切字是零聲母時，反切上字必須是零聲母字，但是四呼不一定跟被切字一致，被切字的四呼還要憑切下字來決定。例如：「哀，烏開切」、「恩，烏痕切」、「宴，於甸切」、「員，王權切」，切上字只表明被切字是零聲母，和被切字的四呼並不一致。

以上所講的反切的基本原理，是傳統韻書中應用最普遍的反切方式。明清時代，出現了許多種變革形式，跟上面說的方式有所區別，下文將會提到。

關於「反」、「切」這兩個標誌字的含義，宋代毛晃《增修互注禮部韻略》說：「音韻輾轉相協謂之反，亦作翻；兩字相摩以成聲韻，謂之切。其實一也。」金代韓道昭《五音集韻》「切」字條下注：「一音輾轉相呼謂之反，……一韻之字相摩以成聲謂之切。」元代劉鑑《總括玉鑰匙玄關歌訣》序：「反切二字，本同一義，反即切也，切即反也。……或作反，或作切，皆可通用，是字雖異而義同也。」清代李汝珍《李氏音鑑》卷二：「所謂反切者，蓋反復切摩而成音之義也。」古人認為反切的關鍵是「反復切摩」，因為古人要學會這種注音方法並不容易，只有把兩個字反來復去地連讀，最後才能合成一個音節。

三、反切產生的時代

關於反切的具體出現年代和發明人，過去曾經有不同的說法。按照

南北朝以後比較流行的說法，反切是東漢末至三國時期孫炎創造發明的。如北朝顏之推《顏氏家訓・音辭》篇：「孫叔然（孫炎）創《爾雅音義》，是漢末人獨知反語。至於魏世，此事大行。」隋唐之間陸德明《經典釋文・序錄》：「古人音書止為譬況之說。孫炎始為反語，魏朝以降漸繁。」唐代張守節《史記正義・論音例》：「先儒音字，比方為音。至魏秘書孫炎始作反音。」

　　孫炎的事跡見於《三國志・王肅傳》。他所著《爾雅音義》已佚，其中的反切，有一些保留在《經典釋文》等書中。顏之推、陸德明、張守節等人認為反切產生於漢末，並且把發明權歸之於孫炎。但經後人考證，比孫炎更早的服虔、應劭已經用上了反切。

　　唐代和尚慧琳《一切經音義》景審序：「古來反音，多以旁紐而為雙聲，始自服虔。」唐代武玄之《韻詮》：「服虔始作反音。」清代江永《音學辨微・序》：「服子慎（服虔）、應仲遠（應劭）訓說《漢書》，乃有反語。」服虔、應劭是漢桓帝、靈帝時代的人，比孫炎早幾十年。他們的反切，被南北朝時裴駰《史記集解》和唐代顏師古《漢書注》所引用。應劭的反切如：

　　《史記・陳涉世家》：沈，長含反。
　　《史記・留侯世家》：狙，七預反。
　　《漢書・禮樂志》：瀏，來朝反。
　　《漢書・地理志》：墊，徒浹反。

服虔的反切如：

　　《史記・張耳陳餘列傳》：孱，鉏閑反。
　　《漢書・張良傳》：鯫，七垢反。
　　《漢書・揚雄傳》：踢，石臬反。
　　《漢書・宣元六王傳》：臑，奴溝反。

服虔、應劭使用反切，也不意味著一定是他們發明的。反切的產生估計

不會早於東漢時期，真正的發明人今天已很難考證、也沒有必要去深究。

　　反切的產生，在中國的文化史和語文學史上有很重要的意義。它克服了以前種種注音方式的嚴重不足，提供了一種可以普遍應用而且效果良好的方法，解決了如何在書面上有效地給漢字注音這樣一個重大問題。它也促成了漢語音韻學這門學科的建立，因為有了反切，才知道如何分解漢字的字音，才能產生出韻書。王力先生在《漢語音韻》一書說：「反切方法的發明，是漢語音韻學的開始。」這是很有道理的。從東漢後期到清末，一千七八百年中，反切一直被用作主要的標音方式，為文化事業作出了很大貢獻。

四、反切的特點及其局限

　　反切是用漢字給漢字標音，而漢字的特點是超方言性，不同的方言都使用相同的漢字，可是讀音卻有差別。同一個反切切出的音，在不同的方言裡，可能讀音不一樣。例如：「深，式針切」，在北京話切出的讀音是 ʂ(ʅ)+(tʂ)ən → ʂən，在廣州話切出的讀音是 ʃ(ik)+(tʃ)ɐm → ʃɐm。

　　有些反切，適合於某一方言，不一定適合於另外的方言。例如：「洞，徒弄切」，在蘇州話裡，洞和徒的聲母都是 [d]，這個反切可以切出「洞」字；但是在北京話裡，洞的聲母是 [t]，徒的聲母是 [tʻ]，「徒弄切」切出來的音是 [tʻòng]，這個反切就不適用。

　　漢字又是貫通古今的，古代的讀音跟今天有很大不同，很多古代的反切，按照現代讀音去切，也得不出被切字的準確讀音。例如：「方，府良切」，被切字「方」和切下字「良」，現代北京話讀音的韻母不同（一為開口呼 ang、一為齊齒呼 iang），聲調也不同（一為陰平，一為陽平），但是在古代這個反切是很準確的。我們要想用古代的反切切出準確的現代讀音，必須先瞭解古音和現代音的對應關係，這就需要有一定的音韻學基礎知識。

在使用反切時要有一個「提取」的程序，即從切上字提取聲母，從切下字提取韻母。學會這種方法，對古人來說，不是那麼容易的。宋代鄭樵說過：「文人學士，論及反切，便瞪目無語，以為絕學。」可見，古人學反切比今人要難得多。

總而言之，反切這種注音方法，比起以前的譬況、直音、讀若來，是優越得多了，而它的局限性也是非常明顯的。

從宋代起，就已經有人開始修改從前的反切，但僅僅是小修小補。到了明清時代，古今語音的差別越來越大，人們再用古書裡的反切去認識字音，往往扞格不入，迫切感到重新探索反切方法的必要性，提出種種改良反切的主張。他們按照自己時代的實際語音選用反切上下字，並且盡可能使反切上下字容易連讀成為被切字的讀音，例如明代呂坤《交泰韻》的反切：「干，葛安切」、「堅，結烟切」。此外，還盡量使反切上下字用字規律化，如《交泰韻》的反切：秦，七寅切；頻，匹寅切；陳，尺寅切；人，日寅切；鄰，栗寅切；民，密寅切；……除了作為通用切下字的「寅」本身用「逸銀切」，其他所有的韻母為 in、聲調為陽平的字，都用一個「寅」字作反切下字。

明代的沈寵綏和清代的勞乃宣，還提出過「三合切法」，即用三個字做成一個反切。例如「西鏖嗚」切「蕭」(siau)，「幾哀噫」切「皆」(kiai)。勞乃宣甚至還提出「四合切法」，用四個漢字拼一個字的讀音，如：「希伊阿烏」切「枒」字。他們這些意見，反映了對音節切分更加細緻，但是從識字的角度講，實用價值並不大，因此沒有推廣開。

改良反切的主張多種多樣，不必一一詳細介紹，上面僅舉一二例而已。

第二節　聲母、韻母、聲調的分類和命名

　　古人對字音分析的結果，從來都是用漢字表現出來的。在人們只會用譬況、讀若、直音的方法描摹字音的時候，完全是從音節的整體上來認識字音的；後來發明反切，已經懂得把音節切分為更小的單位；到韻書出現以後，逐漸地會給音節分出聲母、韻母、聲調，但是沒有創造出專門用來記音的音標，仍然是用漢字作為工具，進行命名和分類，以體現各種語音成分。通過漢字來分類和命名，從而表現語音系統和語音單位，就成為傳統音韻學的主要方法之一。

一、關於韻母的分類與命名

　　韻母分類的單位有韻類、韻、韻部、韻攝等。

(一)韻類

　　韻類是從韻母分類的最小單位。把韻母完全相同（即韻頭、韻腹、韻尾都相同）、聲調也完全相同的漢字歸納為一個類，這樣的單位叫做韻類。例如在現代漢語裡，「安干刊單灘簪參三」等的韻母都是 an，它們為一個韻類，「烟堅牽先邊篇」的韻母都是 ian，為另一個韻類；「端湍關寬歡鑽躦酸」等的韻母是 uan、「淵捐圈宣」等的韻母是 yan，它們分別屬於兩個韻類。

(二)韻

　　韻是最常用的一個概念。韻基（即韻腹加韻尾）相同、並且聲調也相同的漢字屬於同一個部類，每一部類就叫做一個韻。一個韻裡邊可以包括好幾個韻類，也可以只有一個韻類。

　　每個韻用一個漢字命名，這名稱叫做「韻目」，如「東」、「冬」、「鍾」、「江」等。元明以後，有的韻書採用兩個字作一個韻的韻目，如「東鍾」、

「江陽」、「支思」、「齊微」等。韻目用字，本來是任意的，但是，早期韻書的韻目對後代有很大的影響，晚出的韻書往往沿用已有的韻目。隋代的《切韻》韻目，不僅被唐、宋的韻書沿襲下來，還被元明時代的韻書仿效。

㈢韻部和韻攝

韻部是比韻更大的概念，韻基相同而聲調不同的漢字，歸納為一個單位，這樣的單位叫做韻部。研究先秦兩漢語音系統的時候，一般是分出韻部為止，不依聲調再區別韻，所以韻部的概念在上古音研究中最常用。

韻攝是等韻學所創立的一個概念。攝就是「統攝」的意思，因為一個攝往往統攝或者說包含若干個韻。歸併韻攝的條件是各韻的韻腹相同或接近、韻尾相同（即一攝之內的各韻或者都沒有韻尾，或者都收相同的韻尾。相配的鼻音／塞音韻尾歸在同一攝內）。例如收鼻音韻尾 [-ŋ] 和塞音韻尾 [k] 的「通攝」，包含《切韻》裡的東、冬、鍾等十一個韻，它們是：

平聲	上聲	去聲	入聲
東 uŋ iuŋ	董 uŋ	送 uŋ iuŋ	屋 uk iuk
冬 uoŋ	(uoŋ)	宋 uoŋ	沃 uok
鍾 iuoŋ	腫 iuoŋ	用 iuoŋ	燭 iuok

宋代的等韻圖把《廣韻》的 206 韻歸納為 16 攝，攝的名稱和韻目一樣，採用一個漢字作為代表。十六攝分別是「通、江、止、遇、蟹、臻、山、效、果、假、宕、梗、曾、流、深、咸」。各攝所包含的韻數目不等，最多的咸攝有三十二個韻，最少的假攝只有三個韻。

㈣開合、四等

這是傳統音韻學分析韻頭和韻腹時使用的概念。所謂開合，即開口、合口。元明以後，漢語語音系統發生了很大變化，從明代開始，才有了

開、齊、合、撮四呼的說法。

四等是兼用於韻頭和韻腹的概念。等韻圖把所有的韻類都分屬於一、二、三、四等，但對四等的分別並沒有解釋得很明確。現代音韻學家對於四等分別的一些細節也還沒有取得一致的意見。一般的看法是四等的區別既在於韻腹，也在於韻頭：凡是以 [i] 為介音的韻類都屬於三等；沒有 [i] 介音的韻類分別屬於一、二、四等；後元音 [u]、[o]、[ɑ]、[ɒ] 作韻腹的韻母，屬於一等韻類；低元音 [a]，次低元音 [æ]、[ɐ] 作韻腹的韻母，屬於二等韻類；前、半高元音 [e] 作韻腹的韻母，屬於四等韻類。一等韻和二等韻屬於「洪音」，三等韻和四等韻屬於「細音」。

二、聲母的分類與命名

古人對於聲母的歸納比韻母晚。魏晉時代已經有了「韻」的分類，但直到唐代才懂得怎樣從一個語音系統中發現聲母系統，這主要得益於佛教徒譯經，從梵文字母中受到啟發。

歸納出聲母系統以後，就像給韻取韻目一樣，也給每一個聲母取一個漢字作代表 (也可以說是給每一個聲母起一個名稱)。聲母的代表字叫做「字母」。比如說，「幫」字代表 [p] 聲母，「端」字代表 [t] 聲母，「曉」字代表 [x] 聲母，「心」字代表 [s] 聲母。每個聲母的代表字，一定是從本聲母的字當中選出來的。

在唐宋時代，按發音部位分出的類別有脣音、舌音、齒音、牙音、喉音五個大類，通常稱「五音」。五音之外還有兩個小類，分別叫做半舌音、半齒音，這樣就分成了「七音」。脣音、舌音、齒音每類還分為兩個小類，脣音分重脣音和輕脣音，舌音分舌頭音和舌上音，齒音分齒頭音和正齒音，一共就有十類，在韻圖上又往往把半舌音和半齒音合併為一類，於是就有「九音」之稱。

發音方法主要分為「清」、「濁」和由此衍生出的「次清」、「次濁」。

下面列出影響最大的「三十六字母」系統，附上現代人所構擬的隋唐時期讀音：

		全清	次清	全濁	次濁	清 (全清)	濁 (全濁)
唇音	重唇：	幫 [p]	滂 [p']	並 [b]	明 [m]		
	輕唇：	非 [pf]	敷 [pf']	奉 [bv]	微 [ɱ]		
舌音	舌頭：	端 [t]	透 [t']	定 [d]	泥 [n]		
	舌上：	知 [ȶ]	徹 [ȶ']	澄 [ȡ]	娘 [ȵ]		
齒音	齒頭：	精 [ts]	清 [ts']	從 [dz]		心 [s]	邪 [z]
	正齒：	照 [tɕ]	穿 [tɕ']	牀 [dʑ]		審 [ɕ]	禪 [ʑ]
牙 音：		見 [k]	溪 [k']	群 [g]	疑 [ŋ]		
喉 音：		影 [ø]			喻 [j]	曉 [x]	匣 [ɣ]
半舌音：					來 [l]		
半齒音：					日 [ȵʑ]		

對三十六字母的擬音目前在音韻學界還沒有取得完全一致的意見，表中所列是比較通行的一種。從擬音所用國際音標可以瞭解到古人描寫發音部位和發音方法時所用術語的含義。表中舌上音、正齒音和半齒音都是舌面音（有人擬為舌尖後音），但發音方法不同，舌上音是塞音和鼻音，正齒音是塞擦音和擦音，半齒音「日」母是摩擦鼻音（有人擬為鼻音或通音）。由此可見，「五音」或「七音」的分類並不完全是根據發音部位，其中也包含著發音方法的因素。

古人常常把發音部位的五音跟音樂上表示音階的五音聯繫起來。韻圖中常見的配合方式是：

喉音——宮音

齒音——商音

牙音——角音

> 舌音——徵音
>
> 唇音——羽音
>
> 半舌音－半徵
>
> 半齒音－半商

表中的發音方法分全清、次清、全濁、次濁四大類，每一類裡實際上都包含不同的發音方法。如全清、次清、全濁，各自包含著塞音、塞擦音、擦音；次濁包含著鼻音、邊音、半元音等。此外，全清、次清的區別在於送氣與不送氣，而全濁、次濁的區別並不在於送氣與否。有人認為全濁是送氣音，但與次濁的區別無關。由此可見，古人對發音方法的解釋相當粗糙，術語也比較貧乏。

三、聲調的分類與命名

㈠四聲

四聲指平、上、去、入四個調類。這套名稱產生於南朝齊梁之間。那時候，詩歌正在向格律化的近體詩轉變。《南史‧陸厥傳》：「時盛為文章，吳興沈約、汝南周顒，善識聲韻；約等為文皆用宮商，將平上去入四聲，以此制韻。」又《梁書‧庾肩吾傳》：「齊永明中，文士王融、謝朓、沈約，文章始用四聲，以為新變。」影響最大的是沈約，他在當時的文壇上地位比較高。後來就有人認為是沈約創造四聲，這顯然是不正確的。聲調系統不可能由某個個人創造出來。魏晉之前，在詩歌創作中已經有人自覺地運用聲調，讓同聲調的字押韻，只是還沒有人從理論上解釋這種現象。到了沈約等人，才明確地把四聲的分別揭示出來。

四聲的命名，也和字母、韻目相似，是從本調類裡邊挑出來一個字作為名稱。「平」屬於平聲調，「上」屬於上聲調，「去」屬於去聲調，「入」屬於入聲調。

古人對四聲的調值也曾作過一些描寫。如唐代釋處忠《元和韻譜》：

「平聲哀而安,上聲厲而舉,去聲清而遠,入聲直而促。」明代釋真空《直指玉鑰匙門法歌訣》:「平聲平道莫低昂,上聲高呼猛烈強,去聲分明哀遠道,入聲短促急收藏。」入聲的短促特點是明顯的,今天一些漢語方言仍舊是如此讀;其他三聲則很難從這些解釋中推斷出實際調值來。實際上四聲的調值會隨著時代變化,更何況古代各個方言也會有差異,不可能都具備相同的調值。

⟨二⟩平仄和陰陽

平仄,是詩韻當中的重要概念。平,即平聲;仄,是上去入三聲的總稱。詩韻裡把平聲跟仄聲相對看待。詩的格律主要由平仄來決定。

四聲的分別到近代漢語階段發生了變化。其中一個普遍的現象,是原來的一個調類可以分化為兩個調類,這種分化大多數是以原來聲母的清濁為條件,清聲母字(全清、次清)為一類,濁聲母字(全濁、次濁)為一類。清聲母那一類字的調類叫做陰調類,如陰平、陰上、陰去、陰入;濁聲母那一類字的調類叫做陽調類,如陽平、陽上、陽去、陽入。現代漢語各方言的調類分化情況相當複雜,可參看本書第二章第四節的介紹。

⟨三⟩圈發、點發

這是古代標注聲調的辦法,直到現代仍然還在使用,可以稱之為「四角標圈法」。在一個字的四個角上劃小小的半圓,放在左下角表示讀平聲,放在左上角表示讀上聲,放在右上角表示讀去聲,放在右下角表示讀入聲。用一個方框來代表漢字,這種方法可以圖示如下:

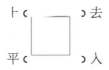

這種方法在唐代以前就產生了。最初的標誌符號不是半圓，而是朱點。那時候書籍的流傳主要靠抄寫，抄書用墨，點發用朱筆，不會混淆。宋代以後，印刷術發達了，印書不能同時用黑紅二色，若用黑色加點，容易混淆字形，所以改用半圈。有的書還使用整圈。

現代各方言的聲調系統不再是整整齊齊的平上去入四聲了，有許多地方分陰陽調類，所以標調方式需要增加符號。現在，對於分別陰陽的調類，用半圈表示陰調類，半圈下邊加一小橫表示陽調類。圖示如下：

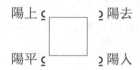

對於不分陰陽的調類，仍然只用半圈表示。

四、古代名稱術語的歧義

以上講到的各類名稱，是按最普遍的用法介紹的。古人在術語的使用上並不統一，有些名詞，在不同的著作裡所指對象或範圍並不一樣。概念的含混和分歧，是音韻學給人以「絕學」印象的原因之一。下面就舉幾個例子：

攝，明清時很多人把它等同於「韻部」。比如徐孝《合併字學篇韻便覽》、阿摩利諦《大藏字母切韻要法》（即《康熙字典》裡的《字母切韻要法》）。

聲，最初用於聲調，如四聲。隋唐以後開始用於聲母。宋代的邵雍又用來指稱韻母，他的《皇極經世書‧聲音唱和圖》的「天聲」即韻母。

音，有時指聲母，如「五音」。邵雍的「地音」也是指聲母。有時指聲調。也有人用在韻頭，如清代趙紹箕《拙庵韻悟》。

其實，不僅是古人，就是在現代人的著作中，音韻學名詞的用法也存在不少差異，在讀音韻學著作時需要加以注意。

第三節　韻書和韻圖的編纂體例

聲母、韻母、聲調，組合出大量的音節，在古代都用漢字來代表。古人通過對音節的排列，編成韻書或韻圖，來展現漢語語音系統的整體面貌。

一、韻書和韻圖的編排原則——層級分類法

由於語音分析的結果都要用漢字來表現，韻書、韻圖有一條「一以貫之」的原則，就是通過對漢字的層層分類，排列出所有的音節，藉以揭示聲韻調的類別和它們的組合規則。可以稱之為「層級分類法」。

聲母、韻頭、韻腹、韻尾、聲調都可以作為分類的條件，但古人一般是把韻腹和韻尾合在一起看待的，即上文所說的「韻基」，它往往被當作一個單位而不再被分解。凡是包含相同成分的字，就可以劃為一類。各種分類法是不可能同時出現的，必須給它們區別出不同的層次，在每一層上採用一條標準。大類下邊再分小類。每分一層，就體現出一種音節成分。一個漢字在各個層次中所處的地位，就顯示了它的音節結構。

分層的次序並不固定。哪種成分作為上位標準，哪種成分作為下位標準，只有習慣與時尚的問題，沒有必然的道理。唐宋時代的韻書，把聲調放在第一層，把韻基放在第二層，把聲母和韻頭放在第三層，用的是「三級分類法」。元代的《中原音韻》，也是用的「三級分類法」，但把韻基放在第一層，把聲調放在第二層，把聲母和韻頭放在第三層。明代蘭茂的《韻略易通》，把韻基放在第一層，把聲母放在第二層，把韻頭放在第三層，把聲調放在第四層，用的是「四級分類法」。清代還有一些韻

圖，把韻頭放在第一層，往下再區分聲調、韻基、聲母。總之，分層的次序是多種多樣的，韻書、韻圖的體例也是多種多樣的。

韻圖除了層級分類以外，還有「交叉分類」作為補充。韻圖是在一個平面上排列音節的，平面上有橫行、豎行，豎行按聲母排列，橫行按聲調或韻母排列，形成縱橫交錯的格局。橫行和豎行代表不同的類別，但不是上下位的關係，而是交叉的關係。

二、韻書的體例

韻書的功用不是單一的。首先，給漢字分了韻，為寫作詩歌提供押韻的根據；其次，用層級分類法來揭示漢字的語音結構；其三，用反切指示漢字的讀音；其四，注釋字義，起到字典的作用。各種韻書的體例不完全相同，所起的作用也不相等。上述後三項功用並非所有的韻書都具備。

古代韻書的編纂歷史悠久。從編纂方式說，可以分為兩個階段：宋代以前的韻書，體例比較一致，為前期階段；金、元代以後的韻書，體例變化較大，格式較多，為後期階段。我們分別以《廣韻》和《韻略易通》為例，介紹古代韻書的特點。

《廣韻》首先按聲調分卷。它的聲調系統是平、上、去、入四聲，按道理應該分四卷，但實際上分了五卷，原因是平聲字多，因而分了上平、下平兩卷，共有五卷。從類別而言，應該看作四類。這是分類的第一層。

第二層分類是韻。相同聲調的字，根據韻基分成若干韻。如平聲東韻、冬韻、鍾韻、江韻等。全書有平聲 57 韻，上聲 55 韻，去聲 60 韻，入聲 34 韻，共計 206 韻。

第三層分類是同音字組，即讀音完全相同的字劃為一組，這樣的同音字組通稱「小韻」。小韻與小韻之間用圓圈隔開。每一小韻的第一個字

後邊有一個反切，是本小韻所有字的注音。每個字的下邊都有字義的解釋。一韻之內，聲調和韻基都相同，小韻之間讀音的區別由另外兩種成分決定：一是聲母，二是韻頭。韻頭相同的字，如果分成兩個小韻，其間的對立就在於聲母；聲母相同的字，如果分成兩個小韻，其間的對立就在於韻頭。把兩種成分放到同一平面上分類，不能反映出層次性。另外，各韻內的小韻次序任意排列沒有規則，不能反映出語音的條理性。這是前期韻書的共同缺點。（見圖一）

　　明代的《韻略易通》採用四級分類，韻的次序有音理的根據，小韻排列有固定的次序，是韻書編排體例的進步。

　　《韻略易通》第一層先分韻部，即把韻基作為第一級分類的標準。全書共分二十韻部，收鼻音韻尾的陽聲韻排在前邊，無韻尾和收元音韻尾的陰聲韻放在後邊。這種排列次序把相沿千年的《切韻》次序改變了。

　　第二層，按聲母分類。用二十字的〈早梅詩〉代表二十個聲母，這首詩是：「東風破早梅，向暖一枝開；冰雪無人見，春從天上來。」每一韻裡的字都按照這個次序排列。

　　第三層，按照韻頭分類。每個聲母的下邊，如果有韻頭不同的兩種韻母的字，就分成兩組。

　　第四層，按照聲調的不同分出同音字組。本書的聲調系統表面上是平上去入四聲，但是平聲裡邊隱含著陰陽的區別，陰平與陽平字之間有一個小圓圈隔開。（見圖二）

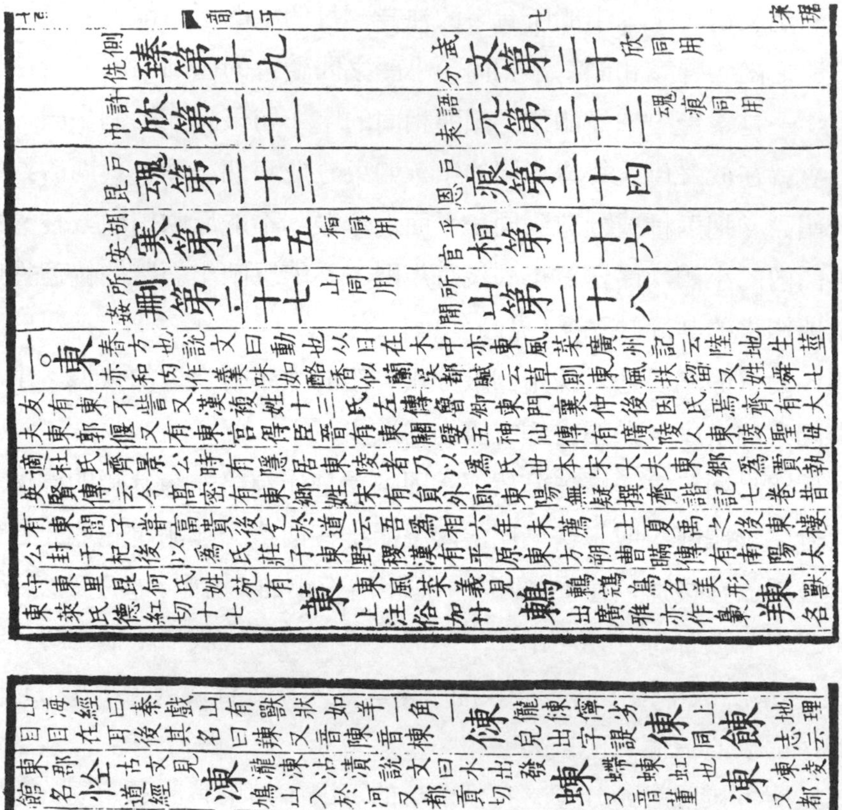

臻第十九　文第二十欣同用
欣第二十一　元第二十二魂痕同用
魂第二十三　痕第二十四
寒第二十五桓同用　桓第二十六
刪第二十七山同用　山第二十八
一東

圖一 《廣韻》書影 清康熙間澤存堂重刊宋本

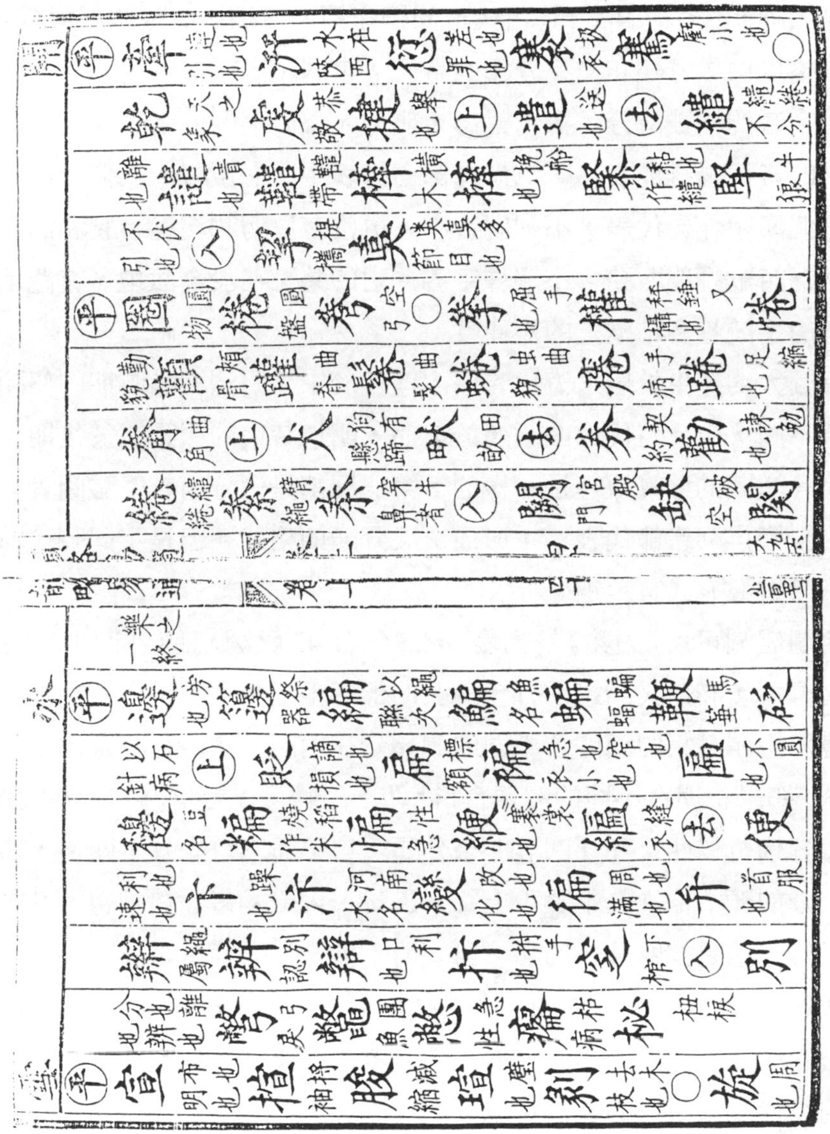

圖二 《韻略易通》書影 明萬曆間高氏刊《古今韻摠》本

三、等韻圖的體例

等韻圖，也簡稱韻圖，是古代音韻學家用漢字編排的聲韻調配合表。這種表格以層級分類和交叉分類的方式，來展示漢語的音節結構，分析出每個字音的構成成分，揭示聲母、韻母、聲調之間的組合規律。韻圖把漢語的音節編排成表格，每個音節占據表中一個位置，一個音節一般只列一個漢字作為代表，不列同音字，更沒有反切和釋義。它和韻書不同，不為詩歌押韻服務，不解釋字義。它的特點在於全面地、直觀地顯示語音的系統性和結構上的規律性。

韻圖大約產生於唐末五代時期，盛行於宋元明清。各時期的韻圖體例有所不同，宋元時代的韻圖屬於前期，明清時代的韻圖屬於後期。各個時代等韻圖的編纂原理是一樣的，第一層都是先分出若干張圖表，每圖之內縱橫排列音節代表字，形成交叉分類的格式。但是不同時代的韻圖的具體編纂方式有差別。

前期韻圖可以《韻鏡》為代表。它一共分 43 張圖，稱為「四十三轉」。分圖的標準，和前文講過的分「攝」的標準差不多，但是有一點不同：《韻鏡》把韻基相同而開合不同的韻類分在兩圖，開口在一圖，合口在另一圖。如果把開合不同的韻類合併，四十三轉可以合併為二十八大類。

每圖橫行以四聲和「四等」來分類。自上而下首先分了四格，這是按聲調分的類，依次為平聲、上聲、去聲、入聲。每一格裡邊，各排列四個橫行，這是按四等分的類，自上而下依次為一等、二等、三等、四等。四聲是上位層次，四等是下位層次。前文已經講過，四等的區別，有韻腹和韻頭兩方面的因素在內，不是單一的標準。古人的語音分析有他們的時代局限，不必過於苛求。

韻圖豎行以聲母的「七音」和清濁來分類。圖上共有六個豎格，自右至左依次是唇音、舌音、牙音、齒音、喉音、半舌音和半齒音。每一

格內，或分四行，或分五行，或分二行，各行分別屬於清（全清）、次清、濁（全濁）、清濁（次濁）。七音是上位層次，清濁是下位層次。按說應該是每一豎行只列同一個聲母的字，但是《韻鏡》的舌音、齒音的一個豎行有兩個聲母的字。其中的原因，留待下文討論。（見圖三）

　　前期的韻書和等韻圖，都有一個缺點，就是分類的層次沒有完全理清楚，有時把應該分為兩層的類別放在了同一層面上。後期的韻書和等韻圖，在這些方面做了必要的改進，分層的條理更為清晰。下面以《字母切韻要法》為例，看一看後期等韻圖在體例上的特點。

　　《字母切韻要法》收在《康熙字典》卷首，它的音系基礎是近代漢語，沒有四等的區別，而分別四呼，使用的術語也不同於前期韻圖。

　　《要法》的第一層，首先是按韻基分了十二「攝」，每攝一圖，共十二圖。這裡的攝，事實上就是韻部，是韻基相同的漢字組成的大類，跟前期的韻攝很不相同。同一攝開、合都在一張圖上，不像前期韻圖分為兩圖。

　　《要法》每圖之內也縱橫分格、分行。橫分四格，是按四呼分的類，不過不稱為四呼，而叫開合正副四韻。自上而下，第一格開口正韻是開口呼；第二格開口副韻是齊齒呼；第三格合口正韻是合口呼；第四格合口副韻是合口呼。每一格內，排四個橫行，是按四聲分的類，自上而下分別是平聲、上聲、去聲、入聲。四呼是上位層次，四聲是下位層次。

　　豎格、豎行是從聲母角度分的類。圖上共有三十六個豎行，排列三十六字母，每一行都是同一字母的字。三十六字母劃分九格，區分「九音」，自右至左，依次為牙音、舌頭音、舌上音、重唇音、輕唇音、齒頭音、正齒音、喉音、半舌半齒音。

　　這種韻圖的優點，在於每一層分類都是單一標準，層次分明，條理清楚，容易看懂。（見圖四）

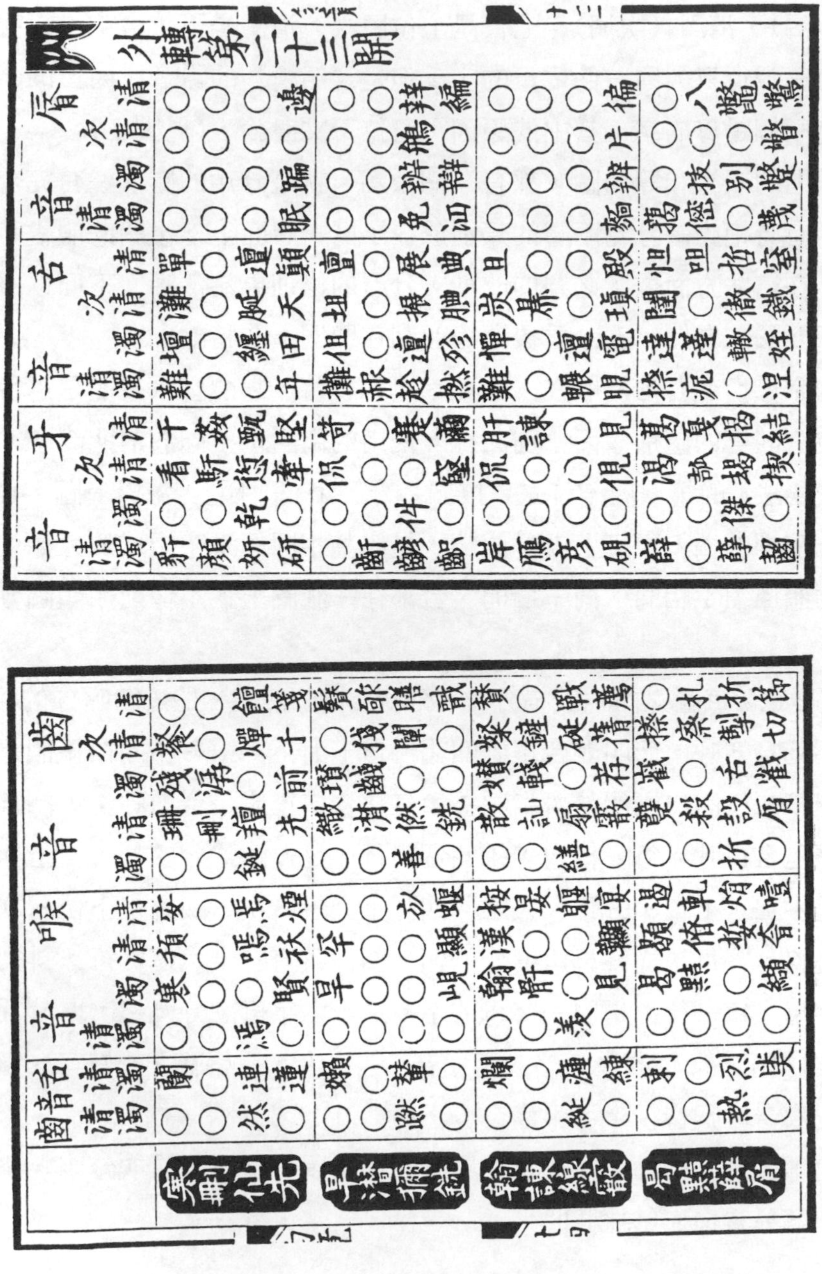

圖三　《韻鏡》書影　《古逸叢書》本

圖四 《康熙字典·明顯四聲等韻圖》

光緒二十年（西元 1894 年）同文書局石印本

第四節　從文獻中探索古代音類的方法

自從有了韻書，就有了完整語音系統的記錄。韻書出現在魏晉以後，但保存至今的只有隋唐以後的韻書，這些韻書、韻圖也不可能把各個時代所有方言的語音系統都記錄下來。我們既無法得到關於南北朝以前語音系統的現成的完整材料，也不可能直接從現存的韻書、韻圖瞭解隋唐以後漢語語音的所有情況。這樣，從間接的文獻材料之中去發現古代語音的特點，就成為音韻學的一項重要任務。音韻學家使用韻腳字的系聯、諧聲字的歸納、異文假借字的互證、反切的系聯以及統計等方法，以解決上面所說的那些任務。通過這些方法，可以發現在某一個時代哪些字聲母有聯繫，哪些字韻母有聯繫，從而歸納出聲母和韻母的類別。

一、韻腳字的系聯

韻腳字系聯法是通過考察一個時代詩歌和其他韻文的用韻情況，從而歸納出當時韻部系統的一種方法。

押韻是詩歌的基本手段之一。押韻的規律，是把韻基相同的字，放在詩句的末尾，使朗讀吟誦時產生韻律的回旋美。能夠在一起押韻的字一般都屬於同一個韻。在韻書韻圖還沒有產生的時代，比如先秦，可以從詩歌和其他韻文的押韻情況歸納出當時的韻部系統。

試以《詩經》的用韻為例來說明。

〈邶風·終風〉二章：霾、來、來、思；

〈邶風·泉水〉一章：淇、思、姬、謀；

〈鄘風·載馳〉五章：尤、思、之；

〈衛風·氓〉一章：蚩、絲、絲、謀、淇、丘、期、媒、期；

〈衛風·氓〉六章：思、哉；

〈秦風・終南〉一章：梅、裘、哉；

〈小雅・四月〉四章：梅、尤；

〈小雅・黍苗〉二章：牛、哉；

……

這些押韻的字現代的韻母分別是 ai、ı、i、ʅ、əu、iəu、ei，讀音相差很遠，是不能押韻的。在中古時代，它們也分屬於好幾韻。但在《詩經》裡，上面各組韻腳輾轉系聯，顯然都是同一韻。清代的古音學家們，用這種方法全面地研究了《詩經》和其他先秦兩漢的韻文，建立起上古韻部系統，取得了重大成就。

這種方法不僅適用於上古音，也可以用於研究以後各代的語音。現代的一些音韻學家運用這方法，研究過兩漢、魏晉南北朝、隋唐五代、宋元明清各個時代的韻文材料，也取得了可觀的成績。

系聯韻腳字需要注意以下的問題。

中國歷代的韻文汗牛充棟，押韻有押官韻和押自然韻的區別。按照官方規定的韻書押韻，就是押官韻，宋元明清的近體詩一般都押官韻。官方的韻書一般是根據前代韻書制定的，是脫離實際口語的。按照實際口語用韻是押自然韻，對音韻學研究有較大價值。韻文的體裁和用韻的性質也有關係。一般說來，新興的韻文體裁比較能夠反映實際口語；如隋唐古體詩反映隋唐的口語，宋詞反映宋代口語，元曲反映元代口語。較古老的韻文體裁，在用韻時往往模仿前代的作品，並不能反映口語。如元明清的詞，在用韻上也模仿宋詞。此外，還要注意方音的問題，同一時代，不同方言區的作者在押韻方面可能受方音的影響，甚至可能完全根據方音押韻。不同性質的用韻，是不能放在一起進行系聯的。

押韻是有一定韻例的。韻例即韻腳字位置的規律。中國的詩歌，一般是雙句用韻，單句不用韻。但這不是絕對的，不同體裁的韻文，韻例可能有所不同。有的詩歌句句用韻，有的詩歌單句偶然用韻，有的詩歌

隔兩三句甚至更多幾句才用韻。至於漢賦等韻文,韻例更為複雜。因此,系聯韻腳字先要搞清楚韻例,以免把不入韻的字當作入韻字。

押韻有時會出現偶然的合韻現象。合韻是不嚴格的押韻,往往是因為原來用的韻可能限制思想的表達,於是臨時放寬用韻的條件,把一個相近韻部裡的字拿進來押韻。任何時代的韻文,都有可能出現這種現象。不要因為少數合韻現象而把兩個韻部系聯成一個韻部。

二、諧聲字的歸納

諧聲字就是形聲字。一個聲符,往往產生出一系列諧聲字。諧聲字和它的聲符在造字時代聲音必定相同或者十分接近,因此,可以利用諧聲字去追尋造字時代的語音系統。諧聲字的語音系統和《詩經》的語音系統大體上是一致的。例如,以「台」為聲符的字有「怡、詒、飴、貽、治、始、笞、胎、苔、抬、怠、殆、迨、紿、駘」等,現代讀音的韻母分別為 i、ㄟ、ai,聲母分別為 tʂ、tʂʻ、ʂ、t、tʻ 和零聲母。但是在上古時代,它們的讀音肯定不會有這樣大的分歧,因為所用的聲符是相同的。它們在《詩經》中作韻腳時,押韻範圍也是一致的,例如:

〈小雅・節南山〉四章:仕、子、已、殆、仕;

〈小雅・雨無正〉六章:仕、殆、使、子、使、友;

〈大雅・賓之初筵〉五章:否、史、恥、怠;

〈魯頌・有駜〉三章:始、有、子;

〈邶風・綠衣〉三章:絲、治、訧。

諧聲字在研究上古音中的作用,在南宋時就有人注意到了。到了清代,古音學家段玉裁全面地把諧聲字用在上古韻部的研究當中,他根據自己分出的上古韻部去考察諧聲系統,得出的結論是「考周秦有韻之文,某聲必在某部,至嘖而不可亂」。並且作出《古十七部諧聲表》,以配合《詩經》押韻字的分部。後來江有誥、王力等古音學家也根據自己的研

究成果作了諧聲表。諧聲表可以彌補韻腳字的不足。能夠在《詩經》和其他韻文裡邊入韻的畢竟只是一部分字，大量沒有入韻的字就可以根據諧聲關係確定其歸屬。

從詩歌的用韻只能探求韻部系統，無法用來研究聲母系統。諧聲字對上古聲母研究起著重要的作用。聲符和諧聲字，不僅韻部相同，聲母也應該相同或者相近。現代音韻學家很重視運用諧聲字去分析上古的聲母。如複輔音聲母主要是從諧聲字得到線索：「路」從「各」聲，是 [kl] 的痕跡；「體」、「禮」同用「豊」作聲符，是 [tl] 的痕跡；「剝」、「祿」同用「彔」作聲符，是 [pl] 的痕跡。

用諧聲字研究古音，需要十分注意諧聲字的時代性。現存的諧聲字，有的是兩漢以後才出現的，有的則遠在殷商時代或更早的時候就出現了。早期的諧聲字的語音系統雖說和《詩經》用韻基本一致，仍然有一些分歧的地方，大概反映的是比《詩經》更早的語音現象。例如「位」和「泣」都從「立」聲，但是在《詩經》押韻中，「位」和「泣」分別屬於兩個韻部。

三、異文、通假字和聲訓互證

異文指的是同一種書的不同版本之間，或原文與引文之間，在文字或語句方面存在不一致的現象。造成異文的原因非常複雜，有異體字、同義詞、錯訛、衍文、脫文、別字等。其中屬於別字的那一部分，因為大多是同音字代替，對於古音的研究有一定用處。這裡邊也包括幾種情況：第一種情況是同一種書裡的同一句話，在不同的版本中使用的字有所不同。例如，《論語‧季氏》：「而謀動干戈於邦內」，《經典釋文》：「鄭本作封內。」「邦」和「封」互易，可知二字上古讀音相似。第二是古書裡的一句話在某些地方的引文有文字上的不同。例如《詩經‧魯頌‧閟宮》第二章：「實始翦商」，《說文解字》引作「實始戩商」，可知上古「翦」、

「戡」讀音相似。第三是古代一些詞語（如聯綿字、人名、地名、器物名等）在不同的書裡用的字不同，例如，聯綿字「逶迤」，又作「委蛇、委佗、委移、倭遲」等，說明「迤、蛇、佗、移、遲」等字上古讀音相似。《左傳》裡一個人叫陳完，在《史記》裡寫作田完，說明「田」、「陳」二字上古讀音相似。

通假字是經常性地把一個字當成另外一個同音字或音近字來用。因為成了慣例，人們就不把這種用法看成別字，而認為是一種假借；為了區別於「本無其字」的假借（如把本來表示「負荷」意義的「何」用作疑問代詞），把這種「本有其字」的假借叫做「通假」。因為通假字跟它所代表的「本字」總是同音或者音近的，所以也可以用來研究用字時的語音。例如，先秦文獻常常把「罷」字用作疲勞的「疲」字。《左傳・成公七年》：「余必使爾罷於奔命以死。」《國語・周語下》：「今財亡民罷，莫不怨恨。」這表明「罷」和「疲」讀音接近，而且「羆」從「罷」聲，也是另外的佐證。又如，古書中有時把「假」字用作「格」字（「到來」的意思）。《周易・萃卦》：「王假有廟。」《禮記・祭統》：「公假於大廟。」說明「格」、「假」二字讀音相近。

「聲訓」是古代特有的一種訓詁方法，它是用一個同音字或者音近字去解釋某一個字的來歷，即為什麼用這樣一種語音形式來代表這個概念。比如孔子說：「政者，正也」，就是用同音字「正」來解釋「政」這個詞所包含的道理，也是這個詞之所以叫做「政」的原因：為政要端正。先秦學者偶然運用聲訓，為的是闡發自己的思想；到了漢代，有的學者則把它當作探求語源的手段，大量地運用這種方法。聲訓包含著很大的主觀任意性，穿鑿附會，難為憑信，但在反映詞與詞的聲音關係方面還有一些用處，因為所用的訓釋詞和被釋詞之間必然存在著聲音上的聯繫，如「冬，終也」；「負，背也」；「父，矩也」；「母，牧也」等。其中，「冬」與「終」聲韻都相近，「背」與「負」聲韻都相近，「父」與「矩」韻母

相同，「母」與「牧」聲母相同。這種聲音上的聯繫，對古音的研究也有一定的參考價值。

四、反切的系聯

自從反切出現以後，就被廣泛地運用在各種需要注音的場合。除了韻書以外，字書裡有反切，古籍的注解裡有反切，收羅群經讀音的「音義書」更離不開反切。一個時代的反切有一個時代的特點，一個人的反切也有一個人的特點。單個的反切只反映單個字音，大量的反切就能從系統上反映一個時代的語音面貌。因此，反切是研究古音的重要資料。

前文已經說過，早期的韻書只分出聲調、韻、小韻，沒有把聲母、韻類告訴讀者，每一韻裡小韻的排列也沒有一定次序。要瞭解這種韻書的語音系統，還需要作一定的整理工作；字書、音義書、古籍注解裡邊的反切更是散亂無章的；而且反切用字也沒有限制，同一個聲母用了許多切上字，同一個韻類用了許多切下字。要從中整理出一個語音系統，必須有一套方法，最主要的方法是反切系聯法。

反切用字雖然紛繁，但都是遵循著共同的原則作出來的：切上字和被切字必定為同聲母，切下字和被切字必定為同韻類。屬於同一音系的反切，它們的聲母和韻類總是有限的。系聯法的目的是把所有的屬於同一聲母的切上字歸在一起，把所有的屬於同一韻類的切下字歸在一起，從而得出某個音系的全部聲母和韻類。

反切系聯法的首創者是清代的著名學者陳澧。他的《切韻考》一書，以《廣韻》為對象，把全書的反切上下字進行了系聯，得出該書的聲類和韻類，並提出了系聯反切上下字的幾條原則，分為同用、互用和遞用。

㈠同用

幾個反切共同用一個上字，則這幾個被切字的聲母屬於同類。例如：冬，都宗切；當，都郎切；登，都滕切；的，都歷切；「冬、當、登、的」

諸字和它們共用的反切上字「都」的聲母一定相同。孤，古胡切；堅，
古賢切；夾，古洽切；高，古勞切；「古、孤、堅、夾、高」的聲母一定
相同。

幾個反切共同用一個切下字，那麼這幾個被切字屬於相同的韻類。
例如：東，德紅切；公，古紅切；「東、公、紅」一定屬於同一韻類。邦，
博江切；雙，所江切；腔，苦江切；幢，宅江切；「邦、雙、腔、幢」諸
字和它們共用的反切下字「江」一定屬於同一韻類。

㈡互用

兩個字互相作對方的反切上字，是切上字的互用。例如：當，都郎
切；都，當孤切；「當」和「都」為互用。公，古紅切；古，公戶切；「公」
和「古」為互用。博，補各切；補，博古切；「博」和「補」為互用。每
對互用的反切上字一定屬於同一聲母。

兩個字互相作對方的反切下字，是切下字的互用。例如：止，諸市
切；市，時止切；「止」和「市」為互用。江，古雙切；雙，所江切；「江」
和「雙」為互用。每對互用的反切下字一定屬於同一韻類。

㈢遞用

三個以上的反切，每個被切字依次作另外一個反切的切上字，是反
切上字的遞用。例如：冬，都宗切；都，當孤切；「冬、都、當」為遞用。
西，先稽切；先，蘇前切；蘇，素姑切；素，桑故切；桑，息郎切；「西、
先、蘇、素、桑、息」為遞用。這些遞用的反切上字一定屬於相同的聲
母。

三個以上的反切，每個被切字依次作另外一個反切的切下字，是反
切下字的遞用。例如：干，古寒切；寒，胡安切；「干、寒、安」為遞用。
秋，七由切；由，以周切；周，職流切；流，力求切；求，巨鳩切；「秋、
由、周、流、求、鳩」為遞用。這些遞用的反切下字一定屬於相同的韻
類。

以上的三條原則，或曰三條規則，是反切系聯法的核心。韻書的反切、字書的反切、古籍注解中的反切，一般都可以由此入手。但是，古代的反切情況很複雜，要根據材料、對象的性質和特點，決定方法的取捨。陳澧在對《廣韻》進行系聯時也提出了一些補充方法，本書第四章將做進一步介紹。

五、統計的方法

統計學的方法在音韻學裡的運用是二十世紀的事情。這種方法的應用範圍較廣，既跟音類的研究有關，也跟音值的研究有關。具體的方法視對象和目的而定，音韻學界用到的有算術統計法、機率統計法和數理統計法等。

《廣韻》的唇音、牙音、喉音、齒頭音、來母等，反切上字各有分成兩類的趨勢。統計各個切上字在四等裡的分布情況，發現它們的規律是：一類主要用於一、二、四等，另一類主要用於三等。瞭解這種分布對於構擬各個等的介音是很有用處的。

把《說文解字》的全部諧聲字納入《廣韻》的聲類系統裡邊，統計各個聲類互相諧聲的次數，計算它們發生關係的機率，據此可以推測哪些聲類在上古可能是同一聲母，哪些聲類在上古讀音接近等等。

計算古音各韻部或同韻部內各韻類在諧聲中發生關係的機率，按照關係遠近分別構擬相同、相近或較遠的元音，是構擬上古元音的輔助手段。

第五節 推定古代實際音值的方法

自從認識到古今語音歷經變遷代有不同，就有人試圖瞭解古代的具體讀音。特別是清代的古音學家，在這方面做過不少努力。江永分析中

古的四等，認為其間的區別是「一等洪大，二等次大，三四皆細，而四尤細」；段玉裁說「古音多斂，今音多侈」，並分析各個韻部裡邊哪些韻類是「古本音」。他們的探索是有積極意義的，但是，由於時代的局限，他們只能用漢字作為標音的工具，而漢字的讀音有「超時空」的特點，不同時代和不同地點，同一字有不同的讀法。用這樣的工具記音或標音，自然無法真正實現標音的目的。

本世紀初年，西方現代語音學的方法傳入中國，開始採用代表音素、音位的西文字母和國際音標來記音，記音工具有了根本改善。同時，歐洲十九世紀歷史比較語言學方法、內部擬測法也引進中國。這套方法的本質特徵，是以現代活語言的實際讀音作根據，按照音變規律來推測古代的音值。這就是所謂「古音重建」(reconstruction)，通常稱之為「構擬」或「擬測」。

一、歷史比較法

歷史比較法是十九世紀的歐洲語言學界建立起來的方法，歐洲學者通過古印度的語言與歐洲語言的對比，發現了大量的同源成分，證實這些語言來自一個共同的原始語言，是有親屬關係的一個語言群，即印歐語系。研究同源成分在各個語言中的現存形式，可以推測出它們的原始形態。歷史比較法的基本內容有兩條，一是發現同源成分確定語言的親屬關係，二是根據同源成分推測原始形式。這套方法後來推廣到其他語系的研究，也推廣到漢語研究。在漢語研究中，歷史比較法的應用可以分兩大層次，第一個層次是在漢語內部，只是用現代方言材料的對比構擬漢語古音，無須證實親屬關係；第二個層次是把漢語與漢語的親屬語言，即漢藏語系各語言，進行同源成分的比較，也是為了構擬漢語古音，但往往是用在時代更早的上古、遠古語音的構擬。

語音的變化是逐漸進行的，不可能是突變的，並且變化總是有規律

的。從古代的統一的語言分化為後代的方言，各方言都有可能在一定程度上保留著古音成分；各方言之間存在的對應規律也暗示著從古到今的變化過程。把同一成分在各個方言的表現形式擺到一起，尋繹線索，按照最合理的解釋，找出古代形式，就是成功的構擬。下面舉一個聲母方面的例子：

	北京	成都	長沙	南昌	蘇州	梅縣	廣州	福州
干	kan	kan	kan	kon	kø	kon	kɔn	kaŋ
間	tɕian	tɕian	kan	kan	kE	kian	kan	kaŋ
建	tɕian	tɕian	tɕiẽ	tɕiɛn	tɕiɪ	kian	kin	kyɔŋ
見	tɕian	tɕian	tɕiẽ	tɕiɛn	tɕiɪ	kian	kin	kieŋ

「干間建見」四個例字，在中古時代都屬於一個聲母（三十六字母裡的見母），在上面所列八個方言點中，有兩種讀音，[k] 和 [tɕ]。從語音變化的連續性來看，中古音應該就在於這兩種可供選擇的讀音之中，如果認為中古音讀 [tɕ]，[k] 是後來變出來的，很難從普遍的語音變化規律中找到證據；反之，如果認為中古音讀 [k]，[tɕ] 是後來變出來的，就很容易從普遍的語音變化規律中找到合理的解釋：處在舌面前高元音前頭的舌根音常常被元音的發音部位「同化」而成為舌面前輔音；上面那些讀 [tɕ] 的聲母正是都處在 [i] 的前頭，於是我們就可以把這些字的中古聲母構擬為 [k]。

古音的構擬不是一個字一個字地孤立進行，而是從系統性出發，按照音類進行的。如果是構擬古代韻書的音系，則是為韻書中現成的音類擬出實際音值。古人的分類主要是根據區別性特徵，五音、清濁都是區別性特徵，構擬的任務就是要準確地發現每一類別的特徵（每一類的區別特徵可能不止是一條）。還以剛才的例字為證：「見母」在字母表上的位置是牙音、全清。牙音是發音部位特徵，構擬的結果，牙音的實質是舌根音，於是不僅「見」母，同屬於牙音的「溪、群、疑」也應該是舌

根音;全清是發音方法特徵,構擬的結果,全清的實質是不送氣、不帶音,不僅「見」母,同屬於全清的「幫、非、端、知、精、照」全都應該是不送氣不帶音的輔音。構擬韻母的原理也是一樣的,後面將會有所論述,這裡暫不介紹。

漢語和漢藏語系親屬語言的比較研究開展得比較晚,懸而未決的問題很多。首先是這個語系的範圍還有些爭議。相當多的學者認為漢藏語系包括漢語、藏緬語族、苗瑤語族、壯侗語族四個支系,但有人以為苗瑤語族和壯侗語族可能不屬於漢藏語系。由於認識上的不同和研究的不夠深入,本語系的歷史比較在漢語古音構擬中的作用還沒有充分發揮出來。較為顯著的成績在於上古階段聲、韻、調的構擬,而且一般都以最為可靠的藏緬語族材料來作比較。比如,先秦兩漢以前有沒有複輔音聲母,過去有人曾根據諧聲字提出上古音存在 [kl]、[tl]、[pl]、[sl]、[sn] 等類型的複輔音聲母,也有人否認複輔音的存在。現在發現藏緬語族有不少語言裡有豐富的複輔音,有些語言雖然現代不存在複輔音了,但在古代本來也是有的;據此,可以推斷上古漢語存在複輔音的可能性極大。關於漢語聲調起源問題,親屬語言也能提供不少線索。藏語古代沒有聲調,現代產生了聲調,聲調產生的原因,有的是因為聲母清濁對立消失,有的是因為音節前綴的脫落,有的是因為輔音韻尾的簡化。其他親屬語言聲調的產生還和元音長短對立的消失有關。有的學者以此為據,論證上古漢語也是無聲調語言,聲調是後來產生的,上聲調是上古收喉塞音韻尾 [ʔ] 的音節在 [ʔ] 脫落之後形成的,去聲調是原來有後綴 [−s] 的音節在 [−s] 脫落之後形成的。總之,漢語和親屬語言必定有許多共同之處,漢藏語的歷史比較在古音研究中應該有更大的作為。

用歷史比較法能構擬出古音的實際音值或者近似的音值,對於語言的歷史研究來說無疑是一個很大的進步。但這種方法也有它的局限性。局限之一是時間上的不確定性,即所擬測的結果究竟屬於什麼時代,可

能並不十分清楚，但構擬的時候卻要把它定位在某一時間。時代越遠，問題會越多。如所謂上古音，也許所擬測的某些聲母是三千年以前的，而另外某些韻母是二千年以前的，把它們湊在一起組成一個系統，並不能真正代表某一時代的完整系統。局限之二是運用這種方法時只考慮了語言的分化，似乎從「祖語」到後代的方言只有分裂的過程，每個方言從祖語分出後就只是孤立發展，並沒有顧及在漫長的歷史上語言的相互滲透、相互干擾、相互影響帶給語言的影響。所以，構擬出來的系統可能是一種具有綜合性質的語音系統。對這種方法的效用，我們要有恰如其分的估計。

二、譯音對勘法

用漢語和其他語言的對音材料分析漢語古音的音值，叫譯音對勘法。這是擬測古音的另一種重要方法。

對音材料分兩類，一類是歷史上的借詞，一類是歷史上的音譯詞。借詞是一種語言從另外一種語言引進、並融化到本語言裡的詞語。古代中國文化對周圍國家和地區有過重要影響，日本、朝鮮、越南等國家都曾長期使用漢字作為記錄本國語言的文字體系，同時從漢語借入大量詞語，那些借詞當初是按照漢人的讀音來念的，後來也保留著借入時的漢語讀音的特徵（如「京師」在日譯漢音讀 [kei] [ɡi]，「京」的聲母讀 [k]，「師」的韻母讀 [i]）。音譯詞是用本族文字轉寫外語讀音的詞語，往往是無法意譯的專有名詞、行業術語等。從廣義上說，音譯詞也可以算作借詞裡的一類，但是其使用範圍較小。在中外文化交流中，漢語和周邊地區的多種語言交互來往，音譯詞的數量是很可觀的。如自東漢以後，隨著佛教的傳入和譯經事業的發展，大量的梵文音譯詞出現於佛教經典當中（「禪」、「菩提」、「沙門」、「伽藍」之類）。隋唐時代，出現了藏漢對音詞的文獻。元代有許多蒙漢對音的文獻。這些都可用於古音的擬測。

現代漢語讀 [f] 聲母的字在中古以前讀 [b]、[p]、[pʻ]，日語的漢字讀音為這一推斷提供了證據，如肥 [bi]、婦 [bu]、飯 [bon]、伐 [bochi]。梵文音譯詞也能提供證據，如把 [buddha] 譯為「浮屠」、「浮圖」。

「印度」這個國名，漢代譯作「身毒」，是音譯梵文 [sindu]；南北朝時譯作「天竺」，是從波斯語 [Hindu] 音譯而來。兩種譯法證明「毒」、「竺」的聲母至少到南北朝時仍舊相同或十分相近，都是 [d] 一類的音，符合清人所謂「古無舌上音」的推斷。

運用譯音對勘法需要特別謹慎小心，因為：⑴當一種語言的使用者從另一種語言借入詞語時，需要使借詞的讀音服從自己語言的音位系統，對本族語沒有的音素、音位，一般要用本族語裡邊的相近讀音來代替，從而使一部分字的讀音失去了本來面目；⑵借入和借出兩方語言都可能發生了變化，哪一方也沒有保持著當年的真實讀音；⑶有些譯音的來源地不明確，不能落實在某一地點，比如中國古代借入的佛教詞語，有一些並非直接從印度語言對譯的，而是中亞語言的對音；即使來自一個國家的對音也可能有方言的不同；⑷表音文字的具體讀音未必能夠肯定。借詞、音譯詞主要為推測古音提供方向，不能只依靠這種方法確定音值。

三、內部擬測法

內部擬測法也是利用後代語言推測古代音值和音類的方法。這種方法的特點是只著眼於一個語言系統的內部狀態，從語音系統的結構特徵上，從種種矛盾的、不規則的、不合乎系統性的語音現象中，發現歷史變化的痕跡，找出古音的線索。

語音的變化是音位系統的持續調整過程。一個共時系統內部，整齊規則的現象總是占據主導地位，同時也總會存在一些不整齊不規則的因素。通過語音的自我調整，原來的不整齊的部分可能變得整齊了，而原來均衡整齊的部分則可能遭到破壞，出現新的不平衡不規則現象。這種

不間斷的矛盾運動，在共時語言系統的內部留下了痕跡，使得人們有可能從一個語言的自身結構上去發現它的過去。

在漢語音韻學中，內部擬測法可以作為歷史比較法的補充手段來使用，較常用在上古音研究中。上古音的研究是在中古音的基礎上進行的，對於其中一些複雜問題，就可以從中古音內部的結構特徵中尋找解決的途徑。例如：上古音的韻部只是押韻字的大類，每個韻部裡邊還應該包含著由不同的韻頭而形成的不同韻母。這些韻母的情況如何呢？從韻文、諧聲字裡是看不出來的，就可以借助於中古音的四等概念。中古音的四等不會憑空產生，一定是從上古音系發展而來，因而根據中古的四等可以為每一個上古韻部定出若干韻母。比如上古的陽部，所包含的字在中古分別屬於唐韻一等（開、合二類）、庚韻二等（開、合二類）三等（開、合二類）、陽韻三等（開、合二類），在構擬古音時就給陽部擬測了八個韻母；陽韻和庚韻都有三等，上古卻在同一部，區別又在哪裡呢？原來上古陽部字變到中古沒有四等韻，而有兩個三等韻，這是一種不平衡的現象；如果把庚韻定為上古的四等，就填補了一個空格，達到了結構上的整齊，並且可以用介音的影響來解釋庚韻的元音變化。

中古韻書音系裡有一個引人注意的現象，在有開口合口之分的韻部，多數合口韻母只跟舌根音聲母和唇音聲母字結合，能夠跟其他聲母結合的合口韻母很少；這種極不平衡的分布關係也引起音韻學家的注意。有的音韻學家認為，前一類合口韻母的介音 [u] 是後起的，上古時代本來沒有，出現的原因，一部分是由於唇音聲母的影響，一部分是由於圓唇的舌根音聲母引起。因此，給上古音擬測了一套圓唇的舌根音聲母：kw–，khw–，gw–，ngw–，hw–，w–。

如同其他擬音方法一樣，內部擬測法的運用也依賴於一定的條件，只在一定的範圍之內有效。尤其是所擬測的結果的時代定位比較困難，只能估計在一個大的階段以內。

　　歷史比較法、譯音對勘法、內部擬測法，還有我們沒有提到的其他方法，這些構擬古音的方法既都有成效，又各有明顯的缺陷。事實上，人們在擬測古音時總是把各種方法聯繫起來綜合運用，以彌補單一方法的不足。

第四章　中古音韻

　　中古音即南北朝隋唐時期的漢語語音系統。有關這一階段的研究，主要憑藉兩大類材料。一類是《切韻》系韻書和音義書。《切韻》系韻書包括《唐韻》、《廣韻》等，語音系統一脈相承；音義書包括《經典釋文》、《博雅音》、《一切經音義》、《晉書音義》等，語音系統相互有一些出入。另一類是詩詞歌賦等韻文，從韻文的押韻可以歸納出當時共同語的韻部系統。二者可以互相補充互相發明，使我們對中古音的瞭解更為清楚一些。

　　在這些材料當中，《切韻》的地位最為突出。《切韻》音系一向被看成是中古音的代表，對它的研究也最深入。這是因為，《切韻》總結了前代韻書的經驗，集當時審音之大成，分類比較精當，體例也比較完善，從唐朝起被樹為官韻，藉政府的力量推行於全社會，所謂「時俗共重、以為典規」（見唐王仁昫〈刊謬補缺切韻序〉），其影響非其他韻書可比。它的作用還不止於研究中古音，研究上古音和近代音、研究漢語語音的發展規律、研究現代各方言的關係，都要把它作為參考。《切韻》音系已經成了研究古今音的樞紐，或者說成了音韻學的中樞。要瞭解古代音韻，首先必須掌握《切韻》音系。我們也要對它介紹得詳細一點。原本《切韻》早在宋代就已亡佚，歷代流傳最廣的是宋人根據《切韻》增修的《廣韻》。

第一節 《切韻》與《切韻》系韻書

一、《切韻》成書情況

　　《切韻》是非常成熟的韻書。最早的韻書是三國時李登的《聲類》，隨後有晉代呂靜的《韻集》。到南北朝時代，韻書大量出現，據《隋書·經籍志》、〈切韻序〉、《顏氏家訓·音辭》篇等古籍的記載，這一時期出現的韻書不下幾十種。如周顒《四聲切韻》、沈約《四聲譜》、杜臺卿《韻略》、周研《聲韻》、張諒《四聲韻林》、陽休之《韻略》、李概《韻譜》等。這個時期政權南北割據，學術上互不交流，韻書的地方特色濃厚；即使同一政權範圍內，各家也是「各自為政」，互相排斥。《顏氏家訓》稱他們「各有土風、遞相非笑」，概括出了當時編寫韻書的情況。這時期的韻書後來全部失傳，可能跟它們不太成熟有些關係。在經過了這樣一段摸索時期以後，對韻書的編寫有了更高的要求。在南北割據局面結束、隋王朝統一天下以後，文化上也要求走向統一，需要有能夠在全國範圍內起「正音」作用的韻書。在這可能性與必要性都具備的時候，出現了《切韻》這部具有劃時代意義的音韻學經典之作。

　　《切韻》成書於隋文帝仁壽元年（西元 601 年）。作者陸法言，名詞，字法言，後世以字行，魏郡臨漳（今屬河北省）人。關於他的生平，人們所知甚少，僅在《隋書·陸爽傳》有一點點記載。他年輕時作過承奉郎，他的父親陸爽曾受到隋文帝器重，被任命為太子洗馬，輔佐太子楊勇。後來隋文帝廢楊勇時，遷怒於楊勇的僚屬，這時陸爽已死，便把懲罰施加給他的後代，下詔「其身雖故，子孫並宜屏黜，終身不齒。」陸法言罷官閒居一年之後，在家編寫了《切韻》。他在序言中講到了編寫《切韻》的緣起：早在隋文帝開皇（西元 581–600 年）初年，有八個當時的

著名學者到陸爽家聚會，這八個人是劉臻（官儀同三司）、顏之推（官東宮學士）、盧思道（官武陽太守）、李若（官散騎常侍）、蕭該（官國子博士）、辛德源（官咨議參軍）、薛道衡（官吏部侍郎）、魏彥淵（官著作郎）。他們在飲酒時討論起音韻問題，「因論南北是非、古今通塞」，「欲更捃選精切，削除疏緩」，為士人樹立一個典範。就讓陸法言就「燭下握筆、略記綱紀」，把大家商定的審音原則記下來。此後十幾年，陸法言一直在作官，沒有顧得上整理編寫。免官後有了空閒，才把當年的計劃完成。

　　參加「長安論韻」的八個人都是當時有名氣有影響的大學者，他們要削除前代韻書的紛亂狀態，給社會樹立一個正音標準。而且他們很自信地說：「我輩數人，定則定矣！」陸法言編寫的時候貫徹了他們的原則，取得了巨大成功。《切韻》書成後，很快被社會所承認，產生極大的影響力。以前的各種韻書都相形見絀，漸次亡佚。

二、《切韻》系韻書的沿革

　　《切韻》的原本收字少（據唐人封演《聞見記》記載，共有 12158 字），對常用字又不解釋字義，後來不斷有人給它添加新字、補充釋義，出現了好多種增補本。有人不僅給《切韻》增字加注，還作了其他方面的一些修訂，甚至改變了書名。其中影響較大的是王仁昫（或作王仁煦）的《刊謬補缺切韻》和孫愐的《唐韻》。唐末又有李舟的《切韻》，仍是陸法言《切韻》的修訂本。以上這些《切韻》修訂本從宋朝以後就亡佚了。到二十世紀，在敦煌莫高窟藏經洞和故宮等地方發現了它們的殘卷及寫本，對它們的本來面目才有了具體的瞭解，知道各書之間的區別主要在於收字多少、注釋詳略、韻部次序排列等，此外分韻比《切韻》也略有增加。

　　王仁昫，生平事跡不詳，曾作過衢州信安縣尉，他的《刊謬補缺切韻》作於唐中宗時。所收韻字約為一萬八千，比陸法言原書增加六千字

左右。陸法言原書分 193 韻，王書分 195 韻，上聲多分出「广」韻，去聲多分出「嚴」韻。現在通常把《刊謬補缺切韻》簡稱「王韻」。到目前發現的「王韻」主要有三種本子，一種是敦煌出土的殘卷，現藏於巴黎。第二種是故宮博物院藏本，書後有明代宋濂跋文，是完整的全本，以前隱秘深宮，於 1947 年被發現。第三種也是故宮藏本，但殘缺不全，而且不是王仁昫的原本，是經過別人改編的，有人稱此本為「項跋本」或「裴務齊正字本」。

孫愐，唐開元、天寶間人，曾作過陳州司法參軍。《唐韻》有兩種，一種為開元本，一種為天寶本。開元本今僅存目錄和序言，該書有以下特點：一，共分 195 韻，和王仁昫的《刊謬補缺切韻》相同；二，平聲分上下兩卷，上卷從平聲第一到第二十六，下卷從第一到第二十八（王仁昫以前，平聲雖分上下卷，但韻目連貫排序，從第一到第五十四）；三，增加韻字為三千五百字。天寶本現有殘卷存世，有的學者認為它並非孫愐所作，其特點有：一，平聲韻目仍一貫排序；二，分韻更多，共 204 韻，平聲從真韻分出諄韻、從寒韻分出桓韻、從歌韻分出戈韻，上聲從軫韻分出準韻、從旱韻分出緩韻、從哿韻分出果韻，去聲從震韻分出稕韻、從翰韻分出換韻、從箇韻分出過韻，入聲從質韻分出術韻、從末韻分出曷韻，比陸法言原本共多出 11 韻，但比王仁昫本少广、嚴二韻。

李舟的《切韻》已失傳。該書的特點在於調整韻部次第。如以前的韻書把收 –ŋ 韻尾的蒸韻、登韻放在收 –m 韻尾的侵、鹽之後，添、咸、銜、嚴、凡之前，本書則把蒸登二韻移到收 –ŋ 尾的陽、唐、庚、耕、清、青之後，比較合乎音理。

宋代仍然把《切韻》用作官韻，但是又進行了更大規模的修訂。修訂工作在宋太宗時就做過，到宋真宗時又敕令陳彭年、丘雍等再度重修，大中祥符元年（西元 1008 年）完成後，改名為《大宋重修廣韻》，通稱《廣韻》。《廣韻》是《切韻》系韻書的集大成之作，把唐代各種修訂本

的長處都吸收了。它收字多，共有韻字 26194 個，注解 191692 字。分韻也多，共有 206 韻，即在陸法言原書 193 韻的基礎上，增加王仁昫的 2 韻，和天寶本《唐韻》的 11 韻。韻數的增加，實際上只是把原書的某些韻一分為二，並沒有增加韻母數，因而音系不變。《廣韻》各韻的排列次第，則按照李舟的《切韻》。《廣韻》頒布以後，前代韻書失去了原來的作用，漸次失傳，《廣韻》就成了《切韻》系韻書的唯一代表。清代人有時把《廣韻》叫做「唐韻」或「切韻」。直到現在，雖然見到了《切韻》殘卷和完整的《刊謬補缺切韻》抄本，還是把《廣韻》當作中古韻書的首要代表。

除了《廣韻》以外，北宋王朝還組織人力編寫了另外兩種韻書，一種是《禮部韻略》，它是官韻的簡縮本，分韻和《廣韻》一樣，但是收字少得多，只收常用字，注釋也十分簡單，便於讀書人隨身攜帶和翻檢。另一種是《集韻》，該書是在《廣韻》的基礎上擴充而成，雖然也分 206 韻，但是規模大，收字多，異體字、多音字占了很大比例。《禮部韻略》和《集韻》也屬於《切韻》系韻書。

三、《切韻》音系的性質

所謂《切韻》音系的性質，指的是它區分語音類別的現實根據是什麼、反映何處方言、是單純的音系還是綜合的音系。在這個問題上，學者們的看法並不一致。歸納起來，主要有以下幾派意見。

第一派認為《切韻》所代表的是一時一地的方音，這一派一般都主張《切韻》音系所代表的是隋唐都城長安的方音。

第二派認為《切韻》音系以洛陽方音為主，參以其他方音。有的學者認為主要是參用了金陵方音，而當時金陵的正音也是晉朝南渡後士大夫帶過去的洛陽舊音，和洛陽音是同出一源的。有的學者則認為是以洛陽音為基礎，同時又吸收了南北方音的一些特點，並不限於金陵音。

　　第三派認為《切韻》音系以金陵和鄴下的雅言為主，參酌通用的讀書音而定的。參與《切韻》大綱討論的八人中，劉臻、顏之推、蕭該三人生於南方（其中只有蕭該是真正的南方人），其餘五人和陸爽、陸法言父子共七人生於北方，這些人都久居鄴下。鄴郡是東魏和北齊的都城，是北方的政治文化中心之一，其雅言具有代表性；金陵音則無可爭議地是南方正音的代表。〈切韻序〉中也已經明確指出顏之推和蕭該「多所決定」，他們二人的正音標準必然有金陵音的影響。

　　第四派認為《切韻》音系不僅綜合了南北許多方言的特點，還吸收了古音的特點。章炳麟《國故論衡·音理論》：「《廣韻》所包，兼有古今方國之音，非並時同地得有聲勢二百六種也。」現代一些學者也有持類似看法的。

　　近年來，音韻學界對《切韻》音系的性質曾經展開過幾次討論，目前持「一時一地」觀點的學者已不多。從現有的資料和研究成果看，《切韻》音系應該是一個具有綜合性質的語音系統。原因是：第一，陸法言在〈切韻序〉明確聲稱當時論韻者討論了「南北是非、古今通塞」，說到吳楚、燕趙、秦隴、梁益等地方言的得失，也談到了前代韻書「各有乖互」，「江東取韻與河北復殊」。需要「捃選精切、削除疏緩」。可見他們既考慮了不同的方音，也斟酌了古音，於其間有所折衷取捨。第二，在唐寫本《刊謬補缺切韻》的韻目下邊，列出了〈切韻序〉所提到的前代韻書即呂靜《韻集》、夏侯詠《韻略》、陽休之《韻略》、李季節《音譜》、杜臺卿《韻略》的分韻情況，並作了比較，指明《切韻》的分韻是遵守哪一家的。如十四皆：「呂、陽與齊同，夏侯、杜別，今依夏侯、杜」；二十五刪：「李與山同，呂、夏侯、陽別，今依呂、夏侯、陽」。值得注意的是，有些韻在這些韻書裡都合併，而《切韻》卻是分開的，如二十二魂：「呂、杜、夏侯、陽與痕同，今別」。這些地方估計是依照隋代方言分韻的，從而體現出「從分不從合」是《切韻》遵守的原則。第三，

南北朝至隋代的詩歌用韻的分部比《切韻》要寬，如《切韻》的脂、之兩韻，南北朝詩韻屬於同一個韻部；《切韻》的元、魂、痕三韻，南北朝詩韻也是一個韻部。《切韻》只有參考不同的方音或古今音，才能把韻類分得那麼細。正因為這一音系具有綜合性質，現代大部分漢語方言的語音差異可以從中找到根源，從上古到現代的變化過程也便於參照它來作說明，《切韻》才有如此顯著的重要性。自然，它在綜合古今南北的時候必然有一種方言作為綜合的基礎。這個方言是當時的長安音或洛陽音，還是金陵或鄴下的雅言，則有待於進一步研究探討，才能取得比較一致的意見。

韻書的語音系統，並不是用音標之類的記音符號記下來的音值系統，而是通過漢字的分類記下來的音類系統。如果是音值的系統，對每個字要標出實際讀音，是很難把不同方言的讀音組織成一個綜合系統的；但如果只是音類的劃分，要造成綜合系統可以說毫無困難，主要方法是在劃分音類的時候盡量從分。韻書裡的所謂折衷方言，並不是有多少方言讀音就要列出多少種讀法，只不過是在分類上更細緻一些。這樣編出的書面語音系統完全可以是結構規律很整齊、很嚴密的。

四、《切韻》的後續者——平水韻

所謂「平水韻」，並不是一部韻書的名稱，而是一種分韻系統。它起源於金代。西元 1229 年，金朝的王文郁編了一本韻書叫《平水新刊韻略》，分 106 韻；西元 1252 年，又有劉淵編了一本《王子新刊禮部韻略》，分 107 韻。兩種書的分韻基本相同，僅在上聲拯韻是否併入迥韻這一點有差別。兩個作者都和平水（今山西臨汾）有關，王文郁曾在平水作官，劉淵據說是平水人，他們的韻書的韻部系統就被稱之為平水韻。以上兩種書都沒有傳下來，但是它們的系統則在後代廣泛流傳。金人張天錫《草書韻會》和宋末元初陰時夫《韻府群玉》分 106 韻，用王文郁的系統；

南宋末黃公紹《古今韻會》和元初熊忠《古今韻會舉要》分 107 韻，用劉淵的系統。明代把平水韻定為官韻，出現了同一系統的多種版本的韻書，明人籠統地稱之為「詩韻」，以 106 韻為準。清朝政府仍然指定這一系統為官韻，清代的《佩文韻府》、《經籍籑詁》等工具書都是按照平水韻分類排列，文人作詩用韻也必須以平水韻為標準。今天還有人主張作舊體詩詞仍須遵循平水韻，可見它的影響之大。

《切韻》分 193 韻，《廣韻》分 206 韻，而平水韻只有 106 韻，數目差別是很大的。但是，平水韻的系統不是作者自己歸納出來的，而是合併《禮部韻略》即《切韻》系統的結果。原來，唐朝雖然把《切韻》定為官韻，但是它的系統已經跟當時的實際口語有較大距離，參加科舉考試的讀書人難於辨別那麼多的韻。早在初唐，禮部尚書許敬宗就奏請皇帝允許一部分相近的韻可以「同用」。所謂同用，就是規定兩個或三個韻在作詩押韻時可以在一起當作一個韻用；獨用的韻就不能跟其他韻的字在一起用。唐人規定了哪些韻同用，至今已不得其詳；但是我們今天看到的《廣韻》裡的同用，估計一定是從唐人的同用延續下來的。規定為同用的那些韻，有一些在唐以前的韻文裡就在一起押韻（如元、魂、痕三韻），有一些是到唐代或者宋代的實際口語中合流了的韻（如支、脂、之三韻）。如果把《廣韻》規定為同用的幾個韻都合併為一個韻，206 韻就可以合併成 113 韻；但是宋人的同用還不限於此，在作為讀書人手頭必備的手冊式的《禮部韻略》裡，又擴大了同用的範圍，把一些在《廣韻》不同用的韻也規定為同用了，這樣，《廣韻》的 206 韻到宋代實際上已經合併成 108 韻。王文郁等人按照《禮部韻略》規定的同用，再略微有所調整，便合併成為 106 韻的系統。所以平水韻的系統仍然應該算是《切韻》音系的延續，是《切韻》音系演變的最後歸宿。

平水韻系統把平聲 57 韻合為 30 韻，上聲 55 韻合為 29 韻，去聲 60 韻合為 30 韻，入聲 34 韻合為 17 韻。下面把《廣韻》的同用、獨用和平

水韻的韻部作一比較。平水韻的分韻和《廣韻》獨用、同用一致的，不加說明；不一致之處，用括號注出。

平聲韻

《廣韻》	平水韻
上平聲	上平聲
一東獨用	一東
二冬鍾同用	二冬
三鍾	
四江獨用	三江
五支脂之同用	四支
六脂	
七之	
八微獨用	五微
九魚獨用	六魚
十虞模同用	七虞
十一模	
十二齊獨用	八齊
十三佳皆同用	九佳
十四皆	
十五灰咍同用	十灰
十六咍	
十七真諄臻同用	十一真
十八諄	
十九臻	
二十文欣同用	十二文
二十一欣	

二十二元_{魂痕同用}	十三元
二十三魂	
二十四痕	
二十五寒_{桓同用}	十四寒
二十六桓	
二十七刪_{山同用}	十五刪
二十八山	
下平聲	下平聲
一先_{仙同用}	一先
二仙	
三蕭_{宵同用}	二蕭
四宵	
五肴_{獨用}	三肴
六豪_{獨用}	四豪
七歌_{戈同用}	五歌
八戈	
九麻_{獨用}	六麻
十陽_{唐同用}	七陽
十一唐	
十二庚_{耕清同用}	八庚
十三耕	
十四清	
十五青_{獨用}	九青
十六蒸_{登同用}	十蒸
十七登	
十八尤_{侯幽同用}	十一尤

十九侯	
二十幽	
二十一侵獨用	十二侵
二十二覃談同用	十三覃
二十三談	
二十四鹽添同用	十四鹽（包括添嚴）
二十五添	
二十六咸銜同用	十五咸（包括銜凡）
二十七銜	
二十八嚴凡同用	
二十九凡	
上　聲	上　聲
一董獨用	一董
二腫獨用	二腫
三講獨用	三講
四紙旨止同用	四紙
五旨	
六止	
七尾獨用	五尾
八語獨用	六語
九麌姥同用	七麌
十姥	
十一薺獨用	八薺
十二蟹駭同用	九蟹
十三駭	
十四賄海同用	十賄

十五海

十六軫準同用　　　　　　十一軫

十七準

十八吻隱同用　　　　　　十二吻

十九隱

二十阮混很同用　　　　　十三阮

二十一混

二十二很

二十三旱緩同用　　　　　十四旱

二十四緩

二十五潸產同用　　　　　十五潸

二十六產

二十七銑獮同用　　　　　十六銑

二十八獮

二十九篠小同用　　　　　十七篠

三十小

三十一巧獨用　　　　　　十八巧

三十二皓獨用　　　　　　十九皓

三十三哿果同用　　　　　二十哿

三十四果

三十五馬獨用　　　　　　二十一馬

三十六養蕩同用　　　　　二十二養

三十七蕩

三十八梗耿靜同用　　　　二十三梗

三十九耿

四十靜

四十一迥獨用	二十四迥（包括拯等）
四十二拯等同用	
四十三等	
四十四有厚黝同用	二十五有
四十五厚	
四十六黝	
四十七寢獨用	二十六寢
四十八感敢同用	二十七感
四十九敢	
五十琰忝儼同用	二十八琰
五十一忝	
五十二儼	
五十三豏檻範同用	二十九豏
五十四檻	
五十五范	
去　聲	去　聲
一送獨用	一送
二宋用同用	二宋
三用	
四絳獨用	三絳
五寘至志同用	四寘
六至	
七志	
八未獨用	五未
九御獨用	六御
十遇暮同用	七遇

十一暮

十二霽祭同用　　　　　　　　八霽

十三祭

十四泰獨用　　　　　　　　　九泰

十五卦怪夬同用　　　　　　　十卦

十六怪

十七夬

十八隊代同用　　　　　　　　十一隊（包括代廢）

十九代

二十廢獨用

二十一震稕同用　　　　　　　十二震

二十二稕

二十三問獨用　　　　　　　　十三問（包括焮）

二十四焮獨用

二十五願恩恨同用　　　　　　十四願

二十六恩

二十七恨

二十八翰換同用　　　　　　　十五翰

二十九換

三十諫襇同用　　　　　　　　十六諫

三十一襇

三十二霰線同用　　　　　　　十七霰

三十三線

三十四嘯笑同用　　　　　　　十八嘯

三十五笑

三十六效獨用　　　　　　　　十九效

三十七號	二十號
三十八箇 過同用	二十一箇
三十九過	
四十禡 獨用	二十二禡
四十一漾 宕同用	二十三漾
四十二宕	
四十三映 諍勁同用	二十四映（敬）
四十四靜	
四十五勁	
四十六徑 獨用	二十五徑（包括證嶝）
四十七證 嶝同用	
四十八嶝	
四十九宥 候幼同用	二十六宥
五十候	
五十一幼	
五十二沁 獨用	二十七沁
五十三勘 闞同用	二十八勘
五十四闞	
五十五豔 㮇釅同用	二十九豔
五十六㮇	
五十七釅	
五十八陷 鑑梵同用	三十陷
五十九鑑	
六十梵	
入　聲	入　聲
一屋 獨用	一屋

二沃燭同用	二沃
三燭	
四覺獨用	三覺
五質術櫛同用	四質
六術	
七櫛	
八物獨用	五物（包括迄）
九迄獨用	
十月沒同用	六月
十一沒	
十二曷末同用	七曷
十三末	
十四黠鎋同用	八黠
十五鎋	
十六屑薛同用	九屑
十七薛	
十八藥鐸同用	十藥
十九鐸	
二十陌麥昔同用	十一陌
二十一麥	
二十二昔	
二十三錫獨用	十二錫
二十四職德同用	十三職
二十五德	
二十六緝獨用	十四緝
二十七合盍同用	十五合

二十八盍

二十九葉帖同用　　　　　　　十六葉（包括帖業）

三十帖

三十一洽狎同用　　　　　　　十七洽（包括狎乏）

三十二狎

三十三業乏同用

三十四乏

第二節　《廣韻》的體例

　　《廣韻》是《切韻》系韻書的集大成者，它的體例和內容都繼承了唐代的官韻韻書，在唐代的韻書亡佚之後，它就順理成章地被作為《切韻》系韻書的代表來使用，從而成為漢語音韻學最重要的工具書。瞭解《切韻》所代表的中古音系，一般都要從《廣韻》入手。本節就介紹《廣韻》的體例和內容，然後扼要介紹後代人根據《廣韻》研究《切韻》音系的一些重要成果。

一、《廣韻》的 206 韻

　　《廣韻》按四聲分卷。中古聲調系統有平、上、去、入四聲，但《廣韻》分為五卷，前面已經談到，這是因為平聲字很多，合在一卷則篇幅太大，跟其他各卷不平衡，所以分成兩卷，一卷是上平聲，包括 28 韻；一卷是下平聲，包括 29 韻；合計平聲韻為 57 韻。上平、下平之分，和後代的陰平、陽平的性質完全不同。《廣韻》的平聲只有一個調類，沒有陰平陽平之分。

　　五卷之下各分若干韻，是根據韻基分的類別。平聲 57 韻，上聲 55 韻，去聲 60 韻，入聲 34 韻。總共 206 韻。

　　每一韻裡的字（不包括用來注音釋義的字），都是韻基相同的字。有
的韻只有一個韻母，比如「江」韻、「侯」韻、「侵」韻。有的韻包含兩
個以上的韻母，最多的有四個韻母。同韻內的韻母，彼此的區別在於介
音。例如「麻」韻有三個韻母：a、ia、ua；「庚」韻有四個韻母：eŋ、
ieŋ、ueŋ、iueŋ。從道理上說，所有的韻都應該按照同樣的原則歸併。
但是，有少數韻母雖然韻基相同，卻分在不同的韻，這是所謂「開合分
韻」與「洪細分韻」。以開合分的韻如：

灰 uɒi		咍 ɒi	
魂 uən		痕 ən	
桓 uɑn		寒 ɑn	

以洪細分的韻如：

冬 uoŋ		鍾 iuoŋ
模 u		虞 iu

歌、戈二韻更複雜一點，是開口洪音與開口細音、合口洪細音的對立：

歌 ɑ	戈 uɑ
	iɑ
	iuɑ

這幾個韻（以及跟它們相配的上聲、去聲韻）的分韻方式比較特殊。具
體原因已經難於知曉，可能在編韻書的年代每一對韻主要元音的具體音
值略有差異，因此把它們分開。

二、小韻與反切

　　每一韻裡的字，完全同音的就排在一起，成為一個同音字組，即一
個「小韻」，也有人把它叫做「紐」。小韻之間有小圓圈作為分界標誌。
各小韻的字數多寡不一，最少的小韻只有一個字，多的則有幾十字。每
一韻的韻目總是排在該韻的第一個字，和它同音的字一起成為該韻的第

一個小韻。除了這個小韻，其他小韻的排列都是任意的，沒有明顯的條理性。這是早期韻書體例上的一種不足。

在每一個字的下邊，都有字義的解釋。釋義用小字雙行。各小韻第一個字的釋義之後，有一個反切，是給本小韻所有的字注音。反切之後還有一個數字，指出本小韻內同音字的數目。如「東」小韻的數字為十七，「同」小韻的數字為四十五，等等，其他韻字就不出反切了。如果一個字有兩種以上讀音，加注「又某某切」。如平聲一東韻的「東」小韻有個「涷」字，它和「東」是同音字，共同的反切是「德紅切」，但是「涷」下邊注「又都貢切」，表明這個字還有另一個去聲讀音（今天涷字只讀去聲）。此外還用直音法。如東小韻的「蝀」字下注「又音董」；「同」小韻的「潼」字下注「又通、衝二音」。（見圖一）

三、《廣韻》的韻部和韻系

四聲相配是漢語語音系統性的一種表現。前文（第三章第二節）說過，韻基相同而聲調不同的幾個韻，可以構成一個更大的單位，叫做韻部。《廣韻》的 206 韻，可以按這樣的方式歸納成若干韻部。比如平聲東韻、上聲董韻、去聲送韻就屬於同一個韻部，平聲江韻、上聲講韻、去聲絳韻也構成一個韻部。

在中古音系裡，一個舒聲韻部應該有平上去三個韻，一個入聲韻部只有一個韻。《廣韻》大多數舒聲韻部和所有的入聲韻部是合乎這條規則的，也有少數舒聲韻部只有兩個韻，甚至只有一個韻。去聲的祭、泰、夬、廢四個韻各自單獨構成陰聲韻部，這四個韻的韻母沒有形成平聲和上聲音節，即一個平聲字和上聲字也沒有。平聲冬韻只有去聲宋韻相配，沒有上聲韻；平聲臻韻沒有上聲和去聲韻相配。冬部、臻部所缺少的上聲、去聲韻，並非完全沒有字，只是因為字太少，不值得單獨構成一韻，韻書作者把那幾個字放到相鄰韻部裡的上、去聲韻了。和冬韻相配的上

聲字有「鵃朧」和「湩」兩個小韻，放在了鍾韻的上聲腫韻。和臻韻相配的上聲有「𧤴」和「齔」兩個小韻，放在了欣韻的上聲隱韻；去聲有「齔」一個小韻，放在了真韻的去聲震韻。

由於以上的原因，《廣韻》的平、上、去三聲的韻數不相等，平聲有57韻，上聲有55韻，比平聲少兩個韻；去聲有60韻，比起平聲來，減去一個臻韻的去聲，增加祭、泰、夬、廢四個韻。舒聲韻的韻部總數一共是61部。

《廣韻》入聲韻都和收鼻音韻尾的陽聲韻相配。一個陽聲韻部和與之相配的入聲韻共同構成一個「韻系」，陰聲韻部沒有入聲韻相配，自成一個韻系。從韻部數目說，《廣韻》有61個舒聲韻部，34個入聲韻部，共95部；從韻系數目說，《廣韻》有61個韻系。

一個韻系內各韻能夠配合的語音根據是主要元音相同、韻尾也相同；如果是入聲韻和陽聲韻相配，則韻尾的發音部位相同。在結構關係上，相配的各韻還存在以下現象：

其一，多數情況下，同一韻系的各個韻，所包含的韻類數目一樣。例如，江韻只有一個韻類，和它相配的講、絳、覺三韻也只有一個韻類。但有一些例外，像東、董、送、屋四韻的韻類就不相等，東韻、送韻和屋韻各有兩個韻類，而董韻則只有一個韻類，比東、送、屋少一個韻類。戈韻系的平聲戈韻有三個韻類，而上聲果韻、去聲過韻各只有一個韻類。

其二，同韻系各韻裡所出現的聲母基本上相同，換句話說，同韻系各韻母跟聲母的結合規則是一致的。比如江韻裡出現的聲母是重唇音、舌上音、牙音、喉音、正齒音、半舌音，那麼講、絳、覺三韻裡也只有上列聲母出現；先韻出現的聲母是重唇音、舌頭音、齒頭音、牙音、喉音、半舌音，和它相配的銑、霰、屑三韻裡也只出現上列聲母；微韻只有輕唇音、牙音、喉音聲母，相配的尾、未兩韻裡也只有這些聲母出現。

同韻系各韻之間的這種配合關係，就是所謂的「四聲相承」。《廣韻》

是按四聲分卷的，每一聲調裡各韻的排列次序基本上是按韻系對應的原則排下來的。但是，因為四聲的韻數不相等，同一韻系的幾個韻在各卷所處的序列位置並不一致。比如同一韻系的平聲真韻為第十七，上聲軫韻為第十六，去聲震韻為第二十一，入聲質韻為第五。入聲韻的韻數少，並且只配陽聲韻部，而陽聲韻部和陽聲韻部之間有陰聲韻部隔開，入聲韻部則是連續排下來，它們的序列位置跟相配的陽聲韻部相差較大。因此，《廣韻》裡邊的四聲相承關係不是一目了然的。除此之外，《廣韻》個別韻的次序還存在顛倒現象，如最後的幾個韻系應該是「嚴儼釅業」為一系，「咸豏陷洽」為一系，「銜檻鑑狎」為一系；但《廣韻》的實際排列看上去是「咸儼釅洽」、「銜豏陷狎」、「嚴檻鑑業」。宋代的等韻圖已經把《廣韻》的韻系配合關係整理出來列在韻圖上，清代學者戴震重加考訂，使之更為明確。下面就把戴震《聲韻考》裡邊的「考訂廣韻獨用同用四聲表」列出，從中可以瞭解《廣韻》四聲各韻的配合關係。

上平聲	上聲	去聲	入聲
一東	一董	一送	一屋
二冬	（𪁪湩字附見腫韻）	二宋	二沃
三鍾	二腫	三用	三燭
四江	三講	四絳	四覺
五支	四紙	五寘	
六脂	五旨	六至	
七之	六止	七志	
八微	七尾	八未	
九魚	八語	九御	
十虞	九麌	十遇	
十一模	十姥	十一暮	
十二齊	十一薺	十二霽	

		十三祭	
		十四泰	
十三佳	十二蟹	十五卦	
十四皆	十三駭	十六怪	
		十七夬	
十五灰	十四賄	十八隊	
十六咍	十五海	十九代	
		二十廢	
十七真	十六軫	二十一震	五質
十八諄	十七準	二十二稕	六術
十九臻	（籙齔字附見隱韻）	（齓字附見震韻）	七櫛
二十文	十八吻	二十三問	八物
二十一欣	十九隱	二十四焮	九迄
二十二元	二十阮	二十五願	十月
二十三魂	二十一混	二十六慁	十一沒
二十四痕	二十二很	二十七恨	（麧字附見沒韻）
二十五寒	二十三旱	二十八翰	十二曷
二十六桓	二十四緩	二十九換	十三末
二十七刪	二十五潸	三十諫	十四黠
二十八山	二十六產	三十一襇	十五鎋
下平聲	上聲	去聲	入聲
一先	二十七銑	三十二霰	十六屑
二仙	二十八獮	三十三線	十七薛
三蕭	二十九篠	三十四嘯	
四宵	三十小	三十五笑	
五肴	三十一巧	三十六效	

六豪	三十二皓	三十七號	
七歌	三十三哿	三十八箇	
八戈	三十四果	三十九過	
九麻	三十五馬	四十禡	
十陽	三十六養	四十一漾	十八藥
十一唐	三十七蕩	四十二宕	十九鐸
十二庚	三十八梗	四十三敬	二十陌
十三耕	三十九耿	四十四諍	二十一麥
十四清	四十靜	四十五勁	二十二昔
十五青	四十一迥	四十六徑	二十三錫
十六蒸	四十二拯	四十七證	二十四職
十七登	四十三等	四十八嶝	二十五德
十八尤	四十四有	四十九宥	
十九侯	四十五厚	五十候	
二十幽	四十六黝	五十一幼	
二十一侵	四十七寢	五十二沁	二十六緝
二十二覃	四十八感	五十三勘	二十七合
二十三談	四十九敢	五十四闞	二十八盍
二十四鹽	五十琰	五十五豔	二十九葉
二十五添	五十一忝	五十六桥	三十帖
二十六咸	五十二豏	五十七陷	三十一洽
二十七銜	五十三檻	五十八鑑	三十二狎
二十八嚴	五十四儼	五十九釅	三十三業
二十九凡	五十五范	六十梵	三十四乏

第三節 《切韻》的聲類

一、研究《切韻》聲母和韻類的方法

　　《切韻》保存了中古的語音系統。它的四聲和韻是分得很清楚的，可是它的聲母情況如何呢？每個韻裡邊的韻類情況又如何呢？書中每個韻裡邊的小韻都是隨意排列的，沒有什麼規律性可言，各小韻之間的聲母有什麼關係，完全看不出來；如果一韻裡有兩個以上的韻母，則不同韻母的小韻相互錯雜，沒有按照韻母分類。這都說明，《切韻》的聲母系統和韻類系統是處於隱蔽狀態的，需要用一套科學的辦法去整理，才能把它的語音系統的全貌顯現出來。

　　早期的等韻圖，如《韻鏡》和《通志・七音略》，已經分析了《切韻》系統的聲母和韻類（從早期韻圖產生的時間看，它們是以《廣韻》之前的《切韻》系韻書為對象的）。但是，按照這些等韻圖的分析去理解《切韻》音系有較大困難。第一，等韻圖上只有音系分析的結果，而沒有分析的方法，韻圖作者如何分析聲母和韻類，我們無法知道。第二，韻圖把《切韻》音系的聲母納入三十六字母的框架內，不能夠十分清晰地看出聲母系統的本來面目；對韻類在四等上的分配也不完全符合《切韻》韻類的真實性質，有時把三等韻類放到四等或二等，有時把一個韻類放在兩三個等，看上去好像是兩三個韻類。如果把韻圖的三十六字母和四等分配當作《切韻》的語音系統，就會誤入歧途。在宋元明清相當長的時間裡，音韻學家過於相信等韻圖，以為早期韻圖的分析是符合《切韻》實際的。如清代江永的《音學辨微》說：「昔人傳三十六字母，總括一切有字之音，不可增減，不可移易。凡欲增減移易者皆妄作也。」清末勞乃宣《等韻一得》說：「隋唐以來，反切無出三十六母外者。……考諸《廣

韻》、《集韻》諸書，音切無不符合。」這些說法顯然都是過於相信韻圖的分析了。

直到晚清，著名學者陳澧才真正用內部材料去研究《切韻》的聲韻系統。他用自己創立的「反切系聯法」，通過反切上字去發現聲類，通過反切下字去發現韻類。他的系聯法是對漢語音韻學的重要貢獻。

陳澧（西元 1810–1882 年），字蘭甫，號東塾，番禺（今廣東廣州市）人。著《切韻考》六卷，又「外篇」三卷，一共九卷。他想從《廣韻》書中找出失傳已久的《切韻》的面貌和它的語音系統，研究的對象是《廣韻》，書名卻叫《切韻考》。陳澧的研究分兩步，第一步，先分析出《廣韻》當中哪些字是唐代人和宋代人增加的，去掉這些字，就會接近於陸氏原書舊貌。他說：「《切韻》雖亡，而存於《廣韻》。」「據《廣韻》以考陸氏《切韻》，庶可得其大略也。」「除其增加，校其訛異，雖不能復見陸氏之本，尚可得其體例」。第二步，對剩下的小韻進行系聯，得出的聲類和韻類，陳氏認為就是陸法言原書的系統。所去掉的「增加字」只是個別的音節（小韻），不影響整個的聲韻系統。他的貢獻主要在於反切上下字的系聯。

近代學者又用其他一些方法考察《切韻》的聲類和韻類。主要有：一、文獻的對比參照，把近代發現的《切韻》材料和等韻圖的分等分類等跟《廣韻》對照；二、內部結構關係的分析，從《廣韻》的系統性、音系結構去判斷例外的反切和反切用字的正誤；三、統計學方法，統計全部反切上下字的使用條件、出現範圍、使用頻率、相互接觸的機會多寡等。這些方法對系聯法都有所補充和修訂。

二、陳澧對《廣韻》反切上字的系聯

陳澧的系聯法有基本條例、分析條例和補充條例。基本條例已經在第三章第四節介紹過，下面把這套方法在歸納聲類時的具體運用方式比

較全面地介紹一下。

首先運用的是基本條例。陳澧說:「切語上字與所切之字為雙聲,則切語上字同用者、互用者、遞用者,聲必同類也。同用者如冬,都宗切;當,都郎切;同用都字也。互用者如當,都郎切;都,當孤切;都、當二字互用也。遞用者如冬,都宗切;都,當孤切;冬字用都字、都字用當字也。」

運用基本條例,能夠解決《廣韻》中大部分反切上字的系聯問題,大多數切上字都可以比較恰當地歸納到一定的聲類。

第二個條例是分析條例。這一條例的運用是為了把不同的聲類區別開,避免把不同聲母的切上字系聯到一起。陳澧說:「《廣韻》同音之字不分兩切語,此必陸氏舊例也。其切語下字同類者,則其上字必不同類。」兩個小韻的反切,如果已知它們的反切下字是同類的(即韻頭、韻腹、韻尾、聲調完全相同),那麼這兩個反切的切上字一定不屬於同一聲母。比如,冬,都宗切;彤,徒冬切。已知兩個切下字「冬、宗」屬同一韻類,那麼切上字「都、徒」一定是不同的聲類。

第三個條例可以算是補充條例。陳澧說:「切語上字既系聯為同類矣,然有實同類而不能系聯者,以其切語上字兩兩互用故也。如多、得、都、當四字,聲本同類。多,得何切;得,多則切;都,當孤切;當,都郎切。多與得、都與當,兩兩互用,遂不能四字系聯矣。今考《廣韻》一字兩音者,互注切語,其同一音之兩切語,上二字聲必同類。如一東,涷,德紅切,又都貢切;一送,涷,多貢切。多貢、都貢同一音,則都、多二字實同一類也。今於切語上字不系聯而實同類者,據此以定之。」《廣韻》一個聲母用了很多反切上字,而在使用上又是隨意的,以至於有時同一聲母的反切上字既不同用,也不互用,也不遞用,無法用基本條例系聯起來。「多得都當」實際上是同一聲母的字,但卻系聯不成一類:「多得」成為一組,「都當」成為一組,兩組不能系聯為一類,就只能參

考「又音互見」的切語，使兩方聯繫上。如「涷」字的去聲讀音，在平聲東韻裡用的「又音」反切是「都貢切」，在去聲送韻裡的反切是「多貢切」，兩個反切注的是同一種讀音，那麼切上字「都」和「多」一定是同一聲類。這樣就可以把同聲類而無法系聯的反切上字系聯到一起。

　　陳澧用系聯法這三個條例全面考察了《廣韻》的反切上字，系聯出四十個聲類，分清聲二十一類，濁聲十九類。他並沒有給四十聲類取代表字，只是把同聲類的反切上字排在了一起。後人以古代的三十六字母為基礎給這四十聲類定出代表字，即：

清聲	濁聲
見、溪	群、疑
曉、影	匣、于、以
端、透	定、泥、來
知、徹	澄、娘
章、昌、書	船、禪、日
莊、初、山	崇
精、清、心	從、邪
幫、滂	並、明
非、敷	奉

　　陳澧因為不相信三十六字母就是《廣韻》的聲母系統才創造了系聯法，系聯的結果證明他的看法很正確，四十聲類確實和三十六字母有較大出入。主要的差別是：

　　1.三十六字母的正齒音「照穿牀審」四字母各分為二，在韻圖中這兩類分列在二等和三等，現在常用的代表字如下：

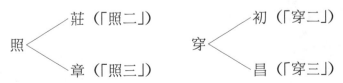

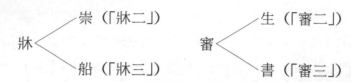

2.三十六字母的「喻」母系聯的結果分為兩類，在韻圖中這兩類分別在三等和四等，現在常用的代表字如下：

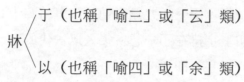

3.三十六字母的「微」母併入明母。

以上三項共比三十六字母多出五個聲類，但減少一個「微」母，一共有四十聲類。

4.四十聲類裡也有「非敷奉」三個聲母，但是它們的內涵跟三十六字母的「非敷奉」不一樣。三十六字母的「非敷奉」是輕唇音。四十聲類的「非敷奉」不僅有輕唇音，還有重唇音，它們的反切上字是：

非類：方封分府甫／卑并鄙必彼兵筆畀陂

敷類：敷孚妃撫芳峰拂／披丕

奉類：房防縛附符苻扶馮浮父／平皮便毗婢

斜線左邊的字，屬於三十六字母的輕唇音；右邊的字，屬於三十六字母的重唇音。這是四十聲類跟三十六字母的又一重要區別。陳澧把它們系聯到一起，符合於《廣韻》反切的事實。他根據補充條例把輕唇音「微母」歸入重唇音「明」母，如果把補充條例貫徹到底，輕唇音應該完全合併於重唇音，「非」歸「幫」，「敷」歸「滂」，「奉」歸「並」，可是他並沒有把「非敷奉」併入「幫滂並」，未免自亂其例，給他的聲類系統留下缺點。

三、後人對《廣韻》——《切韻》聲類的繼續研究

　　陳澧為《廣韻》聲類的研究創造了一個很好的開端，但是如上所述，他的研究還是不完善的。後人繼續用他的方法或增加別的方法，得出的結論各有不同。

　　二十世紀初，黃侃、錢玄同二人不同意陳澧對唇音字的處理方式，認為輕唇微母應該從明母分出，一共分四十一聲類。

　　二十世紀二三十年代，瑞典漢學家高本漢、中國學者白滌洲，在四十一聲類的基礎上，又多分出六類，共有四十七聲類。他們的分類是把牙音「見、溪、疑」、喉音「影、曉」、半舌音「來」六個聲母的反切上字又各分二類。再往後，曾運乾、陸志韋、周祖謨等人，更進一步把齒頭音「精、清、從、心」四個聲母的反切上字也分為兩類，總共分出五十一聲類。這階段的分類實際上都是對同一聲母的反切上字的進一步分類，一個聲母的反切上字可以分出兩個類別，聲母的數目要比聲類的數目少，不像過去那樣把聲母和聲類看成是完全一致的。

　　現在音韻學家對《廣韻》聲母的認識，多數地方是能夠統一的，但局部仍有些出入。如果用陳澧的四十聲類為參照，看法基本一致的地方是：

　　牙音「見溪群疑」是四個聲母；

　　齒頭音「精清從心邪」是五個聲母；

　　正齒音「莊初山」是三個聲母，「章昌船書禪」是五個聲母；

　　唇音「幫滂並明」是四個聲母，沒有輕唇音「非敷奉微」；

　　半舌音「來」是一個聲母；

　　半齒音「日」是一個聲母；

　　喉音「影曉」是兩個聲母，「以」是一個聲母；

　　喉音「于」類歸入「匣」；

看法有出入的地方是：

有人認為舌頭音「端透定」和舌上音「知徹澄」應該合併，只承認有「端透定」而沒有「知徹澄」；有人認為不應該合併，要分舌頭和舌上兩組聲母；目前後一種觀點是主流，持前一種觀點的人占少數。「泥」也是舌頭音，「娘」也是舌上音，主張端、知二組合併的人，都認為泥、娘應該合一；而主張端、知二組分開的人裡邊，則不一定主張泥、娘也分開：有人認為「端透定泥」和「知徹澄娘」是兩組平行的聲母，都不應合併；有人只分開「端透定」和「知徹澄」，而把「娘」合併於「泥」，屬於同一個聲母。

正齒音莊組裡的「牀」母，有人以為應該從裡邊分出一個「俟」母。

如果對上面這幾種意見只取其合而不取其分，只有三十二個聲母；如果分「端、透、定」與「知、徹、澄」，不分「泥、娘」，不分「牀、俟」，總共有三十五個聲母；如果分「泥、娘」，不分「牀、俟」，共有三十六個聲母；如果全分開，則有三十七個聲母。

產生這些分歧意見的原因，首先在於《廣韻》自身反切用字的來源存在著複雜因素，而研究者對待複雜反切的態度不同；其次在於現代的學者都參考了《廣韻》以外的文獻，所參考的文獻不同，或雖用相同的文獻而取捨標準不同。

為了便於學習、掌握，本書採用上面分類最多的聲母系統——三十七聲母。這三十七個聲母分為五十二個聲類，有二十二個聲母各只有一個聲類，有十五個聲母各分為兩個聲類。分為兩類的聲母都能夠出現在韻圖四個等上，以三等與一二四等為對立條件，一類主要分布在三等，另一類主要分布在一二四等。兩類的區分只是大致趨勢，實際有不少混用的地方。

同一個聲母的切上字為什麼還分兩個聲類？一種解釋是，一個聲母是一個音位，聲類則代表音位變體。如高本漢認為三等聲類代表「j化」

聲母，一二四等的聲類代表單純聲母。比如見母的「古」類代表 k，「居」類代表 kj。另一種解釋是，同一聲母的切上字分兩個不同的聲類，是為了跟切下字拼切得更和諧，三等字有 i 介音，一二四等字沒有 i 介音，為了使切上字跟切下字容易結合為一個音節，給三等被切字選用的切上字也盡量用三等字，給一二四等被切字選用的切上字也盡量用一二四等字，因而，四等俱全的聲母的切上字就形成了兩個類別。

下面把《廣韻》的聲母、聲類和反切上字列為一表，一個聲母分為兩個聲類的，上一類為一二四等的聲類，下一類為三等的聲類；同一類裡的切上字按使用頻率排先後次序，使用次數多的在前，少的在後。使用頻率最高的切上字作為聲類的代表字。

四、《廣韻》聲母、聲類、反切上字表

聲母	聲類	反切上字
幫	博	博北布補邊伯百巴
	方	方甫府必彼卑兵陂并分筆畀鄙封晡
滂	普	普匹滂譬
	芳	芳敷撫孚披丕妃峰拂
並	蒲	蒲薄傍步部白裴捕
	符	符扶房皮毗防平婢便附縛浮馮父弼祔
明	莫	莫模謨慕母摸
	武	武亡彌無文眉靡明美綿巫望
端	都	都丁多當得德冬
透	他	他吐土托湯天通台
定	徒	徒杜特度唐同陀堂
泥	奴	奴乃那諾內妳
知	陟	陟竹知張中豬徵追卓珍迍

徹	丑	丑敕恥痴楮褚抽
澄	直	直除丈宅持柱池遲治場佇馳墜
娘	女	女尼拏穠
精	作	作則祖臧借
	子	子即將姊資遵茲醉鯫
清	倉	倉千蒼麤采青麁
	七	七此親醋遷取雌
從	昨	昨徂才在藏前
	疾	疾慈秦自漸匠情
心	蘇	蘇先桑素速
	息	息相私思斯胥雖辛須寫悉司
邪	徐	徐似祥辝辭詳寺隨旬夕
莊	側	側莊阻鄒簪仄爭
初	初	初楚測叉芻廁創瘡
崇	士	士仕鋤鉏牀雛鶵查助豺崇崱
生	所	所山疎色數砂疏生史沙
俟	俟	俟（漦）
章	之	之職章諸旨止脂征正占支煮
昌	昌	昌尺充赤處叱
船	食	食神實乘
書	式	式書失舒施傷識賞詩始試矢釋商
禪	時	時市常是承視署殊氏寔臣植殖嘗蜀成
見	古	古公過各格兼姑佳詭乖
	居	居舉九俱紀幾規吉
溪	苦	苦口康枯空恪牽謙楷客可
	去	去丘區墟起軀羌綺欽傾窺詰袪豈曲卿棄乞

群	渠	渠其巨求奇暨臼衢強具跪狂
疑	五	五吾研俄
	魚	魚語牛宜虞疑擬愚遇危玉
曉	呼	呼火荒虎海呵馨花
	許	許虛香況興休喜朽羲
匣	胡	胡戶下侯乎何黃護懷
	于	于王雨為羽云永有雲筠遠韋洧榮
影	烏	烏伊一安烟鷖挹愛哀握
	於	於乙衣央紆憶依憂謁委
喻	以	以羊余餘與弋夷予翼營移悅
來	盧	盧郎落魯來洛勒賴練
	力	力良呂里林離連縷
日	而	而如人汝仍兒耳儒

注：俟母「漦」作反切上字見於《刊謬補缺切韻》，《廣韻》未用。

第四節　《切韻》的韻類

一、陳澧對《廣韻》反切下字的系聯

　　陳澧系聯反切下字的方法，也分基本條例、分析條例和補充條例，原則上和系聯反切上字的方法相同，只是補充條例不一樣。

　　系聯反切下字的基本條例是：「切語下字與所切之字為疊韻，則切語下字同用者、互用者、遞用者，韻必同類也。」

　　同用者如：「東，德紅切；公，古紅切；同用紅字也。」

　　互用者如：「公，古紅切；紅，戶公切；紅、公二字互用也。」

　　遞用者如：「東，德紅切；紅，戶公切；東字用紅字、紅字用公字也。」

　　以上的基本條例，可以解決大部分反切下字的系聯問題。

　　系聯反切下字的分析條例的作用和方式跟系聯切上字相同，只是運用條件相反。從作用說，是把同一韻裡的不同韻類的反切下字區別開；運用條件是已知兩條切語的反切上字為同類，跟系聯切上字時的以下字為條件正好是相反的。陳澧認為：「《廣韻》同音之字不分兩切語」，「上字同類者，下字必不同類。」如「公，古紅切；弓，居戎切。古、居聲同類，則紅、戎韻不同類」。依照《廣韻》的體例，同音字都在同一小韻，一個韻裡邊任何兩個小韻的讀音都不會完全相同；不同點只能在聲母或韻頭這兩種成分上，如果聲母相同了（反切上字同類），區別一定在於韻頭，有韻頭的對立就是不同的韻類。

　　陳澧說的「聲同類」就是同一個聲母。在他的時代，還沒有把聲類和聲母這兩個概念區分開，他的四十聲類裡「古」、「居」屬同一聲類。近代音韻學家雖然把古、居分在兩個聲類，但是聲母仍然是一個，並不影響分析條例。

　　切下字的系聯，基本條例只限在本韻範圍；補充條例的運用要超出本韻，但不出本韻系。陳澧說：「有實同類而不能系聯者，以其切語下字兩兩互用故也。如朱、俱、無、夫四字，韻本同類，朱，章俱切；俱，舉朱切；無，武夫切；夫，甫無切；朱與俱、無與夫，兩兩互用，遂不能四字系聯矣。」解決的辦法是：「今考平上去入四韻相承者，其每韻分類亦多相承，切語下字即不系聯，而相承之韻又分類，乃據以定其分類。否則，雖不系聯，實同類耳。」我們在前文說過，四聲相承的一個韻系，各韻的韻類一般是相等的。陳澧根據韻書的這一特點，參考同韻系的幾個韻，決定某一韻裡的韻類的分合。如平聲虞韻的反切下字「朱俱」和「夫無」系聯不到一起，但同韻系的上聲麌韻、去聲遇韻各只有一個韻類，於是把虞韻的切下字也合為一類。

　　這條補充條例，在理論上和實踐上都是有問題的。首先，《廣韻》裡

同一韻系的韻，韻類數不相等的不少，不可能都一例看待；比如東、送二韻是兩個韻類，董韻是一個韻類，陳澧並沒有因為董韻而把東、送兩韻的韻類也分別合併為一類；陳澧系聯的平聲真、入聲質分別有三個韻類，上聲軫有兩個韻類，去聲震有一個韻類，也沒有讓它們一律起來。其次，有的韻切下字按基本條例可以聯出三組，但參考四聲相承關係則需要合併為兩類，例如屋韻的系聯結果有三組：a，谷（古祿切）、祿（盧谷切）；b，六（力竹切）、宿（息逐切）、福（方六切）、竹（張六切）、逐（直六切）、菊（居六切）；c，木（莫卜切）、卜（博木切）。要把這三組歸併為兩個韻類，該合併哪兩組？單純從《廣韻》自身的反切是不能決定的。陳澧把a、c合為一類，以b單獨為一類，大概也參考了等韻圖。但是他最初的目標是「惟以考據為準」，想完全擺脫《廣韻》以外的參考資料；這樣處理，實際上已經違反了初衷。

　　陳澧系聯反切下字的結果，是從206韻裡分出了311個韻類。有的韻只有一個韻類，有的兩個、三個，最多的四個。

二、後人對陳澧所系聯的《廣韻》韻類的修正補充

　　陳澧系聯《廣韻》反切下字得到的韻類，和他系聯出的聲類一樣，總體上被肯定下來。後代音韻學家在他的研究基礎上又作了不少修正和補充。但所得到的韻類數目有相當大的出入。最多的分出335個韻類，最少的只有283個韻類；有的學者以王仁昫《刊謬補缺切韻》作為研究對象，結論也不相同，有的分為334類，有的分為326類。分出的韻類數目差別這麼大，問題還在於從《切韻》到《廣韻》這一系列韻書對反切下字的使用是隨意的，因而出現了一些同類而不能系聯、不同類反而能系聯的現象。對這類現象所持態度、處理方式不同，具體的結論也就不同。此外，影響系聯結果的還有以下幾種因素：

　　第一，唇音不分開合。在有開口、合口對立的韻裡，唇音字只有一

類，都沒有開合的對立。被切字是合口的，反切下字可能用開口唇音字；被切字是開口的，反切下字也可能用合口唇音字。被切字是開口唇音字，反切下字可能用其他聲母的合口字；被切字是合口唇音字，反切下字可能用其他聲母的開口字。這樣就會把開合對立的兩個韻類的界限打亂，發生系聯上的困難。例如平聲庚韻中，「橫，戶盲切」、「盲，武庚切」、「庚，古行切」、「行，戶庚切」，用系聯法要聯成一類。而在韻圖上，「庚行盲」屬於開口，「橫」屬於合口；現代許多方言裡「橫」也是讀合口呼。但是在《廣韻》裡用開口字「庚」作唇音字「盲」的切下字，又用「盲」作了合口「橫」的切下字，結果混淆了開合兩類的界限。

第二，「重紐」問題。重紐是指在同一韻裡邊，相同的等、相同的開口或合口，系聯出了兩個相重的韻類。具體地說，在《廣韻》的支、脂、祭、真（諄）、仙、宵、侵、鹽這些三等韻裡，開口或合口都能夠分出兩個韻類。在等韻圖上，把其中一類放在三等，另一類放在四等。但是這種對立只存在於唇音、牙音、喉音，這些聲母的小韻能分出兩類；舌音和齒音只有一類。這樣兩類的區別，在韻書反切中的表現形式，是若分若合、若即若離。按系聯法的基本條例，它們可以合為一類；按照分析條例，則應該分開。例如支韻系去聲寘韻的重紐反切：

等第	幫母	滂母	並母	見母	溪母	影母
三等	賁彼義切	帔披義切	髲平義切	寄居義切	掎卿義切	倚於義切
四等	臂卑義切	譬匹賜切	避毗義切	馶居企切	企去智切	縊於賜切

三等與四等，共用「義」字為反切下字，「賜智」二字與「義」亦為同韻類，但它們的聲母條件是對立的。是把這兩個等的小韻分開為兩類還是合為一類，音韻學家有兩種態度，一種認為重紐反映的是《切韻》時代漢語裡實際存在的區別，應該分開；另一種認為重紐不過是更早時代某種語音區別的殘跡，在《切韻》時代已經不能區分，應該把它們合為一類。前者分出的韻類多，後者分出的韻類少。

　　第三，附韻和借用。有少數韻母字很少，沒有為它單獨立一韻，而是附在相鄰的韻裡，並且用鄰韻字作反切下字。如臻韻系的上聲字「齔、齓」附在隱韻，並且借用隱韻的「謹」作反切下字；臻韻系的去聲字「齔」附在震韻，並且借用震韻字「觀」作切下字。對這種情況如不仔細辨別，也會影響系聯的結果。

　　第四，錯訛，指《廣韻》韻字歸屬的錯誤和反切用字的錯誤。韻字歸屬的錯訛如山韻「鰥，古頑切」，「頑」在刪韻而非山韻，不應用作「鰥」的切下字（唐代各本《切韻》「頑」正在山韻，本來不誤）。反切用字的錯訛如東韻「豐，敷空切」，「豐」為三等字，「空」為一等字，不是同一韻類，可知《廣韻》用「空」是錯字（《刊謬補缺切韻》裡，「豐」字反切下字用的是三等字「隆」）。脂韻「尸，式之切」，「之」是之韻字，不是脂韻字，用在脂韻是明顯的錯訛（《刊謬補缺切韻》為「式脂反」）。

　　由以上所舉，就可以看出研究《切韻》的韻類是非常複雜的工作。除了用系聯法給反切下字分類，還必須參考等韻圖，根據《切韻》的不同版本進行校勘，把握韻書內部的結構規律等等。研究的角度和方法不同，在細節上自然難免出現不同的意見。

　　韻母的數目比韻類要少得多。一個舒聲韻母能夠形成平、上、去三個韻類，三個韻類才代表著一個韻母；入聲韻類是一類代表一個韻母。把206韻的韻類分出來以後，就可以歸納出全部韻母的數目；再經過構擬，所得的結果就是《切韻》的韻母系統。

三、《廣韻》韻類和反切下字表

說明：

　　1.各家對《廣韻》韻類的歸納尚未取得一致意見，今取較簡化的一種系統。分類不考慮重紐問題。

　　2.韻類以「韻目＋開合＋等第」的方式表示。如「麻合二」表示「麻

韻合口二等」這個韻類。

　　3.有的韻類借用他類的反切下字，所借用的反切下字外加括號；脣音不分開合，跨類使用的脣音字不作借用處理。寄在他韻的韻類和反切下字也外加括號。

　　4.反切下字依使用頻率排列次序，使用次數多的在前，少的在後。

平聲	上聲	去聲	入聲
東合一	董合一	送合一	屋合一
紅東公	孔董動摠蠓	貢弄送凍	木谷卜祿
東合三	一	送合三	屋合三
弓戎中融宮終		仲鳳眾	六竹逐福菊匊宿
冬合一	（腫合一）	宋合一	沃合一
冬宗	（鵩湩）	綜宋統	沃毒酷篤
鍾合三	腫合三	用合三	燭合三
容恭封鍾凶庸	隴勇拱踵奉冗悚冢	用頌	玉蜀欲足曲錄
江開二	講開二	絳開二	覺開二
江雙	項講慃	絳降巷	角岳覺
支開三	紙開三	寘開三	
支移宜羈離奇知	氏綺紙婢弭彼倚	義智寄賜豉企	
	爾此是㸯矛侈俾靡		
支合三	紙合三	寘合三	
為垂危規隨吹	委累捶詭毀髓靡	偽恚睡瑞避累	
脂開三	旨開三	至開三	
夷脂尼資飢肌私	几履姊雉視矢	利至四冀季二器	
		寐悸自	
脂合三	旨合三	至合三	
追悲佳遺眉綏維	軌鄙癸美誄水	類醉位遂愧秘	

	涗壘	媚備萃
之開三	止開三	志開三
之其茲持而甾	里止紀士史市	吏記置志
	理己擬	
微開三	尾開三	未開三
希衣依	豈狶	既豙
微合三	尾合三	未合三
非韋微歸	鬼偉尾匪	貴胃沸味未畏
魚合三	語合三	御合三
魚居諸余菹	呂與舉許巨渚	據倨恕御慮預署
		洳助去
虞合三	麌合三	遇合三
俱朱無于輸俞夫	矩庾主雨武甫	遇句戍注具
逾誅隅芻	禹羽	
模合一	姥合一	暮合一
胡都孤乎吳吾姑烏	古戶魯補杜	故誤祚暮路
齊開四	薺開四	霽開四
奚雞稽兮迷醫低	禮啟米弟	計詣戾
齊合四	一	霽合四
攜圭	一	惠桂
		祭開三
		例制祭憩弊袂蔽罽
		祭合三
		芮銳歲衛吷稅
		泰開一
		蓋太帶大艾貝

		泰合一	
		外會最	
佳開二	蟹開二	卦開二	
佳膎	蟹買	懈賣隘	
佳合二	蟹合二	卦合二	
媧蛙緺	夥丫	卦	
皆開二	駭開二	怪開二	
皆諧	駭楷	拜介界戒	
皆合二	—	怪合二	
懷乖淮	—	怪壞	
		夬開二	
		犗喝	
		夬合二	
		夬邁快話	
灰合一	賄合一	隊合一	
回恢杯灰胚	罪猥賄	對內佩妹隊輩繢昧	
咍開一	海開一	代開一	
來哀才開哉	亥改宰在乃給愷	代愛溉耐概	
		廢開三	
		肺	
		廢合三	
		廢穢肺	
真開三	軫開三	震開三	質開三
鄰巾真珍人銀賓	忍引軫盡	刃覲晉遴振印	質吉悉慄乙筆密
			必畢七一日叱
真合三	軫合三	—	質合三

(倫) 蠖筍	殞敏	一	(律) 筆
諄合三	準合三	稕合三	術合三
倫匀遵迍脣綸旬	尹準允腎紃	閏順峻	聿律邺
臻開三	(隱開三)	(震開三)	櫛開三
臻詵	(謹)	(覲)	瑟櫛
文合三	吻合三	問合三	物合三
云分文	粉吻	問運	勿物弗
欣開三	隱開三	焮開三	迄開三
斤欣	謹隱	靳焮	訖迄乞
元開三	阮開三	願開三	月開三
言軒	偃憶	建堰	竭謁歇訐
元合三	阮合三	願合三	月合三
袁元煩	遠阮晚	願萬販怨	月伐越厥發
魂合一	混合一	慁合一	沒合一
昆渾尊奔魂	本損忖衮	困悶寸	沒骨忽勃
痕開一	很開一	恨開一	(沒開一)
痕根恩	很懇	恨艮	(沒)
寒開一	旱開一	翰開一	曷開一
干寒安	旱但笴	旰案贊按旦	割葛曷達
桓合一	緩合一	換合一	末合一
官丸潘端	管伴滿纂緩	貫玩半亂段換喚算漫	括活撥末栝
刪開二	潸開二	諫開二	黠開二
姦顏	板版	晏諫澗雁	八黠
刪合二	潸合二	諫合二	黠合二
還關班	綰鯇	患慣	滑拔
山開二	產開二	襇開二	鎋開二

閑山間瞯	限簡	莧襇	鎋轄瞎
山合二	產合二	襇合二	鎋合二
頑鰥	（綰）	幻辨	刮頒
先開四	銑開四	霰開四	屑開四
前賢年堅田先顛烟	典殄繭峴	甸練佃電麵	結屑蔑
先合四	銑合四	霰合四	屑合四
玄涓	泫畎	縣絢	決穴
仙開三	獮開三	線開三	薛開三
連延然乾仙焉	善演免淺蹇辇展辨剪	戰箭線面扇賤碾膳變彥	烈薛熱滅別竭
仙合三	獮合三	線合三	薛合三
緣員權專園攣川宣全泉	兗轉緬篆	戀絹眷倦卷掾釧囀	劣悅雪絕爇輟
蕭開四	篠開四	嘯開四	
聊堯幺彫蕭	了鳥皎晶	弔嘯叫	
宵開三	小開三	笑開三	
遙招嬌昭喬霄邀宵消瀟焦鵬	小沼兆夭表少矯	照召笑妙肖要廟少	
肴開二	巧開二	效開二	
交肴茅嘲	巧絞爪飽	教孝皃稍	
豪開一	皓開一	號開一	
刀勞袍毛曹遭牢褒	皓考浩早抱道	到報導耗	
歌開一	哿開一	箇開一	
何俄歌河	可我	箇佐賀個邏	
戈合一	果合一	過合一	
禾戈波婆和	果火	臥過貨唾	

戈開三	—	—	
伽迦	—	—	
戈合三	—	—	
靴鞾𩌦	—	—	
麻開二	馬開二	禡開二	
加牙巴霞	下雅賈疋亞	駕訝嫁亞罵	
麻合二	馬合二	禡合二	
瓜華花	瓦寡	化吴霸	
麻開三	馬開三	禡開三	
遮邪車嗟奢賒	者也野冶姐	夜謝	
陽開三	養開三	漾開三	藥開三
良羊莊章陽張	兩丈獎掌養	亮讓向樣	略約灼若勺爵雀虐藥
陽合三	養合三	漾合三	藥合三
方王	往網昉	放況妄訪	縛钁籰
唐開一	蕩開一	宕開一	鐸開一
郎當岡剛	朗黨	浪宕	各落
唐合一	蕩合一	宕合一	鐸合一
光旁黃	晃廣	曠謗	郭博穫
庚開二	梗開二	映開二	陌開二
庚行	梗杏打冷	孟更	格伯陌白
庚合二	梗合二	映合二	陌合二
橫盲	猛礦瞢	橫	伯擭虢
庚開三	梗開三	映開三	陌開三
京卿驚	影景丙	敬慶	戟逆劇郤
庚合三	梗合三	映合三	—

兵明榮	永憬	病命	—
耕開二	**耿開二**	**諍開二**	**麥開二**
耕莖	幸耿	迸諍	革核厄摘責虿
耕合二	—	—	**麥合二**
萌宏	—	—	獲麥摑
清開三	**靜開三**	**勁開三**	**昔開三**
盈貞成征情并	郢井整靜	正政姓盛鄭令	益隻昔石亦積
			易迹炙辟
清合三	**靜合三**	—	**昔合三**
營傾	頃穎	—	役
青開四	**迥開四**	**徑開四**	**錫開四**
經丁靈刑	挺鼎頂剄醒涬	定徑佞	歷擊激狄
青合四	**迥合四**		**錫合四**
扃螢	迥	—	闃狊鶪
蒸開三	**拯開三**	**證開三**	**職開三**
陵冰兢矜膺蒸乘仍升	拯庱	證孕應餕甑	力職側即翼直極
—	—	—	**職合三**
—	—	—	逼
登開一	**等開一**	**嶝開一**	**德開一**
登滕棱增崩朋恆	等肯	鄧互隥贈	則得北德勒墨黑
登合一			**德合一**
肱弘	—	—	或國
尤開三	**有開三**	**宥開三**	
鳩求由流尤周秋	九久有柳酉否婦	救祐又呪副僦	
州浮謀		溜富就	
侯開一	**厚開一**	**候開一**	

侯鉤婁　　　后口厚苟詬斗　　候奏豆遘漏

幽開三　　　黝開三　　　幼開三

幽虯彪烋　　黝糾　　　幼謬

侵開三　　　寢開三　　　沁開三　　　緝開三

林金針深吟淫心尋　荏錦甚稔飲枕　禁鴆蔭任譖　入立及戢執急汲汁

今簪任　　　朕凜瘁

覃開一　　　感開一　　　勘開一　　　合開一

含南男　　　感禫晻　　　紺暗　　　合答閤沓

談開一　　　敢開一　　　闞開一　　　盍開一

甘三酣談　　敢覽　　　濫瞰瞰暫蹔　　盍臘楍雜

鹽開三　　　琰開三　　　豔開三　　　葉開三

廉鹽占炎淹　琰冉檢染斂漸　豔贍驗窆　涉輒葉攝接

　　　　奄險儉

添開四　　　忝開四　　　㮇開四　　　帖開四

兼甜　　　忝玷簟　　　念店　　　協頰愜牒

咸開二　　　豏開二　　　陷開二　　　洽開二

咸讒　　　減斬豏　　　陷韽賺　　　洽夾図

銜開二　　　檻開二　　　鑑開二　　　狎開二

銜監　　　檻黤　　　鑑懺　　　甲狎

嚴開三　　　儼開三　　　釅開三　　　業開三

嚴杴　　　广掩　　　釅欠　　　業怯劫

凡合三　　　範合三　　　梵合三　　　乏合三

凡芝　　　犯錽范　　　（劍）梵泛　　　法乏

第五節 南北朝詩文用韻的韻部系統

　　《切韻》音系分類細密，跟它的綜合性質分不開。陸法言在《切韻》序裡說：「欲廣文路，自可清濁皆通；若賞知音，即須輕重有異。」可見分類細是為了「賞知音」，所以才把不同方言裡能分辨的音類盡量分開。在現代漢語中，哪一種方言也分不出這麼多類別，估計南北朝、隋代的共同語也分不出這麼多類別。近代以來，南北朝詩文用韻的研究取得了很大成就，人們發現隋朝以前的詩文用韻比《切韻》的韻部也要寬。包括參加討論《切韻》大綱並起重要作用的顏之推、薛道衡等人，他們的作品押韻也比《切韻》寬。隋朝以前沒有「功令」的約束，但根據傳統的文人意識，詩文用韻一般是要遵守當時的「雅言」的，從大量的用韻材料，大體上可以歸納出當時共同語的韻部系統。下面參考現代各家研究南北朝詩文用韻的成果，列出南北朝後期韻部如下（每部列出《廣韻》韻目，舉平聲韻目以賅上去）：

陰聲韻部	陽聲韻部	入聲韻部
支部：支	東部：東	屋部：屋
之部：之脂	冬部：冬鍾	沃部：沃燭
微部：微	江部：江	覺部：覺
魚部：魚	真部：真諄臻欣	質部：質術櫛迄
模部：虞模	文部：文	物部：物
齊部：齊祭	魂部：元魂痕	沒部：月沒
泰部：泰廢夬	寒部：寒桓	曷部：曷末
佳部：佳	刪部：刪	鎋部：鎋
皆部：皆	山部：山	黠部：黠
咍部：灰咍	先部：先仙	屑部：屑薛

宵部：蕭宵　　　　陽部：陽唐　　　　藥部：藥鐸

肴部：肴　　　　　庚部：庚耕清　　　陌部：陌麥昔

豪部：豪　　　　　青部：青　　　　　錫部：錫

歌部：歌戈　　　　蒸部：蒸　　　　　職部：職

麻部：麻　　　　　登部：登　　　　　德部：德

尤部：尤侯幽　　　侵部：侵　　　　　緝部：緝

　　　　　　　　　覃部：覃銜　　　　合部：合狎

　　　　　　　　　談部：談　　　　　盍部：盍

　　　　　　　　　鹽部：鹽添咸　　　葉部：葉帖洽

　　　　　　　　　嚴部：嚴凡　　　　業部：業乏

這個韻部系統總共有 56 個韻部；入聲韻和陽聲韻相配，則有 36 個韻系。表面看起來和《廣韻》韻系差別很大；但是《廣韻》有開合分韻、洪細分韻的問題，有同用、獨用的規定，把這些因素考慮進去，其間的差別就不算太大了。

　　上列的一個韻部包括《廣韻》兩個以上韻部，而且又合乎《廣韻》同用規定的，有以下這些：脂之、虞模、齊（它的去聲霽）祭、佳（它的去聲卦）夬、灰咍、蕭宵、歌戈、尤侯幽、冬鍾、真諄臻、元魂痕、寒桓、先仙、陽唐、庚耕清、鹽添、嚴凡、沃燭、質櫛術、月沒、曷末、屑薛、藥鐸、陌麥昔、葉帖、業乏。這些韻《廣韻》定為同用，看來是繼承了隋朝以前的傳統，是從南北朝至唐代一直存在的語音現象。

　　《廣韻》規定同用而上列系統不合併的有：支與脂之、佳與皆、文與欣、刪與山、蒸與登、覃與談、咸與銜、黠與鎋、職與德、合與盍、洽與狎。這些韻部定為同用，看來是為了適應隋唐以後語音的變化，所以和更早的詩文押韻不合。

　　《廣韻》規定獨用而上列系統卻合併的有：廢併於泰、欣併於真臻諄、銜併於覃、咸併於鹽添、迄併於質櫛職、狎併於合、洽併於葉帖。

這些韻部《廣韻》定為不同用，反映出從南北朝到唐代發生的語音變化。
（今本《廣韻》把欣韻和文韻注為同用，據戴震考定，兩韻應為獨用。）

由以上的對比看來，不僅《切韻》本身的音類具有綜合方言與古今
音的性質，連《廣韻》的同用也有折衷古今的意味：既照顧到南北朝（古），
也照顧到隋唐（今）。

第五章　韻圖和等韻學

在傳統音韻學中，等韻學的外來影響色彩最濃厚，它的產生直接受到了梵文拼音方法的啟示。等韻學常用的「字母」、「轉」、「攝」等概念，都來源於佛徒對梵文的分析手段。這是中外文化交流給傳統音韻學帶來的一項進步。

六朝以後，大量的佛經翻譯成漢語，懂得梵文的佛徒從梵文的拼音方法得到啟發，開始對漢語音節進行細緻的分析。梵文是拼音字母，和尚們先是用固定的漢字來代表梵文的元音和輔音，學會了從發音方法和發音部位去分析輔音。後來逐漸領悟到可以用同樣的方式處理漢語的聲母，就把用漢字標記梵文輔音的方法移植到了漢語聲母的分析上，創造出了漢語的字母系統。再進一步研究了音節的結構規則，編出了等韻圖，開創了等韻學這樣一門重要學科，把漢語音韻學的研究向前推進了一大步。

第一節　古代的字母系統

按照發音部位和發音方法，以「字母」為標誌給一個共時音系的聲母分出類別，排列成表，就成為字母系統。古代的字母系統和一般學科的發展過程一樣，經歷了一個從粗疏到嚴密、從殘缺到完備的過程。

一、五音──字母歸納和分類的萌芽

　　現傳較完備的古代字母系統，以唐代的三十字母為最早，隨後擴展成為三十六字母。在三十字母產生之前，就已經出現了用「五音」來歸納的聲母類別，可以說是字母的萌芽。今本《玉篇》附有「五音聲論」，是唐代以前的作品。上邊列了五行字。每行字都屬於同一部位的聲母：

東方喉聲　　何我剛諤歌可康各
西方舌聲　　丁的定泥寧亭聽歷
南方齒聲　　詩失之食止示勝識
北方唇聲　　邦龐剝雹北墨朋邈
中央牙聲　　更硬牙格行幸亨客

　　這裡所列的五音可以算是古代最早的聲母分類。清代錢大昕《十駕齋養新錄》說：「五音聲論分喉牙舌齒唇五聲，每各舉八字為例，即字母之濫觴也。」清代陳澧《切韻考・外篇》說：「五音聲論粗疏，實不足以為法，乃字母之椎輪耳。」和三十六字母相比，五音聲論的分類雖然很不完備、嚴密，但畢竟對發音部位作出了初步分析，對於漢語字母的產生是具有歷史意義的。

二、唐代的三十字母

　　現代所見到最早的較完備的字母系統是唐代的三十字母。敦煌出土文獻中有兩種三十字母的材料，其中一件是《守溫韻學殘卷》（現存法國巴黎的國家圖書館），所列的字母是：

唇音　　不芳並明
舌音　　端透定泥是舌頭音
　　　　知徹澄日是舌上音
牙音　　見溪群來疑等字是也

　　　　齒音　　精清從是齒頭音

　　　　　　　審穿禪照是正齒音

　　　　喉音　　心邪曉是喉中音，清

　　　　　　　匣喻影亦是喉中音，濁

卷子的署名為「南梁漢比丘守溫述」。南梁在今陝西漢中，「漢比丘」表明作者是華僧而非天竺僧或西域胡僧。可能這個字母系統是從陝西或西北其他方言歸納出來的。這個字母表對五音的歸類還不十分合理。主要表現在：

　　來母誤歸牙音；

　　照、審次序顛倒；

　　心、邪、曉不應在同一組，心、邪應當在齒頭音（一清一濁），曉才是喉音清；

　　影母不應當歸入濁音。

　　另一件材料是《歸三十字母例》（現存英國倫敦不列顛博物館），無署名。它沒有按照五音給字母分類，但是在各個字母之下列出例字：

端	丁當顛故	照	周章征專	匣	刑胡桓賢
透	汀湯天添	精	煎將尖津	影	纓烏剜烟
定	亭唐田甜	清	千槍僉親	知	張衷貞珍
泥	寧囊年拈	從	前牆嫧秦	徹	倀忡樫繽
審	升傷申深	喻	延羊鹽寅	澄	長蟲呈陳
穿	稱昌瞋覦	見	今京犍居	來	良隆泠鄰
禪	乘常神諶	溪	欽卿褰袪	不	邊逋賓夫
日	仍穰忈任	群	琴擎蹇渠	芳	偏鋪繽敷
心	修相星宣	疑	吟迎言敿	並	便蒲頻符
邪	囚祥餳旋	曉	馨呼歡祆	明	綿莫民無

《歸三十字母例》字母的排列跟《殘卷》不完全相同，它的主要貢獻是

舉出了例字，從而可以瞭解字母的具體內容。

三、三十六字母

三十六字母是音韻學史上影響最大的字母系統，它是以三十字母為基礎，有所增加、有所調整而形成的。本書第三章曾經列出這個系統，為了便於分析它和三十字母的關係，這裡再次把它列出。各韻圖中三十六字母的排列方式不完全一致，下面的表以《韻鏡》卷首的三十六字母表為基礎，結合其他韻圖的五音、清濁的分類方式而顯示其系統性。

		全清	次清	全濁	次濁	全清	全濁
唇音：	重唇音	幫	滂	並	明		
	輕唇音	非	敷	奉	微		
舌音：	舌頭音	端	透	定	泥		
	舌上音	知	徹	澄	娘		
牙　音		見	溪	群	疑		
齒音：	齒頭音	精	清	從		心	邪
	正齒音	照	穿	牀		審	禪
喉　音		影			喻	曉	匣
半　舌　音					來		
半　齒　音					日		

三十六字母分類的原則、方法跟三十字母基本上一致，都以五音來區別發音部位，也有唇、舌、牙、齒、喉、舌頭、舌上、齒頭、正齒的名稱；所用的代表字也基本相同。

三十六字母不同於三十字母的地方主要有：一，增加了六個字母，唇音多出「非、敷、奉、微」，舌上音多出「娘」母，正齒音多出「牀」母；二，改進了分類方法，發音部位增加了半舌、半齒，五音成為七音；發音方法分清了清濁，三十字母只有喉音分清濁，三十六字母則七音都

分清濁；三，變動了一部分字母的歸屬，跟《守溫韻學殘卷》比較，日母從舌上音改到半齒音，來母從牙音改到半舌音，心、邪二母從喉音改到齒頭音，影母由濁改為清，邪母由清改為濁，審母和照母的位置也調整了。經過這樣的改進，字母的歸類更加合理，也更具有科學性。三十六字母相當嚴格地從發音部位和發音方法的標準給聲母分類，能夠準確地反映出聲母的系統性，標誌著古人對聲母的研究達到了比較高的水平。

四、三十六字母的來源和對後代的影響

三十六字母的發明人是誰，至今仍無定論。宋代沈括《夢溪筆談》、張麟之《韻鏡序例》等都列有這個字母系統，鄭樵《通志·藝文略》、王應麟《玉海》認為這個字母系統為守溫所作，因此過去常被稱為「守溫三十六字母」。但是，也有人認為是了義所作，南宋末年祝泌《皇極經世起數訣》（西元 1241 年）說：「惟胡僧了義三十六字母，流傳無恙，雖極之遐遠僻嶠，亦能傳習。」明代上官萬里《皇極經世聲音圖注》：「自胡僧了義以三十六字為翻切母，奪造化之巧。司馬公《指掌圖》為四聲等子，《蒙古韻》以一聲該四聲，皆不出了義區域。」

以上兩種說法都沒有提到三十字母。明代真空和尚的《篇韻貫珠集》有一首「溯字學源流歌」，認為三十字母是唐僧舍利所創，守溫增加為三十六字母。歌中有這樣四句：「大唐舍利置斯綱，外有根源定不妨。後有梁山溫首座，添成六母合宮商。」這首歌所說的「溫公」就是守溫，梁山就是「南梁」。真空肯定沒有見過敦煌卷子，可是他說的三十字母卻和敦煌卷子一致。可見明代還可能有記載著三十字母的書，但是這些書流傳範圍很小，也許僅在佛寺中流傳，普通士大夫沒有見到過。

二十世紀初葉發現了敦煌莫高窟所藏的《守溫韻學殘卷》以後，現代一般都認為守溫只是三十字母的創始人，三十六字母是後人增補而成的。但是也有人持不同的意見，認為三十字母的製作還在守溫之前，因

為三十字母只是題有「守溫述」的敦煌寫本《守溫韻學殘卷》的一部分，它與《殘卷》其他內容有很多不一致的地方。如果三十字母是守溫所造，就不應該出現這麼多的不一致。

三十六字母產生以後，歷代很多學者把它當作一個標準體系，從宋元時代的等韻圖、金代的韻書《五音集韻》、元代的韻書《古今韻會舉要》，一直到明清，很多韻書、韻圖的聲母系統都採用三十六字母；清朝有人研究上古音也採用它。由於它在歷史上的深遠影響，三十六字母就成為音韻學的重要內容。

宋以後的韻書和韻圖繁多，語音體系隨時而變，既反映保守和趨時的風格不同，也反映方言的分化。比較保守的韻書和韻圖一般仍舊採用三十六字母，也有一些韻書和韻圖的作者根據自己方言的特點對字母體系做了相當大的改革。比較重要的有以下幾種：

1.北方官話地區的字母系統，最大的特點是沒有了全濁聲母，三十六字母的影母、喻母、疑母都合併為一個零聲母，字母數目一般在十九個到二十一個。如明代蘭茂《韻略易通》的字母是二十個，用一首〈早梅詩〉代表，其字母和音值擬音是：

東	風	破	早	梅，	向	暖	一	枝	開；
t	f	p'	ts	m	x	n	ø	t	k'

冰	雪	無	人	見，	春	從	天	上	來。
p	s	v	r	k	tʂ'	ts'	t	ʂ	l

十九母系統比二十母少一個微母 [v]，二十一母系統比二十母多一個疑母 [ŋ]。

2.吳語區的字母系統一般都有全濁聲母，字母的數目在二十七至三十二之間。如明代王應電《聲韻匯通》的二十八字母：

乾	坤	清	寧，	日	月	昌	明，	天	子	聖	哲，	丞	弼	乂	英。
g	k'	ts'	n	ʑ	ɦ	tʂ'	m	t'	ts	ʂ	tʂ	dʑ	b	ŋ	ø

兵	法	是	恤	，禮	教	丕	興	；同	文	等	字	。
p	f	z	s	l	k	p'	h	d	v	t	dz	

　　3.閩語區的字母系統一般是十五字母，如《戚參軍八音字義便覽》
的福州方言字母：

柳	邊	求	氣	低	，波	他	曾	日	時	，鶯	蒙	語	出	喜	。
l	p	k	k'	t	p	t'	ts	n	s	ø	m	ŋ	ts'	x	

這些韻書和韻圖對傳統的三十六字母做了根本性的改革，是研究漢語方
音史的重要資料。

第二節　早期的等韻圖《韻鏡》、《七音略》

　　《韻鏡》（又稱《韻鑑》）和《七音略》是現存兩種最古老的等韻圖。
《韻鏡》的作者今不可考，書中已經引用了三十六字母系統，估計是五
代以後的作品。《七音略》是南宋鄭樵所撰《通志》中的一卷，除了韻圖
次序和個別字以外，内容和《韻鏡》基本相同。這兩部韻圖所分析的是
《切韻》系韻書的音系，用圖表的形式來表現，圖表的框架，是靠七音
清濁、三十六字母、開合、四等建立起來的，成為一個固定的模式；這
個模式跟《切韻》的語音内容並不完全吻合。遇到兩者互相矛盾之處，
特別是聲母不一致的地方，就要兼顧雙方，結果反而把體例複雜化了。
我們讀這兩種韻圖，不能一目了然地看清楚《切韻》的聲韻類別。在瞭
解韻圖怎樣分析《切韻》音類的時候，必須弄清楚由於體例原因而形成
的特殊處理方式，這主要表現在以下三個方面：

一、以四十三轉歸納韻系

　　《切韻》系韻書四聲分別排韻。在排列韻目次第的時候，已經考慮
到四聲相承的各韻位置的對應問題。但是各聲調的韻數量不相等，不能

使相對應的韻都分別處在同樣的序號,四聲相承的關係不容易看出來。韻圖的每張圖上同時收四聲韻字,一個韻系裡韻母相同的韻類出現在同一圖上,而且在四聲裡占據同樣的「等」,四聲相承關係就可以看得很清楚,哪些舒聲韻有相同的韻母,哪個入聲韻配哪個陽聲韻都可以一目了然。這是韻圖的重要貢獻。

早期韻圖把《廣韻》的韻系合併,放在四十三張圖上,稱為四十三轉。「轉」原是指聲母和韻母輪流相拼的意思:在同一張圖上,一個字母可以輪流跟不同聲調、不同等的韻類相拼而成為不同的音節,一個韻母也可以跟不同的聲母輪流相拼而成為不同的音節。後來就把「轉」用作圖名標誌了。

同一韻系裡有開合兩種韻母的,分置於二圖,開口在一圖,合口在一圖。有的一張圖上只有一個韻系,有的一張圖上安排了幾個韻系。幾個韻系合在一張圖上時,必須具備兩個條件:第一,韻尾相同,韻腹相近。這種音近關係,有的是在《切韻》時代本來就接近;有的是到韻圖時代才接近的;也有的在韻圖時代已經變得同音了。第二,在四等的分布是互補的,每韻自占一個等,互不衝突。如果韻母接近或者同音,但處於相同的等,仍須分在不同的圖上。如東一等和冬一等、東三等和鍾三等,在唐代已經分別合流了,但由於「等」的地位衝突,就不能合在一張圖上。

《韻鏡》四十三轉所包含的韻系如下:

　　內轉第一開:東系
　　內轉第二合:冬鍾系
　　外轉第三開:江系
　　內轉第四開:支系
　　內轉第五合:支系
　　內轉第六開:脂系

内轉第七合：脂系

内轉第八開：之系

内轉第九開：微系、廢韻

内轉第十合：微系、廢韻

内轉第十一開：魚系

内轉第十二合：虞模系

外轉第十三開：咍皆齊系、祭夬韻

外轉第十四合：灰皆齊系、祭夬韻

外轉第十五開：佳系、泰祭韻

外轉第十六合：佳系、泰祭韻

外轉第十七開：痕臻真系

外轉第十八合：魂諄系

外轉第十九開：欣系

外轉第二十合：文系

外轉第二十一開：山元仙系

外轉第二十二合：山元仙系

外轉第二十三開：寒刪仙先系

外轉第二十四合：桓刪仙先系

外轉第二十五開：豪肴宵蕭系

外轉第二十六開：宵（重紐四等）系

内轉第二十七開：歌系

内轉第二十八合：戈系

内轉第二十九開：麻系

内轉第三十合：麻系

内轉第三十一開：唐陽系

内轉第三十二合：唐陽系

　　　　　外轉第三十三開：庚清系

　　　　　外轉第三十四合：庚清系

　　　　　外轉第三十五開：耕清青系

　　　　　外轉第三十六合：耕清青系

　　　　　內轉第三十七開：侯尤幽系

　　　　　內轉第三十八開：侵系

　　　　　外轉第三十九開：覃咸鹽添系

　　　　　外轉第四十開：談銜嚴鹽（重紐四等）系

　　　　　外轉第四十一合：凡系

　　　　　內轉第四十二開：登蒸系

　　　　　內轉第四十三合：登蒸系

《韻鏡》原來所注的開、合有錯了的，今依現代學者的意見加以訂正。
《七音略》的歸併方式和排列次序跟上列系統有些小的出入。

　　在這四十三張圖中，開合俱全的韻系是：支、脂、微、廢、泰、皆、
佳、夬、祭、齊、山、刪、元、仙、先、麻、陽、唐、庚、耕、清、青、
登、蒸（只在入聲職韻有合口）；只有開口的韻系是：東、江、之、魚、
咍、痕、臻、真、欣、寒、豪、肴、蕭、宵、歌、侯、尤、幽、侵、覃、
談、咸、銜、鹽、嚴、添；只有合口的韻系是：冬、鍾、虞、模、灰、
魂、諄、文、桓、戈、凡。其中東韻在韻圖上標為開口，而有人認為應
該是合口；凡韻在韻圖上標為合口，但實際上具有開、合兩類，也有人
認為只有合口字。

　　《韻鏡》、《七音略》把所列的四十三轉分為「內轉」和「外轉」兩
大類，但是並沒有對兩類的分別作任何解釋。比《韻鏡》、《七音略》稍
晚的韻圖《切韻指掌圖》和《四聲等子》都認為：「內轉者，脣舌牙喉四
音更無第二等字，唯齒音方具足；外轉者，五音四等都具足。」這就是
說，內轉除了齒音以外沒有二等字，外轉則是五音四等俱全的。但是，

因為列在內轉各圖齒音二等的都是莊組字，並不是真正的二等（詳見下節），因此，內外轉的分別實際上是內轉沒有真正的二等字，而外轉則是四等俱全，有真正的二等字。內轉和外轉的分別是否僅限於此，近代音韻學家曾經做過進一步的探討，但還沒有取得比較一致的意見。

二、以七音、清濁分析聲母

《韻鏡》和《七音略》對聲母的分析方式有兩個特點：其一，以七音、清濁作為區別發音部位和發音方法的手段；其二，兼顧三十六字母和《切韻》的聲母系統。

《韻鏡》以七音和清濁給聲母分類。在每一張韻圖上，豎格和豎行是聲母的分類。七音共分了六格，唇、舌、牙、齒、喉各占一格，半舌音、半齒音在同一格。同格裡邊再以發音方法分類。唇音、舌音、牙音各欄從右到左依次是清（全清）、次清、濁（全濁）、清濁（次濁）；齒音一欄是清（全清）、次清、濁（全濁）、清（全清）、濁（全濁）；喉音是清（全清）、清（全清）、濁（全濁）、清濁（次濁）；半舌、半齒各只有清濁（次濁）。

《七音略》直接用了三十六字母，沒有七音、清濁的名目，而是用古代樂律中表示音階的「宮、商、角、徵、羽」和「半徵」、「半商」作為類名，實際上和《韻鏡》的聲母分類方式完全一致，都以七音清濁三十六字母作為聲母的框架。但是，七音分清濁，在圖上只能排出二十三行，如果讓每個字母占一個豎行，應該有三十六行才容得下三十六字母，韻圖作者又不肯改變七音分配的格局，於是就在唇音、舌音、齒音三類各安排兩組字母：唇音分為重唇音和輕唇音，舌音分為舌頭音和舌上音，齒音分為齒頭音和正齒音。同一豎行裡有了不同聲母的字，就又須憑藉「等」的不同來區別：重唇音「幫滂並明」在唇音的一、二、四等和開口三等，輕唇音「非敷奉微」在唇音的合口三等；舌頭音「端透定泥」

在舌音的一、四等，舌上音「知徹澄娘」在舌音的二、三等；齒頭音「精清從心邪」在齒音的一、四等，正齒音「照穿牀審禪」在齒音的二、三等。這樣就把三十六字母容納進去了。

但是，《切韻》的聲母系統和三十六字母並不完全一致，韻圖作者要在這個框架內把《切韻》的聲母系統也給分別出來，還需要有進一步的補充辦法。兩系統的不同主要在於唇音、正齒音和喉音。

《切韻》唇音只有一組，三十六字母分出了輕唇和重唇。因為輕重唇雖都在韻圖的同一格內，但輕唇音只出現在合口三等，重唇音只出現在一、二、四等和開口三等，兩者不存在矛盾。

正齒音在《切韻》分「莊、初、崇、生」和「章、昌、船、書、禪」兩類聲母，韻圖上正齒音在二等和三等，把莊組分配在二等，章組分配在三等。因而，在齒音一格，從三十六字母說有精組和照組兩組聲母，從《切韻》音系說有精組、莊組和章組三組聲母。

喉音裡「匣、喻」兩母互有糾葛，這兩個聲母包含「胡、于、以」三個聲類，在三十六字母裡邊，「于、以」屬於喻母，「胡」屬於匣母；在《切韻》音系，則是「胡、于」同屬於匣母，「以」自成一類。韻圖用了折衷的辦法：「胡」放在全濁（匣母），「于」類和「以」類放在次濁（喻母），這符合三十六字母；而「于」類和「以」類在等上有區別，于類占三等，以類占四等，互不混淆，也保留了《切韻》裡的區別。

經過這樣的安排，韻圖上的聲母分布就成以下格局（自上而下為一至四等，無字處以「一」表示）：

齒半舌半		音　喉	音　齒	音　牙	音　舌	音　唇
清　清		清	次	清　次	清　次	清　次
濁　濁		濁濁清清	濁清濁清清	濁濁清清	濁濁清清	濁濁清清
一	來	一匣曉影	一心從清精	疑一溪見	泥定透端	明並滂幫
一	來	一匣曉影	俟生崇初莊	疑一溪見	娘澄徹知	明並滂幫
日	來	于一曉影	禪書船昌章	疑群溪見	娘澄徹知	微奉敷非
一	來	以匣曉影	邪心從清精	疑一溪見	泥定透端	明並滂幫

（注：唇音的三等，只在合口圖是輕唇音非敷奉微，在開口圖仍是重唇音幫滂並明）。

　　從上表所列格局可以看到各組聲母所分布的等第：

　　四等俱全：幫、滂、並、明、見、溪、疑、影、曉、來；

　　出現於一二三等：匣；

　　出現於一四等：端、透、定、泥、精、清、從、心；

　　出現於二三等：知、徹、澄、娘；

　　只出現於二等：莊、初、崇、生；

　　只出現於三等：群、章、昌、船、書、禪、于、日；

　　只出現於四等：邪、以。

　　分等的本來意義是按照韻母的性質給漢字分類。就一般情況來說，聲母在韻圖上所占的等，是由它們所拼的韻母決定的。如端組只拼一等、四等韻母，所以只占一四等；知組只拼二三等韻母，就只占二三等；見組能夠拼四個等的韻母，就占了四個等。但是，莊組、精組和以母的地位部分地是強制規定的：莊組能拼二等和三等韻母，三等部分也被放在二等；精組能拼一、三、四等，三等部分也被放在四等；邪、以只拼三等韻母，卻全放在四等。這是韻圖作者受七音格局的局限所造成的結果。直到清代還有人錯誤地以為四等是以聲母為根據的，如江永說：「辨等之法，須於字母辨之。」這是只看到了一些表面現象。還是陳澧說的對：「等之云者，當主乎韻，不當主乎聲。」

　　早期韻圖上的聲母排列方式有兩個弊端：一是由於同一豎行列出的

不止一個聲母的字，給識別聲母增加了困難；二是由於把部分三等字放到了四等和二等，打亂了分等的界限，給辨別韻母性質增加了困難。作者費盡心機，結果反而使韻圖繁瑣化，這是十分令人遺憾的。

三、以開合、四等區分韻類

韻圖作者並沒有說明他們是如何分出《切韻》韻類的，今天看到的只是他們的分類結果，即以開口、合口、四等為標誌所分出的韻類。這是我們瞭解中古韻母性質的重要依據。

開口、合口的區別比較明顯。韻圖把同攝字分在兩圖，每張圖都標注了「開」、「合」字樣，它們的對立就很清楚地顯示出來了。《七音略》沒有用「開合」的術語，而是用「輕重」來代替，分為「重中重」、「重中輕」、「輕中輕」、「輕中重」，凡第一字為「輕」的，是合口呼；第一字為「重」的，是開口呼。（見圖五）

四等的性質，用現代語音學來解釋，是從韻腹和韻頭兩方面為韻母分的類。一等韻由後元音 [u]、[o]、[ə]、[ɔ]、[ɑ]、[ɒ] 作韻腹，二等韻由低元音 [a]、[æ]、[ɐ] 作韻腹，四等韻由前、半高元音 [e] 作韻腹。一、二、四等韻，都沒有 i 作介音；三等韻跟其他等的區別在於它有 i 介音，而不在於韻腹。在三等韻裡，各種元音的韻腹都可能出現。開口、合口各具四等，即有八個類別；但同一等裡有好幾個元音作韻腹，因此韻母系統是很複雜的。

韻圖作者制定了四等的標準，如果一貫地施行下來。相同性質的韻類一律排在相同的等，韻圖的體例就會簡單許多，後人對等的認識也就少了許多分歧。然而，由於《切韻》的韻母系統十分複雜，韻圖作者在排列韻類時，在某些情況下不得不違背自己的條件，把有些類的字放到了不該占據的位置上去。這種未按本身韻母性質排等位的字，出現於兩種情況：甲，三等韻裡的齒音字和喉音喻母字；乙，所謂「重紐」韻。

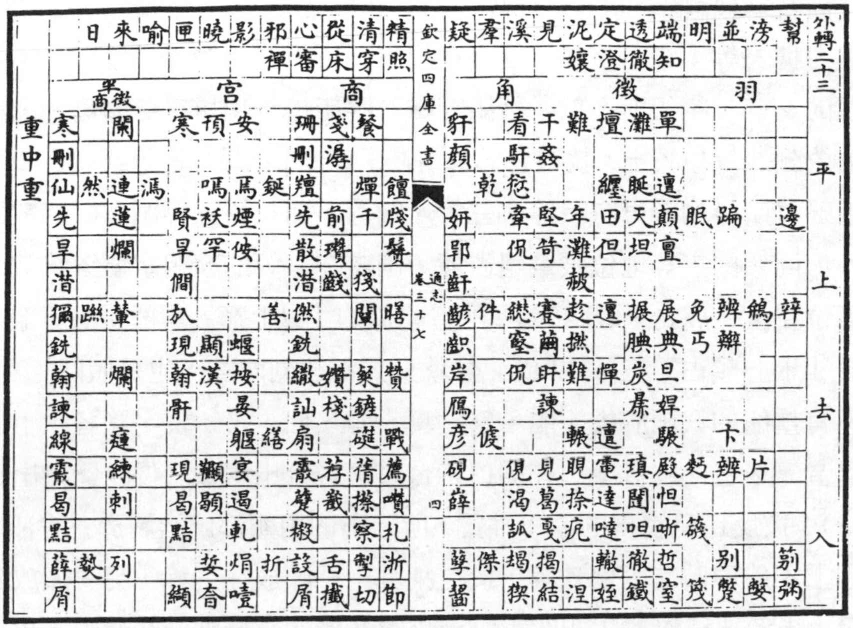

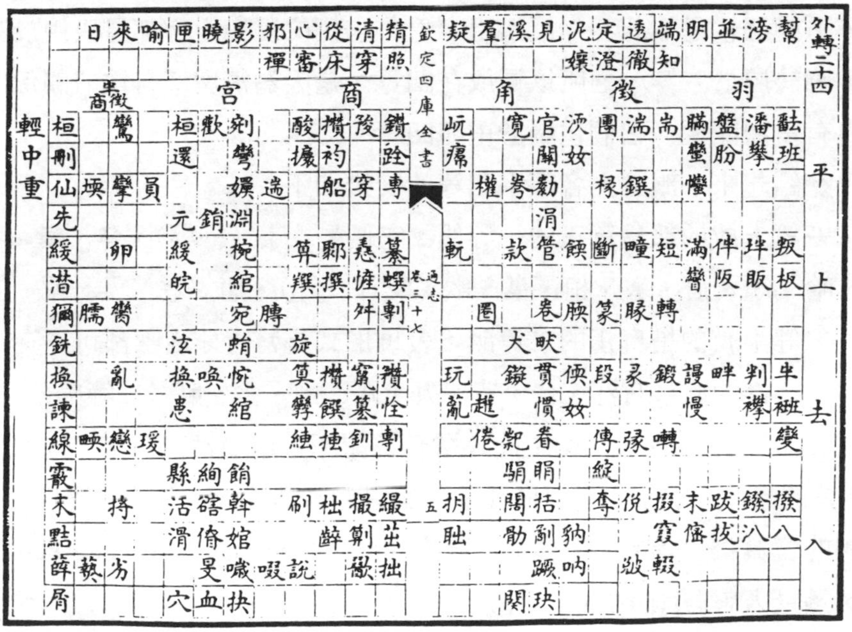

圖五　《通志・七音略》書影　《四庫全書》本

　　齒音字包含精、莊、章三組聲母，韻圖規定了精組占據一等和四等，莊組占據二等，章組占據三等。章組本身只拼三等韻母，放在三等是沒問題的。莊、精組則不然。莊組既拼二等韻母，也拼三等韻母，三等字也被放到二等位置上，就跟它們的實際「身分」不符，是所謂「假二等」。精組聲母所拼的韻母有一等、三等、四等，而且拼三等韻母的字數量很多，但同韻的三等地位被章組占據，應該在三等的精組字便統統被放到四等位置上，成為「假四等」。喉音喻母的「以」類，全部拼三等韻母，由於「于」類占了三等，「以」類就只好都放到四等，也是假四等。

　　有重紐的只限於支、脂、祭、真、諄、仙、宵、侵、鹽各韻，它們的唇音、牙音、喉音字，在開口和合口又各分出兩類（侵、鹽只出現在影母）；按反切所表現的韻母性質，所分出的兩類都應該屬於三等韻；但韻圖上不能同時有兩個三等，於是把其中一類放在三等，另一類放到了四等，後者被稱作「重紐四等」。此外還有清韻唇牙喉音在韻圖上也放在四等，幽韻也是如此，從反切用字看，它們的反切上字都是只用於三等的，應該屬於三等，之所以被放在四等，是因為清與庚有重紐關係，幽與尤有重紐關係。它們也屬於重紐四等。

　　總結起來，韻圖上各韻系四等的安排如下：

　　一等上放的都是真正的一等韻，它們是：東（一等）、冬、模、泰、灰、咍、魂、痕、寒、桓、豪、歌、戈（一等）、唐、登、侯、覃、談。

　　二等上有的是真正的二等韻，表現形式是唇舌牙齒喉都可以在二等有字，這樣的韻系有江、佳、皆、夬、刪、山、肴、麻（二等部分）、庚（二等部分）、耕、咸、銜；此外還有臻韻，它雖僅齒音有字，但獨立成韻。有的是假二等韻，表現形式是僅有莊組聲母字，沒有其他聲母的字，它們的實質為三等韻，這樣的韻系有東、支、脂、之、魚、虞、真、諄、陽、蒸（入聲職韻字）、尤、侵。

　　三等上放的都是真正三等韻；其中同一韻類只放在三等的有微、廢、

文、欣、元、戈（三等）、庚（三等）、嚴、凡；同一韻類另有部分字放在二、四等的有東、鍾、支、脂、之、魚、虞、祭、真、諄、仙、宵、麻、陽、清、蒸、尤、侵、鹽。

四等上有的是真正的四等韻，這樣的韻系有齊、先、蕭、青、添五個；有假四等和重紐四等的韻系有東、鍾、支、脂、之、魚、虞、祭、真、諄、仙、宵、麻、陽、清、蒸、尤、幽、侵、鹽。

由於以上原因，在《廣韻》屬於同一個三等韻的字，會分別放到三等、二等、四等這三行裡。比如魚韻三等字，「居，九魚切」、「魚，語居切」、「徐，似魚切」、「余，以諸切」、「初，楚居切」，反切下字明明是一個韻類，但韻圖上把「居魚」放在三等，「徐余」放在四等，「初」放在二等。並沒有嚴格遵守以韻腹、韻頭條件分等的規則。我們說從等韻圖不能簡易明瞭地讀出《切韻》音系，這是重要原因。

儘管有這些體例上的欠缺，早期等韻圖分析《切韻》音系的貢獻畢竟很大。韻圖作者的生活時代離開陸法言、顏之推時代還不遠，憑口耳聽辨比較容易找出《切韻》音類的差異所在，《切韻》一個韻裡邊小韻的排列是雜亂無章的，經過韻圖作者條分縷析，使小韻成為秩序井然的層級系統。到現在，研究《切韻》音系還必須要參考他們的成果。

第三節 南宋至元代的等韻圖

南宋以後的《切韻指掌圖》、《四聲等子》和《切韻指南》（全稱《經史正音切韻指南》）在等韻學裡屬於同一個系統，這些韻圖既有保守的一方面，又有改良的一方面。它們都用三十六字母作為聲母系統，都以開合四等作為分析韻類的框架，這是繼承了早期韻圖的特點，屬於保守的一面；但是它們對韻系進行了大規模的合併，把原先的四十三張圖合併為二十張或二十四張，合併的根據是當時的讀音，這是改良的一面。這

個時期韻圖所說的「切韻」是「反切」的別名，「切」指反切上字，「韻」指反切下字，和陸法言的《切韻》無直接關係。

一、《切韻指掌圖》

本書原題司馬光作，但據近人考證，實係偽托，作者真實情況尚無從瞭解。它的成書時間當在南宋淳熙三年（西元 1176 年）至嘉泰三年（西元 1203 年）之間。

本書把早期韻圖的四十三圖合併為二十圖，沒有「內外轉」的名目。每一圖上的一個韻類，往往包含了從前的兩個或更多的韻類，可是還盡量保存舊有的韻目，所以有的一圖四個等而列七八個韻目。二十圖的內容如下（只列出平聲和入聲韻目）：

一　豪肴宵蕭、鐸覺藥

二　東冬鍾、屋沃燭

三　模魚虞、沃屋燭

四　侯尤幽、德櫛迄質

五　覃談咸銜鹽嚴凡添、合盍洽狎葉業帖乏

六　侵、緝

七　寒刪山元仙先、曷黠鎋薛月屑

八　桓刪山元仙先、末黠鎋薛月屑

九　痕臻真殷欣、德櫛質迄

十　魂文諄真、沒質物術

十一　歌戈麻、曷黠鎋薛月屑

十二　戈麻、末黠鎋薛月屑

十三　唐陽、鐸藥覺

十四　唐江陽、鐸覺藥

十五　登庚耕清青、德陌麥職昔錫

十六　　登庚耕蒸清青、德陌麥職昔錫

十七　　咍皆佳泰夬、曷黠鎋

十八　　支脂之齊祭、德櫛質迄

十九　　灰支脂微齊泰廢祭、沒術物質

二十　　佳皆夬、鎋

把這二十圖跟早期的四十三圖對比，可以非常清楚地看出語音的某些重要變化。例如在十八圖把原屬於止攝開口三等的精組字（「茲紫恣雌此慈自思死笥詞兕寺」等）放在一等地位，表明它們的韻母已經不是 [i] 而可能變成了 [ɿ]，這是重要的音變現象；第十八、十九兩圖，把蟹攝開、合三四等和合口一等併入止攝，也是實際語言變化的反映。早期韻圖入聲韻只跟陽聲韻相配，在本圖中入聲字同時還跟陰聲韻相配。例如「屋、祿」既配第二圖的「翁、籠」，也配第三圖的「烏、盧」。這意味著入聲韻的塞音韻尾已經失去或弱化為 [ʔ]，跟陽聲韻的關係疏遠了，而跟陰聲韻的關係密切起來。由以上幾點可見，本書對研究宋代語音有很重要的價值。

　　本書把三十六字母一字平排，字母的次序是牙音、舌頭音、舌上音、重唇音、輕唇音、齒頭音、正齒音、喉音、半舌、半齒。這種排列方式保證了同一豎行都是同一聲母的字（正齒音二三等可視為已經合流），較為簡潔明瞭，不像早期韻圖裡邊唇、舌、齒音幾大類各自疊床架屋，把兩三套聲母擠在一起。（見圖六）

二、《四聲等子》

　　本書作者佚名，它的產生時間至今尚無定論，大約在金代成書。

　　本書也把從前的四十三圖合併為二十圖，各圖以十六攝為題目，並注內外轉、重輕、開合。各圖的順序如下（只列平聲和入聲韻目）：

　　　1.通攝內一，重少輕多韻。

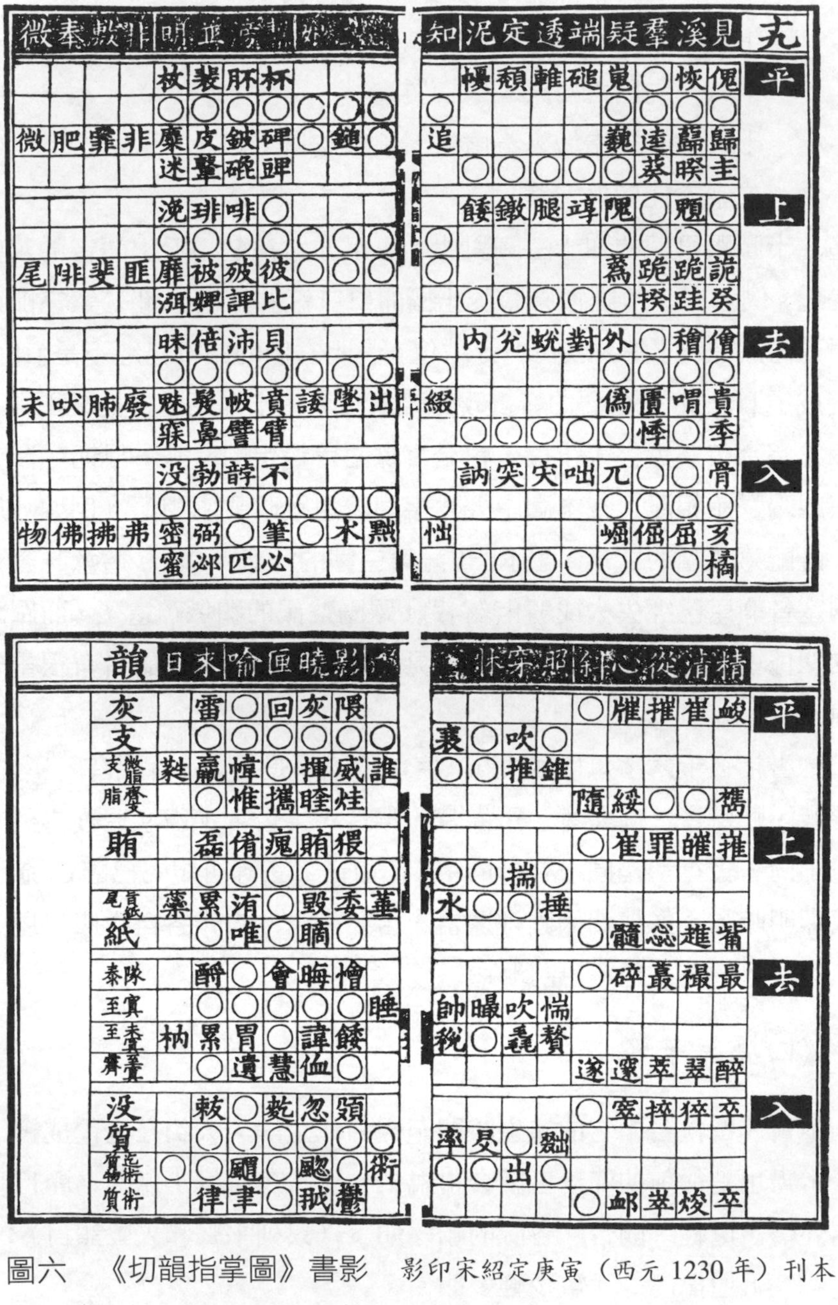

圖六　《切韻指掌圖》書影　影印宋紹定庚寅（西元1230年）刊本

　　東冬鍾、屋沃燭（注曰：東冬鍾相助）。

2. 效攝外五，全重無輕韻。

　　豪肴宵蕭、鐸覺藥（韻目無蕭，注曰：蕭併入宵類）。

3. 宕攝內五，陽唐重多輕少韻，江全重開口呼。

　　唐江陽、鐸覺藥（注曰：內外混等，江陽借形）。

4. 宕攝內五。唐江陽、鐸覺藥（合口）。

5. 遇攝內三，重少輕多韻。

　　模魚虞、沃屋燭（注曰：魚虞相助）。

6. 流攝內六，全重無輕韻。

　　侯尤幽、屋（韻目無幽，注曰：幽併入尤韻）。

7. 蟹攝外二，輕重俱等，開口呼。

　　咍皆齊泰祭、曷黠薛屑（注曰：佳併入皆韻）。

8. 蟹攝外二，輕重俱等韻，合口呼。

　　灰皆齊祭廢、末黠月屑（注曰：祭廢借用）。

9. 止攝內二，重少輕多韻，開口呼。

　　支脂之齊、職陌質昔錫（按：韻目僅列脂旨至質）。

10. 止攝內二，重少輕多韻，合口呼。

　　支脂之微、櫛質術物（按：韻目僅列脂旨至質微尾未物）。

11. 臻攝外三，輕重俱等韻，開口呼。

　　痕臻真欣、沒櫛質迄。

12. 臻攝外三，輕重俱等韻，合口呼。

　　魂文諄、沒物術。

13. 山攝外四，輕重俱等韻，開口呼。

　　寒山刪仙元先、曷鎋黠薛月屑（按：韻目無刪元先黠月屑，
　　注曰：刪併山、先併入仙）。

14. 山攝外四，輕重俱等韻，合口呼。

桓山刪元仙先、末鎋黠月薛屑（按：韻目無刪仙先黠薛屑，注曰：刪併山、仙元相助）。

15.果攝內四、假攝外六，重多輕少韻，開口呼。

歌麻、鐸鎋（注曰：內外混等）。

16.果攝內四、假攝外六，重多輕少韻，合口呼。

戈麻、鐸鎋（內外混等）。

17.曾攝內八、梗攝外八，重多輕少韻，啟口呼（即開口呼）。

登庚耕蒸清青、德陌麥職昔錫（按：韻目無耕清麥昔，注曰：內外混等、鄰韻借用）。

18.曾攝內八、梗攝外八，重多輕少韻，合口呼。

登庚耕清青、德陌麥昔錫（按：韻目無耕青麥錫，注曰：內外混等，鄰韻借用）。

19.咸攝外八，重輕俱等韻。

覃談咸銜鹽嚴凡添、合盍洽狎葉業乏帖（按：韻目僅列覃咸凡鹽合洽乏葉，注曰：四等全併一十六韻）。

20.深攝內七，全重無輕韻。

侵緝。

十六攝的名稱最早見於本書，但是這個概念的產生實際上要早得多。張麟之在為《韻鏡》所寫的「調韻指微」中提到鄭樵「作內外十六轉圖，以明胡僧立韻得經緯之全」，可見早期韻圖已經隱隱約約地透露出十六攝的信息。《四聲等子》雖然分了十六攝，但是分圖並沒有完全遵守十六攝，而是比十六攝更進了一步，把江攝、宕攝合在一起，把梗攝、曾攝合在一起，把果攝、假攝合在一起，稱之為「內外混等」。這反映的是實際語言裡的江宕合流、梗曾合流及果攝三等與假攝三等的合流。十六攝的目次和早期韻圖是一致的。內轉各攝依次為通一、止二、遇三、果四、宕五、流六、深七、曾八，外轉各攝依次為江一、蟹二、臻三、山四、效

五、假六、梗七、咸八，這跟《四聲等子》二十圖的順序差別很大。如果十六攝由《等子》作者所創，不應該出現這自相矛盾的現象。

本書三十六字母的七音排列次序是牙、舌、唇、齒、喉、半舌、半齒，喉音把「影曉匣喻」改作「曉匣影喻」。它的韻圖格式也不同於《韻鏡》、《七音略》，同圖之內不是先分四聲後分四等，而是先分四等後分四聲，即四格各容一等，一格內的四行分別為平上去入四聲。（見圖七）

三、《切韻指南》（附《五音集韻》）

《切韻指南》是元代劉鑑《經史正音切韻指南》的簡稱，成書於元代末年。它的韻圖形式和語音系統都和《四聲等子》相似，但是分二十四圖。十六攝的排列和《四聲等子》很不相同，大體恢復到《廣韻》的次第。各圖順序如下：

1. 通攝　內一　（合）
2. 江攝　外一　開合
3. 止攝　內二　開
4. 止攝　內二　合
5. 遇攝　內三　（合）
6. 蟹攝　外二　開
7. 蟹攝　外二　合
8. 臻攝　外三　開
9. 臻攝　外三　合
10. 山攝　外四　開
11. 山攝　外四　合
12. 效攝　外五　（開）
13. 果攝　內四　開
　　假攝　外六　開

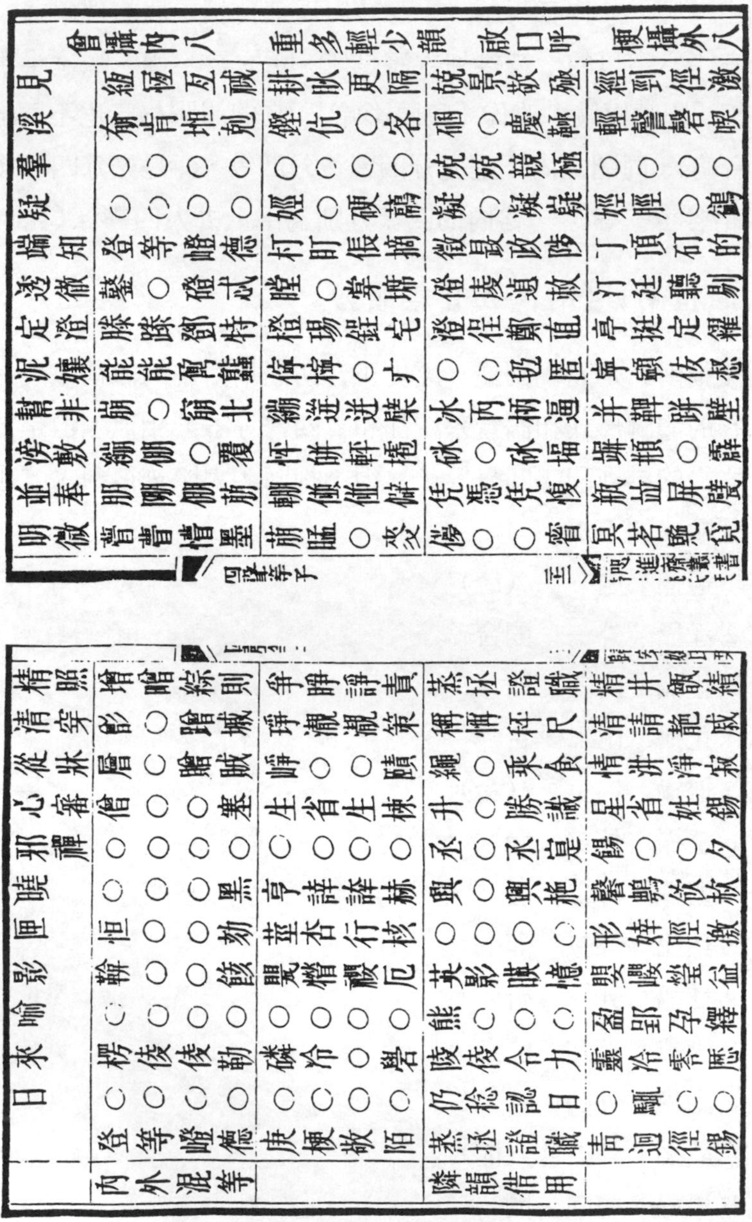

圖七 《四聲等子》書影 咫進齋叢書本

14.果攝　　內四　　合

　假攝　　外六　　合

15.宕攝　　內五　　開

16.宕攝　　內五　　合

17.曾攝　　內六　　開

18.曾攝　　內六　　合

19.梗攝　　外七　　開

20.梗攝　　外七　　合

21.流攝　　內七　　（開）

22.深攝　　內八　　（開）

23.咸攝　　外八　　（開）

24.咸攝　　外八　　（開合）

（注：上表所標「開合」外加括號者在原書標為「獨韻」）

這二十四圖比《四聲等子》多出四圖，是因為江攝與宕攝分開，江攝自成一圖；梗攝與曾攝分開，各有開合兩張圖；咸攝「凡范梵乏」四韻另立一圖。十六攝只有果攝、假攝仍然在同一圖，其餘的「內外混等」被取消了。（見圖八）

　　劉鑑在《切韻指南》序言中說此書「與韓氏《五音集韻》互為體用，諸韻字音，皆由此韻而出也」。可見《切韻指南》和當時流行的韻書《五音集韻》關係十分密切。

　　《五音集韻》原來是金代荊璞所作的韻書，成書時間在金熙宗皇統年間；到金章宗時，韓道昭將該書修訂成《改併五音集韻》，把 206 韻合併為 160 韻，並且「引諸經訓，正諸訛舛，陳其字母，序其等第」。後來荊璞原書失傳，人們就省稱韓道昭的書為《五音集韻》。

　　早期韻書只注意分四聲和分韻，而不注意分析聲母的條理和同韻之內韻類的類別，各韻裡的小韻隨意排列，雜亂無序。等韻圖出現以後，

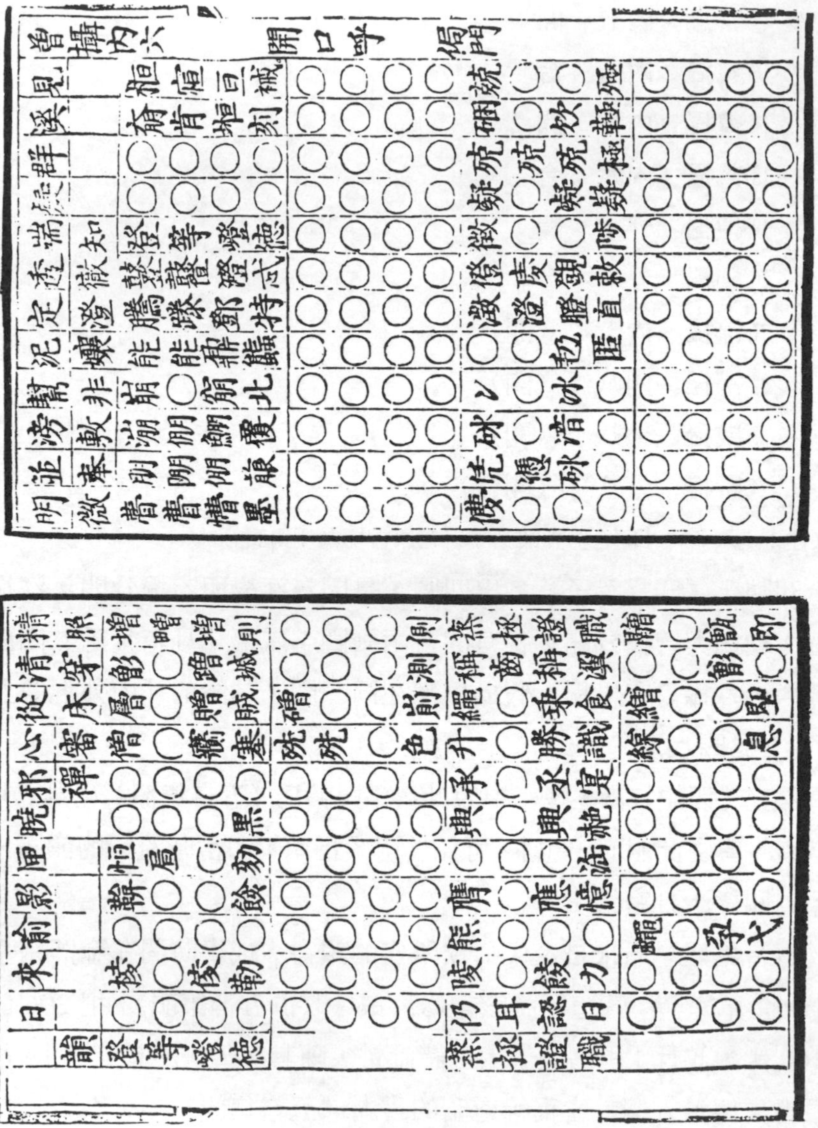

圖八 《經史正音切韻指南》書影 明弘治九年（西元1496年）釋思宜刊本

後來的韻書作者發現聲音的嚴密系統性可以從聲母的類別、開合四等的排列上體現出來，就把這套方法運用到韻書的編纂當中。以現有的文獻而言，這樣的韻書以《五音集韻》為最早。

　　《五音集韻》在編纂體例上的最大改進，是以九音三十六字母為序安排各韻裡的韻字，以牙音為首，依次舌頭、舌上、重唇、輕唇、齒頭、正齒、喉音、半舌、半齒。每個小韻之前，注出所屬等第。如平聲一東韻：

見母　　　一等：公功紅工……三等：弓躬宮……

溪母　　　一等：空箜崆……　三等：穹……

群母　　　一等：䃼　　　　　三等：窮

疑母　　　一等：峨𦜕𩲀

端母　　　一等：東菄鶇……

透母　　　一等：通蓪恫……

定母　　　一等：同仝童㠉銅……

泥母　　　一等：齈

……

《五音集韻》是在等韻圖影響下產生的新型韻書，它反過來又影響等韻圖的編纂，《切韻指南》就是明顯的例證。但是，就韻部和韻類說，《切韻指南》比《五音集韻》更加簡化，進一步合併了不少的韻部，兩者關係不像《韻鏡》和《切韻》那樣一致。《五音集韻》之後，韻書的體制就增加了「等韻化」這一類型。（見圖九）

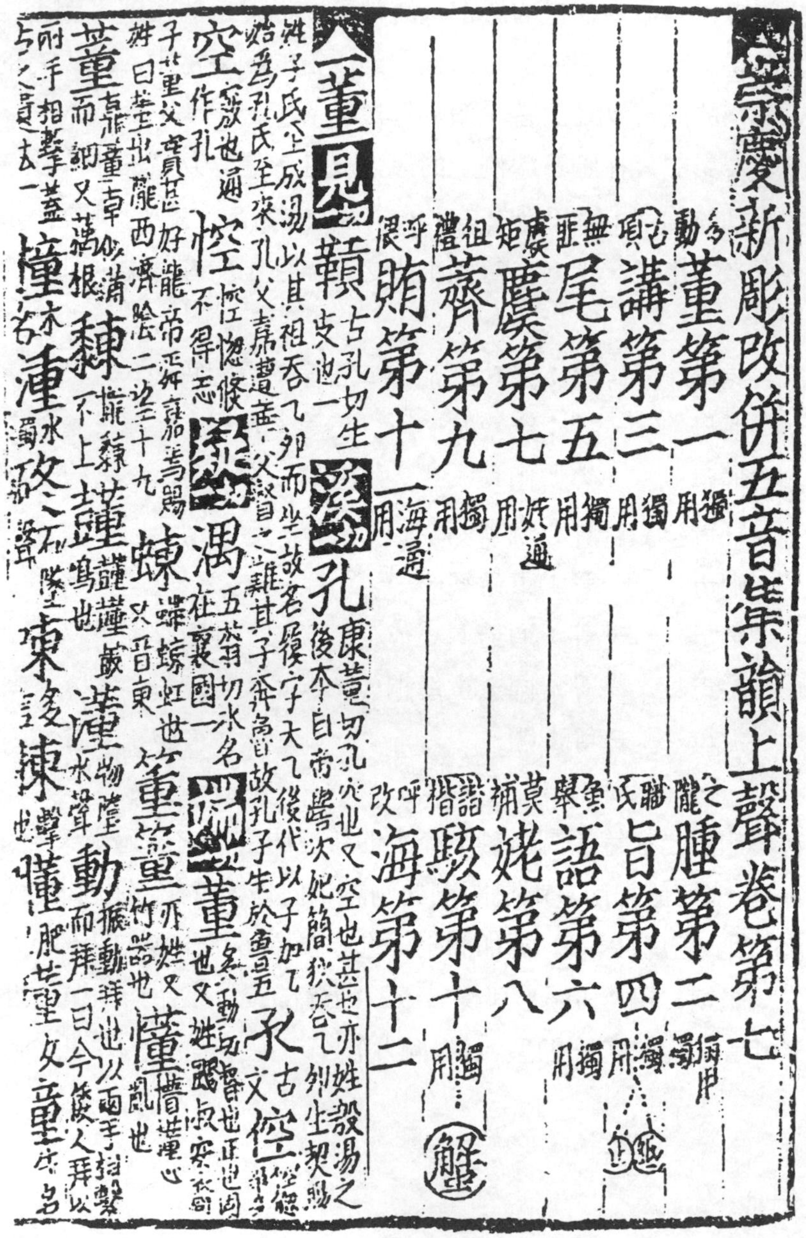
崇慶新彫改併五音集韻上聲卷第七
董第一 獨用　腫第二 獨用
講第三 獨用　旨第四 獨用
尾第五 獨用　語第六 獨用
麌第七 姥通用　姥第八
薺第九 獨用　駭第十 獨用
賄第十一 海通用　海第十二

圖九　韓道昭《五音集韻》書影
金崇慶間（西元 1212–1213 年）刊本

第四節　等韻門法

在古代，人們一向認為等韻圖是為反切服務的，這是因為，第一，韻圖可以用來練音，從而領悟聲韻相拼的原理；第二，可以根據反切上下字從韻圖上查找被切字。古人很重視韻圖的後一種功能。《韻鏡》有「歸字例」，後代的韻圖有「標射切韻法」、「切字樣法」，都是講從韻圖上查被切字的方法。其基本原理，是先找到反切上下字在韻圖的地位，被切字的聲母地位（五音、清濁或三十六字母）和反切上字相同，被切字的韻母地位（哪一圖、哪一聲調、哪一等）和反切下字相同，在反切下字所在的圖上，豎行定在反切上字相同的位置，橫行定在反切下字的同一行，橫豎相交之處是被切字。《韻鏡·歸字例》說：「歸釋音字，一如檢禮部韻。且如得『芳弓反』，先就十陽韻求『芳』字，知屬唇音次清第三位，卻歸一東韻尋下『弓』字，便就唇音次清第三位取之，乃知為『豐』字。蓋芳字是同音之定位，弓字是同韻之對映。歸字之訣，大概如是。」

如果被切字沒有在韻圖上出現，就要找它的同音字，「歸字例」也用實例作了說明：「祖紅反歸成騣字，雖《韻鑑》中有洪而無紅，檢反切之例，上下二字，或取同音，不必正體。」

以上只是基本的方法。由於歷史音變及反切來源複雜等原因，有很多反切是不能用這套方法查到被切字的，它們的被切字或者不跟反切上字處在相同的聲母地位，或者不跟反切下字處在相同的韻母地位。為此，歷代的等韻圖作者總結出不少的條例，對以上現象作出解釋，這些條例就叫「等韻門法」。門法出現得很早，《守溫韻學殘卷》就有「定四等重輕兼辨聲韻不和無字可切門」和「聲韻不和切字不得例」，為門法之權輿；後來的《四聲等子》有門法九條，《切韻指南》有十三條，明代釋真空《直

指玉鑰匙門法》增加到二十條。各書對門法的解釋也不盡相同，下面從《切韻指南》舉出一些，略加分析注釋，從中可以大致瞭解門法的性質和作用。

> 音和：「音和者，謂切腳二字，上者為切，下者為韻。先將上一字歸知本母，於為韻等內本母下，便是所切之字。」

按：這是反切的通例，是門法最基本的類型。即可以憑藉「歸字例」所說的方法，根據反切上字（切）和反切下字（韻）在韻圖上的位置找到被切字的反切。

> 類隔：「類隔者，謂端等一四為切，韻逢二三，便切知等字。知等二三為切，韻逢一四，卻切端等字。為種類阻隔而音不同也，故曰類隔。如都江切椿字、徒減切湛字之類是也。」

按：此類反切反映的是南北朝以前舌頭音和舌上音不分的現象，當時端組和知組屬於相同的聲母，反切上字互用是正常的；隋唐時其中的二三等字變為舌上音知徹澄娘，一四等仍然為舌頭音端透定泥，成為兩套聲母，而韻書中尚有舊時反切殘存，在門法中稱之為「類隔」。

> 窠切：「窠切者，謂知等第三為切，逢精等、喻第四，並切第三。為不離知等本窠也，故曰窠切。如陟遙切朝字、直猷切儔字之類是也。」

按：舌上音知組只有二等和三等字，當它們用四等地位上的精組字或喻母字作反切下字時，因為所用反切下字本身實際上是三等字，則被

切字屬於三等。這是因為韻圖的體例規定了精組、喻母只占一、四等，三等字一律放在四等，所以有這種被切字跟反切下字不同等的現象。

輕重交互：「輕重交互者，謂幫等重唇音為切，韻逢有非等處，諸母第三便切輕唇字；非等輕唇為切，韻逢一二四等，皆切重唇字。故曰輕重交互。如匹尤切䬆、芳杯切胚之類是也。」

按：隋以前沒有輕唇音，因此《切韻》中的反切不分輕重唇。到三十六字母時代，唇音裡的一部分三等字變為輕唇，其餘仍為重唇，這時人們再去看原來韻書裡的反切，認為輕唇音和重唇音是異類互用的，於是門法作者稱之為「輕重交互」。

振救：「振救者，謂不問輕重等第，但是精等字為切，韻逢諸母第三，並切第四，是振救門。振者舉也、整也，救者護也，為舉其綱領，能整三四、救護精等之位也，故曰振救。如私兆切小字、詳里切似字之類是也。」

按：這是精組假四等字的反切。精組字作反切上字而反切下字為三等時，被切字事實上也是三等字；但由於韻圖體例規定了精組三等也必須放在四等，所以被切字跟反切下字的等不一致。

正音憑切：「正音憑切者，謂照等第一為切（照等第一即四等中第二是也），韻逢諸母三、四，並切照一。為正齒音中憑切也，故曰正音憑切。如楚居切初、側鳩切鄒字之類是也。」

按：這是莊組假二等字的反切。拼三等韻母的莊組字，其反切下字

可能在三等、也可能在四等（假四等），而被切字必在二等，因而反切下字跟被切字的等不一致。

> 通廣：「通廣者，謂脣牙喉下為切，以：『脂韻真諄是名通，仙祭清宵號廣門；韻逢來日知照三，通廣門中四上存。』所謂通廣者，以其第三通及第四等也，故曰通廣。如符真切頻、芳連切篇字之類是也。」

按：這是重紐韻的反切。重紐韻裡四等地位的脣牙喉音字，本身的韻母性質屬於三等，所以有時用三等的來母、日母、知組、照組字作反切下字，被切字在韻圖上跟反切下字的等不一致，也就是說，三等字「通」到四等去了。

> 局狹：「局狹者，亦謂脣牙喉下為切，韻逢：『東鍾陽魚蒸為局，尤鹽侵麻狹中依；韻逢精等喻下四，局狹三上莫生疑。』所謂局狹者，為第四等字少，第三等字多，故曰局狹。如去羊切羌字、許由切休字之類是也。」

按：這條門法所針對的現象是：在東、鍾、陽、魚、蒸、尤、鹽、侵、麻這幾韻，三等的脣、牙、喉字作反切上字而以四等地位上的精組、喻母字作反切下字時，被切字都屬於三等。所舉兩例，反切下字「羊」、「由」在四等，而被切字「羌」、「休」在三等。照門法作者的解釋，之所以出現這種現象是因為「四等字少、三等字多」，所以叫局狹。但這實屬曲解或誤解。就實質而言，這幾韻裡的精組、喻母四等字是假四等、真三等，脣牙喉音字沒有假四等，它們用了假四等字作反切下字，被切字卻仍然在三等，即反切下字跟被切字不在相同的等。

　　從以上的例子，可以大致瞭解等韻門法的內容。總括而言，韻圖的體系框架跟韻書的音系不是同一個系統，於是出現許多抵牾之處；此外，由於反切的來源複雜和歷史音變等原因，反切用字更不可能跟韻圖保持一律。門法的作者總想把韻圖跟反切統一起來，於是不得不對這些不一致的地方作出種種解釋。但他們只講其然而不講其所以然（也許他們並不知其所以然），再加上文理又不夠順暢，不易讀通，門法便成為音韻學中令人疑惑百出莫知所以的一部分內容。清人方中履說：「所以立門法者，乃見孫愐切腳不合，而不敢議之，故強為此遷就之說。」陳澧說：「作門法者本欲補救等韻之病，而適足以顯等韻之病。」他們的批評還是比較中肯的。

第五節　明清等韻圖簡說

　　等韻學在明清時代得到更長足的發展，特別是從明後期到清中葉，最為繁榮。這個時期的韻圖數量多。已知存世者至少有一百數十種，見於著錄者也為數不少。它們展現的音系內容十分豐富。有表現時音的，包括當時的官話與方言；有表現中古音的，包括《廣韻》音系、平水韻音系、《切韻指南》音系等；還有專為上古音編的韻圖。韻圖的體例形式也變得多樣化了。除了繼承宋元韻圖體例的以外，有的以聲調為綱、以韻部為緯，有的以介音為綱、以聲調為緯，有的以聲母為綱、以韻母為緯，有不少是採取「同音字表」的形式，即每個音節不止列一個代表字，而是列一組同音字。除此之外，這個時期還對等韻理論進行了探討，包括對聲音現象的理論分析和對前代等韻的批評等。

　　如此眾多而紛雜的韻圖，可以從不同的角度來分類。如果從語音史的角度來看，明清韻圖可以分為三大類：甲，反映時音的。主要依據當時一種方言的共時音系歸納，能夠基本上反映著書時該方言的實際語音

面貌；乙，反映古音的。以中古音或上古音作為分析的對象，主要是依據文獻裡的語音材料編成的；丙，混合型的。從南北各地的方言或古代韻書中取材，加以折中取捨，構成一個混合型的語音體系。三類的界限實際上並不十分分明，反映時音的在歸納音類時往往受到古音或其他方言的影響，反映古音的也往往摻雜有近代語音的成分。下面簡單介紹這三類韻圖的大致情形。

一、反映時音的等韻圖

這一類韻圖以官話和北方話為主。官話系各韻圖的音系並不完全一致，因為當時的官話未經規範，只有一個大致為人們認可的基礎音，並沒有形成嚴格的標準音系統。作者在歸納音系時在不同程度上也不免會受到古音或方音的影響。

官話和北方話韻圖聲母方面的特點是沒有全濁音，影母、喻母合併，一般分十九至二十一個聲母（見前文第一節的字母部分）。也有不合乎十九至二十一聲母的系統，較少見。韻母方面的特點是古代收 –m 的閉口韻變為收 –n 的抵顎韻，齊齒、撮口韻母逐漸不拼卷舌聲母，「兒」類字成為零聲母並且韻母變為 [ər]。聲調方面的特點是平聲分為陰平和陽平，古全濁上聲變到去聲，入聲在一些韻圖不復存在。下面簡要介紹幾種較重要的著作。

明代徐孝的《重訂司馬溫公等韻圖經》，簡稱《等韻圖經》，作於萬曆三十年（西元 1602 年），收在作者的《合併字學篇韻便覽》裡，與韻書《合併字學集韻》相配合。書名雖聲稱「重訂司馬溫公」，其實並非重訂《切韻指掌圖》，而是合併劉鑑《切韻指南》。不但韻圖形式模仿《切韻指南》，連韻圖上的代表字也有密切關係。《等韻圖經》有十九聲母，韻母十三攝，聲調有陰平、陽平、上、去四聲，入聲字派入四聲。基本上能反映明末北京話音系，是研究官話史的重要資料。

　　明代呂坤的《交泰韻》，作於萬曆癸卯（西元 1613 年）。聲母有二十個，比北京話多微母；韻母分二十一部，其中寒、刪、先分立，蕭、豪分立，與當時的多數北方話系統有異；聲調分陰平、陽平、上聲、去聲、陰入、陽入六個，入聲分陰陽。所反映的是明末河南話音系。

　　李登《書文音義便考私編》（西元 1587 年），有二十一母，舒聲二十二韻，入聲九韻。入聲獨立成韻，可能仍舊保存著塞音韻尾。聲調在形式上為平上去入四聲，但平聲分為清濁兩類，事實上就是平分陰陽，有五個調類。它的音系屬於江淮方言。

　　另外還有兩種影響較大的北方話等韻著作，究竟反映何種方言，當今學術界尚未取得一致的意見。

　　一種是《西儒耳目資》，歐洲傳教士金尼閣（Nicolas Trigaut，比利時人）作。成書於明天啟六年（西元 1626 年）。它是第一部用拉丁字母分析漢語音系的漢字字彙，目的是幫助西洋人學習漢語。全書分為三編，第一編列有韻圖，共列出二十個聲母符號（稱為「字父」），五十個韻母符號（稱為「字母」），聲調為清平（陰平）、濁平（陽平）、上、去、入五聲。書中所列五十個韻母符號實際上只代表四十個韻母，作者為了辨音細緻，有時用兩種符號來表示同一個韻母，如 iao 和 eao、ua 和 oa，這自然是不必要的。

　　另一種是明末清初樊騰鳳的《五方元音》，西元 1664 年之前成書，是韻書和韻圖配套編纂的著作，在清代影響較大。書中共列出二十個聲母，十二個韻部，聲調分陰平、陽平、上、去、入五聲。康熙時年希堯對該書作了增補，並沒有改動原書的音系。增補本也不只有一種版本，流傳甚廣。嘉慶時趙培梓又作了改訂，稱《剔弊廣增分韻五方元音》，具有明顯的復舊色彩：二十個聲母改用三十六字母作代表字，一個聲母可以包含幾個字母；韻母的分析也照顧到古代的四等。趙氏改訂後的音系已經屬於混合型的韻圖了。

反映時音的韻圖中除了官話和北方話以外，目前所能見到的大多是吳方言和閩方言的韻圖。

吳方言韻圖的音系特點是：保存聲母的全濁音，匣母和喻母合一，日母併入禪母；韻母裡山、咸攝一等字與二等字分韻，合口字一般只見於牙喉音；聲調都是平上去入四聲。較重要的著作有王應電（江蘇昆山人）的《聲韻會通》（西元 1540 年）、仇廷模（浙江鄞縣人）的《古今韻表新編》（西元 1725 年）等。

閩方言的單純韻圖不多，有廖綸璣《拍掌知音》等，它們大都受明代《戚參軍八音字義便覽》的影響。《便覽》是一部等韻化韻書，有十五個聲母，三十三韻母；四聲各分清濁，共有「八音」，音系和現代福州話十分接近。

二、反映古音的等韻圖

這一類韻圖可以分為以下三種情形。

1. 分析《廣韻》音系的，多用早期韻圖的基本框架，分三十六字母、開合、四等，而在編排方式上有所革新。

江永《四聲切韻表》，分《廣韻》61 部為 104 類，每類含平上去入四聲。分類主要按開合四等。江永是很有成就的古音學家，在分類時兼顧到上古音，因此本表音系已經不是純粹的《廣韻》系統了。

洪榜《四聲韻和表》，是完全為《廣韻》音節編排的韻圖，把 206 韻分 206 圖，每韻一圖；假二等、假四等併入三等，合乎反切下字表現出的真正韻類，但仍然注出哪些原為二等、四等。

龐大坤《等韻輯略》，韻圖形式較近於《切韻指南》。把《廣韻》61 個韻系分為 61 圖，各圖標明十六攝、內外轉、廣通局狹等，韻系的次第基本和《廣韻》一致；收字以《廣韻》為主，也從《集韻》、《玉篇》、《類篇》、《五音集韻》裡收字，由此增添了一些《廣韻》所沒有的韻類。

梁僧寶《切韻求蒙》，性質和《等韻輯略》類似，但沒有增加外來的韻類，而分圖更多：把 61 韻系分在 80 圖。仍統以十六攝，各攝次序作了調整，陽聲韻攝在前，陰聲韻攝在後。

陳澧《切韻考》，「內篇」把系聯 206 韻的結果列於圖表，是 40 聲類和 311 韻類的配合表，不考慮舊時等韻圖的體例規模。「外篇」把《廣韻》的反切系統跟宋代等韻圖作比較，分析了 40 聲類與三十六字母的關係、311 韻類與韻圖開合四等的關係，立足於反切系統去評判韻圖的得失。

2.依據劉鑑《切韻指南》而作的韻圖也有好幾種，比較常見的有《康熙字典》卷首的《等韻切音指南》，該圖大體是抄襲劉鑑原圖，有些枝節上的改動。此外有李元《音切譜》、方本恭《等子述》等，這類韻圖的功用僅在於教人學習等韻，對語音史沒有什麼用處。

3.古音學在清代發展起來以後，也出現了為上古音編排的等韻圖，雖然數量較少，但表明等韻學的用途更加擴大了，最重要的有戴震的《聲類表》和江有誥的《古音表》。《聲類表》是戴震以韻圖形式體現他上古音研究成果的著作，分上古韻為二十五部，根據陰、陽、入的配合關係，歸為九類。前七類陰陽共一入，後二類（閉口韻）陽入相配沒有陰聲韻。聲母用三十六字母，分作五類、二十位。《入聲表》是江有誥分析上古入聲與陰聲韻配合關係的圖表。江氏主張上古入聲只配陰聲韻，所以沒有收陽聲韻部。表中以三十六字母作為聲母系統，以開合、四等來區別各部的韻類。

三、混合型等韻圖

這一類韻圖數量最多，下面只選擇比較重要的或影響較大的幾種略作介紹。

《青郊雜著》，明桑紹良作。它的音系以河南方音為基礎，但所分韻部有參考上古音的因素。有二十個聲母；分十八韻部；入聲字兼配陰聲

韻和陽聲韻；聲調為陰平、陽平、上聲、去聲、陰入、陽入六類。分介音系統為四科：輕科即開口呼、極輕科即齊齒呼、重科即合口呼、次重科即撮口呼。四呼的分法以此書為最早，只是還沒有用「開齊合撮」的名稱。

《字學元元》，明袁子讓作的韻學書，書中討論了許多音韻問題，並且有兩種袁氏自撰的韻圖。一種叫《子母全編》，分二十二韻部，以開合和上下兩等分析韻類；聲母用三十六字母，稱為「大母」，又按介音分為一百一十九個「小母」。另一種圖叫《增字學上下開合圖》，只有平聲韻，包含十五個韻部。

《韻法直圖》，作者不詳，成書時間在 1612 年之前。它的音系以吳方言為基礎而有折中南北古今的色彩。聲母有三十二個，比三十六字母減少知徹澄娘四母。韻母分四十四韻，聲調為平上去入四聲。此書流傳很廣，對清代等韻學界曾產生過較大影響。

《韻法橫圖》，明李嘉紹作。它以聲調為綱，分平上去入四張圖，聲母用三十六字母，韻母分平聲四十一韻、上去各三十八韻、入聲十六韻。

《切韻聲原》，清方以智作，在《通雅》第五十卷。韻圖的聲母為二十個，韻母分十六部，聲調為陰陽上去入五聲。

《字母切韻要法》，收在《康熙字典》卷首，作者不詳。分十二個韻部，稱為十二攝，以「開口正韻、開口副韻、合口正韻、合口副韻」為名稱分析四呼；聲調和聲母系統守舊，分別用平上去入和三十六字母。（見圖四）

《類音》，清潘耒作。它的音系設立五十字母，有十八個是虛位，有字之音三十二個聲母，比三十六字母減少知徹澄娘敷五母，又把日母一分為二。韻母系統分二十四類（韻部），每類內分開齊合撮四呼。

《李氏音鑑》，清李汝珍作，是討論等韻問題的書，裡邊有一種韻圖，

是折中北京話和江淮方言而構成的系統。韻母分二十二韻部，聲母分洪細而有三十三母，聲調分陰陽上去入五聲。

第六章　中古音的構擬

　　中古音的構擬主要是對《切韻》音系的構擬。這一工作在本世紀取得了重要的進展，除了一些枝節問題以外，目前可以說已經基本構擬出了相當可信的《切韻》音系實際音值。最早對《切韻》音系作出系統構擬的是瑞典漢學家高本漢 (Bernhard Karlgren)，他的構擬在今天看起來無論是方法還是資料的運用都有不少粗疏之處，但是他把現代語言學的研究方法引進到中國音韻學的研究中，為中古音的構擬奠定了堅實的基礎。以後各家的構擬都以高本漢的系統作為研究的起點，也都以歷史比較法和譯音對勘法作為主要方法。本章先簡單介紹高本漢的構擬方法和他的主要構擬結果，然後再介紹各家的修訂意見。

第一節　高本漢對《切韻》音系的構擬

　　二十世紀初葉，開始有西方語言學者用歷史比較法構擬漢語的中古音，其中高本漢功力最深，對中國音韻學界的影響最大。

　　高本漢一生有多種關於漢語音韻學的專著和文章，他對《切韻》音系的構擬成果集中於《中國音韻學研究》(*Études sur la Phonologie Chinoise*) 和晚年的總結性著作《中上古漢語音韻學綱要》(*Compendium of Phonetics in Ancient and Archaic Chinese*) 兩書。前者於西元 1915–1926 年陸續出版，後者於西元 1954 年出版。

　　《中國音韻學研究》是一部皇皇巨著，全書分四卷：卷一為古代漢

語、卷二為現代方言的描寫語音學、卷三為歷史上的研究、卷四為方言字彙。三十年代由趙元任、羅常培、李方桂合作翻譯為中文本，譯本對原著的一些地方作了重要修正，學術價值比原著更高。

　　高本漢在本世紀初曾親自到中國北方的一些地方調查了相當多的方言，也搜集了不少間接材料。《中國音韻學研究》共運用了三十三種漢語方言語音材料，其中包括日譯漢音、日譯吳音、朝鮮漢字音、越南漢字音，作為進行歷史比較的基礎。高氏以《廣韻》反切為主並參考等韻圖得出中古音的音類，再以方言為根據擬定各個音類的具體讀音。在歸納中古音類時沒有完全採納陳澧等人的系聯結果，而是自己重新對反切上下字系聯整理，確定所謂「真韻母」和聲母；再根據韻圖的開合、四等、韻攝、七音、清濁，分別判斷音類的性質。所參考的等韻圖不是早期韻圖《韻鏡》、《通志·七音略》，也不是《四聲等子》、《切韻指掌圖》、《切韻指南》，而只是《康熙字典》裡邊所附的《等韻切音指南》，這是他的粗疏之處，為此後來常常受到學者的批評。不過從客觀上說，《等韻切音指南》的韻攝、四等、開合、清濁、七音，都繼承《切韻指南》而來，不一致處較少；《切韻指南》在這些方面又和《韻鏡》大體一致。韻攝體現各韻之間的遠近關係和韻尾的一致關係，開合、四等體現韻頭、韻腹的對立關係，清濁、七音體現聲母的對立關係，參考《等韻切音指南》來確定中古音的聲母、韻母性質，還是可以做到大致不差，只是在細節上不免出現謬誤。

一、中古聲母的構擬

　　高本漢對中古聲母的構擬大多採取分組進行的方式，只有少數是單個討論的。具體說來，是先列出一組中古聲母在各方言的現代讀音，找出它們的共同特徵和每一個聲母的個體特徵，從歷史演變規律分析和構擬它們的中古讀音形式。下面以《中國音韻學研究》第七章裡牙音一組

為例介紹他的構擬方法。這一組把見、溪、群三個字母放在一起分析（疑母另外單獨討論），先把方言材料列出來比較，然後在該章「總論」中對這套聲母在中古時期的發音部位、清濁、送氣進行推論和構擬。基本情況如下：

見母：

	一等	二等		三四等	
		開口	合口	開口	合口
官話	k	k, tɕ	k	tɕ	k, tɕ
上海、寧波	k	k, tɕ	k	tɕ	k, tɕ
溫州	k	k	k	tɕ	k, tɕ
越南	k	k, z	k	k	k
閩、粵、日本	k	k	k	k	k

溪母：

	一等		二等		三四等	
	開口	合口	開口	合口	開口	合口
官話	k'	k'	k', tɕ'	k'	tɕ'	k', tɕ'
溫州	k'	k'	k'	k'	tɕ'	k', tɕ'
越南	k'	k'	k', s	k'	k'	k'
廣州	k', h	k', h, f	k', h	k', h, f	k', h	k', h
客家	h, k'	h, f, k'	h, k'	h, k'	h, k'	h, k'
朝鮮	h, k'	h, k'	h, k'	h, k'	h, k'	h, k'
福建	k'	k'	k'	k'	k'	k'
日本	k	k	k	k	k	k

群母（只有三等）：

	平聲		仄聲	
	開口	合口	開口	合口
官話	tɕ'	k', tɕ'	tɕ	k, tɕ
平陽（臨汾）	tɕ'	k', tɕ'	tɕ', tɕ	k', k, tɕ', tɕ
上海、寧波	dʐ	g, dʐ	dʐ	g, dʐ
廣州	k'	k'	k', k	k', k
福建	k', k	k', k	k', k	k', k
客家	k'	k'	k'	k'
域外	k	k	k	k

下面摘錄「總論」的部分內容，從中即可以看出高氏的構擬方法。

㈠關於發音部位

　　從上文所研究過的這三個聲母在現代的讀音看起來，我們可以發現一大部分是讀作舌根音的，此外有不少讀喉部塞擦音的，也有很小的一部分讀作喉部摩擦音、舌尖音跟脣音。一向都以為它們的古讀原是舌根音，這是很合理的，別的讀法可以很容易解釋作舌根音的轉變。

A. 古代舌根破裂音受顎化影響以致發生了很大的變化，這種顎化現象在許多的語言中都是很常見的，例如，拉丁 civitas，意大利 citta，法 cité。演變的情形可以定作下面這樣：

　　　　k>c>cç>t 或 tɕ>ts>s

　　照顎化現象，中國方言可以分為三類：

⑴南部沿海的閩粵方言，還有高麗譯音，日本譯音，都完全不受顎化的影響，如廣州「捐」ky:n。古代漢語的 j 在這些方言裡毫

沒有痕跡。……

(2)在官話的方言，揚州及吳語裡顎化的作用是很顯著的。我們可以注意：

a) 在 i，y 的前頭聲母可以顎化，如北京「京」讀 tɕiŋ，「居」讀 tɕy。在這一層各方言都完全一致。……

b) i，y 使聲母顎化之後，並不被聲母吞沒。……

c) 有些方言裡頭這種顎化現象只到 c 的程度。……

d) 官話方言的大部分演變到顎部塞擦音 tɕ 等。……

(3)在安南（引者按：今越南）話裡頭，這種顎化現象是另一種情形。我們可以注意：

a) 顎化現象不是所有的 i 前頭都有，只是在含有主要元音 a 而沒有合口 u 的二等字裡；換言之，就是在那些官話讀 tɕ 的字裡才有。例如「家」，東京（引者按：今河內）za。

b) 在十七世紀的時候已經演變到顎音（塞擦音），但是到現在東京話又更進的變作齒音 z、s 了。在安南的其他地方，十七世紀的 dʑ(j) 音不變成 z，而是失去了。……這種意料不到的濁音讀法的原因，正是應該在這種並行的演變中來尋找：因為自古以來，大家總是在那兒拼命的要維持 k、kʻ 之別，所以 kʻ 變了 s，k 就變 z 了。

c) 使顎化現象發生的 i 被聲母吞沒了，kia>za。

B. 我們還要注意兩種變化，這兩種變化的性質是比較次要的，因為它們只同溪母有關而且限於幾個方言。

(1)kʻ>h，這種變化可以在粵語及高麗譯音裡找到。例如「開」kʻai，廣州 hoi。其中想必經過 x（舌根摩擦音）的階段。這種變化——由舌根送氣音的鬆懈，最初變成舌根摩擦音，然後再變成喉部摩擦音——在別的語言中很容易找出例子來。如拉丁 humus 之

於希臘的 *Xamái*，日耳曼 hōha 之於梵文的 šākhā。再參看中古
希臘文的 k'>x。

(2) k'u>f(u)，這種變化應當從以上的變化來解釋：k'u>xu>f(u)。f
的發生是因為 u 的合唇作用提前的緣故。這個 u 若是作為二合
元音之第一音，它就被吸收在 f 裡去了。這種變化，可以拿拉
丁 ferus<古拉丁 xu−<印歐 ghueros 來作例子，還有 xv(XB)>f 在
斯拉夫的語言中也不少罕見的。粵語中就有這種演變，如「寬」
官話 k'uan，廣州 fu:n；「塊」官話 k'uai，廣州 fɑ:i。（中譯本
247−250 頁）

從以上所節錄的內容就可以看出，高本漢是用西方歷史語言學的語
音演變規律來解釋中古音類在現代方言和域外音的種種不同表現，從而
推定中古音音值的。

(二)關於清濁和送氣

在牙音中，全濁聲母群母的構擬跟其他發音部位的全濁聲母（如定
母、從母等）都有關聯。高本漢下了很大力氣，證明這些全濁聲母都是
送氣的。他先列出群母在現代方言的各種讀法：

吳語裡讀作濁音 [g] [dʑ]；

域外漢字音讀作弱濁輔音；

客家話讀作送氣清輔音 [k']；

官話（除平陽外）平聲讀送氣清輔音 [k'] [tɕ']，仄聲讀不送氣清輔
音 [k] [tɕ]；

平陽（臨汾）平聲送氣，仄聲大部分也送氣；

廣州平聲送氣，仄聲也有送氣的，多數出現於上聲；

閩方言平仄都有送氣有不送氣，平聲送氣的多。

高本漢認為，從不送氣的 g 變送氣的 k' 是不可能的，因此群母應該是送

氣的 g'。

　　g:k' 互換是不合理的,但是 g':k' 互換就不那麼怪了。g>k' 的直接
變化這條路是不可能的,但是 g'>k' 的變化不僅是自然的,而且在
印歐的一個語言（希臘）裡還有實例。所以我覺得古代漢語的 b'、
d'、g'[bh、dh、gh] 音的演變是下列的情形:

(1)有些方言保存著 b'、d'、g' 的送氣,如同在客家話的前一個時
　　期中,完全跟梵文保存印歐的 bh、dh、gh 的送氣音一樣。

(2)在別的方言裡,如吳語的前一個時期,把送氣失去成 b、d、g
　　了,就如同在日耳曼、斯拉夫、亞美尼亞語裡頭失去印歐的送
　　氣一樣。

(3)最後在別的方言裡,如在官話的前一個時期,有些調如平聲保
　　留著送氣,別的調如仄聲就把它失去了:

　　　　　　　平聲　b'　　d'　　g'
　　　　　　　仄聲　b　　d　　g

　　現在又有一層新的演變,就是濁變清的變化,參加在裡頭,我
　　們於是有 b'、d'、g'>p'、t'、k' 的變化,跟印歐 bh、dh、gh> 希
　　臘 p'、t'、k' 相似;還有 b、d、g>p、t、k 的變化,跟印歐 b、
　　d、g> 日耳曼 p、t、k 相似。吳語沒有經過濁變清的變化。（中
　　譯本253頁）

　　以上是高本漢對牙音見、溪、群三個聲母構擬的基本過程,從中可
以看出高氏不僅著眼於一個個孤立的聲母,而是從全局著眼,從系統性
上把握各個聲母、各類聲母的關係。構擬見母時,把它的發音方法跟其
他的全清聲母結合起來,構擬溪母時把它的發音方法跟其他次清聲母結
合起來,構擬群母時把它的發音方法跟其他全濁聲母結合起來,等等。

高本漢對有的聲母也單獨進行討論，如疑母。

疑母在各個方言的讀音是：ŋ、n̠、n、ŋg、n̠d̠、g、ɣ、ø

根據以上方音讀法和已有的見組聲母的擬音，高本漢對疑母音值的推論可以概括如下：

在韻圖裡，疑母屬於牙音，和見組同部位；在現代方言往往讀鼻音；因此它的中古音值是舌根鼻音 ŋ。它的演變結果是：⑴讀 ŋ 是仍舊保持原來的音值；⑵讀 n̠ 是在 i、y 的影響下發音部位前移而致；⑶讀 g 是在開口呼之前的變化，先是在發鼻輔音 ŋ 和口元音 a 之間產生出一個口塞音 ŋ 成為 ŋga，後來這個口塞音占了優勢而鼻音消失，聲母部分只剩下 g（如「鵝」汕頭讀 ga）；⑷口部的閉塞變得鬆弛而成為摩擦音 ɣ，而後失落，變為零聲母。

高本漢用以上的方法構擬出的《切韻》聲母音值如下：

見 k	溪 kʻ	群 gʻ	疑 ŋ		
曉 x	匣 ɣ	影 ʔ	喻 ø		
知 ţ	徹 ţʻ	澄 ḑʻ	娘 n̠		
莊 tʂ	初 tʂʻ	崇 dʐʻ	生 ʂ		
章 tɕ	昌 tɕʻ	船 dʑʻ	書 ɕ	禪 ʑ	日 n̠ʑ
端 t	透 tʻ	定 dʻ	泥 n		來 l
精 ts	清 tsʻ	從 dzʻ	心 s	邪 z	
幫 p	滂 pʻ	並 bʻ	明 m		

二、中古韻母的構擬

對中古韻母的構擬，高本漢採取了和構擬聲母完全不同的方法。他說：

因為聲母是簡單的音，至多不過複雜到塞擦跟送氣的程度，又因

為這樣它們就可以併為容易概括的幾類，所以討論聲母的時候，宜於首先把一類古聲母的現代代表簡明而有系統的列出來，然後對於這些聲母在古代漢語的音值跟現代音的演變，再下確定的結論。

韻母一層就完全兩樣了。它們時常是很複雜的音，並且作韻母表恐怕遠遠不能如作聲母表那麼清楚。還有，好多最重要的擬測的問題，只有靠著從所有各韻攝裡提出來的材料才可以解決。所以韻母的擬測不能像聲母那樣片段的去作。（中譯本 451 頁）

高本漢看到構擬韻母不能用跟聲母相同的方法，即不能一個韻一個韻分別進行，而要把各個韻攝的材料放到一起全盤考察，從韻頭、韻腹、韻尾幾個方面分別著手。

韻尾的構擬比較簡單。從方言的現代讀音和域外漢字音，能夠知道在等韻圖的韻攝中，同攝各韻的韻尾相同，鼻音韻尾與塞音韻尾屬同部位。例如（注音根據《中國音韻學研究》和《中上古漢語音韻學綱要》，下同）：

山攝

例字	干	葛	官	括
廣　州	kon	kot	kun	kut
汕　頭	kan	kat	kuan	kuat
福　州	kaŋ	kak	kuaŋ	kuak
日譯漢音	kan	katsu	kuan	kuatsu
日譯吳音	kan	katɕi	kuan	kuatɕi
越　南　音	kaŋ	kat	kuaŋ	kuat
朝　鮮　音	kan	kal	kuan	kual

結論是山攝的陽聲韻韻尾是 –n，入聲韻的韻尾是 –t。

咸攝

例字	甘	闔
廣　州	kɔm	kɔp
汕　頭	kam	kap
福　州	kaŋ	kak
日譯漢音	kan	kapu
日譯吳音	kon	kopu
越　南音	kam	kap
朝　鮮音	kam	kap

結論是咸攝的陽聲韻韻尾是 −m，入聲韻的韻尾是 −p。

　　用這種辦法構擬出的中古十六攝韻尾分別是：

　　山攝、臻攝的韻尾是 −n 和 −t；

　　咸攝、深攝的韻尾是 −m 和 −p；

　　通攝、江攝、宕攝、梗攝、曾攝的韻尾是 −ŋ 和 −k；

　　效攝、流攝的韻尾是 −u；

　　蟹攝的韻尾是 −i；

　　遇攝、果攝、假攝無韻尾；

　　止攝的韻尾是 −i、或無韻尾。

　　高本漢構擬韻腹的辦法，是找出一個有代表性的韻攝，剖析它的元音，再用平行類推的辦法，把所得到的元音套用到其他韻攝中。這是很經濟有效的辦法。高氏分析的代表性韻攝是山攝。這一攝開合四等俱全，

　　　　這一攝從許多方面看都是很可以作代表的。如果弄清楚了山攝在古代的元音，我們同時就得到可以共同應用的結果來幫助我們解釋別的攝了。(中譯本 455 頁)

　　在列舉了山攝開合四等的例字在現代三十多種漢語方言和域外漢字的讀音之後，高本漢同時參考果攝一等和假攝二等的方言讀音，對山攝的韻腹作出如下的構擬：

　　高氏發現山攝一二等字的韻腹在某些方言中有區別，一般是一等的元音較高較後，二等的元音較低較前。如一等開口字「干」，廣州話和客家話都讀 kon；二等開口字「艱」，廣州話讀 kA:n，客家話讀 kan；一等合口字「官」，廣州話讀 ku:n，客家話讀 kon；二等合口字「關」，廣州話讀 kuA:n，客家話讀 kuan。而果攝一等字在大多數方言讀 ɤ 或 o 或 ɔ，假攝二等字在大多數方言讀 a 或 A 或 ɑ。於是高氏得出如下的結論：

> 在現代方言裡，一等字最常讀的是 o，二等字最常讀的是 a。別的語言的經驗告訴我們，深 ɑ 最容易變成 o。這兩等在古代漢語既然嚴格的分成不同的韻，所以我們完全有理由定一等為深 ɑ，二等為淺 a。（中譯本461頁）

　　韻頭的區別在於開合和四等。從現代方言很清楚地看到，合口韻有介音 –u– 而開口韻沒有。高本漢把合口介音分兩個，同攝同等的開合分在兩韻的，合口韻的介音定為強的 u；同攝同等開合合在同一韻的，合口介音定為弱的 w。三四等字在現代方言以讀齊齒、撮口為常，原先都應有一個介音 –i–。高本漢認為，三等和四等應該是有區別的。他從朝鮮漢字音發現，見系聲母的四等字都有介音 i 而三等字常常沒有，因此認為「前顎介音成素」在四等韻裡最強，即四等有一個元音性的 i，三等韻則有一個輔音性的 ǐ。高本漢又認為介音的構擬跟聲母有聯繫，他把三等介音 ǐ 前的聲母都構擬成 j 化的聲母，如見母 k 在三等韻母前就是 kj。

　　高本漢在構擬三四等韻主要元音時也把介音的區別考慮進去。他發現在現代方言裡三四等的元音往往比二等較高或較前，域外漢字音也有

同樣的表現，如日譯漢音山攝三四等讀 en，二等字讀 an；朝鮮漢字音三四等讀 ən，二等字讀 an。三等和四等的元音在方言裡沒有表現出區別，高本漢認為輔音性的介音 ǐ 之後的元音應該是比較開的，所以擬三等韻腹為 ɛ；元音性的介音 i 之後的元音是比較閉的，擬四等韻腹為 e。

高氏分析山攝所構擬出的介音，可以用在所有的開合四等；所構擬的山攝主要元音，也可以適用於一些韻攝；但是有的韻攝是不能套用山攝主要元音的，仍須分別考定。這裡不再詳細介紹。

在某些韻攝的一、二等，同等、同開合而有兩個韻，這就是所謂「重韻」。高本漢用主要元音的長短來區別重韻。如蟹攝一等泰韻為 ɑ:i、uɑ:i，咍、灰韻為 ɑi、uɑi；二等皆韻為 ai、uai，佳韻為 a:i、ua:i。

高本漢構擬的系統雖然有很多可修改之處，但它成為以後各家構擬中古音的基礎，其重要意義不可忽視。他所構擬的中古韻母系統可以列表如下（為了印刷方便，把原來標於高位的合口符號 w 改為平列）。

		一等	二等	三等	四等
果攝	開口：	歌 ɑ			
	合口：	戈 uɑ			
假攝	開口：		麻 a	麻 ǐa	
	合口：		麻 wa		
止攝	開口：			支 jiě	
				脂、之 ji	
				微 jěi	
	合口：			支 jwiě	
				脂 jwi	
				微 jwěi	
蟹攝	開口：	咍 ɑi	皆 ai		齊 iei
		泰 ɑ:i	佳 a:i	祭 ǐɛi	

合口：	灰 uɑi	皆 uai		齊 iwɐi	
	泰 uɑːi	佳 uaːi	祭 ĭwɛi		
		夬 wai	廢 ĭwɐi		
咸攝 開口：	覃 ɑm	咸 am	鹽 ĭɛm	添 iem	
	合 ɑp	洽 ap	葉 ĭɛp	帖 iep	
	談 ɑːm	銜 aːm	嚴 ĭɐm		
	盍 ɑːp	狎 aːp	業 ĭɐp		
			凡 ĭwɐm		
			乏 ĭwɐp		
深攝 開口：			侵 ĭem		
			緝 ĭəp		
山攝 開口：	寒 ɑn	山 an	仙 ĭɛn	先 ien	
	曷 ɑt	鎋 at	薛 ĭɛt	屑 iet	
		刪 aːn	元 ĭɐn		
		黠 aːt	月 ĭɐt		
合口：	桓 uɑn	山 wan	仙 ĭwɛn	先 iwen	
	末 uɑt	鎋 wat	薛 ĭwɛt	屑 iwet	
		刪 wan	元 ĭwɐn		
		黠 wat	月 ĭwɐt		
臻攝 開口：	痕 ən		真（臻） ĭen		
	（「沒」缺）		質（櫛） ĭet		
			欣 ĭən		
			迄 ĭət		
合口：	魂 uən		諄 ĭuĕn		
	沒 uət		術 ĭuĕt		
			文 ĭuən		

物 ĭwət

真 ĭwĕn

梗攝　開口：　　　　　　耕 æŋ　　　清 ĭɛŋ　　　青 ieŋ

　　　　　　　　　　　麥 æk　　　昔 ĭɛk　　　錫 iek

　　　　　　　　　　　庚 ɐŋ　　　庚 ĭɐŋ

　　　　　　　　　　　陌 ɐk　　　陌 ĭɐk

　　　　合口：　　　　　耕 wæŋ　　清 ĭwɛŋ　　青 iweŋ

　　　　　　　　　　　麥 wæk　　（「昔」缺）〔「錫」缺〕

　　　　　　　　　　　庚 wɐŋ　　庚 ĭwɐŋ

　　　　　　　　　　　陌 wɐŋ　　陌 ĭwɐk

曾攝　開口：　登 əŋ　　　　　　　蒸 ĭəŋ

　　　　　　　德 ək　　　　　　　職 ĭək

　　　　合口：　登 wəŋ　　　　　　

　　　　　　　德 wək　　　　　　職 ĭwək

宕攝　開口：　唐 ɑŋ　　　　　　　陽 ĭaŋ

　　　　　　　鐸 ɑk　　　　　　　藥 ĭak

　　　　合口：　唐 wɑŋ　　　　　　陽 ĭwaŋ

　　　　　　　鐸 wɑk　　　　　　藥 ĭwak

江攝　合口：　　　　　　　江 ɔŋ、wɔŋ

　　　　　　　　　　　覺 ɔk、wɔk

效攝　開口：　豪 ɑu　　肴 au　　宵 ĭɛu　　蕭 ieu

流攝　開口：　侯 ə̆u　　　　　　尤 ĭə̆u

　　　　　　　　　　　　　　　　幽 ĭə̆u

遇攝　合口：　模 uo　　　　　　魚 ĭwo

　　　　　　　　　　　　　　　　虞 ĭu

通攝　合口：　東 uŋ　　　　　　東 ĭuŋ

屋 uk　　　　　　　　屋 ǐuk

冬 uoŋ　　　　　　　鍾 ǐwoŋ

沃 uok　　　　　　　燭 ǐwok

第二節　《切韻》擬音的修訂

一、高本漢擬音引起的反響

　　高本漢的《中國音韻學研究》發表後，很快就在中國音韻學界引起巨大反響，對他的構擬工作給予很高的評價。如林語堂說：「珂氏所考，能以現代方言及國外譯音為引證材料，不能不說是開中國音韻學一新紀元。苛細之處或未必是，然隋唐之音，大體去此不遠」（《珂羅倔倫考訂切韻韻母隋讀表》）。羅常培說：「高本漢這部書對於漢語音韻學的貢獻，和史黎紇 (August Schleicher) 構擬原始日耳曼語功績相等」《介紹高本漢的中國音韻學研究》）。陸志韋說：「不論成功與否，他的辛苦經營最值得我們欽佩。大致說來，他所創造的系統可算是成功的」（《古音說略》）。

　　在肯定高本漢重要貢獻的同時，人們也對他的不足之處提出了相當尖銳的批評。

　　在文獻材料的運用上，高本漢失當之處很多。他對《廣韻》聲類、韻類的系聯都比較馬虎，疏漏較多。比如，他已經給聲母分了單純的和顎化的兩類，一二四等為單純聲母，三等為顎化聲母，但卻把精組一律當作了單純聲母，似乎不知道精組有三等字。此外還有不少該分出的韻類也沒有分出來。他沒有參考較早的韻圖如《切韻指掌圖》、《切韻指南》等，更不看《韻鏡》，只用晚出的《等韻切音指南》作為分析韻類的根據，雖然可以做到大體不差，但有時不免認錯了開合（如在早期韻圖魚韻本為開口，而誤作合口），有時甚至搞錯了韻與韻的關係（如模韻本應和虞

韻相配，卻誤配了魚韻）。

　　高本漢所用的漢語方言材料和域外漢字音也是相當粗略的，方言偏重於北方而忽略南方。記音在今天看起來也不夠準確，引用的域外借字音也有的不可靠。自然這跟當時方言研究的水平有關係，不能對高氏過於苛求。

　　對於高本漢的另一類批評集中於他對《切韻》音系的認識以及與之相關的研究方法。高本漢認為《切韻》音系是一個單純的音系，代表了隋唐時期的長安方言。高氏之所以孜孜矻矻對《切韻》的音類進行全面的擬音，基本立足點就在於把《切韻》音系看作單純音系。經過幾十年的研究和討論，已經有不少學者認為《切韻》音系是綜合性的，裡邊包含著不同方言和不同時代的語音類別，不贊成把它當成一個單純的語音系統來構擬。高本漢既把《切韻》音系看作隋唐長安方音，又把這個音系看作現代漢語各個方言的共同源頭，這就產生了一些無法解決的矛盾。因為漢語的方言分歧自上古時期就已經存在，現代複雜的多種方言不可能都是從唐代的長安這一種方言分化而來。高氏後來也發現了這個矛盾，承認有少數南方方言並不是來源於《切韻》音系的，但是並沒有因此而修正他的構擬體系。

　　高本漢的擬音雖然存在不少缺點，但是他相當成功地把現代語言學的歷史比較法和中國傳統音韻學密切結合起來，為音韻學研究開闢了一條新的路子，奠定了中古音構擬的基礎。高氏以後的音韻學家在材料運用和研究方法上都較高氏有了很大進步，首先是可以利用近幾十年新發現的各種唐寫本《切韻》和早期的等韻圖，對《切韻》音類的研究更為透徹準確；其次是漢語方言研究的深度和廣度都遠遠超過高本漢的時代，有了全面準確的方言材料可以運用，梵漢對音材料和漢藏語系親屬語言的對比也受到重視。幾十年來，進行中古音構擬的學者幾乎都是在批評高氏擬音失當的同時提出自己的修訂意見或方案的，雖然到目前在某些

具體問題上仍然存在不同看法，但有不少地方已經取得了共識。

二、聲母擬音的改訂

㈠改全濁聲母為不送氣音

高本漢把全濁聲母「並、定、群、從、澄、崇、船」等構擬為送氣音的論據沒有為後來的學者所接受。高氏說不送氣的濁音 g 變成送氣清音 k' 是不可能的，事實上並非如此。比如古印歐語的 d 就變成了古日耳曼語的 t'，有先從不送氣濁音變為送氣濁音、再變為送氣清音（如 g → g' → k'）這樣一條途徑。高氏以方言為證，認為吳方言的全濁聲母送氣，是古代送氣音的遺蹟；但是他無法解釋這些全濁聲母何以在湘方言是不送氣音，何況吳方言的「濁送氣」不僅出現在塞音或塞擦音的後面，同時也出現在擦音、鼻音、邊音等「通音」的後面，而且只出現於陽調，它是在聲調分化出陰、陽之後，受陽調的影響產生的。

有的學者還以梵文對音證明全濁音不送氣。隋唐以前翻譯佛經，在對譯梵文字母的時候，由於梵文字母有送氣、不送氣兩套，需要區別開，對譯送氣音時就用加「口」字旁造新字或加注「輕重」等辦法來解決。例如不送氣濁音 ga 對譯成「伽」，送氣濁音 gha 則只好用「重音伽」或造一個新字「哐」來表示。如果漢語的全濁音是送氣的，譯經人在對譯梵文送氣音時就不會那麼困難了。

總之，目前多數學者不同意高本漢的構擬，主張中古全濁聲母不送氣。但也有人認為，漢語只有一套全濁聲母，送氣與否並不影響音位的區分，沒有詳細討論的必要。

㈡取消 j 化聲母

高本漢把三等聲母擬成「j 化」，或叫做「喻化」(jodicization) 的，也遭到強烈的批評。首先，在現代漢語方言裡完全找不到所謂喻化的痕跡。例如，中古見母字在廣州話都讀 [k]，不分喻化不喻化；在北京話分別讀

[k] 和 [tɕ]，是以今音的四呼洪細來分，也和喻化不喻化無關；在日本、朝鮮、越南的漢字音裡，同樣沒有喻化與不喻化的區別。其次，在高氏的擬音體系裡，三等字有弱的介音ǐ，四等字有強的介音 i，可是他說弱的介音ǐ能夠影響前邊的聲母使它喻化，強的介音 i 反而沒有這種能力，顯然在理論上難於自圓其說。高本漢主張喻化的根據是反切上字分三等和一二四等兩類，但這只是一種趨勢，界限並非截然分明。基於以上理由，目前大多數學者都不取三等聲母喻化說。對於同一聲母的反切上字分成兩類的原因，有的學者提出「介音和諧說」，也就是說，為了拼切和諧，作反切者要盡量讓反切上、下字都有相同的介音，被切字是有 i 介音的三等字時，反切上字也盡量用三等字；被切字是一二四等字時，反切上字也盡量用一二四等字。這樣，三等韻類的反切上字成為一類，一二四等韻類的反切上字成為另一類。

㈢改訂其他一些聲母的擬音

對高本漢構擬的中古聲母系統改訂意見最多的是正齒音和舌上音，而且各家的分歧相當大。

正齒音二等莊、初、崇、生四母，高本漢擬作卷舌音 tʂ、tʂʻ、dʐ、ʂ。有不少學者認為應該改為舌葉音 tʃ、tʃʻ、dʒ、ʃ。主要的理由是：莊組聲母出現在三等，跟ǐ介音相拼，而卷舌音不可能直接拼ǐ介音，舌葉音直接拼ǐ則比較容易。也有的學者不同意這種意見，並且根據梵漢對音證明連舌上音「知徹澄」也應該是卷舌音。

此外，有的學者認為正齒音三等（章組）裡船母和禪母的地位應該顛倒，即禪母是塞擦音，而船母是擦音。

除了正齒音和舌上音以外，高本漢把影母擬作喉塞音ʔ、把喻母擬作零聲母，也被修訂了。有不少學者認為應該改影母為零聲母，改喻母為半元音 j。高本漢依照三十六字母把泥、娘分為兩個聲母，有人認為娘母是後起的，《切韻》時期「泥」、「娘」應該合為一個聲母。並且把日母改

擬為舌面鼻音 ȵ。

　　下面綜合各家的主要修改意見，列出一個《切韻》聲母構擬系統作為參考。

唇　音	幫 p	滂 pʻ	並 b	明 m	
舌頭音	端 t	透 tʻ	定 d	泥 n	來 l
舌上音	知 ȶ	徹 ȶʻ	澄 ȡ	娘 ȵ	
齒頭音	精 ts	清 tsʻ	從 dz	心 s	邪 z
正齒音	莊 tʃ	初 tʃʻ	崇 dʒ	生 ʃ	俟 ʒ
正齒音	章 tɕ	昌 tɕʻ	船 dʑ	書 ɕ	禪 ʑ	日 ȵʑ
牙　音	見 k	溪 kʻ	群 g	疑 ŋ	
喉　音	影 ʔ	曉 x	匣 ɣ	以 j	

三、韻母擬音的改訂

　　對高本漢《切韻》韻母擬音的修改意見主要在於韻頭和韻腹。

㈠統一合口介音符號

　　高本漢的合口符號分 u 和 w 兩種。w 用於「開合同韻」的合口韻類，是所謂「弱合口」；u 用於「開合分韻」的合口韻類，如灰、諄、魂、桓、戈等韻，是所謂「強合口」，唯有泰韻開合同韻而合口介音也用 u。現在一般都改為一種符號，或者用 w，或者用 u。因為二者並沒有構成相對立的兩個音位，即使真正有「強弱」之分，也不過是在不同條件下的變體，在標寫形式上不必區別；何況開合是否分韻本來就是相對的，《廣韻》裡「開合分韻」的桓、戈、諄這幾個合口韻，在唐代寫本《切韻》裡原不獨立成韻，而是跟相對的開口韻合在一起的，桓韻字都在寒韻、戈韻字都在歌韻，諄韻字都在真韻。即使唐代寫本分韻的咍灰、欣文，在六朝韻書裡可能本來也不分。如李季節《韻譜》不分咍、灰，呂靜《韻集》不分隱、吻。

㈡以元音音質的區別取代長短元音的區別

對於一二等的「重韻」，高本漢是用長短元音來表示其間區別的。後來的學者大都不採取這一辦法，而從元音音質上區別重韻。例如：

			高本漢擬音	改訂後的擬音
蟹攝	一等哈開口		ɑi	ɒi
	一等泰開口		ɑ:i	ɑi
	一等灰合口		uɑi	uɒi
	一等泰合口		uɑ:i	uɑi
	二等皆開口		ai	ɐi
	二等佳開口		a:i	æi
	二等皆合口		uai	uɐi
	二等佳合口		ua:i	wæi
山攝	二等刪開口		a:n	ɐn
	二等山開口		an	an
	二等刪合口		wa:n	uɐn
	二等山合口		uan	uan
咸攝	一等覃開口		ɑm	ɒm
	一等談開口		ɑ:m	ɑm
	二等咸開口		am	ɐm
	二等銜開口		a:m	am

㈢取消純四等韻的 i 介音

高本漢構擬的純四等韻有介音 i，和三等韻及「三四等合韻」（假四等韻類）的 i 介音相對立。有不少學者主張把 i 取消。從反切上字的分類看，一二四等為一類，三等為一類，按照「介音和諧說」，四等字的介音應該和一二等相近，不應該有跟三等相近的 i 介音。從梵文譯音看，四等字所對譯的主要是梵文 e，而不是 i。如：

薄伽婆底、薄伽伐帝	bhagavate
舜提、秫弟、輸提	suddhe
母侄唉、慕低隸	mudre
三朱地低、珊珠地帝	samcodite

不過，四等無 i 介音的主張還沒有被所有音韻學家採用，有的學者的構擬體系至今仍然保持著高本漢的介音系統。

㈣主要元音的改訂

在取消了四等韻的 i 介音之後，有的學者仍舊保留 e 為四等韻主要元音，另外一些學者則主張把主要元音改為 ε，和部分三等韻的主要元音相同。這種改訂，一方面有方言的證明，如廣州話裡齊韻字的韻母讀 ɐi，開口度較大；六朝的梵文譯音，有時用四等字對譯 ai，說明當時的四等字的元音比 e 的開口度大。另一方面，從《切韻》音系內部的情形來看，這樣構擬可以徹底放棄元音長短的區別。如果保留 e，在三等裡就不得不保留部分短元音符號，如真韻系擬作 ǐən，幽韻系擬作 iə̌u；因為先韻擬作了 en，蕭韻擬作了 eu，不能再把真擬作 ǐen、ǐeu，那樣將會泯滅山攝與臻攝的界限和效攝與流攝的界限。如果把純四等韻的主要元音擬作 ε，就可以把真韻擬作 ǐen、把幽韻擬作 ǐeu，徹底取消了長短元音的區別。下面就是各個四等韻改訂前後的音值：

	高本漢的擬音	改訂擬音
齊開	iei	εi
齊合	iwei	wεi
先開	ien	εn
先合	iwen	wεn
蕭開	ieu	εu
青開	ieŋ	εŋ
青合	iweŋ	wεŋ

添開　　　　　　iem　　　　　　　εm

　　除了純四等韻以外，對其他一些韻的主要元音也有所修訂。如高本漢把之韻的主要元音擬作 i，和脂韻相同；後來有的構擬把之韻擬為 ĭə 或 ĭe。高本漢把虞韻擬作 ĭu，而把模韻擬作 uo，和魚韻的 ĭuo 相配；後來有的構擬把模韻擬作 u，和虞韻的 ĭu 相配，而不和魚韻的 o 構成開合相配的一對韻。如此之類，不煩詳述。

　　㈤關於重紐問題

　　對重紐問題的認識意見相當分歧。上一章已經提到，有人認為重紐是更古老的語音分別在《切韻》裡留下的痕跡，不必當作兩類看待；有人認為重紐三四等在《切韻》時代的實際語言中仍有差別，不可當作同一類。高本漢根本沒有重視重紐問題，他的擬音也沒有區別重紐三四等。後來各家構擬對區分重紐的意見很不相同。一種意見歸之於韻頭的區別，把唇牙喉音三等擬作圓唇聲母後跟介音 ɪ，四等有不圓唇聲母和 i 介音，如：

　　　　三等開口：kwɪ-　　　　　三等合口：kwɪw

　　　　四等開口：ki　　　　　　四等合口：kiw

但也有人認為重紐和聲母無關，只把三等介音擬作 i，四等的介音擬作 j。

　　另外一種意見是把重紐三等和四等在主要元音上加以區別，如把支韻四等主要元音擬作 e，支韻三等主要元音擬作 e 等。

　　重紐各韻內唇牙喉音分作兩類，舌齒音則只一類，舌齒音的韻母應該和哪一類唇牙喉音相同，看法也很不一致。有人認為舌齒音的韻母和四等相同，有人認為和三等相同；有人則把舌齒音分成兩部分：照穿牀審禪、日、喻四、精清從心邪這十二個聲母的字跟四等同類，知徹澄娘、莊初崇生、來母、喻三這些聲母的字跟三等同類。

　　在重紐問題上有如此多的不同見解，說明這一問題還遠遠沒有真正解決，還有待於進一步深入研究才能逐步取得共識。

下面列出一種改訂後的《切韻》韻母構擬系統作為參考。

	一等	二等	三等	重紐三等	重紐四等	四等
通攝	東韻 uŋ		東韻 iuŋ			
	屋韻 uk		屋韻 iuk			
	冬韻 oŋ		鍾韻 ioŋ			
	沃韻 ok		燭韻 iok			
江攝		江韻 ɔŋ				
		覺韻 ɔk				
止攝			之韻 ie	支開 ɜi	支開 jɛ	
				支合 ɜui	支合 juɛ	
			微開 iəi	脂開 iɪ	脂開 jɪ	
			微合 iuəi	脂合 iuɪ	脂合 juɪ	
遇攝	模韻 o		虞韻 oi			
			魚韻 ɔi			
蟹攝	咍韻 ɒi	皆開 ɐi	廢開 iɐi	祭開 iæi	祭開 jæi	齊開 ɛi
	灰韻 uɒi	皆合 uɐi	廢合 iuɐi	祭合 iuæi	祭合 juæi	齊合 uɛi
	泰開 ɑi	佳開 æi				
	泰合 uɑi	佳合 uæi				
		夬開 ai				
		夬合 uai				
臻攝	痕韻 ən	臻韻 ien	欣韻 iən	真開 ien	真開 jen	
	沒開 ət	櫛韻 iet	迄韻 iət	質開 iet	質開 jet	
	魂韻 uən		文韻 iuən	真合 iuen	諄韻 juen	
	沒合 uət		物韻 iuət	質合 iuet	術韻 juet	
山攝	寒韻 ɑn	刪開 ɐn	元開 iɐn	仙開 iæn	仙開 jæn	先開 ɛn
	曷韻 ɑt	鎋開 ɐt	月開 iɐt	薛開 iæt	薛開 jæt	屑開 ɛt

桓韻 uɑn	刪合 uɐn	元合 juɐn	仙合 iuɐn	仙合 juæn	先合 uɛn
末韻 uɑt	鎋合 uɐt	月合 iuɐt	薛合 iuæt	薛合 juæt	屑合 uɛt
	山開 æn				
	黠開 æt				
	山合 uæn				
	黠合 uæt				

效攝 豪韻 ɑu　肴韻 au　　　宵韻 iæu　宵韻 jæu　蕭韻 ɛu

果攝 歌韻 ɑ　　　　　戈開 iɑ
　　　戈合 uɑ　　　　戈合 iuɑ

假攝 　　麻開 a　麻韻 ia
　　　　麻合 ua

宕攝 唐開 ɑŋ　　　　陽開 iɑŋ
　　　鐸開 ɑk　　　　藥開 iɑk
　　　唐合 uɑŋ　　　陽合 iuɑŋ
　　　鐸合 uɑk　　　藥合 iuɑk

梗攝 　　庚開 aŋ　庚開 iaŋ　清開 iæŋ　　　青開 ɛŋ
　　　　陌開 ak　陌開 iak　昔開 iæk　　　錫開 ɛk
　　　　庚合 uaŋ　庚合 iuaŋ　清合 iuæŋ　　　青合 uɛŋ
　　　　陌合 uaŋ　陌合 iuak　昔合 iuæk　　　錫合 uɛk
　　　　耕開 ɐŋ
　　　　麥開 ɐk
　　　　耕合 uɐŋ
　　　　麥合 uɐk

曾攝 登開 əŋ　　　　蒸開 iəŋ
　　　德開 ək　　　　職開 iək
　　　登合 uəŋ　　　—　—

	德合 uək		職合 iuək	
流攝	侯韻 əu		尤韻 iəu	
			幽韻 ieu	
深攝			侵韻 iem	侵韻 jem
			緝韻 iep	緝韻 jep
咸攝	談韻 ɑm	銜韻 am	鹽韻 iæm	鹽韻 jæm 添韻 ɛm
	盍韻 ɑp	狎韻 ap	葉韻 iæp	葉韻 jæp 帖韻 ɛp
	覃韻 ɒm	咸韻 ɐm 嚴韻 iɐm		
	合韻 ɒp	洽韻 ɐp 業韻 iɐp		
		凡韻 iuɐm		
		乏韻 iuɐp		

第七章　上古音韻

第一節　研究上古音的根據和方法

一、研究上古音的根據

通常說的上古音指的是從西周初年到漢末長達一千二百餘年時間裡的漢語音系。研究上古音的資料很多，主要有以下幾類：

1.詩歌及其他韻文、韻語。其中最重要的是《詩經》，是劃分上古韻部的主要根據。《詩經》三百零五篇作品，最早的產生於周初，最晚的產生於春秋後期，時間跨度約五百餘年；它所包含的內容十分廣泛，有出自周王室權要人物之手的廟堂頌歌或政治怨刺詩，有出自街巷里閭匹夫匹婦之口的民歌俚曲；分布地域遍及黃河流域的十幾個諸侯國，並南及江漢一帶。但是，它的語言基本上是統一的，並沒有表現出明顯的方言分歧。歷代傳說孔子曾經「刪詩」，這固然難於考實，然而從《詩經》的語言來看，它確實經過了周王朝文化部門的整理加工，所以語言風格和用韻規律相當一致，符合於當時中原地區的雅言，只是偶有方言痕跡殘存，所以有人說它是「成周國語的結晶」。

次於《詩經》的韻文材料則有《楚辭》和群經、諸子裡的韻語。《楚辭》產生於江漢一帶，時間比《詩經》晚，儘管它有比較獨特的文體風格、語言風格和一些楚國方言詞語，用韻系統卻跟《詩經》所代表的中

原雅言沒有多大差別。經書、諸子都是以散文為主的著作,但其中有相當多的韻語,如《周易》裡的爻辭,《左傳》裡的謠諺;還有一些韻文,如《荀子》的〈賦篇〉、〈成相〉等。

兩漢的語言與東、西周相比有很多不同之處,但語音的系統性沒有發生本質性的改變,因此仍然屬於上古階段。漢賦、樂府民歌等韻文都是研究漢代語言的重要資料。

2.諧聲字。上古漢語階段距離造字時代不遠,諧聲字所反映的韻母類別,跟《詩經》等韻文所反映的上古韻部大體一致。詩歌韻文裡的入韻字總是有限的,很多不入韻的字,要靠諧聲關係來解決歸部問題。有些字的諧聲關係跟《詩經》不一致,目前一般以《詩經》韻為準。韻文完全不能反映聲母情況,諧聲字就成為研究上古聲母的主要憑據。

3.漢代以前的注音材料,包括直音、「讀若」、「讀如」、早期反切等。漢代以前沒有韻書,古籍中的零散的音注資料也可以反映相當一部分字的聲母、韻母的類別。如《說文解字》皿部:「皿,讀若猛」,說明「皿」和「猛」的聲音相同或非常接近。《禮記‧中庸》:「壹戎衣而有天下」,鄭玄注:「衣,讀如殷」,說明「殷」和「衣」的聲音相同或非常接近。漢代服虔的反切「踢,石臭反」,「踢」是中古透母字,「石」是中古襌母字;應劭的反切「沓,長答反」,「沓」是中古定母字,「長」是中古澄母字;這些反切都反映舌頭音、舌上音、正齒音在上古的密切關係。

4.異文假借。上古時代的古籍有大量的異文假借現象,出土的甲骨文、金文、簡牘帛書文字也有大量的異文假借現象,對研究上古音都有很重要的作用。

5.聲訓。聲訓在漢代盛行,它作為一種訓詁方法,對語源的解釋是不可靠的,但所反映的聲音關係則被看作是古音的證據。《釋名》是以聲訓探求語源的專著,《說文解字》、《白虎通義》等著作也有大量的聲訓資料。

　　在以上幾類文字文獻資料中，《詩經》用韻和諧聲字最為豐富完整，是上古音研究的基本材料。

　　6.現代語言材料。即漢語方言和漢藏語系的親屬語言。有的漢語方言仍然保存著上古音的一些特點，例如福州話舌頭音和舌上音不分，「陳」和「田」的聲母都是 [t]，正符合錢大昕提出的「古無舌上音」的論斷。漢藏語系中親屬語言的同源字和音節結構特點對上古音研究也有重要的參考印證作用。目前已經有學者在這方面作了嘗試性的探討，提出了一些很有啟發性的見解，開拓了學術研究的視野，今後必然會有更大的發展。

　　7.對音材料。如東漢時代翻譯佛經的音譯詞可以反映那個時代的讀音情況。

二、研究上古音的主要方法

　　研究上古的聲母、韻母類別的方法，主要是本書第三章談到的韻腳字系聯、諧聲字歸納、異文假借和聲訓互證等；此外還有歷史比較法、譯音對勘法、內部擬測法等，這幾種方法的用處不僅僅限於構擬古音音值，在分析古音音類時也能發揮作用。除此之外，重視語音系統性的音韻學家在分析上古韻部時還運用了以下的方法：

　　從對轉關係看韻部的分合。上古漢語陰聲韻、陽聲韻、入聲韻三類有互相配合和互相轉化的關係，稱為「對轉」。主要元音相同、韻尾同部位的韻部是互相配合的，有比較嚴密的系統性。這種對轉關係可以作為某些韻部分合的證據。清代孔廣森首先運用了這種方法。孔廣森把以前的東部分為東、冬兩部，提出的根據之一是東部配合的陰聲韻是侯部，冬部配合的陰聲韻是幽部，以前幽、侯分部而東、冬不分，配合關係不恰當；分開東、冬，陰陽對轉關係就清楚了。近代王力把以前的脂部分為脂、微兩部，脂部和真部對轉，微部和文部對轉，在真、文分部而脂、

微不分時，系統性較差；分開脂、微，對轉關係就明確了。

　　從鄰部之間的互通關係上決定韻部的分合。韻尾相同或屬於同類(如同為鼻音或同為塞音)、同時主要元音接近的韻部是相鄰的韻部，相鄰的韻部可能有合韻方面的聯繫。甲部和乙部相鄰，乙部又和丙部相鄰，丙部還和丁部相鄰，則甲可以和乙合韻，乙和丙合韻，而甲和丙、丁不合韻；丙又和丁可以合韻，丁和甲、乙不合韻，這一特點跟分部也有關係。清代古音學家很注意這種合韻現象。孔廣森認識到東部有時跟陽部合韻，不跟侵合韻；冬部跟侵部合韻，不跟陽部合韻；段玉裁、江有誥指出，真部和耕部有合韻關係，文部和元部有合韻關係；他們的認識，增強了分部的說服力。

第二節　古音學的前導

一、古音學建立之前的「協韻」說和「叶音」說

　　從人們意識到上古音與後代音有所不同，對上古音的特點加以注意，到建立古音學這樣一門學科，中間經歷了相當漫長的一段時間。

　　漢語語音從先秦到南北朝已經發生了十分明顯的變化，南北朝人讀《詩經》以及其他先秦韻文，就明顯感到押韻不和諧了，六朝經師的注音反映出這種問題。比如《詩經・邶風・燕燕》：「燕燕于飛，上下其音。之子于歸，遠送于南。」梁代經師沈重著《毛詩音》，在「南」字下注：「協句，宜乃林反。」這意味著「南」和「音」已經是不同韻的字了，為了讀起來押韻和諧，在這裡要把「南」臨時改讀為「乃林反」的音，從覃韻改為侵韻。如果依照今天的讀音，就是把「南」的「nan」音臨時改讀為「nin」。比沈重稍晚一點的陸德明對此種解釋不以為然，他在《經典釋文》的《詩經・邶風》「南」字下注：「沈云協句宜乃林反，今謂古

人韻緩，不煩改字。」意思是說先秦的人作詩押韻本來不嚴格，用韻較寬，不必改變本音去「協句」。但是陸德明在《經典釋文》裡邊也講「協韻」。〈召南・采蘋〉：「于以奠之，宗室牖下。誰其尸之，有齊季女。」陸注：「(下) 如字。協韻則音戶。」〈唐風・蟋蟀〉：「蟋蟀在堂，歲聿其莫。今我不樂，日月其除。無已大康，職思其居。好樂無荒，良士瞿瞿。」陸注：「(居) 協韻音據。」大概六朝經師經常用協韻去解釋古詩的押韻。

唐代還有一件軼事：唐玄宗讀到《尚書・洪範》「無偏無頗，遵王之義」二句，覺得「頗」和「義」不押韻，令人把「頗」改作「陂」。這頗能反映當時人們對待古音的態度，說明唐代人不能正確認識古今音的異同，以為今人的和諧韻，在古人那裡才是和諧韻；今人讀起來不和諧的，在古人那裡也不和諧。

宋人繼承並發展了六朝以來的「協韻」說，大量使用所謂「叶音」去解釋古書裡的押韻現象。凡是當時讀起來不和諧的韻腳字，就以「叶某某反」來改讀字音。影響最大的人物是朱熹。他的《詩集傳》、《楚辭集注》集「叶音」之大成。如《詩經・鄭風・有女同車》一章：「有女同車，顏如舜華。將翱將翔，佩玉瓊琚。」朱注：「華，叶芳無反。」二章：「有女同行，顏如舜英。將翱將翔，佩玉將將。」朱注：「行，叶戶郎反；英，叶於良反。」《離騷》：「紛吾既有此內美兮，又重之以修能。」朱注：「能，叶奴代反。」

持「協韻」說和「叶音」說的人沒有認識到古今語音的發展變化，以為古音和後代的語音是一樣的，《詩經》、《楚辭》中之所以有那麼多不和諧的韻腳，是由於古人可以對某些字臨時改讀，變不和諧韻為和諧韻。這種看法自然是錯誤的。由於朱熹在經學上地位極高，他的學說對後世影響非常之大，這種錯誤的觀念流行了很長的時間。

二、吳棫、鄭庠等人的古音研究

在「叶音說」占主導地位的氛圍中，上古音研究邁出了它的第一步：宋朝的吳棫、鄭庠等人開始系統地研究上古押韻現象並寫出了專著，其中最可稱道的是吳棫。

吳棫，字才老，他以《廣韻》的 206 韻為參照，比較系統地歸納了上古音的押韻現象，主要著作有《韻補》、《毛詩叶韻補音》、《楚辭釋音》等，但只有《韻補》流傳於世。

《韻補》一書的內容，可以分兩部分來看。一部分是押韻字的歸納，一部分是韻目「通轉」的說明。歸納押韻字的結果是分出了九類，也可以說分了九個韻部。其中廣泛搜集不合乎「今韻」的押韻用字，以《廣韻》韻目為綱領，分別歸類、釋義、舉例。徵引範圍上起《尚書》、《詩經》、《周易》等經書，下及歐陽脩、蘇軾等人的詩文。

九個韻部所收字在中古韻部的大致分布情況是（只舉平聲韻部，上去聲略）：

1.一東：東、冬、鍾、江、登、蒸、唐、陽、侵、蕭（「調」）

2.五支：支、脂、之、微、皆、佳、咍、灰、齊、麻、歌、戈、尤、幽、蒸（「能」）

3.九魚：魚、虞、模、歌、麻、豪、宵、尤、侯、幽、灰、支、之

4.十七真：真、臻、文、欣、魂、痕、山、刪、寒、桓、先、仙、元、庚、清、陽、東、冬、侵、覃、凡

5.一先：刪、山、寒、桓、元、仙、真、臻、文、諄、魂、痕、庚、清、青、蒸、侵

6.三蕭：蕭、宵、尤、幽

7.七歌：歌、戈、麻、佳、模、支

8.十陽：陽、唐、東、冬、鍾、庚、耕、清、青、蒸、登、真、侵

9.十八尤：尤、侯、幽、虞、豪、肴、蕭、宵、灰、咍、之

九部之外，入聲韻分四部：

1.一屋：屋、沃、燭、覺、物、末、術、藥、鐸、陌、昔、錫、職、
德、合

2.五質：質、術、沒、月、物、曷、末、薛、屑、屋、沃、燭、覺、
藥、鐸、陌、職、德、合、洽、狎、業、乏、帖、葉

3.十月：月、曷、末、沒、物、黠、鎋、祭、泰、夬、廢、德、職、
昔、合、盍、緝、乏、狎

4.十八藥：藥、鐸、覺、燭、沃、陌、麥、昔、錫、德、職、薛、
末、葉

入聲除了以上四部，還另有「合緝」、「洽」兩類，字很少，且跟前邊的
三部重複。

以上所分十三部十分粗疏。主要的毛病是材料太濫而且取捨標準不
當，凡是有押韻牽連的字，都要合在一起，結果把部與部之間的界限搞
亂了。雖然分出了部類，實際上跟古音相差甚遠。

《韻補》講「通轉」的部分，只列了韻目，沒有韻字。其中分三種
不同的命名：其一是某韻通某韻，如「二冬通一東」之類；其二是某韻
古轉聲通某韻，如「八物古轉聲通質」之類；其三是某韻通某韻又轉入
某韻，如「四江古通陽或轉入東」之類。但是什麼叫做「通」，什麼叫做
「轉聲通」，什麼叫做「轉入」，吳棫沒有給出界說，僅從韻目也看不出
含義，所以一向無人作出明確解釋。應該注意的是，「通轉」跟上面歸納
押韻字的分部，用的是兩種不同的標準，二者極不一致。如歸納押韻字
的支部裡有歌韻、尤韻字，魚部裡有歌韻、麻韻字，歌部裡有支韻、模
韻、魚韻字，尤韻裡有之韻字，通轉關係卻反映不出以上的關聯。可以
說，九部的歸納是反映韻文的事實，而通轉則是一種邏輯上的推理。完
全是兩個系統。

　　吳棫把唐宋時代的韻文跟先秦兩漢的韻文雜糅一起，缺乏明確的歷史觀念；而且歸納押韻字的條件太寬，抉擇識斷的標準不精，常常把不入韻的字當作入韻字，牽連的範圍很大，雖然分了部，實際上和沒有分部也差不多。此外，既有從押韻字歸納出的系統，又有「通轉」的系統，兩者的標準不同，自相矛盾。然而，他的系統確實是從韻文材料歸納出來的，而且畢竟是以古音材料為主。如果把這一套系統看作古韻分部的開端，也不為過分。顧炎武曾經說：「考古之功，實始於吳才老。」大輅之椎輪，江河之濫觴，是不可求之太苛的。

　　鄭庠有《古音辨》一書，早已失傳。據元代熊朋來《經說》，鄭分上古音為六部：

　　　　真諄臻文欣元魂痕寒桓刪山先仙十四韻相通，皆協先仙之音；
　　　　東冬鍾江陽唐庚耕清青蒸登十二韻相通，皆協陽唐之音；
　　　　支脂之微齊佳皆灰咍九韻相通，皆協支微之音；
　　　　魚虞模歌戈麻六韻相通，皆協魚模之音；
　　　　蕭宵爻豪尤侯幽七韻相通，皆協尤侯之音；
　　　　侵覃談鹽添嚴咸銜凡九韻相通，皆協侵音。

這種分法，顯然是從「今音」出發，僅就《廣韻》系韻書的分部進行合併，沒有真正把古韻部的面目揭示出來，上古真正有關係的韻，如支韻與歌韻，卻沒有說它們相通。清代古音學家江有誥批評他：「雖分部至少，而仍有出韻。蓋專就《唐韻》求其合，不能析《唐韻》求其分，宜無當也。」這種批評是非常正確的。

　　除了吳棫、鄭庠以外，宋代在古音方面有所著述的還有項安世、程迥等人。

　　項安世著有《項氏家說》，其中有〈詩音〉、〈詩音類例〉兩條，提出「古韻與今韻不同」「古人呼字，其聲之高下與今不同」。程迥著有《音式》一書，已軼。據《四庫提要》，該書以「三聲通用、雙聲互轉為說」。

到底論的什麼，頗難索解。

明代的楊慎在古韻研究中也有些影響。

楊慎字升庵，明代文學家、學者。著有《轉注古音略》、《古音類例》等。他的古音研究也不高明，是以平水韻為基礎，以「轉注」說去解釋古韻與平水韻的不同之處。所謂轉注，是「凡見於經傳子集，與今韻殊者，悉謂之古音轉注也」。他所說的轉注乃是字無定韻，可以隨上下文任意改讀字音，事實上成了叶音說的翻版。由於楊慎在當時有較高的學術地位，他這種看法的影響還是不小的。

三、焦竑、陳第對「叶音說」的批判

以正確的語言發展觀點批判叶音說，始於明末的焦竑和陳第。

焦竑字弱侯，江寧人。他的《焦氏筆乘》卷三有一段批評叶音的話：

> 詩有古韻今韻。古韻久不傳，學者於《毛詩》、《離騷》皆以今音讀之，其有不合，則強為之音，曰此「叶」也。余意不然。如《騶虞》一「虞」也，既音「牙」而叶「葭」與「豝」，又音五紅反而叶「蓬」與「豵」；「好仇」一「仇」也，既音「求」而叶「鳩」與「洲」，又音渠之反而叶「逑」。如此則「東」亦可音「西」，「南」亦可音「北」，「上」亦可音「下」，「前」亦可音「後」，凡字皆無正呼，凡詩皆無正字，豈理也哉？

焦竑在給陳第《毛詩古音考》所作的序中更明確地說：「古韻自與今異，而以為叶者謬耳。」

陳第字季立，福建連江人。著有《毛詩古音考》、《屈宋古音義》等。《毛詩古音考》序言有一段著名的論斷：

士人篇章，必有音節；田野俚曲，亦各諧聲。豈以古人之詩而獨無韻乎？蓋時有古今，地有南北，字有更革，音有轉移，亦勢所必至。故以今之音讀古之作，不免乖剌而不入。於是悉委之於「叶」。夫其果出於叶也，作之非一人，採之非一國，何「母」必讀「米」，非韻「杞」、韻「止」，則韻「祉」、韻「喜」矣？「馬」必讀「姥」，非韻「組」、韻「黼」，則韻「旅」、韻「土」矣？「京」必讀「疆」，非韻「堂」、韻「將」，則韻「常」、韻「王」矣？「福」必讀「逼」，非韻「食」、韻「翼」，則韻「德」、韻「億」矣？厥類實繁，難以殫舉。其矩律之嚴，即唐韻不啻。此其故何耶？又《左》、《國》、《易》、《象》、《離騷》、《楚辭》、秦碑漢賦，以至上古歌謠，箴、銘、贊、頌，往往韻與《詩》合，實古音之證也。

　　這段話包含三方面重要觀點：第一，「時有古今，地有南北，字有更革，音有轉移」，這是很正確的語言發展觀念。第二，指出古人詩韻出於天然，士人篇章、百姓俚曲，都有自然的和諧韻。第三，古人用韻有嚴密的系統，「矩律之嚴，即唐韻不啻」，決不是「通轉」理論所能解釋的。在他那個時代有如此正確的語言發展觀，是難能可貴的。

　　陳第沒有總結古音的韻部，只是挑選了約五百個字分別考證它們的古音，每個字下面用直音法注出他認為的古代讀音，並舉例為證。證明的方式是：「別本證、旁證二條，本證者，《詩》自相證也；旁證者，採之他書也。二者俱無，則宛轉以審其音，參錯以諧其韻。」他沒有能夠從系統性上去認識古音，所注的音即使從類別而言也往往不合乎古音的實際。但是他在理論上的貢獻是很大的。他和焦竑一起建立了正確的語言發展觀，對在當時影響很大的「叶音說」作了十分有力的批判，為清代古音學的蓬勃發展奠定了理論基礎。

第三節 清代學者對古韻分部的貢獻

清代學者在古韻分部方面取得了輝煌成就，先秦古韻部的劃分工作在他們手上基本完成。

明末清初的顧炎武是清代古音學的奠基人，他建立起第一個完整的上古韻部系統。繼顧炎武之後，陸續有江永、段玉裁、戴震、孔廣森、江有誥、王念孫等人在古韻分部的工作方面又做出了重要貢獻。下面簡要介紹各家的成就，從中可以瞭解古音學逐步走向縝密、精確的過程。

一、顧炎武的十部

顧炎武（西元 1613–1682 年），字寧人，號亭林先生，江蘇昆山人。清初著名學者、思想家。他的古音學著作《音學五書》，包括《音論》、《詩本音》、《易音》、《唐韻正》和《古音表》，是他三十年辛勤研究的成果。

《音論》闡述顧氏對於古音的見解。其中比較重要的有：(1)「古詩無叶音」，接受了陳第的語言發展觀，進一步否定「叶音說」。(2)「古人韻緩不煩改字」，引申了陸德明的見解。(3)「古人四聲一貫」，中古不同聲調的字，在上古往往同押，顧氏認為那是由於歌唱時可以不受聲調拘束。(4)「近代入聲之誤」，上古的押韻和諧聲表明，當時的入聲韻配陰聲韻，而中古時期入聲韻都是配陽聲韻的，顧氏認為那是中古韻書的錯誤。

顧氏研究上古音有一種復古的願望，他說：「天之未喪斯文也，必有聖人復起，舉今日之音而還之淳古者。」他認為讀書時對於那些古代同韻部而後代讀音差別大的字，要改從古讀，如「家」讀為「姑」，「慶」讀為「羌」，「馬」讀為「姥」。他的目標，既不合理，也完全不可能實現。研究古音的目的，應該是發現古今的差異，瞭解古代的語音事實，而不

是為了復古。

　　《詩本音》和《易音》用《詩經》和《易經》的實例來證實古人用韻的規律。《唐韻正》的宗旨是根據古音來「糾正」韻書的「錯誤」，其中列舉了大量作為劃分古韻部證據的材料，書名也反映了顧炎武的復古觀念。《古音表》是他古音研究的總結，在五書中篇幅最短，但十分重要。（見圖十）

　　《古音表》把上古韻分為十部，每部分別列舉所包含的《廣韻》四聲韻目，以代表該部的範圍。有的地方還收個別的韻字。十部內容如下（列舉韻目以平聲賅上去，入聲韻目和去聲「祭泰夬廢」單獨列出。以下各家的韻部表均同此例）：

　　第一部　東冬鍾江

　　第二部　支（半）脂之微齊佳皆灰咍尤（半），祭泰夬廢；
　　　　　　質術櫛昔（半）職物迄屑薛錫（半）月沒曷末黠鎋麥德屋（半）

　　第三部　魚虞模麻（半）侯
　　　　　　屋（半）沃（半）燭覺（半）藥（半）鐸（半）陌麥（半）昔

　　第四部　真諄臻文殷元魂痕寒桓刪山先仙

　　第五部　蕭宵肴豪尤（半）幽
　　　　　　屋（半）沃（半）覺（半）藥（半）鐸（半）錫（半）

　　第六部　歌戈麻（半）支（半）

　　第七部　陽唐庚（半）

　　第八部　庚（半）耕清青

　　第九部　蒸登

　　第十部　侵覃談鹽添咸銜嚴凡
　　　　　　緝合盍葉帖洽狎業乏

　　顧炎武的古韻分部有幾個重要貢獻。第一，確立了「離析唐韻」的方法。即按照古音實際，把《廣韻》的某些韻的字分在不同的韻部。顧

古音表卷上

東冬鍾江第一　舉平以該上去入

音學五書　三十七

平	上	去
一東	一董	一送
二冬		二宋
三鍾	二腫	三用
四江	三講	四絳

支脂之微齊佳皆灰咍第二

音學五書　古音表卷上　一　觀稼樓仿刻

平	上	去	入
五支之半	四紙之半	五寘之半	五質之半

支枝厄萎○祇伎衺○兒睨○提○䲭䶓○知饒○袞凡所不載○者即案文字偏旁訓詁○故以類求之○收入戈韻聚字

紙只砥○毀燬○瀡㿛累○此批泄○斯酈徙○爾纚○卑○婓豕紫○收入獮韻獮字獮字

紙是氏質衺牌○累剌積賜邏○舄技○易積賜○企縋○智○香志瑞

六脂 五旨 六至 六術

收入準韻離字併入軫韻牝字

收入準韻準字

收入果韻安字○收入準韻小韻鷥字

收入果韻隼字○收入果韻火字

七之 六止 七志 七櫛

收入隱韻匿字收入㻞韻近字

收入獮韻邐字○收入果韻

音學五書　古音表卷上　二　觀稼樓仿刻

	八微	七尾	八未	
	七之	六止	七志	七櫛
	六脂	五旨	六至	六術

質之半
積踤眷○益噎○蜴易遇○溜刺○樺革○役瘃○收入陌韻展字

二十四	八物	九迄
二十二		

職 八物 九迄

圖十　顧炎武《音學五書·古音表》書影

氏分開的有舒聲韻支、麻、庚、尤幾個韻，入聲屋、沃、覺、藥、鐸、陌、昔、錫、麥。這就使古韻研究走上正確道路。第二，以入聲配陰聲韻。除了收 –p 的閉口韻，其餘的入聲韻都分別歸入陰聲韻部，符合上古的音韻結構。第三，開始從諧聲字尋找分部的依據。把《廣韻》支韻、麻韻的字按照諧聲偏旁分開，作為離析韻部的根據之一，開以諧聲字分部的先河。他雖然僅分出了十部，有待於後人補苴之處尚多，但篳路藍縷之功是應該予以充分肯定的。

顧炎武的不足之處也比較明顯。首先，他的復古主義思想影響到他的研究方法，江永批評他「考古之功多、審音之功淺」，是非常中肯的。其次，他的分部仍帶有草創者的粗略性，例如把先秦至南北朝的韻文同等看待，對韻例判斷過寬，往往以非韻為入韻，沒有區別偶然的合韻與正常的同部押韻等。

二、江永的十三部

江永（西元 1681–1762 年），字慎修，婺源（今屬江西）人。他的《古韻標準》是劃分先秦韻部的專著，另有《四聲切韻表》也涉及古音。在研究方法上，江永強調對研究的材料要有較嚴格的選擇，以《詩經》用韻為主，其他先秦兩漢的韻文只作參考佐證，並且提出要把一般的用韻現象與個別的用韻現象區別對待。

江永分古韻為平聲、上聲、去聲各十三部，入聲八部。以顧炎武的十部為基礎，再把顧的第三、四、五、十共四個韻部重新分析。

顧氏第三部包括魚虞模侯，以及麻之半。江永從中分出侯韻字和虞韻的一半，合併於從第五部分出的幽部（見下）。

顧氏的第四部包括真諄以下十四個韻，江永把這一部一分為二：真、諄、臻、文、殷、魂、痕以及先韻的一半為一部（等於後來的真、文部），元、寒、桓、刪、山、仙以及先韻的另一半為一部（等於後來的元部）。

顧氏的第五部包括蕭、宵、肴、豪、幽，以及尤之半，江永把這一部一分為二：宵（半）蕭（半）肴（半）豪（半）為一部（等於後來的宵部），幽韻、尤之半、蕭、肴、豪之半和從顧氏第三部分出的侯韻、虞之半合為一部（等於後來的幽部和侯部）。

顧氏的第十部包括侵、談、覃、鹽、添、咸、銜、嚴、凡九韻，江永把它一分為二：侵韻和覃、談、鹽之半為一部，添、嚴、咸、銜、凡以及談、覃、鹽之半為另一部。

江永主張「數韻共一入」，入聲韻既配合陰聲韻，又配合陽聲韻，所以他的入聲韻事實上是獨立的。八個入聲韻部，比顧氏分配在四個陰聲韻部要複雜，大致的情況是：顧氏第二部的入聲，江永分為三部（第二、三、六）；顧氏第十部的入聲，江永分為兩部（第七、八）；顧氏第三、五兩部的入聲，江永重新分配成為三部（一、四、五）。

江永比顧炎武更多地離析了《廣韻》，把先韻、虞韻、蕭、宵、肴、豪、談、覃、鹽各自一分為二，從而把顧炎武沒有發現的幾個韻部界限劃定。江永精通等韻學，重視「審音」的工夫。他劃分韻部的根據之一是韻母的「弇」和「侈」，弇音「口斂而聲細」，侈音「口侈而聲大」，實即主要元音開口度大的是「侈音」，開口度小的是「弇音」。如真部為弇、元部為侈，幽部為弇、宵部為侈，侵部為弇、談部為侈。

三、段玉裁的十七部

段玉裁（西元 1735–1815 年），字若膺，號茂堂，江蘇金壇人。古音方面的著作有《六書音韻表》。他的主要貢獻是：⑴支脂之三分、真文兩分、幽侯兩分；⑵樹立全面運用諧聲字考求上古韻部的方法，作十七部諧聲表；⑶改變了以前按《廣韻》次序排列上古韻部的舊方法，創造音近為鄰的排序方式；⑷重視「合韻」的辨別，強調不因合韻而混淆韻部界限；⑸力圖在音值上對古韻作出解釋，區別「古本韻」和「音轉」。

　　段玉裁的支、脂、之三分，是把顧炎武的第二部分為三個韻部：支部包括《廣韻》的支（半）、佳，脂部包括《廣韻》的脂、微、齊、皆、灰，之部包括《廣韻》的之、咍、尤（半）。

　　真文分部，是把江永的第四部一分為二，真部包括《廣韻》的真、臻、先（半），文部包括諄、文、殷、魂、痕。

　　幽侯分部，是把江永的第十一部一分為二：幽部包括幽、尤（半）、蕭（半）、宵（半）、肴（半）、豪（半），侯部包括侯、虞（半）。（見圖十一）

　　段氏共分十七部，比江永多了四部。入聲韻不獨立，有的收在陰聲韻，有的收在陽聲韻。有入聲字的陰聲韻部是第一部（之部）、第三部（幽部）、第五部（魚部）、第十五部（脂部）、第十六部（支部），有入聲字的陽聲韻部是第七部（侵部）、第八部（談部）、第十二部（真部）。下面是《今韻古分十七部表》韻目（括號內所附的通用韻部名稱非原表所有）：

　　第一部（之部）：之咍；職德。

　　第二部（宵部）：蕭宵肴豪。

　　第三部（幽部）：尤幽；屋沃燭覺。

　　第四部（侯部）：侯。

　　第五部（魚部）：魚虞模；藥鐸。

　　第六部（蒸部）：蒸登。

　　第七部（侵部）：侵鹽添；緝葉帖。

　　第八部（談部）：覃談咸銜嚴凡；合盍洽狎業乏。

　　第九部（東部）：東冬鍾江。

　　第十部（陽部）：陽唐。

　　第十一部（耕部）：庚耕清青。

　　第十二部（真部）：真臻先；質櫛屑。

　　第十三部（文部）：諄文欣魂痕。

弟十部
十　陽　　十一　唐
三十六　養　　三十七　蕩
四十一　漾　　四十二　宕

弟十一部
十二　庚　　十三　耕　　十四　清　　十五　青
三十八　梗　　三十九　耿　　四十　靜　　四十一　迥
四十三　映　　四十四　諍　　四十五　勁　　四十六　徑

一百六十四　／　表一　／　五

弟十二部
十七　眞　　十九　臻　　一　先
十六　軫　　二十七　銑
二十一　震　　三十二　霰
五　質　　七　櫛　　十六　屑

弟十三部
十八　諄　　二十　文　　二十一　欣　　二十三　魂　　二十四　痕
十七　準　　十八　吻　　十九　隱　　二十一　混　　二十二　很
二十　稕　　二十三　問　　二十四　焮　　二十六　慁　　二十七　恨

弟十四部
二十二　元　　二十三　寒　　二十五　桓　　二十六　刪　　二十七　山　　二十八　仙
二十　阮　　二十三　旱　　二十四　緩　　二十五　潸　　二十六　產　　二十八　獮
二十五　願　　二十八　翰　　二十九　換　　三十　諫　　三十一　襇　　三十三　線

弟十五部
六　脂　　八　微　　十二　齊　　十四　皆　　十五　灰
五　旨　　七　尾　　十一　薺　　十三　駭　　十四　賄
六　至　　八　未　　十二　霽　　十三　祭　　十四　泰　　十六　怪　　十七　夬　　十八　隊　　二十　廢
六　術　　八　物　　九　迄　　十一　没　　十二　曷　　十三　末　　十四　黠　　十五　鎋　　十七　薛

三百十　／　表一　／　六

弟十六部
五　支　　十三　佳
四　紙　　十二　蟹
五　寘　　十五　卦
二十　陌　　二十一　麥　　二十二　昔　　二十三　錫

弟十七部
七　歌　　八　戈　　九　麻
三十三　哿　　三十四　果　　三十五　馬
三十八　箇　　三十九　過　　四十　禡

圖十一　段玉裁《六書音韻表・今韻古分十七部表》書影

第十四部（元部）：元寒桓刪山仙。

第十五部（脂部）：脂微齊皆灰，祭泰夬廢；術物迄月沒曷末黠鎋薛。

第十六部（支部）：支佳；陌麥昔錫。

第十七部（歌部）：歌戈麻。

段氏分部實際上也「離析」了《廣韻》韻部，只是沒有在這個韻目表中顯示出來，而體現在《古十七部諧聲表》、《詩經韻分十七部表》等篇章中。

段氏的《古十七部諧聲表》進一步確立了以諧聲字分辨古韻的方法。顧炎武、江永已經把諧聲偏旁用於分辨古韻，但還是局部的運用。段氏為所有的韻部做了諧聲表，建立起一套和韻腳字系聯並行的有效方法。段氏又提出「凡同諧聲者必同部」的論斷，把前代的諧聲學說向前發展了一步。

段氏的十七部排列次序以之部為首，把關係密切的韻部相鄰排列。他把十七部分為六類：第一類之部。第二類宵、幽、侯、魚，第三類蒸、侵、談，第四類東、陽、耕，第五類真、文、元，第六類脂、支、歌。各類內的韻部，用韻和諧聲都表現出比較密切的聯繫，也就是說聲音比較接近。

段氏強調「合韻」現象對劃分韻部和排列韻部次序的重要性。他說：「聲音之道，同源異派，弇侈互輸，寫靈通氣，移轉便捷。分為十七，而無不合。不知有合韻則或以為無韻。」「合韻以十七部次第分為六類求之，同類為近，異類為遠；非同類而次第相附為近，次第相隔為遠。」（《六書音韻表》卷三）「謂之合乃其分愈明，有權而經乃不廢」（《答江晉三書》）。他的意思是，只有知道什麼情況下是合韻，才不至於混淆個別現象和一般現象，才能夠把韻部的界限劃清。

段氏分別了「古本韻」和「變韻」、「音轉」。在他看來，某一部的古讀，在該部的一個韻裡還保存著，這個韻的讀音就是古本音；其他各韻

的讀音變得跟古讀不同了，是音轉、變韻。比如之部，之韻為古本韻，尤韻就是變韻，「凡一字而古今異部，以古音為本音，以今音為音轉。如尤讀怡、牛讀疑、丘讀欺，必在第一部而不在第三部者，古本音也；今音在第十八尤者，音轉也。舉此可以隅反矣」。

段玉裁在研究方法和資料運用上都有重要的突破，把古韻分部的研究向前推進了一大步。他所建立的十七部已經基本上反映出了上古韻部的分合情況，為以後的研究奠定了堅實基礎。

四、戴震的九類二十五部

戴震（西元 1725–1777 年），字東原，安徽休寧人。他是江永的學生，又是段玉裁的老師，但他發表古韻學說比段晚。

戴震對古韻分部的貢獻在於建立陰陽入三分相配的系統，一共分九類二十五韻部，其中舒聲韻十六部，入聲韻九部。舒聲十六部是在江永十三部的基礎上，採納段玉裁的支脂之三分說，另外設立一個「靄」部。靄部的內容是《廣韻》的祭、泰、夬、廢四韻，江永歸在去聲第二部，段玉裁劃在第十五部，戴氏把它們獨立出來了。戴氏的系統中入聲獨立成部，但和江永的「數韻共一入」性質不同，而是陰陽入三分相配。二十五部按照陰陽入的配合關係分成九類，韻目均用零聲母字。如下表所列（括號內為通用韻目）：

	陽聲韻	陰聲韻	入聲韻
第一類	阿（歌部）	烏（魚部）	堊（鐸部）
第二類	膺（蒸部）	噫（之部）	億（職部）
第三類	翁（東部）	謳（幽、侯）	屋（屋部）
第四類	央（陽部）	夭（宵部）	約（藥部）
第五類	嬰（耕部）	娃（支部）	厄（錫部）
第六類	殷（真、文）	衣（脂部）	乙（質部）

第七類	安（元部）	藹（祭部）	遏（月部）
第八類	音（侵部）		邑（緝部）
第九類	醶（談部）		囃（葉部）

戴氏的系統可議之處，一是把歌部當作陽聲韻，配合魚部和鐸部；二是沒有採納段玉裁真文分部、幽侯分部的正確意見。但是，戴氏從審音的角度出發把入聲韻獨立出來，形成了陰陽入三分系統，對古韻分部作出了重大貢獻。

五、孔廣森的十八部

孔廣森（西元 1752–1786 年），字眾仲，一字撝約，號顨軒，山東曲阜人。他的古音學著作有《詩聲類》和《詩聲分例》。他的主要貢獻有兩點：一是東冬分部，二是提出陰陽對轉的理論。

《詩聲類》把古韻分為十八部（書中稱為「類」），其中陰聲韻九部，陽聲韻九部，按照對轉關係兩兩相配。十八部是：

陽聲韻	陰聲韻
原類（元部）	歌類
丁類（耕部）	支類
辰類（真、文）	脂類
陽類	魚類
東類	侯類
冬類	幽類
緱類（侵部）	宵類
蒸類	之類
談類	合類

孔廣森沒有採納段玉裁的真文分部，但是把冬韻字和東韻三等字從段氏的東部中分出來，獨立成冬部。從《詩經》押韻看，冬部字與侵部的關

係相當密切，東部字則不和侵部在一起押韻。從對轉的關係看，陽聲韻東部配合陰聲韻侯部，陽聲韻冬部配合陰聲韻幽部，十分整齊，「今人之混東於冬，猶其併侯於幽也」。孔氏重視陽聲韻與陽聲韻之間合韻的聯繫，陽聲韻與陰聲韻之間的對轉關係，用來作為分部的參考條件，這是很有道理的。

孔廣森的陰陽對轉學說，是繼承他老師戴震的方法而又有所發展。戴震的二十五部入聲分為九類，陰陽入三聲相配，實際就包含著對轉的觀念。孔廣森發展了這種觀念而提出對轉理論，但他認為入聲不獨立而屬於陰聲韻，只有一個合類是獨立的入聲韻部，也算作陰聲韻，因此他的十八部形成陰陽兩大系列。他的對轉理論揭示了一種重要現象：陰聲韻跟相配的陽聲韻之間，在押韻和諧聲上有頻繁的接觸，顯示聲音有密切關係。《詩經》押韻的例子如：

〈陳風·東門之枌〉：「穀旦于差，南方之原；不績其麻，市也婆娑。」以「原」（元部）押「差、麻、娑」（歌部）。

〈鄭風·雞鳴〉：「知子之來之，雜佩以贈之。」以「來」（之部）押「贈」（蒸部）。

諧聲的例子如：

從「寺」、「乃」、「疑」（之部）得聲的字有「等」、「仍」、「凝」（蒸部）等。從「番」（元部）得聲的字有「播、鄱、皤」（歌部）等。

孔廣森雖然主張古無入聲，但是他又說入聲是陰陽對轉的樞紐。「去聲之中自有長言短言兩種讀法，每同用而稍別畛域。後世韻書遂取諸陰部去聲之短者，壹改為諸陽部之入聲。是故入聲者陰陽互轉之樞紐，而古今變遷之原委也」《詩聲類》卷十二）。他的去聲分長短兩類說，等於承認入聲字跟陰聲字是有差別的。

六、王念孫的二十一部

王念孫（西元 1744–1832 年），字懷祖，號石臞，江蘇高郵人。他分古韻為二十一部，在段玉裁十七部的基礎上又分出四部，主要特點是：

1. 把段氏真部的入聲韻質、櫛、屑分出，跟段氏脂部的去聲至、霽、入聲術、物、迄合在一起，獨立成為至部；

2. 把段氏脂部裡的去聲祭、泰、夬、廢，入聲月、沒、曷、末、黠、鎋、薛等韻分出來獨立成為祭部；

3. 把侵部的入聲獨立出來成為緝部；

4. 把談部的入聲獨立出來成為盍部。

此外，他改變了另一部分入聲字的分配，從幽部裡分出一部分入聲字（屋、燭、覺韻字）改歸於侯部。

他的二十一部是：

> 東，蒸，侵，談，陽，耕，真，諄（文），元，
> 歌，脂，之，魚，支，侯，幽，宵，
> 至，祭，
> 盍，緝。

二十一部裡邊，陽聲韻只有平上去三聲（不同於顧、江、段在收 –m 的陽聲韻部有收 –p 的入聲），陰聲歌部也只有平上去三聲，脂、之、魚、支、侯、幽、宵諸部有平上去入四聲；至、祭只有去聲和入聲（從後代的觀點看，都是入聲）；盍、緝兩部只有入聲。他獨立出的四部，分別是收 –t 和收 –p 的入聲部，而收 –k 的入聲字仍然屬於陰聲韻部，沒有獨立出來。

七、江有誥的二十一部

江有誥（西元 ?–1851 年），字晉三，號古愚，安徽歙縣人。一生居鄉治學，未曾出仕。他在鄉下自學成材，早年和外界沒有學術交往，在十分閉塞的條件下刻苦鑽研古韻，而成就卓越，深為後人佩服。

他的古音學著作合為《音學十書》，但刊行於世的只有七種：《詩經韻讀》、《群經韻讀》、《楚辭韻讀》、《先秦韻讀》、《諧聲表》、《入聲表》、《唐韻四聲正》，另附《等韻叢說》。他原先分古韻為二十部，後來讀到孔廣森的《詩聲類》，採納了孔氏的東、冬分部，定為二十一部：

之部第一：之咍，灰尤三分之一；職德，屋三分之一。

幽部第二：尤幽，蕭肴豪之半；沃之半，屋覺錫三分之一。

宵部第三：宵，蕭肴豪之半；沃藥鐸之半，覺錫三分之一。

侯部第四：侯，虞之半；燭，屋覺三分之一。

魚部第五：魚模，虞麻之半；藥鐸陌昔之半。

歌部第六：歌戈，麻之半，支三分之一。（無入聲）

支部第七：佳，齊之半，支三分之一；麥昔之半，錫三分之一。

脂部第八：脂微皆灰，齊之半，支三分之一；質術櫛物迄沒屑，黠之半。

祭部第九：祭泰夬廢；月曷末鎋薛，黠之半。（無平上聲）

元部第十：元寒桓山刪仙，先三分之一。

文部第十一：文欣魂痕，真三分之一，諄之半。

真部第十二：真臻先，諄之半。

耕部第十三：耕清青，庚之半。

陽部第十四：陽唐，庚之半。

東部第十五：鍾江，東之半。

中部第十六：冬，東之半。

蒸部第十七：蒸登。

侵部第十八：侵覃，咸凡之半。

談部第十九：談鹽添嚴銜，咸凡之半。

葉部第二十：葉帖業狎乏，盍洽之半。

緝部第二十一：緝合，盍洽之半。

（注：所謂「某之半」、「某之三分之一」，只是約數）

江氏分出祭、緝、葉（等於盍）三部，和王念孫是一致的；跟王念孫不同的是沒有把至部獨立出來。

江有誥的另一重要貢獻，是重新劃分了各個陰聲韻部裡的入聲字，特別是對段玉裁的入聲分配多所糾正。段氏的第二部（宵部）、第四部（侯部）沒有入聲，第三部（幽部）的入聲是屋、沃、燭、覺各韻，第五部（魚部）的入聲是藥、鐸。江有誥對入聲字跟陰聲韻部的關係作了相當周密的考察，把段氏分配不合理的地方改正過來：在宵部配的是沃、覺、藥、鐸、錫數韻的部分字，在幽部配的是屋、沃二韻的一部分字，在侯部配的是燭韻和屋、沃的一部分字，在魚部配的是藥、鐸、麥、昔數韻的一部分字。此外，段氏以質、櫛、屑歸收 –n 的第十二部（真部），而其他收 –n 的韻部都不配入聲韻，系統性太差；以術、物、迄、月、沒、曷、末、黠、鎋、薛諸韻統歸十五部（脂部），也不恰當。江有誥把質、櫛、屑、術、物、迄、沒諸韻歸脂部，把月、曷、末、鎋、薛分出來合於祭、泰、夬、廢，成為祭部；黠韻半屬脂、半屬祭，也是正確的。

江有誥為二十一部排列的次序也比段玉裁、孔廣森更加合理，更精確地體現了「音近為鄰」的原則。以後的學者排列韻部一般都以江有誥所排列的次第作為主要參考。（見圖十二）

清代學者對先秦古韻分部的研究，到了江有誥可以說已經達到相當完善的境地。咸豐年間，夏炘著《詩古韻表二十二部集說》，對清代的古韻分部做了總結。夏炘說：「自宋鄭庠分《唐韻》為《詩》六部，粗具梗概而已。顧氏博考群編，釐正《唐韻》，撰《音學五書》，遂為言韻者之大宗。嗣後江氏、段氏，精益求精，並補顧說之所未備。至王、江兩先生出，集韻學之大成矣。」夏炘吸取江有誥、王念孫兩家的分部成果，共分二十二部，即在江有誥的二十一部再分出王念孫的至部。這可以說是清代古韻分部的最後定局。

《古韻總目　一》

古韻廿一部總目

之部弟一
唐韻平之咍止海去志代入職德
顧氏江氏合于弟二部　段氏標目
尤有宥
尤字入之部故改用幽字標目
屋三分之一
蕭肴豪篠巧晧蕭效號之牛入
段氏江氏之弟六部段氏
沃樂鐸錫之牛入
顧氏江氏合于弟十一部段氏
之弟三分之一

幽部弟二
唐韻平尤幽去宥効
入屋沃之牛入藥錫三分之一
蕭肴豪篠巧晧蕭效號之牛入
段氏江氏之弟五部江氏入

宵部弟三
唐韻平宵小笑
蕭肴豪篠巧晧蕭效號之牛入
段氏江氏之弟五部江氏入
沃樂鐸錫之牛
顧氏江氏合于弟三分之一

侯部弟四
唐韻平侯上厚去候入燭
一顧氏合于弟三部江氏合于
弟三部江氏合于弟十一部段氏

魚部弟五
唐韻平魚模上語姥去御暮入陌
虞虞遇麻禡之牛支紙寘三
入藥鐸昔之牛
顧氏江氏之弟三部段氏之弟

歌部弟六
唐韻平歌戈上哿果去箇過
麻禡之牛支紙寘三
一無入聲
顧氏江氏之弟六部江氏之弟七部段

支部弟七
唐韻平佳上蟹去卦
十氏七部
分之一
齊薺霽之牛支紙寘三分之一
入麥昔之牛錫三分之一
入唐韻平佳上蟹去卦
顧氏江氏之牛支紙寘二部段氏

脂部弟八
唐韻平脂微皆灰上旨尾駭賄去
至未怪隊入質術櫛
齊薺霽之牛支紙寘三分之一
顧氏江氏合于弟二部齊薺霽黠點之牛
脂之牛支紙寘三分之一顧

祭部弟九
唐韻去祭泰夬廢
入月曷末鎋薛
顧氏江氏合于弟二部段氏合于弟十五部
無平上

元部弟十
唐韻平元寒桓刪山仙德
先去元先願翰換諫
二分之一阮
無入聲
顧氏江氏合于弟四

文部弟十一
唐韻平文欣魂痕上吻隱混很去問
焮慁恨
諄準稕之牛
顧氏江氏合于弟四部段氏之弟十二部

真部弟十二
唐韻平真臻先上軫銑去震霰
諄準稕之牛
聲顧氏江氏合于弟四部段氏之弟十二部
無入

耕部弟十三
唐韻平耕清青上耿靜迥去諍勁徑
清青之牛
顧氏江氏之弟八部江氏之弟九部

陽部弟十四
唐韻平陽唐上養蕩去漾宕
庚梗映之牛
無入聲
顧氏江氏之弟八部段氏之弟十部

東部弟十五
唐韻平東上養蕩去漾宕
庚梗映之牛
顧氏江氏之弟八部段氏之弟十部

《古韻總目　二》

圖十二　江有誥《音學十書·古韻廿一部總目》書影

第四節 先秦的韻部系統

夏炘認為清代學者所分的二十二部是最後的定案，「增之無可復增，減之亦無可復減」。但從實際情況看，二十二部也不能說是完美無缺的。進入民國以後，章炳麟、黃侃、王力等人在分部問題上又有新發現。

章炳麟的古韻學說，見於他的《文始》、《國故論衡》。他分古韻為二十三部，跟夏炘二十二部的不同之處在於把脂部的去、入韻獨立出來，成為一個「隊部」。他說：「隊、脂相近，同居互轉。若『出、內、尤、戾、骨、兀、鬱、勿、弗、卒』諸聲諧韻，則《詩》皆獨用。」隊部的字，在前代諸家分部的歸屬總是不太穩定。段氏歸在脂部，和月、祭等在一起；王念孫把月、祭分出去，卻把這部分字仍留在脂部；江有誥則把這部分字和至、質放在一起，仍屬脂部。各家紛紜錯出，終究不如章氏讓它獨立為一部恰當。章氏晚年主張併冬部入侵部。孔廣森曾指出冬、侵有密切關係，但只是作為「互通」看待，章氏則進一步合併它們。章氏又曾作《成均圖》，以圓周圖的形式來說明各韻部之間的對轉、旁轉關係，十分複雜，其中有不少主觀臆測的地方。

黃侃是章炳麟的弟子，他的古韻學說散見於《音略》、《聲韻通例》等著作中。

黃侃分古韻為二十八部。他分部的特點是採納戴震重視審音的見解，把入聲韻部完全獨立出來，講究陰陽入三類韻部的配合關係。黃侃的分部儘管從數量看比章炳麟多出五部，其實只是把之、魚、支、宵、侯這幾部的入聲字獨立出來而已。他的二十八部是：

陰聲八部	陽聲十部	入聲十部
歌戈（歌）	寒桓（元）	曷末（月）
一	先（真）	屑（質）

灰（脂）	痕魂（文）	沒（隊）
齊（支）	青（耕）	錫
模（魚）	唐（陽）	鐸
侯	東	屋
蕭（幽）	一	一
豪（宵）	冬	沃（藥）
咍（之）	登（蒸）	德（職）
	覃（侵）	合（緝）
	添（談）	帖（葉）

黃侃修正了戴震的錯誤：把歌部歸於陰聲韻而非陽聲韻；靄、遏合併；增加一個沒部。但幽部本有入聲，黃侃卻把它取消了，這是他的疏漏。

從二三十年代起，音值構擬的方法應用到上古音研究中，陰陽入三分和它們的配合關係更加引起人們的重視，在構擬當中起了重要作用。黃侃所建立的系統，具有不可低估的積極意義。

王力於西元 1937 年發表《上古韻部系統研究》一文，他在章炳麟分部的基礎上，從脂部分出一個微部。

章炳麟分出的隊部，裡邊既有去、入聲字，也有一些平聲字。章氏認為這些平聲字「或與脂同用」，後來黃侃把這些平聲字又劃回脂部。王力從這種搖擺不定的歸類受到啟發，感到那些平聲上聲字跟隊部、脂部都不合，有其獨立性；並且從南北朝詩人用韻得到線索，再詳考《詩經》，確定應該分出一個獨立的微部。

脂微分部，可以解決黃侃系統中陰陽入三類配合不整齊的地方，在黃氏的系統中，陽聲韻先（真）、入聲韻屑（質）沒有相配的陰聲韻。分出微部以後，韻部的配合就很整齊了：

陰聲韻	陽聲韻	入聲韻
歌	元	月

脂	真	質
微	文	物

　　王力早年也沒有把收 −k 的入聲韻部獨立出來。脂微分部之後，隊部改名物部，至部改名質部，並採納章炳麟晚年併冬於侵的主張，仍然是二十三韻部。到五十年代以後，王力改變了態度，把之、幽、宵、侯、魚、支這些韻部裡邊收 −k 的入聲韻獨立出來，他在《漢語史稿》、《漢語語音史》等著作中分上古韻為二十九部或三十部。他認為，《詩經》時代冬侵不分，有二十九部；到戰國時代，冬部從侵部分化出來，成為三十部。這三十部是：

陰聲韻	入聲韻	陽聲韻
之部	職部	蒸部
支部	錫部	耕部
魚部	鐸部	陽部
侯部	屋部	東部
宵部	藥部	
幽部	覺部	冬部
微部	物部	文部
脂部	質部	真部
歌部	月部	元部
	緝部	侵部
	盍部	談部

　　經過歷代學者的努力而得到的這三十部系統，可以說已經把先秦時代韻部的分合關係基本上整理清楚了。瑞典學者高本漢等一些外國漢學家，在構擬古音音值的同時也對分部提出了不同於中國學者的意見。他們的分部往往是為了適應自己的構擬體系而設，這裡不再詳細介紹。

　　總起來看，先秦古韻分部的研究在清代基本完成，近代章炳麟、黃

侃和王力等人又作了一些補充。王力的上古三十部系統可以作為古韻分部的階段性總結。下面列出三十部的常用字表，以便看出各部收字的主要範圍（各部的例字依照《廣韻》韻部分類）。

　　（一）之部

之韻：基姬其欺疑起已喜記忌醫以里釐怡之芝持痴止治志齒詩史使時市
　　　始事士耳而茲子滋梓字淄緇慈詞思絲寺似巳嗣祀俟

咍韻：該海孩埃代待戴臺胎耐在災再采才材

尤韻：舊久丘裘牛郵有友又右否某謀婦負

灰韻：灰恢悔晦賄杯倍培每媒梅

脂韻：龜鄙丕

　　（二）職部

職韻：極棘亟億力翼嶷弋息稷陟職織植殖食式飾側測色稹閾域

德韻：德得特忒勒則賊黑塞北墨默克刻國或惑

志韻：意異試弒置

屋韻：郁昱福伏服輻牧

　　（三）蒸部

蒸韻：兢興應膺蠅冰憑蒸證徵乘稱承丞懲勝繩仍

登韻：登等鄧滕騰能曾增憎贈恆肯崩朋弘薨肱

東韻：弓穹熊雄馮夢

　　（四）幽部

尤韻：九鳩舅救求究休朽憂秋酋修秀袖周州洲肘宙抽酬疇丑綢愁受壽手
　　　矛浮缶阜

幽韻：糾赳虯幽幼黝彪謬

豪韻：皋翱考好島道陶討老牢遭早曹草騷掃嫂叟

肴韻：膠攪巧包苞胞飽匏茅卯

蕭韻：凋條調聊鳥蕭嘯

（五）覺部

沃韻：酷鵠嚳督篤毒

覺韻：覺學雹

屋韻：鞠畜旭澳竹祝築軸叔淑孰熟肉育毓宿肅縮陸六目穆睦

號韻：告誥奧竁

錫韻：迪戚寂

（六）冬部

冬韻：冬彤統農宗宋

東韻：宮躬窮中忠衷終仲眾沖蟲充融戎嵩風鳳豐

江韻：降絳

（七）宵部

宵韻：驕趫要焦樵悄消笑表苗廟昭朝超少韶

蕭韻：貂挑迢窕堯梟

豪韻：高縞敖豪刀到桃勞操繰毛牦

肴韻：交教狡效肴巢

（八）藥部

藥韻：藥約虐瘧躍灼酌芍勺弱爵雀削

覺韻：卓濯攫樂犖駮

鐸韻：鶴鑿

錫韻：激檄的翟糴溺礫

嘯韻：竅耀溺

效韻：較罩豹貌

（九）侯部

侯韻：溝苟狗構口寇侯後偶兜豆斗頭偷婁漏走

虞韻：具俱區驅隅愚遇取趨需須主注朱珠廚雛輸殊樞樹俞儒濡乳

（十）屋部

屋韻：谷穀轂哭斛屋獨讀鹿祿族簇速卜撲僕木沐

燭韻：局曲玉浴足促粟俗續綠燭觸束贖蜀屬辱

覺韻：角珏殼確岳琢啄捉濁剝

候韻：竇耨奏漱嗽

遇韻：赴數

　　（十一）東部

東韻：公工功攻空控孔紅洪鴻東動洞通痛同童聰總送蓬蒙

鍾韻：恭羣拱共恐凶雍擁從縱松頌訟誦封奉蜂逢

江韻：江講腔項巷邦蚌龐

　　（十二）魚部

魚韻：居舉巨拒據渠去袪虛墟許魚於語余餘預御雎苴狙沮胥序緒諸豬助
　　　渚初除鋤處褚書舒黍暑鼠署恕疏阻詛所

模韻：孤姑估古股賈顧故固枯苦庫乎呼胡湖狐虎互戶吾烏吳五午伍誤悟
　　　都堵睹杜圖徒涂途土吐兔奴努怒駑盧爐魯虜租組祖粗徂俎素布捕
　　　鋪蒲模謨

虞韻：懼瞿衢虞娛于迂雨宇芋夫膚敷扶甫斧撫父輔傅賦無巫誣武舞

麻韻：家假賈駕稼下夏鴉牙迓雅拿巴把馬瓜寡夸跨胯華嘩遮者車奢舍社
　　　耶也野冶且

　　（十三）鐸部

鐸韻：各涸諤鄂鐸托柝諾洛落作昨索薄博亳莫郭椁獲鑊霍藿

藥韻：攫矍縛腳卻著斫若掠

陌韻：格客赫額百白伯帛陌宅澤擇戟劇隙逆虢

昔韻：昔夕席赤尺石液腋亦奕譯

暮韻：惡蠹度路醋措乍祚訴慕暮

禡韻：吒乍詐姹夜射赦借謝

　　（十四）陽部

陽韻：姜疆羌強香鄉央陽楊揚羊養樣良量梁兩輛諒亮將漿獎匠牆搶相箱
　　　襄詳庠祥想象章張掌漲仗昌常長場暢商傷賞上尚裳方芳房訪放忘
　　　望匡筐狂王往況

唐韻：岡剛綱康抗昂當黨唐堂湯囊曩郎廊朗浪臧藏莽倉蒼滄桑喪旁芒茫
　　　莽光廣曠黃簧皇煌凰

庚韻：庚更羹梗綆坑彭盟猛孟京景競竟境慶兵丙柄秉病明觥橫兄永泳

（十五）支部

支韻：支枝肢知紙只枳智褫豉是氏兒紫觜此疵雌斯徙卑埤婢俾弭技歧企
　　　祇規窺

齊韻：雞啟蹊兮遞提題麗圭閨奎攜

佳韻：佳街解懈崖柴灑買賣蛙卦

（十六）錫部

錫韻：擊霓敵滴嫡狄惕歷績積錫析

麥韻：隔厄扼軛謫摘責賾簀冊脈擘畫

昔韻：益易適役

寘韻：易啻漬刺賜臂避譬

霽韻：系係帝諦締繫

（十七）耕部

清韻：輕嬰櫻纓精菁井靜淨清請省性姓名令領苓貞征整正政成城呈程聖
　　　盛傾頃瓊營穎

青韻：經馨刑形丁頂鼎定聽町汀停亭廷庭寧零靈青星腥屏冥迴炯扃

耕韻：耕耿鶯幸爭轟

庚韻：驚荊敬生平鳴

（十八）脂部

脂韻：耆祁伊比夷姨脂旨雉遲鴟師尸示視矢二咨資姊自次私四葵揆癸美
　　　眉

齊韻：稽笄詣低第弟梯體涕泥犁黎濟妻西細陛批迷米

皆韻：皆階偕楷齋

（十九）質部

質韻：吉一逸漆七疾悉必畢匹密栗侄質窒秩叱實失室日

屑韻：結節切竊屑跌迭涅穴血

黠韻：戛黠八

櫛韻：櫛瑟虱

至韻：棄器懿秘惉至致肆季悸穟

霽韻：計繼羿殪嚏替戾閉惠

（二十）真部

真韻：緊因寅引印胤鄰麟藺津進盡晉親秦新辛信迅訊賓儐繽頻牝民真珍
　　　鎮陳塵身申伸神慎人仁

臻韻：臻溱蓁榛莘

諄韻：均勻尹潤閏洵旬徇笋

先韻：堅牽賢咽顛電甸天塡田年憐千扁編遍篇偏眄玄眩炫淵

（二十一）微部

微韻：幾機饑畿祈豈沂希衣歸鬼揮輝威韋圍偉魏畏非飛妃菲肥匪微尾

脂韻：追椎唯遺水誰壘雖綏悲

灰韻：瑰傀魁回虺嵬推雷餒崔罪裴

皆韻：排俳乖懷壞槐淮

（二十二）物部

物韻：掘屈鬱弗佛拂物

術韻：拙茁出黜術律聿戌

沒韻：骨兀突訥卒猝忽勃沒歿

未韻：既暨氣毅貴胃謂渭尉慰費沸未味道

至韻：位類醉萃粹翠遂祟寐

隊韻：對隊退內碎潰匱昧妹悖

代韻：概溉慨愾愛

（二十三）文部

文韻：君群薰勛雲蘊運分芬紛焚墳粉奮忿文聞蚊問吻紊

諄韻：倫淪允諄準春唇淳純蠢順舜遵循巡峻俊駿陖殉

魂韻：袞昆坤困魂渾昏婚混溫敦盾頓鈍遁屯豚論尊村存寸孫損遜

欣韻：斤筋謹近靳芹勤欣殷隱

真韻：巾銀吝彬貧振震辰晨忍刃

痕韻：根很痕狠

山韻：艱眼限

（二十四）歌部

歌韻：歌柯軻可河何我俄峨多它那儺羅左

戈韻：波頗婆果過科課訛禾和臥貨

麻韻：加嘉駕差沙麻媧瓦化嗟蛇

支韻：羈奇曦義宜儀移離彼披皮疲靡縻被施爾詭跪虧危為偽吹垂睡隨

（二十五）月部

月韻：揭訐竭歇謁厥闕月越曰粵發伐閥罰襪

薛韻：哲折徹舌設熱列泄褻薛別鱉蹩滅輟啜說悅閱劣埒絕雪

曷韻：葛割渴曷褐遏達獺

末韻：適闊豁活斡掇奪脫捋撮撥末

黠韻：軋札察殺拔

鎋韻：鎋刮

屑韻：齧蘗梟截楔缺決抉

泰韻：蓋丐艾藹帶泰大奈賴蔡檜會繪外兌蛻最貝沛

夬韻：蠆快話敗邁

祭韻：藝曳祭際敝弊蔽幣厲例袂制滯世勢筮誓逝衛彗贅綴銳

廢韻：刈艾乂廢肺吠

霽韻：契薊棣隸

　　　（二十六）元部

元韻：搴建健獻憲軒偃言卷圈勸元原源援爰袁園冤遠願怨宛婉番藩蕃煩
　　　繁反販飯晚萬

仙韻：展戰禪善扇然延演煎剪遷錢仙鮮涎羨邊便變辯棉勉免面專轉篆穿
　　　傳船喘軟全泉荃宣旋選

先韻：肩見顯研宴蓮練前霰片涀犬畎縣

寒韻：干趕看寒漢旱安按單丹但旦彈壇坦嘆難餐殘粲散

桓韻：官觀冠管貫寬款歡桓緩換完丸端短段團暖鸞亂纂算般伴半盤叛滿

刪韻：諫顏雁班斑板版攀蠻慢關還宦患彎灣頑撰刪

山韻：間簡閑山產鏟

　　　（二十七）緝部

緝韻：給急級及吸翕揖邑緝集輯習襲執汁濕入十拾泣立笠粒

合韻：蛤合答沓雜颯納

　　　（二十八）侵部

侵韻：今金錦禁欽禽裒歆音陰飲浸侵寢心尋稟品斟箴枕朕琛郴沉忱深審
　　　甚壬任妊

覃韻：感堪勘戡函含暗耽貪探覃南男婪簪參簪慘

咸韻：緘減咸摻

添韻：簟忝念

凡韻：凡汎

　　　（二十九）葉部

葉韻：葉接妾捷聶獵涉

業韻：劫怯業

帖韻：莢協俠挾蝶諜堞燮

乏韻：法乏

盍韻：盍闔臘蹋

洽韻：夾插霅歃

狎韻：甲狎匣壓

　　（三十）談部

談韻：甘敢邯酣聃膽淡談郯藍覽濫暫慚

鹽韻：檢儉嵌險淹炎驗殲纖壄鹽閻櫓廉貶占沾瞻詹諂閃冉苒染

銜韻：監檻銜鑑芟

咸韻：斬讒陷

嚴韻：嚴儼劍欠

添韻：兼謙嫌歉點甜恬

凡韻：犯範范

第五節　上古聲母的研究

　　上古聲母的研究比韻部的研究要複雜。韻部可以從詩歌韻文中得到大量證據，聲母只能從諧聲、讀若、異文、假借等材料發現線索，這些材料既零散又頭緒紛繁，難於董理。清代研究古韻分部用力甚勤的學者，不太下工夫研究聲母；對上古聲母研究作出貢獻的只有錢大昕等少數幾個人。本節主要介紹一下錢大昕、鄒漢勛、章炳麟、黃侃等有關聲母的論述。二十世紀二三十年代以後研究上古聲母的學者很多，其中多數人都是和聲母音值的構擬結合在一起進行的，本節只談曾運乾、王力有關聲母類別的見解。

一、錢大昕的「古無輕唇」和「古無舌上」說

　　錢大昕（西元 1727-1804 年），字曉徵，號辛楣，又號竹汀，嘉定（今

屬上海市）人。他的《十駕齋養新錄》卷五和《潛研堂文集》卷十五有
討論古音的内容。他對古韻沒有什麼獨到的見解，其創見在於聲母方面。
他提出的「古無輕唇音」和「古無舌上音」一直被認為是上古聲母研究
中最重要的發現。

　　輕唇音指三十六字母的「非、敷、奉、微」。錢大昕根據異文古讀、
類隔反切、方音等，證實在六朝以前輕唇音讀重唇音。例如：

> 凡輕唇之音，古讀皆為重唇。《詩》「凡民有喪，匍匐救之」。《檀
> 弓》引《詩》作「扶服」，《家語》引作「扶伏」。又「誕實匍匐」，
> 《釋文》本亦作「扶服」。《左傳》昭十三年「奉壺飲冰以蒲伏焉」，
> 《釋文》「本文作匍匐，蒲，本亦作扶」。……
> 古讀「弗」如「不」。《廣韻》「不」與「弗」同「分勿切」。《說文》：
> 「吳謂之不律，燕謂之弗，秦謂之筆。」筆弗聲相近也。
> 《廣雅》：「方，表也。」「邊，方也」；《說文》：「方，並船也。」
> 古人讀「方」重唇，與「邊」、「表」、「並」聲相近。
> 《字林》：「穮，方遙反」；「襫，方沃反」；「邶，方代反」。呂忱魏
> 人，其時初行反語，即反語可得「方」之正音。六朝以後，轉重
> 唇為輕唇，後世不知有正音，乃強為類隔之說，謬矣！
> 古讀「封」如「邦」。《論語》：「且在邦域之中矣」，《釋文》「邦或
> 作封」。「而謀動干戈於邦內」，《釋文》「鄭本作封內」。
> 釋氏書多用「南無」字，讀如「曩謨」。梵書入中國，翻譯多在東
> 晉時，音猶近古，沙門守其舊音不改，所謂禮失而求諸野也。「無」
> 又轉如「毛」。《後漢書・馮衍傳》：「饑者毛食。」注云：「按衍集，
> 毛字作無。」《漢書・功臣侯表序》：「靡有孑遺，耗矣。」注：「孟
> 康曰耗音毛。師古曰：今俗語猶謂無為耗。」大昕按：今江西、
> 湖南方音讀「無」如「冒」，即毛之去聲。

舌上音指三十六字母的知、徹、澄。錢氏從大量的例證中考出它們的古讀與端、透、定相同。例如：

> 古無舌頭舌上之分。知徹澄三母，以今音讀之，與照穿牀無別也。求之古音，則與端透定無異。《說文》「沖讀若動」，《書》「惟余沖人」，《釋文》直忠反。沖子猶童子也。字母家不識古音，讀「沖」為「蟲」，不知古讀「蟲」亦如「同」也。《詩》「蘊隆蟲蟲」，《釋文》「直忠反」，徐「徒冬反」。《爾雅》作「爞爞」，郭「都冬反」。韓詩作「烔」，音「徒冬反」。是「蟲」與「同」音不異。《春秋》成五年，「盟於蟲牢」。杜注：「陳留封丘縣北有桐牢」，是蟲桐同音之證。
>
> 古音直如特。《詩》「實維我特」，《釋文》：「韓詩作直，云相當值也。」《孟子》：「直不百步耳」，直，但也。「但」、「直」聲相近。

錢氏引用的材料很多，其中有異文的證據，有聲訓的證據，有類隔反切的證據，有佛徒用語保存的古讀，有方言的證據。例證豐富，理由充足，結論確鑿。

錢大昕在討論古無舌上音的時候，還講到正齒音也和舌頭音有密切關係。後來黃侃把章組也併入舌頭音，高本漢和王力等人則認為章組仍舊是獨立的一組聲母。

二、鄒漢勛的二十紐

鄒漢勛（西元 1805–1854 年），字叔績，一字叔子，湖南新化人。著有《五韻論》。他根據雙聲關係分析古聲母，歸納為二十紐。這二十紐對三十六字母有合併，有離析，但沒有立字母。我們以數碼作為聲紐標誌，把各紐包含的三十六字母內的類別列成下表：

第一紐：匣喻　　　　　　　第十一紐：泥娘日

第二紐：見　　　　　　　　第十二紐：精菑（莊）

第三紐：溪群　　　　　　　第十三紐：清初

第四紐：影　　　　　　　　第十四紐：心山

第五紐：曉（曉之半）審　　第十五紐：並奉

第六紐：定澄神禪　　　　　第十六紐：滂敷

第七紐：透徹穿　　　　　　第十七紐：明微

第八紐：來　　　　　　　　第十八紐：幫非

第九紐：端知照　　　　　　第十九紐：邪許（曉之半）

第十紐：從牀　　　　　　　第二十紐：疑

　　鄒漢勛對上古音的時代概念過於籠統，以這個二十紐系統把六朝以前的聲母都包括在內。然而他的一些發現卻很重要，主要有：把正齒音照、穿、牀、審各一分為二，成為「照、穿、神、審」和「菑、初、牀、所」二組。這是《切韻》時代的語音現象，鄒氏在陳澧之前就已經達到這樣的認識；更重要的是他把菑組合併於精清從心，把照組合併於端透定，就超越六朝、直達上古了。這是他的最大貢獻。

　　鄒氏把喻母合併於匣母，可以說得失參半。喻母應該分成兩個，喻母三等歸匣是正確的，喻母四等不應該歸匣母。此外，把曉母分為曉、許二類，「曉」和審母合併，「許」和邪母合併；神、禪同時合併於定澄；泥、娘、日三母合一；這三類聲母的處理雖然過於簡單，但都有相當的根據，是很有見地的。

三、章炳麟、黃侃、曾運乾的古聲母研究

　　章炳麟分上古聲母為二十一類。除了併輕唇音於重唇音、併舌上音於舌頭音，他還主張把喻母合併於影母，把精清從心邪合併於照穿牀審禪，這都是不正確的。鄒漢勛併喻於匣，而且把照組分為照、菑兩組，

分別跟精組和端組合併，都比章氏高明。但是章氏把泥、娘、日合一，和鄒漢勛一致；他似乎並未見到鄒說，是自己得出這個結論的。

　　黃侃定上古聲母為十九個。從數目看僅比他的老師章炳麟的聲母少兩個，其實出入比較大。黃的特點是：正齒音分為兩組，莊組併入精組，章組併入端組；邪、山二母合併於心；群併入溪。但是章氏併喻於影的錯誤，黃氏也繼承下來了。黃氏曾見到鄒漢勛的著作，他的體系有鄒氏的影響。

　　曾運乾，字星笠，湖南益陽人。他的著名文章〈喻母古讀考〉，提出了「喻三歸匣」、「喻四歸定」的結論。喻三即喻母的三等部分，在《切韻》為「于」類，曾氏指出它在上古應屬於喉音匣母；喻四即喻母的四等部分，在《切韻》為「以」類，曾氏指出它在上古應屬於舌音定母。「喻三歸匣」已經得到普遍承認，基本成為定論。喻四是否歸定，問題比較複雜一些，至今仍有不同的看法。

四、王力的三十三母

　　王力原先定上古聲母為三十二個，晚年在《漢語語音史》中又增加一個「俟」而成為三十三母。他對複雜的諧聲關係持審慎態度，不接受「照二歸精」和「照三歸端」的觀點。他認為：「在完全相同的條件下，不可能有不同的發展，也就是不可能有分化。」莊組聲母（照二）有三等字，精組聲母也有三等字，如果是同樣的聲母，語音條件就會完全相同，後來的分化就沒有音理的根據了；章組和端組也是這樣，章組是三等字，原屬於端組的知組也有三等字，如果原來是同樣的聲母，不會產生後來的分化。他的系統裡喻母（喻四）是獨立的，不併入定母；日母獨立，不併入泥母。除了知組合併於端組，他的上古聲母系統和中古聲母系統從類別說沒有其他不同，差別在於構擬的音值。下面錄出他的三十三聲母，並附部分例字（俟母字在中古就很少，上古例字是從中古推

上去的)。

第一類牙喉音

見母：	干戈	疆界	恭敬
溪母：	寬闊	崎嶇	肯綮
群母：	強勁	琴棋	橋渠
疑母：	鵝雁	言語	涯岸
曉母：	歡欣	呼喚	喜好
匣母：	雲雨	園囿	玄黃
影母：	委婉	隱約	安穩

第二類舌頭音

端母：	登陟	雕琢	顛倒
透母：	透徹	暢通	挑剔
定母：	獨特	堂宅	大治
余母：	游移	踴躍	猶豫
泥母：	男女	惱怒	拿捏
來母：	流利	琳琅	倫理

第三類舌上音（中古的正齒音三等）

章母：	斟酌	執掌	真正
昌母：	充斥	出處	稱唱
船母：	神示	乘船	甚順
書母：	舒適	賞識	身手
禪母：	上市	熟善	時常
日母：	柔軟	日熱	擾攘

第四類齒頭音

| 精母： | 踪迹 | 酒漿 | 祖宗 |
| 清母： | 倉猝 | 催促 | 親切 |

從母：	存在	寂靜	淨盡
心母：	迅速	思想	消息
邪母：	習俗	嗣續	庠序

第五類正齒音（中古的正齒音二等）

莊母：	爭盞	斬爪	齋債
初母：	參差	測策	楚窗
崇母：	事狀	鋤柴	巢棧
生母：	生產	數所	師使
俟母：	俟漦		

第六類唇音

幫母：	襃貶	邊幅	斑駁
滂母：	芬芳	繽紛	偏頗
並母：	旁薄	蓬勃	匍匐
明母：	蒙昧	密勿	泯滅

　　以上介紹的幾位學者對上古聲母的研究，都是就文獻資料發現古聲母的內部關係，根據這些關係把中古的某些聲母進行合併（也有少數「離析」），以傳統所用的中古字母去代表上古的聲母。在下一章「古音構擬」中，我們還會看到近代的一些古音學家在研究上古聲母的時候，除了重視文獻資料，也參考親屬語言的比較研究成果；他們不但合併某些中古聲母，也把某些中古聲母分解為不同的幾個上古聲母；他們所定的上古聲母不用中古的字母作代表，而是直接用音標表示。他們對聲母類別的研究和對聲母音值的構擬是密不可分的，留到下一章一併介紹。

第六節　上古聲調系統的研究

　　歷代學者關於上古聲調的意見一向見仁見智，莫衷一是。近年來以

主張「古有四聲」的較多。

吳棫沒有發表關於聲調的見解，他的《韻補》，是依照平上去入四聲分卷的。但各部裡收例字時則是四聲混雜，平聲裡有上聲、去聲字，上聲、去聲裡有平聲字，去聲裡有入聲字，入聲裡有去聲字，都隨著所押的韻而分收到各部裡去。

陳第的《讀詩拙言》否定上古音有四聲。說：「四聲之辨，古人未有。……舊說必以平叶平、仄叶仄也，無亦以今泥古乎？」「四聲之說，起於後世。古人之詩，取其可歌可咏，豈屑屑毫釐若經生為耶？」

顧炎武和江永一方面肯定古有四聲，另一方面又認為古人在歌唱時不拘四聲之限。顧氏《古人四聲一貫》說：「四聲之論，起於江左，然古人之詩已自有遲疾輕重之分。故平多韻平，仄多韻仄。亦有不盡然者，而上或轉為平，去或轉為平上，入或轉為平上去，則在歌者之抑揚高下而已。故四聲可以並用。」江永《古韻標準・例言》：「四聲雖起江左，案之實有其聲，不容增減。此後人補前人未備之一端。平自韻平，去聲入自韻上去入者，恆也；亦有一章兩聲或三四聲者，隨其聲諷誦咏歌，亦有諧適，不必皆出一聲。」

段玉裁首次從系統上否定了四聲模式而提出另一種聲調體系。他主張古無去聲，只有平上入三聲。《六書音韻表・古四聲說》：「古四聲不同今韻，猶古本音不同今韻也。考周秦漢初之文，有平上入而無去；洎乎魏晉，上入聲多轉而為去，平聲多轉為仄聲，於是四聲大備，而與古不侔。」

江有誥早年持古無四聲的觀點，後來又反覆研究，終於承認上古也有四聲。他在給王念孫的信中說：「古人實有四聲，特古人所讀之四聲與後人不同。」這是很有見地的。他發現很多字在上古的調類跟後代是不同的，於是著《唐韻四聲正》，廣泛搜集上古調類與中古不一致的字並進行辨析。不過，江有誥對字調的標準掌握太寬，凡一字與數調相押，就

認為一字有數調，幾近於字無定調。這是他的短處。

孔廣森認為古無入聲。《詩聲類》卷八：「案周京之初，陳風制雅，吳越方言未入中國，其音皆江北人唇吻，略與《中原音韻》相似，故《詩》有三聲而無入聲。今之入聲於古皆去聲也。」「夫六朝審音者於古去聲之中別出入聲，亦猶元北曲韻於平聲之中又分陰平陽平耳」。然而他又說古去聲分長短兩類，等於承認入聲與去聲有區別。

黃侃提出古音只有平、入二聲：「古無去聲，段君所說。今更知古無上聲，唯有平入而已。」這等於否認了上古有真正的聲調。因為入聲韻和平聲韻的對立本不是音高的對立，而是韻尾的對立，如果除了入聲之外只有一個聲調，聲調之說就失去意義。

王國維曾經提出「五聲說」。他以為古音的陰聲韻有平上去入四個調類，而陽聲韻只有一個調類，共為五聲，這跟《詩經》押韻的實際情況明顯不符。《詩經》裡邊的陽聲韻單獨押上聲韻、去聲韻者不乏其例，並非只有平聲。

近代學者如高本漢、李方桂、董同龢都認為上古的聲調系統跟中古相同，分為平上去入四聲。陸志韋主張上古去聲應分為長短兩類，共有「五聲」，但和王國維的「五聲說」的內容完全不同。王力認為上古的聲調分兩大類、四小類，兩大類分別是舒聲和促聲；舒聲包括平聲和上聲，促聲包括去聲和入聲。平與上的區別、去與入的區別都在於高低長短：舒聲韻的高長調就是平聲，舒聲韻的低短調就是上聲；促聲韻的高長調是長入，後代變為去聲，促聲韻的低短調是短入，後代變為入聲。

由於反映上古聲調系統的文獻資料不夠充分，研究方法也始終沒有重要的突破，對上古聲調系統的研究至今仍處在眾說紛紜的階段，沒有形成比較一致的見解。最近一些年，國內外有些學者重新提出古無聲調的論調，實際上是把上古漢語和原始漢語（或可包括遠古漢語）混為一談。原始漢語確實有可能是無聲調語言，這可以從漢藏語系各語言的比

較中找到依據。《詩經》時代的漢語則不同，用中古的四個調類去考察《詩經》的用韻，有半數以上是平上去入同調類的字相押，四聲混押的遠不到一半，僅這一點就足以證明《詩經》時代的漢語是有聲調的。

第八章　上古音的構擬

第一節　構擬上古音的方法

　　二十世紀以前的古音學家也曾經推測上古漢語的實際讀音。如陳第《毛詩古音考》：「服，音逼」、「友，音以」、「母，音米」。顧炎武《唐韻正》：「江，古音工」、「為，古音訛」、「披，古音坡」。他們都是就單個字來注音。段玉裁《六書音韻表》提出了「古本音」和「變韻」、「音轉」的分別，認為上古同一韻部的字到了中古分化在幾個韻裡，其中某一韻仍保持著原先的讀音，這一韻叫古本韻；其他幾韻的讀音不是本來的音而是後來變出來的，即變韻、音轉。後來章炳麟《國故論衡》有「二十三部韻準」也逐韻推測古讀。但是他們的方法和效果都不理想。因為漢字的表音功能不固定，並不能把他們心目中的讀音準確地傳達給讀者；更為重要的是他們沒有講出推測古音的客觀根據，所謂「古讀」的主觀色彩太濃厚。

　　真正的上古音擬測是二十世紀二十年代才開始的。從那時到今天，古音構擬走過了七十餘年歷程，有為數甚多的中外學者參與了上古音構擬工作，其中有的學者對上古音進行了全面的構擬，出現了種種古音構擬體系；有的學者對某些音類進行局部性構擬。其間取得共識之處固然不少，而分歧之處也在在皆是，至今某些重大問題仍然眾說紛紜。

　　構擬上古音比構擬中古音困難得多。上古音的材料主要是《詩經》

韻部和諧聲字,遠不如中古音的材料豐富,因此構擬的方法更顯得重要。各種構擬方法中,內部擬測法的作用最為突出。這一方法是通過分析《切韻》音系的內部結構而得到上古音的線索,把已經擬測出的中古音系作為構擬上古音值的基礎,主要效用在於可以按照一般性的音變規律為某些音類推出上古音值,這些音類可能從上古到中古是一致的,但音值並不一定相同,如中古讀舌面前塞擦音的章 [tɕ]、昌 [tɕʻ]、船 [dʑ] 在上古是塞音 [ȶ]、[ȶʻ]、[ȡ];還可以從中古音系結構裡不平衡、不整齊的地方發現可能存在於上古而後來失落了的音,即所謂填補「空格」,如高本漢構擬的中古音中,只有送氣的全濁音而沒有不送氣的全濁音,在系統上出現空格,他構擬上古音的時候就構擬出一套不送氣全濁音,填補了這個空格。

　　在上古音構擬中,漢藏語系親屬語言的歷史比較能起非常重要的作用。漢藏語系的共時研究和歷史研究正在蓬勃興起。親屬語言之間同源詞的比較、音節結構形式和語法形態的比較,日益成為上古音構擬的重要手段。在四十年代,董同龢就曾經根據當時調查到的苗語中有成套的清鼻輔音,而為上古漢語構擬了一個清鼻音 [m̥],以解釋明母與曉母互諧的現象(參見下文)。近年來對漢藏語系各語族的研究更加深入了,重視親屬語言的比較也成為當前上古音研究的發展新趨向。

　　漢語方言對構擬上古音的重要作用也不容忽視。複雜的方言現象蘊藏著不少上古音的信息 ,上一章曾提到福州話舌上音與舌頭音同讀 [t] 音,就是一例;再如北方話的分音詞(「孔」為「窟窿」、「角」為「圪落」,又為「旮旯兒」、「撥」為「扒拉」之類),也被看作是上古複輔音的痕跡。

　　譯音對勘也有時用在上古音構擬中。南北朝以前,漢語和周邊語言在長期交流中曾經互相借入過不少詞語;佛教的傳入也帶來了不少梵文和西域音譯詞。雖然經歷了長久變遷,這些詞語的現代讀音有時仍然保留了古音的某些特徵,對構擬上古音有重要的參考作用。例如朝鮮語「風」

字的讀音「param」，是早期借自漢語的詞，它反映上古漢語可能有 pl 型複輔音聲母、冬部收 –m 韻尾；漢代把 Alexandra（亞歷山大）音譯為「烏弋山離」，用「烏」字對譯 a，是上古音魚部韻母讀 a 的證據；用以母字「弋」對譯第二音節 lek，是有的學者把以母構擬為 l 或 r 的證據。

　　由於目前對上古音構擬的分歧意見甚多，本章的介紹就不以一家之言為主，而是陳述影響較大的各種構擬成果。

第二節　上古聲母的構擬

　　上古聲母的構擬實際上也包含著聲母類別的劃分問題。現代音韻學家對上古聲母音值的擬測和音類的劃分總是結合在一起的，很多人在擬測音值的同時還分出了不同於以前各家的聲母類別，這些聲母類別是直接用音標而不是用漢字來代表的。不用漢字作聲母名稱主要是因為某些中古聲母分別有幾個上古來源，而且還有複輔音聲母，很難再用「字母」標識。

　　構擬上古聲母，除了憑藉中古聲母的擬音以外，最重要的根據是諧聲字；漢藏語系的親屬語言則可以在聲母類型上提供參照。

一、諧聲通轉條例

　　所謂諧聲通轉條例，指的是中古的聲母有哪些可以在一起相互諧聲。曾經有不少學者從看上去紛紜複雜的諧聲現象中總結出若干條例，作為研究上古聲母的主要途徑。下面概括各家的研究成果，以《切韻》聲母為基礎，列舉主要的諧聲通轉條例如下：

　　1.塞音、塞擦音分以下幾組，本組之內諧聲為常規，各組之間互諧的很少。

　　⑴脣塞音幫滂並（含非敷奉）互諧；

⑵舌音端透定、知徹澄、章昌船互諧；

⑶齒音精清從、莊初崇互諧；

⑷牙音見溪群、影曉匣于互諧；

⑸章組有和見組互諧的。

2.鼻音和同部位的塞音有互諧，但不密切；主要的諧聲趨勢是：

⑴明母（含微母）自諧為主；

⑵疑母自諧為主；

⑶泥、娘、日互諧的多；

3.擦音諧聲範圍較廣，除了和同部位的塞音、塞擦音諧聲，還各有自己的特點。

⑴心、生除了和精、莊組互諧，還和端、知、章、見、影等組互諧；

⑵邪母和心母、審母互諧，最多的是諧喻母；也和端、知、章互諧，而不和精組互諧；

⑶審母、禪母較多和端、知、章互諧，其中禪、照互諧最多，審、喻互諧最多，審又和心、邪互諧。

4.來母和各組塞音以及擦音、鼻音都有互諧。

5.喻母（即「喻四」以母）和定母互諧最多，又和端知章、見、心邪、審禪、來、日都有互諧。

二、上古和中古音類一致的聲母

目前雖然對上古聲母究竟應該分多少音類還沒有取得完全一致的意見，但基本上可以分為兩類：一類是音類和中古時期一致的，另一類是音類和中古時期不一致的。

有一部分上古和中古音類一致的聲母，各家構擬的音值基本上是相同的，這些音直到現代也沒有很大變化。如：

幫 p	滂 p'	並 b	明 m	
端 t	透 t'	定 d	泥 n	來 l
精 ts	清 ts'	從 dz	心 s	
見 k	溪 k'	群 g	疑 ŋ	曉 x

以上這些聲母的構擬音值是大家都認同的。有的學者認為莊組聲母不應該合併於精組（見上一章），他們也是以中古音直接上推莊組的上古音值：或是擬作舌葉音 [tʃ]、[tʃ']、[dʒ]、[ʃ]，或是擬作卷舌音 [tʂ]、[tʂ']、[dʐ]、[ʂ]，這樣，莊組的音類也是從上古到中古都一致的。

另外有些聲母的音類在上古和中古一致，但是構擬出的音值不同。

章、昌、船在諧聲系列裡和端組、知組互諧，但一般認為章組在上古不和端組同音，只是讀音相近。有不少學者推斷它們的上古讀音是舌面塞音 [ȶ]、[ȶ']、[ȡ]，也有人把這組聲母擬作 [tj]、[tj]、[dj]。

日母在上古和泥母、娘母關係密切，但它和娘母都屬於三等，如果認為娘、日在上古都和泥母同音，就無法解釋為什麼後來向不同的方向分化。一般認為日母的上古讀音和泥母相近而不相同，仍是獨立的一個聲母，把它擬作鼻音 [ȵ]。

三、上古和中古音類不一致的聲母

這一類又分兩種情況，一種是在中古自成音類，但跟別的聲母合併，即在上古跟其他某種聲母音類相同；另一種是中古的一個音類而在上古需要「離析」，即在上古分別屬於兩個以上聲母類別。

前一種情況較為簡單。如「知、徹、澄、娘」在中古自成一類，但在上古和「端、透、定、泥」相同，讀音是 [t]、[t']、[d]、[n]。又如中古「邪母」屬齒頭音，和「精」等同類，但在上古邪母和喻母關係密切，有的學者把邪母構擬成 [rj]，和喻母音值 [r] 相同而加上了一個介音 j。

後一種情況較為複雜，音韻學家的構擬意見也有較大出入，下面舉

幾位音韻學家的構擬實例。

　　1.中古章組字除了和端、知組諧聲，還有一部分和舌根音諧聲的字。前一類的諧聲較多，如：

　　　　重（澄）動（定）鍾（章）

　　　　冬（端）終（章）

　　　　丹（端）旃（章）

　　　　刀（端）召（澄）紹（禪）

　　　　屯（定）春（昌）純（禪）

　　　　商（端）敵（定）謫（知）適（書）

後一類的諧聲如：

　　　　赤（昌）赦（書）赫（曉）郝（曉）

　　　　支（章）芰（群）枝（章）

　　　　示（船）視（禪）祁（群）

　　　　旨（章）稽（見）詣（疑）耆（群）

　　　　區（溪）樞（昌）

　　　　咸（匣）感（見）箴（章）

董同龢據此給章組構擬了兩類上古來源：一類是和舌音「端、透、定」接近的 [ȶ]、[ȶʻ]、[ȡ]、[ɕ]、[ʑ]，另一類是和牙喉音「見、溪、群」接近的 [c]、[cʻ]、[ɟ]、[ç]、[j]。

　　2.中古的牙音、喉音聲母在諧聲字裡開口和合口有分別，開口字跟開口字諧聲，合口字跟合口字諧聲，雖然也有例外，但大體趨勢是分明的。另從《切韻》音系的結構關係看，許多合口韻母只有牙喉音和唇音字，而唇音不分開合，實際上只在牙喉音有開合的對立。李方桂等人根據這種現象，認為這種合口韻母是由圓唇的牙喉音聲母造成的，是後來出現的，因此把上古牙喉音聲母擬作兩組：一組是不圓唇的 [k]、[kʻ]、[g]、[x]、[ɣ]、[ŋ]、[ʔ]，另一組是圓唇的 [kw]、[kʻw]、[gw]、[xw]、[ɣw]、 [ŋw]、[ʔw]。

3.中古明母字在諧聲裡跟曉母關係密切，例如：

每（明）：悔海晦誨（曉）

瞢（明）：薨（曉）

無（明）：膴憮㒇（曉）

尾（明）：炜（曉）

微（明）：徽（曉）

勿（明）：忽（曉）

亡（明）：肓巟㡛（曉）

民（明）：昏（曉）

黑（曉）：墨默嚜纆（明）

昏（曉）：啟緍揩睧（明）

威（曉）：滅（明）

上文已經提到，董同龢給這些字構擬了一個雙唇清鼻音 m̥，和普通的濁鼻音 m 共同構成了中古明母的上古來源。李方桂還進一步由此類推出了舌尖清鼻音 n̥ 和舌根清鼻音 ŋ̊。高本漢給這些字構擬了複輔音聲母 xm。

4.以母的諧聲關係很複雜，高本漢構擬了兩個上古聲母作為以母的來源。他的構擬結論是有問題的，不過他對喻母的構擬具體地表現了他的「填空格」的方法，所以值得介紹一下。

高本漢在構擬時沒有區分「于」和「以」，而是把「喻母」字放在一起分析；他為中古的喻母字構擬了三個上古聲母，實際上有兩個是以「以」母字為主、也雜有「于」母字；另一個則是以「于」母字為主、也包含「以」母字。高本漢把它們的諧聲字分為三類。

第一類是喻母和舌尖音諧聲，如：

余（以）：除（澄）涂途荼（定）

易（以）：暢（徹）場腸（澄）湯（透）

　　　　葉（以）：諜堞蝶牒蹀（定）

　　　　賣（以）：覿讀瀆犢（定）

　　　　甬（以）：通痛桶（透）、誦（邪）

　　　　炎（于）：淡啖郯談（定）

　　第二類是喻母和舌根音諧聲，如：

　　　　王（于）：匡（溪）狂（群）

　　　　爰（于）：諼（曉）緩（匣）

　　　　或域（于）：國馘（見）惑（匣）

　　　　為（于）：媯（見）偽（疑）

　　　　喬（以）：橘繘譎（見）僑獝（群）

　　第三類是高氏認為不能包括在上面兩類裡面的另一種，即喻母和舌尖擦音邪母諧聲，如從「羊」得聲的字有「詳庠祥」。

　　高本漢根據以上諧聲的特點推測：第一類的喻母字在上古都有某種舌尖音聲母，第二類的喻母字在上古都有某種舌根音聲母，這些聲母後來失落了。如何構擬這些失落的聲母的具體音值呢？高氏這裡運用了「填空格」的方法。在他構擬的中古音系中，舌根塞音行列有 k、k‘、g‘，舌尖塞音行列有 t、t‘、d‘。其中清聲母有送氣、不送氣兩套，而濁聲母只有送氣的，沒有不送氣的。高氏認為每個行列裡的空格，即所缺少的不送氣濁聲母，就是「失去的環節」，於是他把第一類裡的喻母字的上古聲母構擬為 d，第二類裡的喻母字的上古聲母構擬為 g。至於第三類裡的喻母字，高本漢認為它們的上古聲母不可能也是 d，因為舌尖塞音是不跟塞擦音或擦音互諧的；所以把這一類的聲母擬作 z。

　　高本漢的方法給人一些啟示，但他的結論並不可信。以母的諧聲關係十分複雜，並不能按他的分類劃出界限；同一個聲符的諧聲系列字，往往既有舌根音，又有舌尖音，所諧舌尖音也是既有塞音又有擦音。如：

　　　　從「余」聲的不僅有舌尖塞音字，又有「徐敘斜」等邪母字；

　　從「羊」聲的不僅有邪母字，又有「姜羌」等舌根音字；

　　從「攸」聲的有「條」（定），又有「修」（心）；

　　從「以」聲的有「似」（邪），又有「台」（透）；

　　「欲」從「谷」聲，同諧聲的有「俗（邪母）」；

　　「遺」從「貴」聲（見母）；

高本漢舉的第一類例字當中也有「續敍（邪）贖（船）褐鞨繍（審）」等，和他的推論相矛盾，但他還是把諧聲關係處理得過於簡單了，因此後來的構擬者都不採取他的結論。有人只給以母構擬一個上古來源，或擬作 d，或擬作 r，或擬作 ʎ；有人認為有幾個來源，其中包含複輔音如 brj、grj 等。

四、上古複輔音聲母問題

　　早在本世紀初，就有學者提出上古漢語可能存在複輔音聲母，但到目前為止，音韻學界對這個問題仍然未能形成統一的看法。應該說，上古存在複輔音的證據是比較充足的。在這方面，諧聲字提供了最重要的材料，古籍裡的異文假借也有不少材料可作證明。在漢藏語系中，除了漢語，另外的三大語族（藏緬語族、苗瑤語族、壯侗語族）都有相當豐富的複輔音聲母，而且目前正在逐步簡化和脫落，這是漢語曾經存在過複輔音的有力旁證。此外上文提及，有的學者認為現代漢語北方方言中的「分音詞」也是上古複輔音遺留的痕跡。

　　目前音韻學界構擬出的上古複輔音種類很多，可靠性較強的有以下幾種類型：

　　㈠ C+l

　　C 代表塞音、擦音、鼻音等輔音，它們跟 l 結合，成為 kl、pl、tl、gl、bl、dl、ml 等複輔音。這種類型是目前較為普遍認可的上古複輔音聲母。這方面的例證很多，例如在諧聲字中，中古來母可以跟其他很多聲

母互諧，

跟牙音諧聲例：監──藍，各──路，林──禁；

跟舌音諧聲例：體──禮，獺──賴，林──郴；

跟唇音諧聲例：龍──龐，臨──品，稟──廩；

睦──陸，卯──聊，蠻──變。

由以上諧聲字可以構擬 kl、tl、bl、ml 等。

古書裡的分音詞如「不律謂之筆」、「茨曰蒺藜」、「團曰突欒」、「不來曰霾」等顯然跟這種複輔音有關。此外古書的同字異讀也可用複輔音來解釋，如《左傳・昭公十一年》：「楚子城不羹。」《經典釋文》注：「羹，舊音郎。」

現代北方話裡的分音詞，通常是前一音節有塞音或鼻音聲母，韻母是單元音，後一音節有 l 聲母；在山西話裡，前一音節都是收喉塞音的入聲字，如太原話：蹦 [pəʔləŋ]（有人寫作「薄愣」）、吊 [təʔliɔu]（有人寫作「德料」）、滾 [kuəʔluŋ]（有人寫作「骨攏」）。有的音韻學家認為這是古代複輔音音節分裂的結果，前一音節讀短促的入聲，說明它本來是沒有元音的。

漢藏語系存在大量的 C+l 型複輔音，如藏語「klung」（江）、苗語「pla」（五）、獨龍語「gla」（掉），也可以作為漢語上古音有這類複輔音的旁證。

㈡ C+r

C 也代表塞音、塞擦音、擦音、鼻音等輔音。構擬這類複輔音聲母，是從聲母變化的條件性出發的。中古的舌上音「知、徹、澄、娘」和舌頭音「端、透、定、泥」同源，都來自上古的 [t]、[tʻ]、[d]、[n]；中古的齒頭音二等「莊、初、崇、生」上古跟齒頭音「精、清、從、心」關係近，可能都來自 [ts]、[tsʻ]、[dz]、[s]。知組、莊組都有二等字和三等字，有的音韻學家把知組的中古音構擬成卷舌的塞音和鼻音 [t]、[tʻ]、[d]、 [ŋ]，把莊組的中古音構擬成卷舌的塞擦音 [tʂ]、[tʂʻ]、[dʐ]、[ʂ]；他們在中古音構擬的基礎上，把上古的知組音值構擬為 [tr]、[thr]、[dr]，把上古的莊組音值構擬為 [tsr]、[tshr]、[dzr]、[sr]。這樣，輔音 r 就是同一套聲母向著不同方向分化的條件。這種 C+r 型複輔音類型在漢藏語系的親屬語言裡是相當常見的，如壯語「prak」（菜）、藏語「grang-ba」（冷）。

㈢ S+C

S 代表 s、z、x 等擦音，C 代表塞音、鼻音等輔音。在諧聲中常常有心母、邪母、審母、曉母等擦音聲母跟塞音、鼻音互諧的情形，如：

心母諧透母：賜——裼；雖——推；

心母諧定母：隋——墮；修——條；

心母諧見母：訟——公；歲——劌；

邪母諧見母：訟——公；俗——谷；

邪母諧定母：遂——隊；循——遁；

邪母諧船母：循——盾；謝——射；

審母諧定母：庶——度；釋——鐸；

審母諧照母：室——至；商——章；

有的音韻學家據此構擬了複輔音聲母 st、sk、sm、sl、zt、zk、zm 等。這種類型的複輔音在親屬語言中也很常見，如藏語「ski」（頸）、羌語「stə」（七）。

曉母和明母、疑母互諧，也可以構擬出與上面同類的複輔音。曉、明互諧的例字見前，曉、疑互諧的例字如：

許——午　化——訛　義——儀　謔——虐

為這類諧聲構擬的複輔音是 xm、xŋ。

㈣ N+C

N 代表 m、n、ŋ 等鼻音，C 代表其他輔音。中古鼻音聲母明母、泥母、疑母和同部位的塞音互諧，如：

　　明母諧幫、滂：脈－派；陌－百；

　　泥母諧透母：能－態；難－嘆；

　　疑母諧見母：堯－澆；嚴－敢；

有的音韻學家據此構擬了 mp、mb、nt、nd、ŋk、ŋg 等。在親屬語言裡這種「鼻冠音」加輔音構成的聲母也很常見，如彝語「mbo」（滾）、苗語「nto」（布）。有的漢語方言也有這類聲母。

　　漢語的上古階段前後一千多年，那時也包含方言的差異，不同時間、不同地點的聲母肯定會有所不同。目前音韻學家所構擬的上古聲母系統實際上具有泛時空的性質，包容了可能存在於不同時間、不同地域的聲母，甚至可能包含遠古時代的內容。下面本著「兼容並包」的精神，參考各家的主要構擬成果，加以折中取捨，列出一個上古聲母表。括號內注上中古字母，為的是顯示從上古到中古的流變關係。各家對複輔音聲母問題的意見分歧較大，C+r 型因涉及聲母變化條件，需要列入，其餘均不列。

p（幫）　　p'（滂）　　b（並）　　m（明）

t（端）　　t'（透）　　d（定）　　n（泥）　　l（來）

tr（知）　　t'r（徹）　　dr（澄）　　nr（娘）

ts（精）　　ts'（清）　　dz（從）　　s（心）　　z（邪）

tʃ（莊）　　tʃ'（初）　　dʒ（崇）　　ʃ（生）　　ʒ（俟）

　（或作 tsr ts'r　　　dzr　　　sr　　　　zr）

ȶ（章）　　ȶ'（昌）　　ȡ（船）　　ɕ（書）　　ʑ（禪）　　ʎ（以）　　n（日）

（此組與舌尖音互諧）（或作 tj　t'j　dj　sthj　dj　r　nj，船禪不分）

c（章）　　c'（昌）　　ɟ（船）　　ç（書）　　j（禪）（此組與舌根音互諧）

（或作 krj k'rj　　　grj　　　hrj　　　grj，船禪不分）

k（見）　　k'（溪）　　g（群）　　ŋ（疑）　　x（曉）　　ɣ（匣）　　ʔ（影）

（開口類）

kw（見） k'w（溪） gw（群） ŋw（疑） xw（曉） ɤw（匣） ʔw（影）
（合口類）

第三節　上古韻母的構擬

　　上古韻母的構擬以前人的分部為基礎，韻部系統是確定韻腹和韻尾類別的根據。同一韻部之內分多少韻類，要斟酌該韻部在《切韻》的韻母分布狀態來推測，再憑藉已經構擬出的《切韻》韻母音值，構擬出各韻部的上古音值。由於音韻學界對《切韻》韻母的音值和上古韻部的數目都還沒有取得一致的見解，對上古韻母的構擬自然也會有種種不同的意見，而且分歧相當大。這裡不可能對各家的意見一一詳細述評，只能分別就韻腹、韻頭和韻尾三個方面做簡單的介紹。在漢語的發展過程中，韻腹、韻頭和韻尾總是相互制約、相互影響的，三者的構擬也相互聯繫，下面的介紹隨時會涉及這種聯繫。

一、韻腹的構擬

　　上古一個韻部的字，在《切韻》音系都分散在若干韻，有不同的韻腹、韻頭，甚至還可能有不同的韻尾。構擬上古韻腹即「主要元音」，要根據從上古到中古元音變化的可能性，分析《切韻》的幾個元音是怎樣從上古的一個元音轉變來的：首先推定該元音的大致範圍，再從介音、聲母等語音環境的影響去尋找該元音分化或轉移的理由和演變的途徑，追本溯源，為上古韻部構擬出合理的元音音位。

　　由於上古韻部分化到中古的情況十分複雜，如何解釋它們的分化條件，也就是上古一個韻部的內部有什麼樣的區別，就成為一個較棘手的問題。在主要元音構擬上，音韻學家分成了兩大派，一派認為一個韻部可以包含不同的主要元音，主要以此解釋同部字向不同方向的分化，自

然也需要從韻頭和聲母尋找一些分化的原因；這一派所構擬的整個上古音系統的元音數目是很多的。另一派則認為一個韻部必須是只包含一個主要元音，韻部的分化原因完全從韻頭和聲母方面去尋找；這一派所構擬的整個上古音系統的元音就比較簡單。兩派的構擬路子完全不同。下面分別以高本漢和李方桂對上古元部的不同構擬為例來說明。

　　上古元部字分別屬於《切韻》的寒、桓、刪、山、元、仙、先諸韻。按照高本漢的構擬，它們的中古韻母是：

開口	合口
一等寒 ɑn	一等桓 uɑn
二等刪 an	二等刪 wan
二等山 ǎn	二等山 wǎn
三等元 i̯ɐn	三等元 i̯wɐn
三等仙 i̯ɛn	三等仙 i̯wɛn
四等先 ien	四等先 iwen

這些韻母的主要元音分布在從 ɑ 到 e 的一個系列上，高本漢據此推論上古元部的主要元音是「某種 a」。為了解釋這種「a」音後來的變化條件，高本漢給一等韻構擬的元音是後 ɑ，給二、三、四等構擬的元音是前 a 和短元音 ǎ。兩個二等韻，刪的元音是 a，山的元音是 ǎ。一等、二等從上古到中古的韻母是相同的。三等有韻頭 i̯，四等有韻頭 i，ǎ 受前邊的 i̯ 影響變成 ɐ，a 受前邊的 i̯ 影響變成 ɛ，四等的韻頭 i 則使得 a 變成 e。高氏構擬的這一部的上古韻母和它們到中古的變化如下（上古音值加星號為標誌）：

開口	合口
一等 *ɑn → ɑn	一等 *wɑn → uɑn
二等 *an → an	二等 *wan → wan
二等 *ǎn → ǎn	二等 *wǎn → wǎn

三等 *ĭăn → ĭɐn　　　　　三等 *ĭwăn → ĭwɐn

三等 *ĭan → ĭɛn　　　　　三等 *ĭwan → ĭwɛn

四等 *ian → ien　　　　　四等 *iwan → iwen

李方桂只給上古元部構擬一個 a 作主要元音，元部到中古音的分化都從韻頭上找原因，所以韻頭就比較複雜一些。李方桂認為上古有 –r– 和 –j– 兩個介音，但只有這樣兩個介音還不足以解釋上古各韻部的分化，於是又構擬了 ia、iə 和 ua 這樣的複合元音。他構擬的開口韻母裡，一等沒有 –j–、–i– 類介音，二等分 –r– 介音和 –ri– 介音兩類，三等分 –j– 介音和 –ji– 介音兩類，四等有 i 介音；合口韻母則是在相應的開口韻母加上 u（在舌齒音之後）或是有圓唇的舌根音聲母、以及唇音聲母（下邊用 –w– 表示）。他所構擬的元部上古音及其到中古的變化如下：

<table>
<tr><td>開口</td><td>合口</td></tr>
<tr><td>一等 *an → ɑn</td><td>一等 *wan (uan) → uɑn</td></tr>
<tr><td>二等 *ran → an</td><td>二等 *wran (ruan) → wan</td></tr>
<tr><td>二等 *rian → ăn</td><td>二等 *wrian → wăn</td></tr>
<tr><td>三等 *jan → jɐn</td><td>三等 *wjan → jwɐn</td></tr>
<tr><td>三等 *jian → jiɛn</td><td>三等 *wjian (juan) → jwɛn</td></tr>
<tr><td>四等 *ian → ien</td><td>四等 *wian → iwen</td></tr>
</table>

兩派的構擬方法實際上都會遇到些困難。給上古一個韻部構擬出好幾個主要元音，從根本上說是不合理的。從古到今，漢語詩歌的押韻原則基本上都是以韻腹、韻尾相同的字在一起押韻，《詩經》同部字相押有嚴格的規律，跟後來韻攝的歸類大不相同。合韻、偶然出韻的情況會有，並不妨害總體上的押韻規律。高本漢構擬的上古音幾乎每個韻部都包含兩個以上主要元音，如之部包含了 ə、ɛ、ŭ 三個元音，很難設想能夠互相押韻。高氏構擬出的上古主要元音有十幾個，董同龢所構擬的更多達二十個。《詩經》韻部系統的時、地範圍比較明確，它基本上是一個共時

系統，不像上古聲母那樣有廣泛的包容性。在漢語中，這麼多的主要元音同時存在於一個共時音系之內是不大可能的。一個韻部只構擬一個主要元音的方向是合理的，只是認定《切韻》所有不同韻類在上古必定有不同的來源，不得不把介音搞得複雜一些，有時不免牽強。看起來問題的圓滿解決要等到未來。

一個韻部的主要元音決定了以後，就可以根據語音結構的關係，類推到其他韻部。

第一種類推是在相配的陰、陽、入三個韻部之間。互相對轉的三個韻部，一定有相同的韻腹，只要其中一個韻部的元音確定下來，另外兩個韻部也就隨之確定了。比如歌部、月部是和元部相配的陰聲韻和入聲韻，把元部的韻腹擬測為 a，歌部、月部的韻腹也一定是這個 a。

另一種類推是在具有平行結構關係的韻部之間。比如收 –m 韻尾的談部，它在《切韻》音系裡的分布和收 –n 韻尾的元部相似：都有從一等到四等的韻，二等、三等都有重韻，四等無重韻；從一等到四等的韻腹也是分別相同的。它們之間的區別幾乎僅僅在於韻尾，依高本漢的構擬，它們的中古韻母如下：

	一等	二等	二等	三等	三等	四等
元部	ɑn	an	ăn	i̯ɛn	i̯ɛn	ien
談部	ɑm	am	ăm	i̯ɑm	i̯ɛm	iem

這兩部裡的主要元音從上古到中古的演變規律也應該是相同的，因此可以根據元部的韻腹來推出談部的韻腹。在高本漢的系統裡是 ɑ、a、ă，在李方桂的系統裡是一個 a。

在為韻尾相同的幾個韻部構擬主要元音時還可以用「剩餘」的方法。當某韻部的元音有 A、B、C 三種可能的選擇時，如果 A、B 更適合於另外的相鄰韻部，那麼剩下的 C 就是當前這個韻部的元音了。比如元部、真部、文部都是收 –n 韻尾的，給文部擬音時有元音 a、e、ə 這樣幾個選

擇，由於 a 最適合於元部，e 最適合於真部，留給文部的就只能是 ə。

二、韻頭的構擬

　　上古的介音系統主要是根據中古的開合四等，結合聲母、韻腹的演變而構擬出來的。上古一個韻部往往包含中古四個等的字，一般的構擬原則是把中古不同等呼的字在上古也分為不同的韻類。如果給同一個韻部構擬了不同的主要元音，韻腹已經成為區別韻類的手段；在構擬介音時，只需要把中古的介音系統往上推，或者稍微做一點修改即可。如上面所舉的高本漢構擬元部韻母所出現的介音，就是他的體系裡的全部上古介音：開口一等和二等都沒有介音，開口三等有 i̯ 介音、開口四等有 i 介音；合口一等二等有相同的 w 介音，合口三等有 i̯w 介音、合口四等有 iw 介音。唯一和中古介音的不同是不分合口獨韻的 u 與開合同韻的 w。再如陸志韋主張中古「純四等韻」沒有 i 介音，而在重紐三、四等上有 ɪ 和 i 的區別，他構擬的上古介音也取消四等的 i，保留 ɪ 和 i 以區別重紐韻類，成為以下的格局：

　　開口：　一等 ø　　二等 ø　　重紐三等 ɪ　　重紐四等 i　　純四等 ø
　　合口：　一等 w　　二等 w　　重紐三等 ɪw　　重紐四等 iw　　純四等 w
也和他構擬的中古介音是一致的。

　　如果給每一個韻部只構擬出一個主要元音，四等的區別必須完全從介音方面來表現，韻頭自然就複雜一些，不會完全和中古相同。所構擬的二等韻母都必須有不同於一等的介音，四等也必須有介音才能和一等有所區別。李方桂的介音系統已經見於上文元部，再如王力的介音系統是：

　　　　開口：　一等 ø　　二等 e　　三等 i̯　　四等 i
　　　　合口：　一等 u　　二等 o　　三等 i̯u　　四等 iu
上古韻頭的構擬跟主要元音的構擬密切相關。目前對主要元音的構擬意

見仍舊有很大分歧，對韻頭的構擬更是處在一種試探性階段，只能把已有的構擬結果看成是一種標誌韻類區別的符號系統。

三、韻尾的構擬

多數音韻學家對陽聲韻部和入聲韻部的韻尾的構擬有比較一致的看法，但對陰聲韻韻尾的構擬有較大的分歧。

中古入聲韻有 –p、–t、–k 三種塞音韻尾，陽聲韻有 –m、–n、–ŋ 三種鼻音韻尾。一般構擬的上古入聲韻部也以 –p、–t、–k 收尾、上古陽聲韻部也以 –m、–n、–ŋ 收尾。不過各種韻尾的字類範圍跟中古小有不同，如中古有些陰聲韻母的字（如祭、泰、夬、廢等韻的去聲字）在上古本來是收塞音韻尾的入聲字；中古一些收 –ŋ 韻尾的字（「風鳳楓芃」等）在上古收 –m，甚至上古早期整個冬部本來都收 –m。

有的學者認為上古陽聲韻、入聲韻的韻尾比中古複雜，並不完全一致。較有影響的是李方桂的意見，他主張上古的舌根鼻音、塞音韻尾分圓唇和不圓唇兩套。即有不圓唇的 –k、–ŋ 和圓唇的 –kw、–ŋw，以及相應的陰聲韻尾 –g 與 –gw。這樣構擬首先是因為看到收舌根音韻尾的韻部遠遠多於收舌尖音和唇音韻尾的韻部，結構上極不平衡；其次是這些收舌根音韻尾的韻部在中古音系裡的主要元音和韻尾有明顯差異，侯部、東部、幽部、冬部、宵部是一類，這一類裡陰聲韻字的中古音韻尾大抵收 –u，陽聲韻沒有前元音；支部、耕部、之部、蒸部、魚部、陽部是另一類，這一類裡陰聲韻的中古音韻尾有 i，也有 –u，陽聲韻有各種各樣的元音；在《切韻》裡，前一類的陽聲韻和入聲韻排在前邊，後一類的陽聲韻和入聲韻次序靠後，中間相距較遠，這樣排列可能有音理的考慮。基於以上原因，李方桂把前一類韻部的陰聲韻、陽聲韻、入聲韻的韻尾分別構擬成圓唇舌根音 –gw、–ŋw、–kw，後一類韻部的韻尾分別構擬成普通的 –g、–ŋ、–k。由於圓唇舌根音韻尾的作用，前一類到中

古時就變得傾向於後元音和 –u 韻尾。

　　音韻學界構擬上古韻尾的重大分歧在於陰聲韻：有的學者認為上古陰聲韻韻尾和中古音基本相同，是沒有韻尾或有元音韻尾的開音節，另一些學者則把陰聲韻構擬成收濁塞音韻尾的閉音節。

　　諧聲系列、詩文用韻、一字又音、假借等反映出陰聲韻部和入聲韻部的關係十分密切。這是古音學家共知的事實，但對於這種現象的解釋卻見仁見智。一部分學者以陰陽對轉理論解決這個問題，認為陰聲韻和入聲韻有相同的主要元音，韻尾又在相同的發音部位（如 –u、–ø 和 –k，–i 和 –t），韻母可以互相轉化；一部分學者認為這不僅僅是由於主要元音相同，還一定由於韻尾十分接近，就為陰聲韻部構擬了與入聲韻清塞音韻尾相對的濁塞音韻尾。後一種構擬是從高本漢開始的，高本漢的構擬以清人二十二部為基礎，但是他不僅把同部裡的入聲韻和陰聲韻區別開，還把一些陰聲韻內的字分為兩類，構擬成兩種韻尾，結果分出的實際韻部是三十五個。高氏給陰聲韻構擬的韻尾有 –g、–d，分別與入聲韻尾 –k、–t 相配，還有一個不配清塞音韻尾的 –r。另外有幾個韻部還分出一部分字擬作了開音節。我們可以結合《切韻》韻目，列出他給清人陰聲韻部構擬的韻尾：

　　　　祭部　　–d：去聲「祭泰夬廢」韻字；

　　　　　　　　–t：入聲「曷鎋黠薛月屑」韻字；

　　　　至部　　–d：去聲「至霽」韻字；

　　　　　　　　–t：入聲「質術櫛屑」韻字；

　　　　脂部　　–d：去聲「代未至霽」韻字；

　　　　　　　　–r：平上聲「咍皆脂微齊」韻字；

　　　　　　　　–t：入聲「沒黠物迄質術屑」韻字；

　　　　歌部　　–r：部分「歌戈支麻」韻字；

　　　　　　　　–ø：部分「歌戈支麻」韻字；

魚部　-ø：平上聲「魚虞模」韻字；

　　　-g：去聲「御遇暮」韻字；

　　　-k：入聲「鐸陌藥昔錫」韻字；

侯部　-ø：平上聲「侯虞」韻字；

　　　-g：去聲「遇候」韻字；

　　　-k：入聲「屋覺燭」韻字；

之部　-g：平上去聲「之咍灰尤皆侯」韻字；

　　　-k：入聲「職德麥屋」韻字；

幽部　-g：平上去「幽尤豪肴蕭」韻字；

　　　-k：入聲「沃覺屋錫」韻字；

宵部　-g：平上去「宵蕭肴豪」韻字；

　　　-k：入聲「鐸藥覺錫」韻字；

支部　-g：平上去「支佳齊」韻字；

　　　-k：入聲「麥昔錫」韻字。

高本漢實際上是按照跟入聲韻關係的遠近把陰聲韻分成三部分：跟入聲韻關係最密切的字是收 -d、-g 韻尾的；跟入聲韻關係不那麼直接的字屬於沒有輔音韻尾的開音節；另外一些跟入聲韻關係不密切卻和收 -n 的陽聲韻很密切的字則認為是收 -r 韻尾的。

　　高本漢構擬的開音節，是魚部、侯部、歌部裡的一部分字，這三個韻部裡的陰聲韻字各被劃分為兩部分。魚部、侯部去聲字和收 -k 的入聲字接觸頻繁，被構擬成 -g 韻尾；平上聲字跟入聲關係較疏遠，被構擬成開音節。歌部不大和入聲發生關係，一部分構擬成開音節，另一部分構擬成收 -r 的閉音節。

　　高氏所擬的收 -r 音的字除歌部外還有脂部字。這類字跟收 -t 的入聲韻關係疏遠，跟收 -n 的陽聲韻關係反而十分密切，它們的韻尾必定比較接近 -n。可選擇的音有 -r 和 -l 這兩個，高氏參考了兩漢時西域借詞

的譯音，把這個韻尾構擬為 –r。

　　高本漢還認為，在比《詩經》更早的時代，可能還有跟 –p 韻尾相對的濁唇音韻尾 –b，這個音在較早的時候變成了 –d 韻尾，在同源詞和諧聲字裡有所反映，例如：「對」(–d) 和「答」(–p) 是同語根的詞；「內 (–d)、納 (–p)、入 (–p)」是同語根的詞，「納」又從「內」得聲；從「執」(–p) 得聲的字有「摯」(–d)，等等。

　　在高本漢以後，陸志韋和李方桂先後都給陰聲韻構擬了濁塞音韻尾，而且做得更徹底，陸志韋把高本漢擬作開音節的幾個韻部也都改成收塞音韻尾的閉音節，結果使得整個上古音的韻母系統成了沒有一個開音節的系統。

　　另一些古音學家不同意以上的構擬方法。他們認為，世界上沒有任何一種語言是只有閉音節而沒有開音節的，把上古漢語構擬成只有閉音節的系統，只能是一種虛構的語言。即使按照上面的方式進行構擬的學者也明白，這樣構擬出來的結果是「不近情」的，但認為目前的構擬方法只能得出這樣的結論，他們不同意從《詩經》韻和諧聲字中劃出一部分陰聲韻字來，和入聲韻割裂而證明它們是開音節的。

　　真正合理的構擬應該承認有開音節的陰聲韻，從陰陽對轉入手尋找解決問題的辦法。誠然，以開音節的陰聲韻去解釋陰入對轉仍然有難點，但是把陰聲韻全部擬作閉音節不合乎自然語言的一般狀態，並沒有真正解決問題。

　　近年有的學者提出「聲調源於韻尾」說，認為漢語的平聲來自上古沒有塞音韻尾的開音節和鼻音韻尾音節，上聲來自喉塞音韻尾 –ʔ，去聲來自韻尾 –s，入聲則同以前的看法相同，即有韻尾 –p、–t、–k。

　　綜上所述，上古韻母構擬還存在相當大的分歧意見，還沒有出現一種基本上能被大多數學者同意的體系，當然也不可能綜合各家意見列出一個韻母表。下面選擇王力構擬的上古韻母系統作為參考。王力所構擬

的系統每個韻部只有一個主要元音，陰聲韻為開音節，比較簡單明瞭，
便於初學者掌握。

之部 ə	職部 ək	蒸部 əŋ
支部 e	錫部 ek	耕部 eŋ
魚部 a	鐸部 ak	陽部 aŋ
侯部 ɔ	屋部 ɔk	東部 ɔŋ
宵部 o	藥部 ok	
幽部 u	覺部 uk	冬部 uŋ
微部 əi	物部 ət	文部 ən
脂部 ei	質部 et	真部 en
歌部 ai	月部 at	元部 an
	緝部 əp	侵部 əm
	葉部 ap	談部 am

第九章　近代音韻

第一節　研究近代音韻的材料和方法

一、近代音韻研究的特點

　　近代音韻包括從宋代到清末的漢語語音。研究近代漢語音韻，也以文獻材料為中心，但可以結合現代語音進行比較，研究範圍更廣泛一些。

　　研究近代音韻，可以比較明確地分出官話系統和方言系統。雖然漢語的方言差別自古存在，但是中古以前的方言面貌和方言界限如何，文獻裡未能充分反映，現代人已經無法深入瞭解。近代漢語階段的情況就不同了。各大方言的分布格局到近代已經定型，語音狀況跟現代方音相去無多，文獻裡所反映的方音特色比較容易辨認；在這種條件下可以比較明確地把官話音系和方言音系區分開。

　　官話系統的文獻內容相當龐雜。不同時代的官話文獻所反映的音系自然會有所區別，同一時代的官話文獻裡的語音系統幾乎也都存在分歧，或者在聲母方面，或者在韻母方面，或者在聲調方面，總有某些差別；這說明近代官話的語音標準並不太嚴格，在「大同」的前提下允許有「小異」。還有一個重要因素不容忽視，即近代官話的中心基礎方言發生過轉移。宋代以前是以汴、洛為中心的中州話作為官話的中心基礎方言；元代以後，中州音失去了原有的地位，官話的中心基礎方言轉移到新的政

治文化中心北京，但是歷史上沿用已久的「中原雅音」在官話裡仍然在發揮作用。官話並不是像一條直線般地憑著自身的内在音變法則發展下來的，它在歷史發展過程中受到種種外部因素的影響，其中還包括科舉功令的制約、方言成分的吸收等等。

近代漢語階段的方音文獻明顯比以前要豐富得多，我們不可能在有限的篇幅裡把繁多的漢語方言和它們的複雜歷史變化講清楚，本章介紹的内容以官話系統為主。

二、近代音韻文獻的主要種類

㈠韻書和韻圖

元明清時代有大量的記載「時音」的韻書和韻圖，它們的内容和風格是多樣化的，不像唐宋韻書那樣在《切韻》體系的基礎上一脈相承。

有的音韻學家根據作者的編纂目的，把近代韻書分為「曲韻派」和「小學派」。這樣分類大體上是合理的。曲韻派韻書始於元代的《中原音韻》，它的音系是在歸納北曲押韻的基礎上建立起來的，為後人提供了可靠的語言材料。以前音韻學長期被官韻即《切韻》系韻書統治，曲韻派韻書的出現有十分重要的革新意義。明以後的曲韻派韻書也不少，但都是在《中原音韻》的基礎上小有修訂，沒有隨口語的變化而改進。小學派韻書是幫助人們識字的工具書，多數採取了等韻學的方法，對字音的分析比較細緻，一般都依照音序排列韻字，有反切注音並有釋義。由於許多作者的編寫意圖就有通俗化、大眾化的傾向，因此都能在一定程度上反映實際語音，還收了不少方言詞彙，它們在現實生活中的實用價值較高。從音系性質來說，有官話系統的，又有方言系統的，可謂豐富多彩。

等韻圖的情形和小學派韻書相類似，也有反映官話音系和方言音系的多種作品。這個時期有把韻書和韻圖配套編纂的風氣，一個作者同時

編出一種韻書和一種韻圖，二者音系相同，相輔相成，類似於《韻鏡》、《七音略》與《切韻》系韻書的關係，只不過它們一般是出自同一作者之手。

在歷史傳統的影響下，近代也有不少韻書、韻圖具有折中、綜合的色彩，它們的音系不是一個單純音系。有的是在反映現實語音的基礎上保存某些古音特徵，有的是把不同的方音現象糅合於同一個體系之內。這些著作裡包含的時音成分，也是近代音韻應該研究的內容。

㈡詩歌韻文和其他漢語文獻

在近代漢語音韻的研究中，宋詞、元曲、明清俗曲和民歌都很受重視。詞在唐代起源於民間，原是一種配合音樂歌唱的新體詩，到宋代達到鼎盛。詞基本上是按照實際語言來用韻的，不受官韻的束縛。清人曾經研究過宋詞用韻並編寫出了若干詞韻專書，影響較大的《詞林正韻》歸納了十九部，和「平水韻」系統相差甚遠。現代學者對宋詞用韻進行了詳盡研究，就其總體的押韻規律總結為十八個韻部，比清人的分部要恰當得多。反映元代口語的韻文是元曲，元曲（包括雜劇、散曲）的語言和用韻都是通俗的，雖然《中原音韻》已經把元曲的韻部系統記載下來了，但是元曲的數量很多，地域分布也廣，其中也有一些跟《中原音韻》不合的用韻，其性質和原因還有進一步探討的必要。明清時代最合乎口語的韻文有各地的民歌和俗曲。民歌的用韻出於自然，往往有濃厚的地方特色。北方的俗曲種類很多，明代的北方俗曲用韻已經不同於元曲，清代又不同於明代。清初以後北方有廣泛流傳的「十三轍」，是民間藝人總結的押韻規律，是「有目無書」的一種韻部系統。北曲的用韻一致性很強，大體上和共同語的發展是同步的。

除了以上所說的兩類，以下這些文獻也有重要的參考價值。

字書的反切。風格比較保守的近代字書一般是沿襲舊韻書的反切來注音，但往往也透露出一些「時音」的痕跡。保守色彩淡薄的字書就不

太拘泥於舊韻書或字書的反切，常常根據時音創作新的反切，這就為我們提供了近代音韻的很好證據。如清初張自烈所著字書《正字通》，反切上字把古代全濁聲母字和次清聲母字混用，平聲分陰、陽而仄聲不分，臻攝、深攝、梗攝字合流，這就可能反映了當時贛方言區江西宜春、萍鄉一帶的語音特點。

古籍注音。為古書注的字音也分守舊和「隨時」兩種情況，守舊者直接沿用前代反切，隨時者則按照時音注音，後者能夠反映出當時實際語音。也有主觀上是為了守舊而實際上卻未能脫離時音的。如宋代朱熹《詩集傳》、《楚辭集注》的「叶音」反切，就表現出濁聲母清化的實際狀況。又如明末陳第《毛詩古音考》的直音，也包含福建方言的信息。

㈢對音材料

近代的漢語與其他語言的對音材料十分豐富。有用其他民族文字或外國文字標注漢字讀音的，也有用漢字標注其他語言詞語讀音的。如果按照地域，大略可以分為三類。

1.中國其他民族語言文字與漢語的對音。宋代有西夏文字和漢字對應的文獻；元代有八思巴字「譯寫」的漢語文獻如韻書《蒙古字韻》以及碑文、詔令、印章等；明清時代有多種周邊語言與漢語對譯的「華夷譯語」；清代有滿文和漢文對照的檔案、文件以及用滿文標寫漢字音的韻書韻圖，此外還有以漢、滿、蒙、藏、維、梵等語言文字對照而編的著作如《西域同文志》、《同文韻統》等。

2.鄰國語言與漢語的對音文獻。除了「華夷譯語」中有東鄰的朝鮮、日本、琉球諸國的譯語和東南亞的越南、老撾、緬甸、菲律賓等國家的譯語之外，周圍國家出於和中國交往的需要，也編寫了學習漢語的課本、詞典等，其中有一些流傳至今，如元末明初時朝鮮人所編、明中葉時又用朝鮮諺文標注漢字讀音的《翻譯老乞大》和《翻譯朴通事》等。

3.明末以後，西方傳教士來到中國，為了學習漢語和傳教，先後編

寫了一些漢語和西文對照的詞典以及識字課本等，有官話系統的，也有方言系統的，它們的共同特點是用拉丁文字為漢字注音。官話系統中影響較大的當數明末利瑪竇 (Matteo Ricci, 1552–1610)、金尼閣 (Nicolas Trigault, 1557–1628) 的注音體系。利瑪竇編了《西字奇跡》，金尼閣著《西儒耳目資》，後者流行較廣。屬於方言系統的多分布於南方的粵、閩、吳等地帶，對瞭解清代方音有一定的參考價值。

三、研究近代音韻的原則與方法

研究上古音、中古音的方法大多也適用於近代音的研究，但是由於時代和資料性質的區別，在研究近代音時對一些具體問題的處理方式有不同於研究中古和上古音之處。

首先必須辨認音系的性質，即所研究的對象屬於官話還是方言，是何種性質的官話、哪裡的方言。出自不同地方、不同作者之手的官話音系總存在著一定差別，最明顯的是可以分出有入聲的官話和沒有入聲的官話兩個派別。近代方言韻書很多，情況更加複雜，如果不仔細審辨，有時可能把方言音系當作了官話音系，或者認錯了方言韻書的「籍貫」。其次，有不少韻書、韻圖的語音體系不是一時一地之音，而是一種複合音系，有的是把時音成分和古音成分結合在一起，有的是把不同方言的音類結合在一起。要從這類著作中得到近代音的真實面貌，就要考察它們的不同來源，進行篩選。

構擬近代音的音值的方法也有不同於構擬中古音和上古音之處。近代漢語各大方言之間的差別十分清楚，構擬近代音的比較材料應該縮小範圍，不能把各種方音放在一起同等運用。比如說，現代的粵、閩、吳等方言就不能用來擬測明代的官話。比較的範圍越小，方言間關係越近，擬測的音值越可能接近實際。關係較遠的方言，只能作為參考。

構擬近代音可用的對音資料很多，但是譯音材料的情況是很複雜的，

在很多情況下也只能標誌著讀音的範圍，而未必是十分精確的音值。運用時也需要十分慎重。

第二節 《中原音韻》和曲韻派韻書

一、《中原音韻》的成書情況

《中原音韻》本來是為指導北曲創作而編纂的，但它對後代的影響遠遠超出戲曲的範圍。因為它相當真實地記錄了元代的北方話語音，對於漢語史的研究有非常重要的作用，現代音韻學界對它的重視程度可以說是和《切韻》相等的。

產生於金代的北曲（包括雜劇和散曲）到元初進入鼎盛時期，流傳到全國各地。早期北曲的作者都是北方人，用的是北方的通俗語言，憑著口耳自然之音形成特有的語言風格和格律，經過一個階段的發展提高以後，逐漸定型化，流布到各地。但是由於方言的分歧，很多地方的作者對這種文體的風格和格律，尤其是對押韻的規律，不能很好地掌握，需要有專門的著作作為參考。在這種條件下，周德清的《中原音韻》就應運而生了。

周德清（西元 1277–1365 年），字日湛，號挺齋，江西高安人。他和同時代許多元曲作家一樣，屬於下層文人，他的主要成就在於總結元曲的格律、創作理論和韻部系統，也創作散曲。他的朋友稱讚他「工樂府、善音律」。他年輕時曾到各地遊歷，在泰定甲子（西元 1324 年）47 歲時編成《中原音韻》一書，其後幾經修訂增補，於西元 1341 年（65 歲時）刊行於世。當時由傳統韻書形成的習慣勢力很強大，士大夫階層仍然堅持傳統讀書音為正音、雅音。周德清衝破這種傳統勢力，從當時的實際語言出發，把元朝新興起的北方語音稱之為「治世之音」。他在《中原音

韻》「正語作詞起例」中說：「惟我聖朝，興自北方，五十餘年，言語之間，必以中原之音為正。鼓舞歌頌，治世之音。」《中原音韻》代表了一種地位正在上升的、趨向於取得「正音」地位的北音系統，和傳統韻書所代表的「雅言」是對立的。

《中原音韻》的主要內容分為兩部分，一是韻譜，一是「正語作詞起例」。韻譜部分所歸納的語音系統是研究近代音韻的最重要資料；「起例」部分共二十五條，內容包括編寫韻譜的凡例、作曲的方法和格律、宮調和曲牌、糾正錯誤字音和對具體作品的評點等，對研究近代音韻也有重要用處。

二、《中原音韻》韻譜的體例特點

《中原音韻》韻譜的體例和以往的韻書完全不同，有以下幾個特點：

第一，沒有像以往的韻書那樣按照聲調分卷，而是先劃分韻部，一共分十九個韻部，各以兩個字作為韻目，如「東鍾」、「江陽」等（現代習慣於把此書的韻部稱為「韻」，即「東鍾韻」、「江陽韻」等）。韻部的排列次序基本上和《廣韻》保持一致。每一韻部裡邊再按聲調分為四部分：平聲陰（陰平）、平聲陽（陽平）、上聲、去聲。同一聲調的字再分成若干同音字組（小韻），用小圓圈隔開。同音字組的排列次序沒有固定規則，不體現聲母、韻母的條理性。

第二，古代入聲字併入陰聲韻部，分別歸於陽平、上聲、去聲，但沒有與古陰聲韻字混同，而是單獨排列在最後，標明「入聲作平聲」、「入聲作上聲」、「入聲作去聲」。

第三，不用反切注音，一般不注釋字義。個別有直音或釋義的字多是俗詞語或是異音異義的多音字。

以上這些體例特點，都和這部書的編纂宗旨有關。表明它不是像《切韻》那樣為「賞知音」的，而是適合於「廣文路」的。（見圖十三）

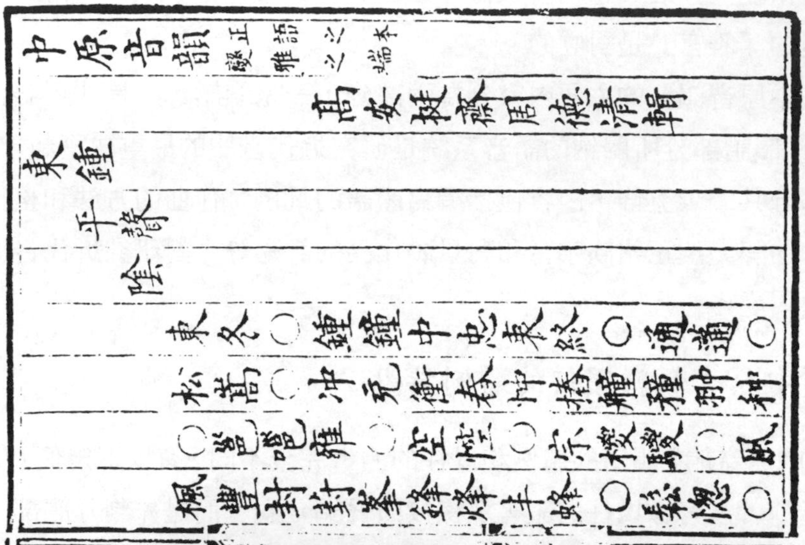

圖十三　《中原音韻》書影　明正統辛酉（西元 1441 年）訥菴本

三、《中原音韻》音系的性質

　　《中原音韻》有十分完整的聲、韻、調系統，這樣完整的語音系統一定有現實語言為基礎。它的基礎語言是哪個方言呢？它和這個基礎方言的關係又如何呢？對於這些問題，學術界一直有不同的看法。一種看法認為它的基礎方言就是元代的大都話即當時的北京話；另一種看法認為它代表當時北方廣大地區通行的一種共同語語音；還有人說它的基礎方言就是河南方音。

　　周德清自己沒有交代他編書所根據的方言，現代學者根據他書裡的模稜兩可的話作為分析該書基礎方言的線索，因此出現了不同的理解。他在自序裡說：「欲作樂府，必正言語；欲正言語，必宗中原之音。樂府之盛、之備、之難，莫如今時。其盛，則自縉紳及閭閻歌咏者眾。其備，則自關、鄭、白、馬一新制作，韻共守自然之音，字能通天下之語。……諸公已矣，後學莫及」，字裡行間透出的對於關、鄭、白、馬四大家的「自然之音」的尊崇，使人相信他依據的方音可能就是元曲的中心大都話；但他又說到：「欲正言語，必宗中原之音」，所宗的似乎又是中原一帶通行的官話。看來，從周德清的話裡難以得到有關《中原音韻》基礎方言的確切信息。

　　從《中原音韻》的編纂過程來看，周德清首先是歸納了前人作品的用韻。他說：「平上去入四聲，音韻無入聲，派入平上去三聲。前輩佳作中間備載明白，但未有以集之者。今攝其同聲，或有未當，與我同志改而正諸！」（「正語作詞起例」第四條）這就透露了他編此書本來是圍繞著前人作品開展的，是集錄入韻字而得到韻部系統的。元曲的中心在大都，著名作家很多是大都人或在大都從事創作；大都是當時的政治和文化上的中心，從總體趨向而言，前期元曲使用的語言應該就是大都話。

　　但是周德清的工作不僅僅限於歸納前人用韻，他一定也考察了實際

的口語，從而分析出聲母和介音系統。因為用韻只反映哪些字屬於同一韻部，《中原音韻》劃分了小韻即同音字組，這是要靠聲母和介音來區別的。問題在於我們不知道他考察的是哪一種方言。如果《中原音韻》的語音系統和元曲的用韻完全一致，他考察的自然應該就是大都話；但《中原音韻》的音系與四大家作品之間存在一些矛盾，《中原音韻》自身內部也有矛盾，使我們不得不懷疑周德清分析聲母和韻類時所根據的乃是大都話之外的某種方言。

首先，《中原音韻》入聲字在四聲的分派和元曲不相同。全濁入聲字歸陽平、次濁和影母入聲字歸去聲，這既和元曲一致，也和現代北京話一致；但清聲母入聲字在《中原音韻》一律歸上聲，就和元曲很不相同。根據當代學者的歸納分析，清入字在元曲裡除了有歸上聲的以外，還有歸入平聲和去聲的，和現代北京話基本一致。而《中原音韻》完全把清入字歸入上聲，倒是和現代膠東一帶的方言一致。

其次，按照漢語韻文的押韻傳統，同部字都有相同的韻腹和韻尾，小韻間的區別在於聲母和韻頭。《中原音韻》的蕭豪部卻有這樣的一些字，它們的聲母和韻頭相同，可是分為不同的小韻，例如：

幫母：	襃／包胞苞；	寶保堡葆／飽；
	抱報暴／豹爆；	
見母：	交郊膠教／嬌驕；	狡攪鉸絞／皎繳矯；
	窖校教覺較／叫轎嶠；	
曉母：	哮虓烋／鴞囂驍枵；	爻肴洨／學鷽；

斜線前後的字分別屬於不同的小韻。幫母斜線前是一等字，斜線後是二等字；見母和曉母斜線前是二等字，斜線後是三四等字。這種對立在現代閩、粵方言還存在，每組對立的小韻在北方方言都已經變成了同音字，在元曲裡也是放在一起押韻的，韻腹韻尾也應相同。《中原音韻》雖然把它們放在同一部，但是分為不同的小韻，說明它們的聲音不同。

在「正語作詞起例」中又提出要區別的字音「包有褒、飽有保、爆有抱」，可見周氏很重視兩者的讀音區別。這樣分析似乎不是根據元曲所代表的大都話，而是另外一個地方的方音。但周德清劃分韻部是堅持遵守「前輩佳作」的，所以仍然堅持把它們合在一部，造成音系内部的矛盾。

　　由此看來，《中原音韻》音系可能包含著兩個語音層次：一層是從元曲四大家等人的作品裡歸納出的十九個韻部，這個系統代表著大都話的韻母系統；另一層是周德清親自考察瞭解的一種實際語音，周德清在「正語作詞起例」中曾說：「余嘗於天下都會之所，聞人間通濟之言」，他所說的「人間通濟之言」，也就是當時各地通行的官話，是他分析字音的根據。這種「人間通濟之言」的基礎方言（即某個地點的方言）當在包括河南、山東、河北及北京在内的中原地區，但就今天所瞭解的情況來看，這些地區的語音都不能跟《中原音韻》完全吻合。曾經最有資格被稱為「中原音」的洛陽、開封一帶的河南話，在明末還有入聲調，而且入聲分陰入、陽入兩類，到現代才分別變到陰平、陽平，這和《中原音韻》的「入派三聲」大相徑庭；此外，中古通攝入聲字（如「熟宿」等）和宕攝入聲字（如「薄樂」等）在《中原音韻》都有異讀，分別與現代北京話的文白異讀相對應；而在河南話，沒有相當於白話音的那種讀音。在元代，「中原」一詞，早已不是河南的專稱，《中原音韻》音系和河南話的關係不很密切。從音系的總體特徵看，《中原音韻》音系已經把元代大都話的主要特點包含在内了，只是不完全等同於大都音系。周德清所考察的那個方言，跟大都話的關係十分密切，兩者差別並不太大。

四、《中原音韻》之後的曲韻派韻書

　　元代除《中原音韻》以外，比較重要的曲韻派韻書有《中州樂府音韻類編》。

　　《中州樂府音韻類編》又稱《中州音韻》或《北腔韻類》，作者燕山

卓從之，成書時間在元至正辛卯（西元 1351 年）之前。它和《中原音韻》
的關係極為密切，有的學者認為卓從之此書是根據周德清《中原音韻》
未刊之前抄寫的「墨本」即早期稿本改訂的；也有的學者認為此書編於
《中原音韻》之前，倒是周德清據它編成了《中原音韻》。此書也分十九
韻部，和《中原音韻》不同的地方有以下四點：一是收字少一千多，但
另有四五十字為《中原音韻》所未收；二是平聲有「陰」、「陽」和「陰
陽」三類，「陰」即陰平、「陽」即陽平，「陰陽」類是把聲母、韻母完全
一樣的陰平、陽平字並列在一起，如「因湮姻殷茵／銀齦垠寅」、「村／
存」、「噴／盆」等；三是把《中原音韻》裡東鍾韻和庚青韻兩收的字（如
「崩榮永」等）都放在了東鍾韻而不在庚青韻重出；四是「皆萊」、「哥
戈」、「尋侵」幾個韻目用字不同於《中原》的「皆來」、「歌戈」、「侵尋」。

　　明清時期的曲韻派韻書很多，都是在《中原音韻》體系的基礎上加
以增補修訂而成的。這時候北曲的黃金時代早成為歷史，曲韻書卻在南
曲中繼續發揮作用。南曲本來沒有韻書，以北曲韻書作為用韻的規範，
但是南曲所用的語言畢竟不會和北音相同，所以明清時期不少曲韻書向
南音靠攏，呈「南化」的趨勢。下面介紹幾種比較有特色的明清曲韻書。

　　朱權（朱元璋第十六子，封寧王）《瓊林雅韻》，西元 1398 年成書。
它以卓從之《中州樂府音韻類編》為底本而編纂，韻部分十九個，韻目
多用含有頌聖、吉祥、文雅意味的詞語，如「邦昌、丕基、仁恩、乾元、
清寧」等，即所謂「廟堂氣息」。在音系方面的重要修改是平聲不分陰陽
而合為一類，這大概是為了不違反官韻《洪武正韻》的標準而做的折中
性處置。它收字比周書、卓書都多出很多，有些字音韻地位的歸屬也稍
異於周、卓二家。此外增加了注釋，也是它的特色。與該書相似的有陳
鐸《詞林要韻》（或名《詞林韻釋》），成化癸卯（西元 1483 年）序，分
十九部、平上去三聲。

　　王文璧（浙江吳興人）《中州音韻》，成書於弘治十六年（西元 1503

年）之前。分部一仍周書之舊，共十九部，收字增加了三千多，平聲也不分陰陽，有反切注音和釋義，大的改變是反切上字區別清濁聲母，反映的是吳音。

范善臻（江蘇嘉定人）《中州全韻》，大約在萬曆以後問世。分十九部，有注解、反切，不僅平聲恢復陰陽的分別，而且去聲也分陰陽。反映的也是吳音特點。

入清以後，曲韻派韻書仍在流行並有新作續出，大都把《中原音韻》的齊微韻、魚模韻各一分為二，共為二十一部。

王禎祚（北京人）《音韻清濁鑑》，刊於康熙六十年（西元 1721 年）。這是一部按照傳統等韻學的體制編排的等韻化韻書，以三十六字母、開合四等分析字音，二十一部中有十七部的韻目和《中原音韻》相同，只有齊微分為「機其」、「歸微」二部，魚模分為「居魚」、「沽模」二部。

王鵷（江蘇昆山人）《中州音韻輯要》，乾隆辛丑（西元 1781 年）成書。二十一部的韻目與《中原音韻》同者少而異者多，韻目二字前字用陰平、後字用陽平，似乎是仿效《韻略易通》。平聲、去聲都分陰陽，同范善臻的《中州全韻》。

沈乘麐（江蘇太倉人）《曲韻驪珠》，約在乾隆末年成書。二十一部的韻目大部與《音韻輯要》相同。它的特點是獨立出八個入聲韻，實分二十九部。

周昂（江西石城人）《增訂中州全韻》，特點是把上聲也分出陰陽，平、上、去各有陰陽二類。

從以上的介紹可以看出，明清的曲韻派韻書雖然以《中原音韻》為宗祖，但性質已經發生變化，不再反映北方實際語音，而朝著「復舊」和「南化」兩個方向改訂。把陰平陽平合併為一個平聲，採用三十六字母和開合四等，這是復舊；聲母有全濁音，去聲和上聲分陰陽，恢復入聲，這是「南化」。後一種趨向多少反映了近代吳方言的一些特徵，所以

也不能說對於研究明清語音完全沒有用處。

第三節 《中原音韻》的語音系統

一、《中原音韻》的聲母系統

《中原音韻》的聲母系統是從全部小韻中歸納出來的。和三十六字母比較起來，發生了幾項重大變化。

第一，全濁聲母消失，原全濁聲母字變成了清聲母字。變化的規律是：濁塞音的並母、定母、群母相當整齊地分派到同部位的塞音清聲母，澄母變成了跟正齒音相同的塞擦音清聲母；濁塞擦音從母變成同部位的塞擦音清聲母，也比較整齊；塞擦音牀母的變化複雜一些，多數字成了塞擦音清聲母，另有一部分字變成擦音聲母；濁擦音的禪母字有的變成擦音、有的變成了塞擦音，奉母、邪母、匣母一律變成同部位的清擦音聲母。濁音清化後讀塞音、塞擦音的字，分化為送氣和不送氣兩類，平聲字併入次清為送氣聲母，仄聲字併入全清為不送氣聲母。

第二，舌上音知、徹、澄跟正齒音的照、穿、牀（大部）、禪（部分）合流，成為卷舌音聲母。

第三，喻母的全部、疑母的大多數字併入影母，即變成了零聲母。

目前音韻學界對《中原音韻》的聲母分類還沒有取得一致的意見，較普遍的看法是有二十一個聲母。各家對聲母音值的構擬沒有太大分歧，很接近於現代北京話的聲母。下面把這二十一聲母列為一表。每個聲母下邊括號裡的小字表示該聲母的字在三十六字母的來源。

p	p'	m	f	v
（幫，並仄）	（滂，並平）	（明）	（非，敷，奉）	（微）

t	t'	n		l
（端，定仄）	（透，定平）	（泥，娘）		（來）

tʂ	tʂ'		ʂ	ɻ
（知，照，澄仄，	（徹，穿，澄平，		（審，禪部分，	（日）
牀仄部分，禪部分）	牀平部分，禪部分）		牀部分）	

ts	ts'		s	
（精，從仄）	（清，從平）		（心，邪）	

k	k'	ŋ	x	ø
（見，群仄）	（溪，群平）	（疑少量）	（曉，匣）	（影，喻，疑多數）

中古牙喉音聲母見、溪、群、曉、匣，到現代的讀音分別是舌根音 [k]、[k']、[x] 和舌面前音 [tɕ]、[tɕ']、[ɕ]，舌根音出現在洪音（開口、合口）之前，舌面前音出現在細音（齊齒、撮口）之前。在《中原音韻》裡，這些字所在的小韻所分洪細狀況和現代很相似，有的學者就把它們構擬成跟現代一樣的舌根音和舌面前音兩套；但考察一下明代的多種官話系統韻書，就會發現這些著作裡都把牙喉音的洪音、細音作為一套聲母處置；明代的對音文獻也都把它們記作舌根音 [k]、[k']、[x]；時代更早的《中原音韻》裡不大可能已經分成舌面前音和舌根音兩套。

照組聲母音值的構擬，多數學者主張是一套卷舌音，因為在支思韻已經形成了 [ʅ] 韻母，跟這個韻母相拼的照組聲母必然是卷舌音。但是因為照組聲母又和齊齒、撮口的細音韻母相拼，如拼齊微韻 [i] 韻母有「知蜘質織制治、痴恥赤、實十石失識世勢誓」等，有的學者認為，卷舌音不可能跟 [i] 這樣的韻母相拼，於是把跟齊齒、撮口相拼的那一部分字的聲母擬作舌葉音 [tʃ]、[tʃ']、[ʃ] 等。從音位學的角度來看，即使有這樣兩套音，它們在《中原音韻》並沒有構成對立，而是互補分布的，也完全可以作為一套聲母音位處理，不必分成兩組。

　　對疑母 [ŋ] 的有無也有不同意見。大多數中古疑母字在《中原音韻》已經和影母、喻母合併在相同的小韻中了，但是有少數字還獨立構成小韻，與影母、喻母的小韻對立。例如：

　　江陽韻：仰（疑母）／養癢（喻母）鞅（影母）；

　　蕭豪韻：傲奡鰲（疑母）／奧懊澳（影母）；

　　　　　　虐瘧（疑母）／藥躍（喻母）約（影母）岳（疑母）。

由於疑母字單獨構成的小韻很少，有的學者主張不必考慮這個聲母的存在。有的學者認為不應該取消這個聲母，它的字數雖少，但是能單獨構成小韻，說明還沒有完全消失，屬於未完成的語音變化的殘存形式，應該承認它的存在。

二、《中原音韻》的韻母系統

　　《中原音韻》的十九韻部雖然是從元曲用韻歸納而來，但周德清在確定韻部時，顯然是以《廣韻》韻部為基礎，通過合併韻類而編出這個系統的。最明顯的證據就是韻部的排列次序大致同於《廣韻》；韻目雖然用兩個字，但多數是《廣韻》韻目所用的字；「正語作詞起例」的第一句話就是「《音韻》不能盡收《廣韻》」，也可見《中原音韻》與《廣韻》關係之密切。要分析《中原音韻》韻母系統的特點，最好是把它和《廣韻》音系作一比較。不過《廣韻》的韻部系統過於複雜，用等韻十六攝跟《中原音韻》的十九韻部作比較，也同樣可以看出從中古到元代北音韻母演變的大體趨勢。

　　除了入聲韻以外，十六攝與十九部的大致對應關係有下列三種情形。

　　1. 一個韻攝相當於一個韻部。

　　　　通攝相當於東鍾韻；

　　　　遇攝相當於魚模韻；

　　　　臻攝相當於真文韻；

效攝相當於蕭豪韻；

果攝相當於歌戈韻；

流攝相當於尤侯韻；

深攝相當於侵尋韻。

2. 兩個韻攝合併成一個韻部。

江攝、宕攝合併為江陽韻；

梗攝、曾攝合併為庚青韻。

3. 一個韻攝分派到不同的韻部。

止攝字分在支思韻和齊微韻；

蟹攝字分在齊微韻和皆來韻；

山攝字分在桓歡、寒山、先天三韻；

假攝字分在家麻韻和車遮韻；

咸攝字分在監咸、廉纖韻。

以上只是概括性的對比。各類都可能有少數例外字。

　　下面列出十九部的韻母表和構擬的音值。各部的次序依照原書排列，各部內指出來自《廣韻》哪些韻（平聲兼括上去聲，入聲韻目單列），少數字的例外分流也作必要的簡單交代。目前音韻學界對十九部音值的構擬也存在著一些不同看法，但主要集中在少數幾個韻部的主要元音；就整體看，意見是比較一致的。

　　1. 東鍾　　　uŋ　　　　　iuŋ

本部字主要來自《廣韻》東、冬、鍾三韻；此外還有登、庚、耕、清、青諸韻的合口字和唇音字，但這些字也都兼收於庚青韻。

　　2. 江陽　　　aŋ　　　　iaŋ　　　　　uaŋ

本部字來自《廣韻》江、陽、唐諸韻。

　　3. 支思　　　ɿ　　　　　ʅ

本部字來自《廣韻》支、脂、之三韻開口字，聲母都是中古的精組、

章組、莊組、日母和少量知組字。在《中原音韻》都是 ts、ts‘、s、tʂ、tʂ‘、ʂ、ʒ 聲母。本部還有「澀瑟（原注「音史」）塞（原注「音死」）」三個入聲字。

　　4.齊微　　i　　ei　　uei

　　本部字來自《廣韻》支、脂、之、微、齊、祭、廢開合口，灰、泰合口；來自入聲韻的字在《廣韻》分屬於質、迄、職、德、陌、昔、錫、緝諸韻。

　　本部的開口、合口韻母一般都構擬為 ei、uei，與 i 在同一韻，似乎不合乎漢語「同韻腹、同韻尾」押韻的傳統。但是從晚唐、宋代到元代，這些字一直可以互押，一定是有音理基礎的。一種可能的解釋是這個 –i 不同於一般的韻尾，它在韻母中處於響度大的強勢地位，而 e 則發音較弱，近於過渡音的性質。到明代以後，ei、uei 就和 i 分開，不在同一個韻部了。

　　5.魚模　　u　　iu

　　本部字主要來自《廣韻》魚、虞、模三韻；還有侯韻、尤韻的一部分唇音字「母牡畝某謀浮富婦負」等。來自入聲韻的字在《廣韻》分屬於屋、沃、燭、沒、物、術諸韻；屋、燭韻字大部在本部，另有一部分在尤侯韻部，有些字在兩韻部重出；同類字兼收於兩部是文白異讀的關係，在本部的是讀書音，在尤侯韻部的是白話音。這種現象在現代北京話仍然存在。

　　6.皆來　　ai　　iai　　uai

　　本部字來自《廣韻》皆、夬、佳（部分）、咍、泰開口字；來自入聲韻的字在《廣韻》分屬於陌、麥和職開三的莊組字「側仄色穡」等。

　　7.真文　　ən　　iən　　uən　　iuən

　　本部字來自《廣韻》真、臻、諄、文、欣、痕、魂諸韻；還有來自侵韻的唇音字「品」。

8.寒山　　　an　　　　ian　　　　uan

本部字來自《廣韻》寒、刪、山和元韻輕唇音；還有凡韻的輕唇音「凡帆範犯泛」等字。

9.桓歡　　　uɑn

本部字來自《廣韻》桓韻，是合口韻。在寒山部有合口韻類，來自《廣韻》刪、山韻的合口二等，構擬為 uan；本部的韻腹估計當是接近於 a 的元音。也有的學者把本部韻母構擬為 on。

10.先天　　　iɛn　　　iuɛn

本部字來自《廣韻》先、仙、元諸韻；還有鹽韻唇音字「貶」。

11.蕭豪　　　ɑu/au　　　iau/iɛu

本部字來自《廣韻》蕭、宵、肴、豪諸韻；來自入聲韻的字在《廣韻》分屬於覺、藥、鐸，它們兼收於歌戈韻，在本部的是白話音，在歌戈韻部的是讀書音。上文已經提到，本部內幫母、見母、曉母存在對立的小韻，呈三元對立的格局。效攝的一等字與少數二等字為一個韻類，多數二等字為一個韻類，三四等字和少數二等韻入聲字為一種韻類。要決定各韻類之間的區別，最好的參照物是中古山攝各韻主要元音的分布格局，山攝在《中原音韻》分三個韻部，一等合口桓韻成為桓歡韻，一等寒韻開口、二等山刪韻開合口、三等元韻輕唇音共同構成寒山韻，三四等元、先、仙韻開合口共同構成先天韻；桓歡韻的韻腹為低、後元音，寒山韻韻腹為低、央元音，先天韻的韻腹為低、前元音。語音的結構關係一般是比較整齊、有規律的，主要元音跟不同的韻尾的結合方式有平行對稱性，收 –u 的蕭豪韻完全可能與收 –n 的桓歡、寒山、先天韻配合相同的主要元音。所以，對蕭豪韻韻母的合理解釋是一等韻類有和桓歡韻相同的主要元音，二等韻類有跟寒山韻相同的主要元音，三四等韻類有和先天韻相同的主要元音。十九部只有本部具有三個不同的韻腹。

12.歌戈　　　o　　　　io　　　　uo

本部字來自《廣韻》歌、戈（合一）；來自入聲韻的字在《廣韻》分屬於曷（牙喉音）、末、合（牙喉音）、盍（牙喉音）、鐸、藥、覺諸韻，鐸、藥、覺韻的字在本部屬於讀書音。

13.家麻　　a　　　ia　　　ua

本部字來自《廣韻》麻（開合二等）、佳（部分）；來自入聲韻的字在《廣韻》分屬於黠、鎋、狎、洽、曷（舌齒唇）、末（唇音）、合（舌齒唇）、盍（舌齒唇）、月（輕唇）、乏（輕唇）。

14.車遮　　iɛ　　　iuɛ

本部字來自《廣韻》麻（開三）、戈（開三合三）；來自入聲韻的字在《廣韻》分屬於薛、屑、月、葉、業、帖，還有陌開二少數字「客額」等。

15.庚青　　əŋ　　　iəŋ　　　uəŋ　　　iuəŋ

本部字來自《廣韻》庚、耕、清、青、蒸、登諸韻。其中合口字和部分唇音字兼收於東鍾韻，本部也收了冬韻的「疼」字。

16.尤侯　　əu　　　iəu

本部字來自《廣韻》尤、侯、幽諸韻；來自入聲韻的字屬於《廣韻》屋、燭韻，在本部的讀音應是白話音。

17.侵尋　　əm　　　iəm

本部字來自《廣韻》侵韻。

18.監咸　　am　　　iam

本部字來自《廣韻》覃、談、咸、銜諸韻。

19.廉纖　　iɛm

本部字來自《廣韻》鹽、嚴、添諸韻。

三、《中原音韻》的聲調系統

《中原音韻》的聲調分陰平、陽平、上聲和去聲，這是周德清的一

項重大改革。宋代以前，韻書、韻圖、音注、詩歌用韻等一直沿用齊梁以來的平、上、去、入四聲系統，歷千年而未變。直到《中原音韻》才破天荒第一次把實際口語的真正調類成系統地記錄在韻書當中。元以後的「正統」韻書仍然沿襲中古的四聲，但畢竟有了對立派，出現了打破舊規、按照「時音」歸納調類的多種韻書和韻圖，為我們留下了寶貴的語音史料，這一派正是從《中原音韻》開始的。

和傳統四聲比較，《中原音韻》聲調的特點可以概括為「平分陰陽」、「濁上變去」、「入派三聲」三句話。

「平分陰陽」是中古的平聲以聲母清濁為條件分化為陰平、陽平兩個調類：全清、次清聲母的平聲字讀成了陰平，全濁、次濁聲母的平聲字讀成了陽平。

「濁上變去」是中古全濁聲母的上聲字變成去聲，次濁聲母並沒有發生相同的改變，仍然讀上聲。

「入派三聲」是中古的入聲調消失了，也是根據聲母的清濁條件而分別變成了陽平、上聲和去聲：全濁聲母字變為陽平，次濁聲母字和影母字變為去聲，清聲母字變為上聲。其中，全濁變陽平、次濁變去聲和現代的北京話是一致的，只有清聲母入聲字一律變上聲和現代北京話不合。

《中原音韻》雖然取消了入聲，但入聲字並沒有混同到其他陰聲字的小韻當中，而是分別附在陰聲韻部的平聲、上聲、去聲之後，並且注明是「入聲作平聲」、「入聲作上聲」、「入聲作去聲」。周德清的自序和「正語作詞起例」也幾次談到入聲，但內容自相矛盾。例如「正語作詞起例」第四條：「《音韻》無入聲，派入平、上、去三聲。前輩佳作中間，備載明白。」這是肯定入聲消失。第五條卻說：「入聲派入平、上、去三聲者，以廣其押韻，為作詞而設耳。然呼吸言語之間，還有入聲之別。」在第十八條也說了類似的話：「入聲作三聲者，廣其押韻，為作詞而設耳，毋

以此為比。當以呼吸言語之間還有入聲之別而辨之可也。」這又是肯定入聲的存在。

關於《中原音韻》基礎方言是否有入聲，音韻學界存在著兩種截然不同的看法。一種看法認為，周德清既然把入聲字單獨列在其他三聲之後而沒有混同，而且強調「呼吸言語之間還有入聲之別」，可見當時實際上還是存在入聲的。但是，目前大多數學者認為，根據元曲的用韻情況和周德清所處的時代文化背景、語言環境來看，對周德清這些自相矛盾的話應該理解為「《中原音韻》並無入聲、四海之內尚有入聲」。

元曲用韻是周德清編著《中原音韻》韻譜的主要根據。早期元曲本來沒有韻書，用韻規律純粹出於天然之音，把入聲字分派到三聲，是客觀的語言事實。那麼，周德清為什麼還要聲明「呼吸言語之間還有入聲之別」和「入聲作三聲者，廣其押韻，為作詞而設耳」呢？這就需要從周德清所處時代的正音觀念和方言差異來理解。從正音觀念看，歷代官韻在士大夫階層中造成的傳統正音觀根深蒂固，而平、上、去、入四聲就是「正音」的重要內容。從語言環境看，南方大部分方言是有入聲的，當時北方的河南、山西等地也有入聲，在那些方言區的讀書人的意識中，以入聲為「正音」更是天經地義，根本不可能理解「入派三聲」是怎麼回事情。更為重要的是周德清一生主要是在自己的家鄉江西度過，他的家鄉江西高安話直到今天仍然有入聲，他無法從根本上否認入聲的存在。周德清就是在這種矛盾的情況下說出了表面看來自相矛盾的話。如果充分考慮到周德清編著《中原音韻》時各種複雜的社會、文化、語言因素，就不會被「入派三聲」和「呼吸言語之間還有入聲」之間的矛盾所困擾，也就不會得出《中原音韻》有入聲的結論了。

第四節 「小學派」韻書和韻圖舉要

能夠反映近代時音的「小學派」韻書、韻圖數量很多,包含的語音系統和語音現象十分複雜。為便於敘述,本節根據音系性質把它們分為兩大系列、三類。兩大系列是官話系列和方言系列,官話系列分為無入聲的一類和有入聲的一類,與方言系列共為三類。以下僅選擇一些較重要的著作做簡要介紹,它們代表了「小學派」的主要流派,也能夠反映出元朝以後漢語語音變化的總趨勢。

一、無入聲的官話音系

㈠《中原雅音》

《中原雅音》一書已佚,作者無考,大概在元末明初成書。明代章黼《韻學集成》(西元 1460 年)保存了其中許多音切和注釋。從書名可以看出作者編寫此書的目的也是為了「正音」。此書的詳細體例和規模已經無從得知,從《韻學集成》勾稽出的材料有一千四百多條,根據這些材料能夠瞭解它的語音系統。

《中原雅音》的聲母系統和《中原音韻》基本相同:古全濁聲母清化,平聲字歸次清,仄聲字歸全清;舌上音知組跟正齒音照組合併;喻母、疑母也併入影母,但古疑母字完全變到影母,不像《中原音韻》還有少數疑母字保持獨立的 [ŋ] 聲母;此外有一部分疑母、影母開口呼的字如「澳奧襖惡謳愛恩諳俺」等合併到泥母,即產生了輔音聲母 [n],這是本書獨特的地方。

本書的韻母系統和《中原音韻》大體一致,較明顯的差別有以下幾點:⑴寒、山兩韻之間的關係跟《中原音韻》桓歡、寒山二韻很不相同,本書的「寒」韻包括了《中原音韻》的桓歡韻全部和寒山韻中來自《廣

韻》寒韻的字；⑵《廣韻》登、庚、耕、清、青各韻的合口字在本書全部歸東韻，不像《中原音韻》那樣在庚青韻重出；⑶本書覃韻、皆韻中來自中古開口二等牙喉音的字沒有變成齊齒呼，而變成開口呼。

本書只有三個調類：平聲、上聲、去聲。平聲不分陰陽，跟《中原音韻》大不相同。古入聲分派到三聲，跟《中原音韻》一致：全濁入聲字變為平聲，次濁入聲字變為去聲，清聲母入聲字變為上聲。

《中原雅音》的語音系統雖然跟《中原音韻》接近，但是聲母、韻母、聲調都有明顯的差別，這說明它的基礎方言和《中原音韻》不同。

㈡《重訂司馬溫公等韻圖經》、《合併字學集韻》

《重訂司馬溫公等韻圖經》是一種韻圖，簡稱《等韻圖經》；《合併字學集韻》是韻書，音系和《等韻圖經》相同，二者互為表裡。兩書的編成時間在萬曆三十年（西元 1602 年），作者徐孝，明末北京人，生卒年和生平事跡均不詳。參與著述的還有一個張元善（西元？–1609 年），祖籍河南永城，世居北京。兩書記錄的是當時的北京語音系統，編纂時以劉鑑《切韻指南》、韓道昭《五音集韻》為藍本，依照實際語音合併音類而成，所以《等韻圖經》的體例類似《切韻指南》，《合併字學集韻》的體例類似《五音集韻》。以下所稱《等韻圖經》音系是兩書共同的音系。

聲母系統

《等韻圖經》在形式上有二十二個聲母，但其中三個聲母是虛設的，實際上只有十九個聲母。虛設三個聲母的原因是由於模仿《切韻指南》的體例，把齒頭音和正齒音併在同一欄，重唇音和輕唇音併在同一欄，為了兩兩對稱，在齒頭音增加一個虛位、輕唇音增加兩個虛位。正齒音有「照、穿、審、稔（日）」四個聲母，齒頭音只有「精、清、心」三個聲母，二類不對稱，就在齒頭音也設一個跟「稔」相對的聲母，以外加方框的「心」字來表示；重唇音有「幫、滂、明」三個聲母，輕唇音只有一個「非」母，二者不對稱，就在輕唇音設立「敷、微」二母跟「滂、

明」相對。十九聲母的代表字和音值是：

幫 p	滂 p'	明 m	非 f
端 t	透 t'	泥 n	來 l
精 ts	清 ts'	心 s	
照 tʂ	穿 tʂ'	審 ʂ	穃 ʐ
見 k	溪 k'	曉 x	影 ø

韻母系統

《等韻圖經》分十三攝，即十三韻部，較之《中原音韻》有不小的變化。下面列出十三攝包含的韻母和構擬的音值，並比較它們與《中原音韻》十九部的關係。

通攝：　　ən　　　iəŋ　　　uəŋ　　　yəŋ

本攝由《中原音韻》東鍾韻與庚青韻合併而成。

止攝：　　ɿ、ʅ　　　ər　　　i　　　　y

本攝來自《中原音韻》支思韻全部字、齊微韻的 [i] 韻母字、魚模韻的細音字（[iu] 變成了 [y]）。增加了 [ər] 韻母，是由支思韻的日母字變來的，即「兒」類字。

祝攝：　　u　　　　(iu)

本攝主要來自《中原音韻》魚模韻的洪音字。iu 韻母只有「育、倏、衄」等少數字，在大多數同類字都變成了 y 韻母的時候，它們的讀音可能是一種舊音殘存現象。

蟹攝：　　ai　　　iai　　　uai

本攝相當於《中原音韻》的皆來韻。

壘攝：　　ei　　　uei

本攝來自《中原音韻》齊微韻的洪音，即保持 ei、uei 兩個韻母的舊音。

效攝：　　au　　　iau　　　uau

　　本攝相當於《中原音韻》的蕭豪韻。但主要元音為一個，沒有對立。uau 韻母主要是唇音字，也有幾個其他聲母的字。

　　果攝：　　　o　　　　io　　　　uo

　　本攝相當於《中原音韻》的歌戈韻。

　　假攝：　　　a　　　　ia　　　　ua

　　本攝相當於《中原音韻》的家麻韻。

　　拙攝：　　　e　　　　ie　　　　ue　　　　ye

　　本攝收《中原音韻》車遮韻，另外還增加了齊微、皆來韻裡的讀 ei、ai、iai 韻母的古入聲字，如「刻劾德則黑色國或惑百白拍」等。本部的韻母和《中原》時代有所不同：增加了開口呼 e 和合口呼 ue，分別由齊齒呼 iɛ、撮口呼 iuɛ 的卷舌聲母和上面那些入聲字變來。

　　臻攝：　　　ən　　　　iən　　　　uən　　　　yən

　　本攝由《中原音韻》真文韻與侵尋韻合併而成，它們的合併是侵尋韻的韻尾 –m 變成 –n 的結果。

　　山攝：　　　an　　　　ian　　　　uan　　　　yan

　　本攝由《中原音韻》寒山韻、桓歡韻、先天韻、監咸韻、廉纖韻共五個韻部合併而成。合為一部，既由於主要元音的合併，也由於監咸、廉纖二韻的韻尾 –m 變成 –n。

　　宕攝：　　　aŋ　　　　iaŋ　　　　uaŋ

　　本攝相當於《中原音韻》江陽韻。

　　流攝：　　　əu　　　　iəu　　　　uəu

　　本攝相當於《中原音韻》尤侯韻。合口呼的 uəu 只有唇音字，把唇音字算作合口呼，在近代其他韻書中也能見到，並非本書所獨有。

　　聲調系統

　　《等韻圖經》的聲調也分陰、陽、上、去四聲，平分陰陽、濁上變去、全濁入聲變陽平、次濁入聲變去聲，和《中原音韻》是一致的。不

同之處在於清入聲字的歸派，它們不是全部派入上聲，而是分別派入陰平、陽平、上聲、去聲四個調類之中。如「擘、搭、掐、發」歸陰平，「卒、灼」歸陽平，「給、北、得、塔」歸上聲，「必、尺、祝、出」歸去聲。這種清入聲字分派四聲的格局已經跟現代北京話相同了。值得注意的是，清入聲字歸去聲的字最多，而且不少字有去聲和非去聲兩讀。從兩讀字的韻母分配來看，讀去聲的都屬於讀書音。

㈢《音韻逢源》

《音韻逢源》是一種同音字表式的韻圖，成書時間在道光庚子（西元 1840 年）。作者裕恩，滿族人，努爾哈赤第十五子豫王多鐸的後裔。本書音系以當時的北京音為基礎，而又折中傳統韻書。具體而言，它的聲母系統不合乎北京音的地方較多，韻母系統偶有違背北京音之處，聲調則合乎北京音。

本書有二十一個聲母，比《等韻圖經》多出了實際上不存在的微母、疑母，也沒有反映出北京話已經出現的尖團不分等現象。

韻母系統分十二部，以地支命名；各部中分四呼、四聲，分別以八卦命名。各部的韻母如下：

子部：	aŋ	iaŋ	uaŋ	
丑部：	an	ian	uan	yan
寅部：	əŋ	iəŋ	uəŋ	yəŋ
卯部：	ən	iən	uən	yən
辰部：	au	iau		
巳部：	ai	iai	uai	
午部：	əu	iɔu		
未部：	ei (ər)		uei	
申部：	ə		uə	yə
酉部：		ie		yɛ

　　　戌部：　　ı、ʅ　　i　　　u　　　y

　　　亥部：　　a　　ia　　ua

　　本書聲調系統也分陰、陽、上、去四聲。入聲字在四聲的分派和《等韻圖經》小有出入。《等韻圖經》清入字歸去聲的多，凡是有異讀的字均為去聲跟非去聲的對立，讀書音在去聲；在《音韻逢源》裡歸陽平的字大量增加，讀書音分在陽平和去聲兩讀，一般是聲母為不送氣的字讀陽平，聲母為送氣音和擦音的字讀去聲，更接近現代北京話。

二、有入聲的官話音系

　　有入聲的官話韻書、韻圖比無入聲的要多得多，音系的差異更為複雜。其中有的是由於未能擺脫傳統韻書的影響才分出入聲的，並不能完全反映當時的實際音類。下面分別從元代到明初、明末到清初的著作中各列舉幾種，以見其流變大勢。

㈠元代到明初的幾種韻書

《古今韻會舉要》

　　宋末元初黃公紹著《古今韻會》，卷秩浩繁，熊忠刪改重訂成《古今韻會舉要》（西元 1297 年）。黃書早佚，熊書得以流傳並且有較大影響，後世多簡稱《韻會》。

　　《韻會》按照劉淵的《壬子新刊禮部韻略》分 107 韻，各韻仿《五音集韻》的體例以三十六字母、四等分辨小韻。這是表面上的一層音系。在這個框架之內還包含著另一層音系：在韻母方面，把實際上韻母相同、聲調相同的字歸納為一類，叫做「某字母韻」，分別在各韻注明。有的一韻之內分幾個字母韻，如東韻分「公字母韻」、「弓字母韻」、「雄字母韻」；同一字母韻的字也可能分在幾個韻，如「公字母韻」分在東韻、登韻、庚韻。在聲母方面，另有一套字母體系，韻內各字下注宮商、清濁，有的注「音與某同」以顯示實際讀音與傳統韻書讀音的不同，「音」即聲母，

從中得到的是另外一種聲母系統。

第二層音系能夠反映出當時的實際語音，聲母系統的特點有：知組跟照組合併，喻母和疑母字重新組合，分為疑母（包含中古疑母一等、三等開口、喻三開口字）、魚母（包含中古疑母二三等合口、喻三合口字）、喻母（包含中古疑母二四等開口、喻四全部字），匣母分為匣（包含中古匣母的細音字）、合（包含中古匣母的洪音字）二母，影母分為影、幺二母（條件不明）。韻母系統包括平聲 66 個字母韻、上聲 61 個字母韻、去聲 60 個字母韻、入聲 29 個字母韻，共 216 個韻類。中古入聲韻的 –p、–t、–k 三種塞音韻尾的界限已經不存在。陰聲韻和陽聲韻的韻類比同時代的《中原音韻》複雜得多。對這層音系的性質，現代音韻學界的看法有較大分歧。黃公紹、熊忠都是福建昭武（今邵武）人，他們所引以為據的可能是南宋時形成的南方「雅音」，兼有福建方言的成分。

《洪武正韻》

這是明太祖朱元璋下詔編纂的一部官韻。據序言所說，朱元璋不滿於以前的官韻「起於江左、殊失正音」，所以組織一些文人編纂新的韻書以取而代之，並且要求「一以中原雅音為正」，這裡說的「中原雅音」應當是當時的「官話」。此書平、上、去三聲各分二十二韻，入聲十韻。平聲韻目是：

一東、二支、三齊、四魚、五模、六皆、七灰、八真、九寒、十刪、十一先、十二蕭、十三爻、十四歌、十五麻、十六遮、十七陽、十八庚、十九尤、二十侵、二十一覃、二十二鹽

入聲韻目是：

一屋、二質、三曷、四轄、五屑、六藥、七陌、八緝、九合、十葉

書中沒有標注字母，近代學者通過系聯反切上字，得出的結果是共有三十一個聲母，其中有九個全濁聲母。

《洪武正韻》雖然是「欽定」韻書，明王朝卻沒有以它作為科舉考

試的準則，而是起用從前的平水韻作為科場用韻的規範。有明一代，《洪武正韻》在名義上備受尊崇，多次翻刻印行，實際上沒有發揮多少作用。其中原因，可能是由於朱元璋對它不滿，明末呂坤《交泰韻・凡例》說：「《正韻》之初修也，高廟召諸臣而命之曰：『韻學起於江左，殊失正音。須以中原雅音為正。』而諸臣自謂從雅音矣，及查《正韻》，未必盡脫江左故習。」朱元璋心目中的「雅音」是什麼樣子的，已無從知曉；《正韻》的音系跟《中原音韻》、《中原雅音》等書裡的音系有很大出入，也肯定跟江淮地區的官話音系不完全相合，它在一定程度上有遷就傳統的傾向，體現了文人守舊習氣。比如平聲不分陰陽，入聲還保持中古三類韻尾的區別，是守舊的做法；聲母有全濁音，則可能參考了吳方言，實際也表現了復古的傾向。而且各韻體例沒有採納等韻的條理秩序，全仿《廣韻》類韻書，也是一種舊習。

《韻略易通》

作者蘭茂，字廷秀，號止庵，雲南嵩明人。成書時間在正統壬戌（西元 1442 年）。凡例中聲明此書的編纂目的就是為了便於訓蒙而作，故只收常用字；又按照等韻學的分析方法安排次序，以便循音查字。全書的體例在前文第三章已經介紹過。

本書的聲母系統即〈早梅詩〉二十字母（見第五章「字母」節），和《中原音韻》聲母的區別在於疑母字併入了影母。

韻母系統分二十部，大體和《中原音韻》一致，只有魚模韻分成居魚、呼模二韻。韻目用字也仿照《中原音韻》以兩字為名，但字面有改變，前一字用陰平字、後一字用陽平字；唯有廉纖韻例外，或許是偶誤。排列順序是陽聲韻部在前、陰聲韻部在後。二十部是：

東洪　江陽　真文　山寒　端桓　先全　庚晴　侵尋　緘咸　廉纖

支辭　西微　居魚　呼模　皆來　蕭豪　戈何　家麻　遮蛇　幽樓

入聲字不歸陰聲韻，而附在陽聲韻，是不同於《中原》的一大特點。這

可能是為了在形式上服從《洪武正韻》。

聲調系統表面上分平、上、去、入四聲，但平聲中事實上把陰、陽分開了。在「平聲」小韻，陰平字和陽平字中間有小圓圈隔開，不是真正的同音字（如圖二所見「圈」組與「拳」組之間有圓圈作分界）。

《韻略易通》和《洪武正韻》時代很接近，而音系的差別相當大。例如《正韻》有全濁聲母而《易通》沒有；《正韻》平聲不分陰陽而《易通》分。《易通》顯然是以《中原音韻》為本，變動的地方是分了居魚、呼模，這也是以當時的北方話為根據的；《正韻》則折中的方言現象多一些，守舊的色彩更濃一些。

㈡明末清初的幾種官話韻書、韻圖

明末清初也是「音韻鋒出」的時代。下面只把李登《書文音義便考私編》（西元 1587 年）、呂坤《交泰韻》（西元 1613 年）、樊騰鳳《五方元音》（西元 1664 年之前）、馬自援《等音》（西元 1681 年之前）四種著作的音系加以比較，從中可以看出這個時期的韻書所反映出的官話音系的異同。前三種書的簡要情況在第五章已有所介紹；《等音》一書在清代也是有較大影響的著作之一，作者馬自援是陝西米脂人，生長於雲南。他著《等音》，自稱「惟用正音」，「欲知何者為正音，五方之人皆能通解者，斯為正音也」，書中的音系自然是一種官話音系。

聲母的比較

四書的聲母雖互有出入，但差別很小。下面把各書的聲母代表字列舉出來以資比較，加括號的聲母表示已被合併。

《私編》	《交泰韻》	《五方元音》	《等音》	擬音
幫	幫	梆	幫	p
滂、平	滂	匏	滂	p'
明	明	木	明	m
非、奉	非	風	非	f

微	微	（雲、蛙）	微	v
端	端	斗	端	t
透、廷	透	土	透	t'
泥	泥	鳥	泥	n
來	來	雷	來	l
照	照	竹	照	tʂ
穿、牀	穿	蟲	穿	tʂ'
審、禪	審	石	審	ʂ
日	日	日	日	ʐ
精	精	剪	精	ts
清、從	清	鵲	清	ts'
心、邪	心	絲	心	s
見	見	金	見	k
溪、群	溪	橋	溪	k'
曉、匣	曉	火	曉	x
疑	（影）	（雲、蛙）	疑	ŋ
影、喻	影	雲、蛙	影	ø

《交泰韻》二十聲母跟〈早梅詩〉二十字母是一致的。另外三種書的聲母略有不同。

《私編》形式上立三十一個聲母，仄聲不分清濁，有二十一個聲母；平聲分清濁，多出十個聲母。但實際上平聲裡所謂清濁乃是聲調的陰陽之分。在跟李登同時代的一些音韻學家的論述中，常常把聲母的清濁與聲調的陰陽混為一談。所以不必被表面現象迷惑，應該把《私編》的聲母考定為二十一個。

《五方元音》形式上有二十字母，但「雲、蛙」二母事實上都是零聲母，因作者要附會「理數」而分立。書中稱：「五（五行）四（四象）

二十，亦天地自然之數。……雲、蛙二母相近而實分，亦經緯所必至，理數不能無是」，所以真實的聲母是十九個。

《等音》雖晚出，但卻多微、疑二母，這可能是為了兼顧「五方皆能通解之音」的緣故。

韻母的比較

下面只比較陽聲韻和陰聲韻的韻母。各韻類按原書韻目列出，後附構擬的音值；同韻不止一個韻類的依照開、齊、合、撮四呼順序在韻目後加阿拉伯數字表示；外加圓括號的韻類表示此類字在該書已被合併；韻類排列次序大體依照《韻略易通》（以陽聲韻在前、陰聲韻在後），其次則遷就較早出的《私編》次序。

《私編》	《交泰韻》	《五方元音》	《等音》
東 1[oŋ]	東 1[oŋ]	龍 3[uəŋ]	公 [uəŋ]
東 2[ioŋ]	東 2[ioŋ]	龍 4[yəŋ]	弓 [yəŋ]
陽 1[aŋ]	陽 1[aŋ]	羊 1[aŋ]	岡 [aŋ]
陽 2[iaŋ]	陽 2[iaŋ]	羊 2[iaŋ]	江 [iaŋ]
陽 3[uaŋ]	陽 3[uaŋ]	羊 3[uaŋ]	光 [uaŋ]
真 [iən]	真 2[iən]	人 2[iən]	巾 [iən]
諄 [yən]	文 2[yən]	人 4[yən]	君 [yən]
文 1[ən]	真 1[ən]	人 1[ən]	根 [ən]
文 2[uən]	文 1[uən]	人 3[uən]	昆 [uən]
寒 1[an]	刪 1[an]	天 1[an]	干 [an]
寒 2[ian]	刪 2[ian]	天 2[ian]	間 [ian]
寒 3[uan]	刪 3[uan]	天 3[uan]	官 [uan]
（寒 1）	寒 1[ɑn]	（天 1）	（干）
桓 [uɑn]	寒 2[uɑn]	（天 3）	（官）
先 [iɛn]	先 1[iɛn]	（天 2）	（間）

元 [yɛn]	先 2[yɛn]	天 4[yan]	涓 [yan]
庚 1[əŋ]	庚 1[əŋ]	龍 1[əŋ]	庚 [əŋ]
庚 2[uəŋ]	庚 2[uəŋ]	（龍 3）	（公）
庚 3[yəŋ]	（東 2）	（龍 4）	（弓）
青 [iŋ]	青 [iŋ]	龍 2[iəŋ]	京 [iəŋ]
支 1[ɿ]	支 1[ɿ]	地 1[ɿ]	貲 [ɿ]
（支）[ʮ]	（支）[ʮ]	（地 1）[ʮ]	而 [ər] [i]
支 2[i]	齊 [i]	地 2[i]	基 [i]
灰 [uei]	灰 [uei]	地 3[uei]	規 [uei]
魚 [y]	魚 [y]	地 4[y]	俱 [y]
模 [u]	模 [u]	虎 [u]	孤 [u]
皆 1[ai]	皆 1[ai]	豺 1[ai]	該 [ai]
皆 2[iai]	皆 2[iai]	豺 2[iai]	皆 [iai]
皆 3[uai]	皆 3[uai]	豺 3[uai]	乖 [uai]
蕭 [iau]	蕭 [iau]	獒 2[iau]	交 [iau]
豪 [au]	豪 1[ɑu]	獒 1[au]	高 [au]
（蕭）	豪 2[iɑu]	（獒 2）	（交）
歌 1[o]	歌 1[o]	駝 1[o]	歌 [o]
歌 2[uo]	歌 2[uo]	駝 2[uo]	戈 [uo]
麻 1[a]	麻 1[a]	馬 1[a]	迦 [a]
（麻 1）	麻 2[ia]	馬 2[ia]	家 [ia]
麻 2[ua]	麻 3[ua]	馬 3[ua]	瓜 [ua]
（遮 1）	（遮 1）	（蛇 1）	遮 [e]
遮 1[ie]	遮 1[ie]	蛇 1[ie]	耶 [ie]
遮 2[ye]	遮 2[ye]	蛇 2[ye]	靴 [ye]
尤 1[əu]	尤 1[əu]	牛 1[əu]	鉤 [əu]

尤 2[iəu]	尤 2[iəu]	牛 2[iəu]	鳩 [iəu]
（真）	（真 2）	（人 2）	金 [iəm]
（先）	（先 1）	（天 2）	兼 [iam]

四種書的韻母有相當不小的差別。陽聲韻的區別大一些，《私編》和《交泰韻》的陽聲韻分韻多，中古的通攝與梗攝、曾攝仍然分為不同的韻部，臻攝（含深攝）、山攝（含咸攝）各分出幾個韻部；《五方元音》、《等音》的陽聲韻部少，通攝、梗攝、曾攝合併為一部，山攝合併為同一部，臻攝合併為同一部。效攝二等開口牙喉音字在《交泰韻》仍然沒有跟三四等的齊齒呼合併（即豪韻第二類 iɑu），而其他三種書裡都合併了。「兒」類字在《等音》獨立為一個「而」韻類，其他三書則歸入舌尖元音一類。《等音》還保留不完整的閉口韻，其他三書都變成了抵顎韻。

入聲韻類在各書中的出入也比較大，這裡不再詳細分析。

聲調問題

上面幾種書都是平分陰陽的。《私編》在形式上平聲只有一個調類，但它在平聲裡分清濁，那只是表面現象，實質上並非聲母的清濁之分，而是聲調的陰陽之分。入聲調在各書都存在，但《交泰韻》的入聲是分陰陽兩類的，有六個調類；另外三種書各有五個調類。

※　　　　　※　　　　　※

從以上所舉幾種不同類型的官話系列的韻書可以看出，無論是有入聲還是無入聲，各音系都互有出入，沒有完全相同的。其原因正如前文所說，古代的官話語音還沒有形成一個十分嚴格的標準音系統。歷代王朝能夠規定出一個在科場中必須遵守的書面上的官韻系統，但無法把口頭上講的語言真正統一起來。同樣是講官話，不同地方的人「各挾土風」是不可避免的。當時編纂的韻書或韻圖，雖然大都以所謂「五方之人皆能通解」的官話作基礎，但要在書裡把聲類、音類分得很具體，就不得不參考某個具體的方言。所參照的方言不同，歸納出的音系也必然有差

異。徐孝是北京人，他參照的是北京話；呂坤是河南人，又堅稱「河洛不南不北，當天地之中，為聲氣所萃」，他參照的一定是河南話；李登是南京人，他參照的可能是南京話；樊騰鳳用的大概是河北南部的方言；馬自援自稱廣泛關注各地人的「正音」，他編書時折中方言的傾向更為明顯。總之，我們不能用現代標準音的觀念來理解近代官話的語音系統。

三、南方方言韻書音系舉例

明清時期方言音韻的研究比較薄弱，研究成果遠不如官話音韻，然而也出現了不少方言韻書。儘管這些韻書在過去不被重視，但在音韻學裡也應該有它們的地位。下面簡要介紹兩種有一定代表性的近代方言音系。

㈠《聲韻會通》《韻要粗釋》的吳方言音系

《聲韻會通》（西元 1540 年）是同音字表式的韻圖，《韻要粗釋》是與之相配套的韻書，同為王應電所著。音系大概是以王應電的家鄉江蘇昆山的方言為基礎，對於瞭解明代中期的吳方言語音很有價值。

聲母系統

書中有二十八聲母，以一首四言詩作為代表字，已見於第五章字母部分。下面按照發音條理重新排列，並加上擬音，同時指出各母所包含的字來自三十六字母哪些聲母，以便分析它的方音特點。

《會通》聲母	三十六字母	《會通》聲母	三十六字母
教 [k]	見	弼 [b]	並
坤 [k']	溪	明 [m]	明
乾 [g]	群	法 [f]	非敷
乂 [ŋ]	疑泥娘（少）	文 [v]	奉微
英 [ø]	影喻（少量上聲字）	子 [ts]	精知照
興 [x]	曉	清 [ts']	清徹穿

月 [ɦ]	匣喻疑（少）	字 [dz]	從邪澄牀
等 [t]	端	恤 [s]	心審
天 [t']	透	是 [z]	邪禪日牀
同 [d]	定	哲 [tʂ]	知照
寧 [n]	泥娘	昌 [tʂ']	徹穿
禮 [l]	來	丞 [dʐ]	澄牀禪
兵 [p]	幫	聖 [ʂ]	審
丕 [p']	滂	日 [z]	日禪牀

這個聲母系統的主要特點有：保存全濁音聲母；匣母和喻母合一；奉母和微母合一；牀、禪母派入澄母和日母；知照系字有不少變到了齒頭音精組；有些泥母、娘母字跟疑母合併。

韻母系統

《會通》分四十五韻，每韻只有一個韻母，入聲韻附於陽聲韻，中古的 –p、–t、–k 三類韻尾沒有打亂，韻目大多用「月」母字。下面只列出陰聲韻母和陽聲韻母，音值的構擬以現代昆山方音為主要依據。

形 [iə]	恆 [əŋ]	橫 [uəŋ]	熒 [yəŋ]
容 [ioŋ]	紅 [oŋ]		
寅 [iən]	痕 [ən]	魂 [uən]	雲 [yən]
言 [iɛn]	寒 [ɛn]	桓 [uɛn]	玄 [yɛn]
	閑 [an]	還 [uan]	
淫 [iəm]	簪 [əm]		
鹽 [iɛm]	含 [ɛm]		
咸 [iam]	談 [am]		
陽 [iaŋ]			
降 [iɑŋ]	航 [ɑŋ]	王 [uɑŋ]	
兮 [i]	資 [ɿ]	支 [ʮ]	餘 [y]

禾 [əɯ]

湖 [əu]

耶 [ie]　　　　　　　　　　　　　　　　　　　靴 [ye]

厓 [io]　　　遐 [o]　　　華 [uo]

諧 [ia]　　　孩 [a]　　　懷 [uai]

　　　　　　　　　　　　　回 [uæ]

尤 [iE]　　　侯 [E]

爻 [ɒ]　　　豪 [ɒ]

　　這個韻母系統的主要特點有：a) 有收 –m 韻尾的閉口韻。b) 中古的山攝、咸攝裡的一等韻與二等韻分在不同的韻部，但一等開口字有分化。大體而言，一等開口寒韻的牙、喉音為一類，即上面的寒韻，主要元音跟三四等字相同；舌、齒音則併入二等韻，即上面的閑、還二韻；山攝一等合口字歸桓韻；咸攝一等談韻多數字、覃韻字為一類，歸上面的含韻，主要元音跟三四等字相同；談韻舌、齒音裡的一部分併入二等韻，即上面的談、咸二韻。c) 中古三等韻元、凡韻裡的輕唇音字變到二等字為主的「還」韻，這意味著收 –m 的輕唇音字已經變成抵顎 –n 韻尾了。d) 中古宕攝字分化為兩類，三等開口字自成一類，即上面的陽韻；一等字和三等合口字為一類，並且跟二等江韻合流，成為上面的降、航、王三韻。e) 合口呼韻母一般只限於牙喉音；舌齒音的合口字讀成了開口呼。

　　聲調

　　本書仍然分平上去入四聲。現代吳方言的調類比較複雜，但近代吳方言韻書一般不分別聲調的陰陽，《聲韻會通》就是如此。這可能並非近代吳方言還不分聲調的陰陽，而是由於聲調的陰陽之分總是和聲母的清濁之分結合在一起，辨音功能是重合的，大概韻書作者認為聲母分了清濁便無須再區分聲調的陰陽了。

　　㈡《戚參軍八音字義便覽》所記的福州音系

　　《戚參軍八音字義便覽》是現存最早的閩方言韻書，相傳是明代抗倭名將戚繼光駐防福建時為了教此方士兵學習福州話而編的。前邊第五章已經提到它，也已經列舉了它的聲母即「十五音」。這裡只把它的韻母系統簡要介紹一下。

　　本書的韻母系統分三十六韻，稱作「三十六字母」，並把各韻的韻目編成一首詞：「春花香，秋山開，嘉賓歡歌須金杯，孤燈光輝燒銀釭。之東郊，過西橋，雞聲催初天，奇梅歪遮溝。」這個韻母系統跟現代福州方言的韻母系統十分接近，它們在現代福州話的讀音如下：

春 [uŋ][uʔ]	花 [ua]	香 [yɔŋ][yɔʔ]
秋 [ieu]	山 [aŋ][aʔ]	開 [ai]
嘉 [a][aʔ]	賓 [iŋ][iʔ]	歡 [uaŋ][uaʔ]
歌 [ɔ]	須 [y]	金（同賓）
杯 [uei]	孤 [u]	燈 [eiŋ][eiʔ]
光 [uɔŋ][uɔʔ]	輝 [uei]	燒 [ieu]
銀 [yŋ][yʔ]	釭 [ouŋ][ouʔ]	之 [i]
東 [øyŋ][øyʔ]	郊 [au]	過 [uɔ][uɔʔ]
西 [ɛ]	橋 [yɔ][yɔʔ]	雞 [ie]
聲 [iaŋ][iaʔ]	催 [øy]	初 [œ]
天 [ieŋ][ieʔ]	奇 [ia][iaʔ]	梅（同杯）
歪 [uai]	遮（同奇）	溝 [eu]

原書有注：「內金同賓，梅同杯，遮同奇，實止三十三字母。」這條注釋也許是後來的翻刻者加上去的，表明某些歷時性的語音合流現象。除了所注的三韻，從上列韻母可以看出，舒聲韻裡「杯」跟「輝」、「秋」跟「燒」到現代福州話也分別變得同音了。即使如此，《便覽》音系與現代福州音系的差別也是很小的。

　　本書的聲調在形式上分「八音」，即平、上、去、入各分清濁而為八

個調類；但「濁上」是有名無實的虛設調類，實際上只有七個聲調，這
跟現代福州方音也是一致的。

第十章　漢語語音歷史發展縱覽

　　以上各章重點介紹了中古時代的《切韻》音系、上古時代的先秦音系和近古時代《中原音韻》所代表的元代北方官話音系，下面要把各個時代連貫起來考察漢語語音的歷史變化過程。語言總是處在可察覺或不可察覺的經常性變動過程之中，成系統的變化都是逐漸進行的而不是突然發生的。在先秦音系與《切韻》音系之間、《切韻》音系與《中原音韻》之間、《中原音韻》與現代漢語之間，漢語語音一直處在緩慢的變化過程之中，不是一下子從這個音系跳躍到那一個音系。由於方言的分化和方言之間的相互影響，增加了漢語語音的變化過程的複雜性。本章只簡要敘述各個時代所發生的重要語音變化，粗略地勾勒出一個從上古到現代這幾千年裡漢語語音歷史發展的縱向輪廓。

第一節　先秦到《切韻》之間的語音變化

一、兩漢時期的語音變化

㈠兩漢的聲母

　　漢代（西元前206–西元220年）是漢語史上聲母發生重大轉變的時期，先秦的許多重要特徵，特別是複輔音聲母，在這個時期開始消失，逐漸形成了以單純聲母為特點的聲母系統。

　　漢代上距造字時代已遠，不能再憑藉諧聲字去分析聲母；而反切則

剛剛出現，文獻中所殘存的東漢反切不過寥寥數條，不能透露出多少聲母方面的信息。關於漢代的聲母狀況，主要是從出土文獻的異文假借、傳世文獻的經師注音以及漢語和外語的對音等材料中得到的。

近幾十年來發掘出了大量秦漢竹簡書和帛書，這類材料長期沉埋地下，未經後人輾轉傳抄、翻刻，保存著當時使用文字的原狀，其中使用的通假字特別多，而且有一定的規律性，為研究當時的聲母系統提供了重要依據。這類材料的出土地點分布很廣泛，東起山東，西至甘肅、新疆，北自河北，南至湖南，對秦漢時代語音的反映應該說是比較全面的。通過對簡帛文獻中的異文通假字的研究，可以瞭解到西漢時代聲母的情況。

研究東漢聲母的主要材料是傳世典籍裡的音注，如《說文解字》、《釋名》、《風俗通義》等書裡的「讀若」、聲訓，鄭玄、何休、應劭、服虔等人的直音和「讀如」、「讀為」等音注方式或音義兼注方式。這些音注並不全是嚴格的同音字相注，而往往用音近字相注，所以辨析時必須十分謹慎，研究手續也複雜一些。此外，東漢時已經出現了漢譯佛典，其中的音譯詞對於研究當時的聲母、韻母都有重要作用。

第八章所構擬的先秦聲母系統是分析兩漢聲母的出發點。下面列出一個兩漢的綜合性聲母表，然後簡要分析這個時期所發生的聲母變化。

單純聲母

根據秦漢簡牘帛書的通假字和東漢的音注，並參考東漢的佛經對音詞，可以把兩漢時代的單純聲母歸納如下：

幫 p	滂 p'	並 b	明 m		
端 t	透 t'	定 d	泥 n		
精 ts	清 ts'	從 dz	心 s	邪 z	
莊 tʃ	初 tʃ'	崇 dʒ	生 s	俟 ʒ	
章 ȶ	昌 ȶ'	船 ȡ	書 ɕ	禪 ʑ	喻 ɤ	日 ȵ

見 k　　溪 k'　　群 g　　疑 ŋ　　匣 ɣ　　曉 x

影 ø

　　先秦聲母牙喉音可能分圓唇和不圓唇兩套，到漢代看不出這種區分，即曾經存在過的圓唇的舌根音變成了不圓唇的。

　　在簡牘帛書中，章組跟端組的關係仍然密切；在東漢的音注中，也常常以端組與章組互注，可見章組仍然可能讀舌面前塞音和擦音；但章組不再跟舌根音發生聯繫，可見原來可能存在的舌面中音 [c] 等也已合併到舌面前音了。

　　在簡牘帛書中，莊組字跟精組字雖然仍有較多的通假現象，但東漢佛經音譯詞裡是明確分開的，可以肯定兩組聲母已經成為不同的音類。

複輔音聲母

　　兩漢是複輔音聲母消失的階段。從戰國到西漢早期的簡牘帛書中還可以見到較多的複輔音跡象，西漢中期以後顯著減少，到東漢就只剩下些殘跡了。從戰國後期到西漢早期可能存在的複輔音有以下幾種類型。

　　1. N+c 型，即塞輔音前頭有一個鼻輔音 m–、n–、ŋ– 構成的複輔音聲母。如：

mb 類：以中古明母字跟幫、滂、並互相通假為證。

　　　　陌（明母）—佰（幫母）　　昩（明母）—費（幫母）

　　　　無（明母）—撫（滂母）　　沒（明母）—陂（滂母）

　　　　務（明母）—負（並母）　　俛（明母）—備（並母）

nd 類：以中古泥、娘、日母字跟端、透、定、知、徹、澄母字互相通假為證。

　　　　寧（泥母）—惕（透母）　　泥（泥母）—惕（透母）

　　　　柅（娘母）—梯（透母）　　餌（日母）—恥（徹母）

ŋg 類：以中古疑母字跟見、溪、群、匣母字互相通假為證。

　　　　垠（疑母）—根（見母）　　眼（疑母）—艮（見母）

　　　　逆（疑母）－近（群母）　　驗（疑母）－儉（群母）

　　　　娥（疑母）－河（匣母）　　敖（疑母）－豪（匣母）

　　2. C+l 型，即一個輔音後邊加 l 構成的複輔音聲母。如：

pl 類：以中古幫、滂、並、明諸母跟來母字互相通假為證。

　　　　稟（幫母）－廩（來母）　　膚（幫母）－臚（來母）

　　　　靡（明母）－贏（來母）　　埋（明母）－狸（來母）

tl 類：以中古端、透、定、知、徹、澄、禪諸母跟來母字互相通假為證。

　　　　體（透母）－禮（來母）　　佻（透母）－勞（來母）

　　　　寵（徹母）－弄（來母）　　攄（徹母）－慮（來母）

　　　　蟲（澄母）－贏（來母）　　屬（禪母）－婁（來母）

kl 類：以中古見、溪、群諸母字跟來母字互相通假為證。

　　　　兼（見母）－廉（來母）　　履（見母）－屨（來母）

　　　　泣（溪母）－茹（來母）　　葪（溪母）－類（來母）

　　　　競（群母）－諒（來母）　　儉（群母）－斂（來母）

　　3. S+C 型，即擦音 s 等在其他輔音前頭構成的複輔音聲母。此類複輔音在西漢初似乎只剩下 s、z 跟 t、d 等結合的形式了，例證是中古心母、邪母字跟透母、徹母、以母、定母等互相通假。

st 類：錫（心母）－賜（透母）　　傷（書母）－煬（透母）

zd 類：徐（邪母）－途（定母）　　似（邪母）－治（澄母）

　　　　俗（邪母）－育（以母）　　徐（邪母）－余（以母）

　　4. X+N 型，即鼻音前頭有清擦音 x– 構成的複輔音聲母。如：

xm 類：以中古曉母字跟明母字互相通假為證。

　　　　黑（曉母）－墨（明母）　　婚（曉母）－閩（明母）

　　　　荒（曉母）－妄（明母）　　忽（曉母）－物（明母）

xn 類：以中古曉母字跟泥、娘、日母字互相通假為證。

　　　　曉（曉母）－繞（日母）　　黑（曉母）－辱（日母）

xŋ 類：以中古曉母字跟疑母字互相通假為證。

　　　獻（曉母）－儀（疑母）　囂（曉母）－敖（疑母）

在第八章已經提到，有的學者把本類聲母擬作清鼻音 m̥、n̥、ŋ̊，則不屬於複輔音。

　　5. C+r 型。為先秦構擬的「C+r」型複輔音主要是為解釋中古舌上音與舌頭音、正齒音二等與齒頭音在上古的關係。到漢代，舌上音還沒有從舌頭音分化出來，正齒音二等跟齒頭音的關係也比較密切，由此可以推測在漢代 –r– 介音還沒有消失，即此類複輔音仍然存在。

　　異文假借和經師音注的情況是相當複雜的。例如假借字中有字形相近而互用的情形，經師音注有歷代師承傳授而存古的問題，這些因素都必須認真考慮。以上提出的聲母格局和構擬的複輔音只是一種可能性，對此學術界還有不少分歧意見，有待於今後研究解決。

　㈡兩漢的韻部系統

　　研究兩漢的韻部，也和研究先秦韻部一樣，是以詩歌韻文作為主要依據，如樂府詩歌、漢賦、箴銘傳贊之類；異文通假、經師音注、中外對音等也是較重要的參考資料。先秦的三十韻部到漢代有合併，也有分化；有的韻部雖然沒有發生明顯的分化或合併，但各部之間發生了一些字互相轉移的情況。西漢、東漢的韻部也稍有不同，總起來看，漢代韻部比先秦減少了，只有二十七部。重要的變化如下（各部內包含的「韻」指《廣韻》韻目，下同）：

　　1.韻部的合併和分化發生在以下幾個韻部：

　　⑴侯部和魚部合併。押韻例證：

　　辛延年〈羽林郎〉：奴、都、胡、壚、襦、珠、無、餘、廬、躕、壺、魚、裾、軀、夫、渝、區。（「襦珠躕軀渝區」是先秦侯部字，其餘是魚部字）

　　古詩〈陌上桑〉一解：隅、樓、敷、隅、鉤、珠、襦、須、頭、鋤、

敷。(「敷鋤」是先秦魚部字，其餘是侯部字)

　　⑵脂部和微部合併。押韻例證：

　　漢樂府〈長歌行〉：葵、晞、輝、衰、歸、悲。(「葵衰」是先秦脂部字，其餘是微部字)

　　張衡〈思玄賦〉：飢、遲、妃、眉、微。(「飢遲眉」是先秦脂部字，「妃微」是微部字)

　　⑶真部和文部合併。押韻例證：

　　司馬遷〈悲士不遇賦〉：辰、存、聞、勤、陳、分、伸。(「陳伸」是先秦真部字，其餘是文部字)

　　古詩〈為焦仲卿妻作〉：人、門、君、訊。(「人訊」是先秦真部字，其餘是文部字)

　　⑷質部和物部合併。押韻例證：

　　賈誼〈旱雲賦〉：節、沒。(「節」是先秦質部字，「沒」是物部字)

　　枚乘〈七發〉：忽、栗、汨。(「忽汨」是先秦物部字，「栗」是質部字)

　　張衡〈西京賦〉：一、嶂、律、出。(「一」是先秦質部字，其餘是物部字)

　　⑸月部中分出祭部，包括《廣韻》祭、泰、夬、廢四韻。(韻部分化的押韻例證從略)

　　2.各部之間字類的轉移發生在以下幾類：

　　⑴先秦的之部包含之韻字和咍、灰、尤、皆、侯、脂韻的部分字，在兩漢時本部字大體和先秦相同，只有少數字如尤韻的「牛久丘疢舊」、脂韻的「龜」轉入幽部。押韻例證：

　　劉向〈九嘆·遠遊〉：久、首。(「首」是先秦幽部字)

　　揚雄〈反離騷〉：流、丘。(「流」是先秦幽部字)

　　王褒〈九懷〉之一：蜩、州、遊、牛、流、休、悠、求……。(「牛」

是先秦之部字，其餘是幽部字）

　　⑵先秦的魚部包含魚、模韻和虞、麻韻的部分字。東漢時麻韻字轉移到歌部去了。押韻例證：

　　傅毅〈洛都賦〉：華、波、羅。（「華」是先秦魚部字）

　　張衡〈西京賦〉：家、過、加。（「家」是先秦魚部字）

　　漢樂府〈孤兒行〉：芽、瓜、車、家、多。（「多」是先秦歌部字）

　　⑶先秦歌部包含歌韻、戈韻和支韻、麻韻的部分字。西漢時歌部和支部讀音接近，有較多的合韻。到東漢，歌部裡的支韻字轉入支部。押韻例證：

　　傅毅〈雅琴賦〉：宜、枝。（「宜」先秦歌部字，「枝」支部字）

　　蔡邕〈琴賦〉：垂、陂、差、枝、歧、宜。（「枝歧」是先秦支部字，其餘歌部字）

　　⑷先秦陽部包含陽、唐韻和庚韻部分字。到東漢時陽部庚韻字轉入耕部。押韻例證：

　　班固《漢書・敘傳》：慶、輕、聲、盈、明、英。（「慶明英」是先秦陽部字）

　　班固〈西都賦〉：精、靈、成、明、京。（「明京」是先秦陽部字）

　　⑸先秦蒸部包含蒸、登韻和耕、東韻少數字。到東漢時東韻的「雄弓夢」等轉入冬部。押韻例證：

　　揚雄〈羽獵賦〉：窮、雄、溶、中。（「雄」以外都是先秦冬部字）

　　無名氏〈紫宮諺〉：雄、宮。（「宮」是先秦冬部字）

　　⑹先秦收 $-k$、$-t$ 的入聲韻部都有中古去聲字，到漢代大多數轉入相配的陰聲韻部。如職部的志韻字轉入之部，藥部的號韻、效韻字轉入宵部，屋部的候韻字轉入侯部（合併於魚部），鐸部的暮韻字轉入魚部，質部的至韻、霽韻字轉入脂部，物部的未韻、隊韻、至韻（部分）字轉入微部並合併於脂部等等。

下面列表把先秦三十部跟東漢二十七部作一對照，表中實線表示整體性的變化關係，虛線表示各部間部分字的轉移關係（原入聲韻部轉入陰聲韻部的去聲字未加表示）。

陰聲韻部		陽聲韻部		入聲韻部	
先秦	東漢	先秦	東漢	先秦	東漢
之 — 之		蒸 — 蒸		職 — 職	
幽 — 幽		冬 — 冬		覺 — 覺	
宵 — 宵				藥 — 藥	
侯		東 — 東		屋 — 屋	
魚 — 魚		陽 — 陽		鐸 — 鐸	
歌 — 歌					
支 — 支		耕 — 耕		錫 — 錫	
（月）— 祭		元 — 元		月 — 月（分出祭）	
脂 — 脂		真 — 真		質 — 質	
微		文		物	
		侵 — 侵		緝 — 緝	
		談 — 談		葉 — 葉	

二、魏晉時期的語音變化

三國（西元 220–265 年）、兩晉（西元 265–420 年）時期簡稱魏晉時期，是上古音向中古音轉變的中樞階段。在這個階段漢語語音的變化特別是韻部系統的變化比較劇烈，前後不同時期的語音面貌有較明顯的差異，但屬於連續性的發展關係而沒有中斷性的更迭交替，這一時期是中國歷史上社會最不穩定的時代之一。三國時代的文化中心在曹魏統治下的中原地區，重要文學家集中在曹魏政權範圍內，他們的作品代表著當時的文學語言。西晉時的文化中心也在中原地區。晉室南渡，東晉政權

偏居東南一隅，但依然以洛陽舊音為正音，文化界顯要人物也以南遷的北籍人士為主；北方則陷於混亂，文化大受摧殘。南方和北方的方言差別已經十分明顯，晉代郭璞所著《爾雅音義》和《方言注》等書多次提到當時的方言，其中最突出的是「江東」方言和「關西」方言，分別是南方方言和北方方言的代表。但是南方和北方文學作品的語言及押韻並無太大區別，可見全國範圍內的文學語言標準大致是相同的。

㈠魏晉時期的聲母

魏晉時期的聲母可以從古籍中保存的經師音注中考訂出來，梵漢對音材料也可資參考。這個時期反切的使用已經比較普遍，經籍注音既有直音，也有大量的反切，對字音的反映相當準確。下面以晉代呂忱、郭璞、徐邈的音注為根據，歸納出魏晉時代漢語聲母系統的基本面貌。

呂忱（生卒年不詳），任城（今山東濟寧）人。西晉初年曾作過義陽王典祠令，著有字書《字林》，已佚，《經典釋文》等古籍中保存著一部分他的音切。郭璞（西元 276–324 年），字景純，聞喜（今屬山西）人。著名文學家、語言文字學家，曾撰《爾雅音義》、《方言注》、《穆天子傳注》，都是釋義兼注音。《爾雅音義》已佚，不少音切保存在《經典釋文》中。此外他還為〈子虛賦〉、〈上林賦〉等作過音注，散見於《昭明文選》等書。徐邈（西元 344–397 年），祖籍東莞姑幕（今山東諸城）人。其祖父隨晉室南渡，他曾為《五經》、《論語》、《莊子》等書作過音注，《經典釋文》保存他的音切很豐富。呂、郭、徐三家音切在經籍中保存的數量很多，共計數千條。從中可以歸納出魏晉時期的漢語聲母系統：

幫 p	滂 p'	並 b	明 m		
端 t	透 t'	定 d	泥 n	來 l	
精 ts	清 ts'	從 dz	心 s	邪 z	
莊 tʃ	初 tʃ'	崇 dʒ	生 ʃ	俟 ʒ	
章 tɕ	昌 tɕ'	船 dʑ	書 ɕ	禪 ʑ	日 ȵ

見 k　　溪 k'　　群 g　　疑 ŋ

影 ø　　曉 x　　匣 ɣ　　以 j

這個時期聲母系統的主要特點是：

　　1.完全不存在複輔音聲母；

　　2.舌上音還沒有從舌頭音分化出來。反切例證：

　　　　郭音：灘，敕丹反；　　幢，徒江反；

　　　　　　　槌，度畏反；　　拿，奴加反。

　　　　徐音：綴，丁衛反；　　窒，得悉反；

　　　　　　　蟲，徒冬反；　　稀，敕古反。

　　3.莊組和精組分為兩類，精與莊、清與初、心與生的界限比較明確，但全濁聲母從、崇仍有牽連。反切例證：

　　　　呂音：雛，匠于反；　　岑，才心反；

　　　　郭音：槊，徂學反；　　岑，財金反；

　　　　徐音：棧，在簡反；　　鉏，在魚反。

　　4.由於此後不久就從舌頭音分化出舌上音，此時期章組聲母的音值應該已經由塞音 [ʈ] 等變成了塞擦音 [tɕ] 等。

　　㈡魏晉時期的韻部

　　　從東漢以後到南北朝後期，詩歌韻文所反映出的韻部演變趨勢是以分化為主，而且各韻部的分化與重新組合的過程錯綜複雜。魏晉時期的韻部系統比東漢的二十七部增加了很多，這個階段的前期和後期的韻部系統也不相同。下面分別簡述從東漢到三國和從三國到晉代發生的主要變化。為節省篇幅，對三國時期的韻部只列韻目，不列它們所包括的內容；只把晉代的韻部系統列為表格，顯示各部包含《廣韻》哪些韻的字。押韻舉例也盡量減少。

　　　從東漢到三國韻部的變化

　　　從東漢到三國，陽聲韻的變化小，陰聲韻和入聲韻的變化比較大。

甲、韻部的分合主要發生在以下幾部：

　　1. 之部分化為之、咍兩部。之部包含之韻和脂韻上、去聲的「鄙軌備」等字；咍部包含咍、灰、皆（少量）韻字。另外，原來之部的尤、侯韻字全部轉入幽部（漢代只有一部分轉入幽部）。

　　2. 魚部、幽部、宵部重新改組。魚部裡的侯韻字轉入幽部，魚部只剩下魚、虞、模韻字，相當於十六攝的遇攝；幽部裡的蕭、宵、肴、豪韻字轉入宵部，又吸收了來自魚部的侯韻字、來自之部的尤韻和侯韻字，所包含的內容就是尤、幽、侯三韻，相當於十六攝的流攝；宵部吸收了來自幽部的字，而沒有向外轉移的字，所包含的內容是蕭、宵、肴、豪四韻的全部字，相當於十六攝的效攝。

　　3. 祭部分化為祭、泰兩部。祭部包含祭韻和來自漢代脂部的霽韻字，泰部包含泰、夬、廢韻。

　　4. 月部分化為屑、曷兩部。屑部包含月、屑、薛、黠四韻，曷部包含曷、末、鎋三韻。

　　5. 藥、鐸兩部合併為一個韻部。

　　6. 緝部分化為緝、合兩部。緝部包含緝韻，合部包含合、洽韻。

　　7. 葉部分化為盍、葉兩部。盍部包含盍韻、狎韻，葉部包含葉、帖、業、乏四韻。

　　8. 蒸部分化為蒸、登兩部。蒸部包含蒸韻，登部包含登韻。

乙、各部之間的字類轉移主要發生在以下幾類：

　　1. 真部裡的先韻字（「天田年顛典殿千堅牽先賢玄犬淵」等）、仙韻字（「川穿」等）、山韻字（「艱鰥盼」等）轉入元部。押韻例證：

　　　　曹丕〈月重輪行〉：前、午、言。

　　　　曹植〈升天行〉：山、天、顛、仙。

　　　　曹植〈魏德論〉：權、川、湲、連。

「年天顛川」原來是真部字，其餘入韻字是元部字。

2.質部裡的屑韻字（「結節屑切鐵跌咽血穴」等）、點韻字（「軋」）轉入月部。押韻例證：

> 王粲〈七釋〉之四：節、折。

> 曹植〈七啟〉之一：雪、切、節、越。

「節切」原來是質部字，其餘入韻字是月部字。

3.上古侵部的「風」字在漢代已經跟冬部字相押，但跟侵部字相押的還很多，到三國時徹底轉入冬部。押韻例證：

> 曹植〈雜詩〉之二：風、中、窮、戎、充。

> 曹植〈告咎文〉：風、隆、嵩、豐。

經過以上所述的各種變化之後，漢代的二十七部到三國時代分成三十三部。即：

> 陰聲韻：之 咍 幽 宵 魚 支 脂 歌 祭 泰
> 陽聲韻：蒸 登 冬 東 陽 耕 真 元　　　侵　　談
> 入聲韻：職 德 覺 屋 藥 錫 質 屑 曷　　緝 合 盍 葉

從三國到晉代韻部的變化

兩晉詩文用韻明顯比三國時分部更多。其中陽聲韻的分化趨勢十分顯著，陰聲韻和入聲韻也各有分化現象。主要變化發生在以下這些韻部：

1.真部分化為真、魂兩部。真部包含真、諄、臻、文、欣五韻，魂部包含魂、痕兩韻。

2.元部分化為寒、先兩部。寒部包含寒、桓、刪三韻，先部包含先、仙、元、山四韻。

3.侵部分化為侵、覃兩部。侵部包含侵韻，覃部包含覃、咸兩韻。

4.談部分化為談、鹽兩部。談部包含談、銜兩韻，鹽部包含鹽、添、嚴、凡四韻。

5.脂部分化為脂、皆兩部。脂部包含脂、微兩韻，皆部包含皆、咍（部分）、灰（部分）、齊（部分）韻。

　　6.質部分化為質、沒兩部。質部包含質、術、櫛、迄、物諸韻，沒部包含沒韻。

　　經過了以上的分化過程，就形成以下三十九韻部：

陰聲韻	陽聲韻	入聲韻
之部：之脂少	蒸部：蒸	職部：職
咍部：咍灰半	登部：登	德部：德麥少
幽部：尤幽侯	冬部：冬東三等	覺部：沃屋三等覺少錫少
宵部：宵蕭豪肴	東部：東一等鍾江	屋部：屋一等燭覺半
魚部：魚虞模	陽部：陽唐	藥部：藥鐸覺半陌昔錫半
歌部：歌戈麻	耕部：庚耕清青	錫部：錫半昔半麥
支部：支佳齊半	真部：真諄臻文欣	質部：質術櫛物迄
脂部：脂微	魂部：魂痕	沒部：沒
皆部：皆齊半灰半咍少	先部：元山仙先	屑部：月黠薛屑
祭部：祭霽	寒部：寒桓刪	曷部：曷末鎋
泰部：泰夬廢	侵部：侵	緝部：緝
	覃部：覃咸	合部：合洽
	談部：談銜	盍部：盍狎
	鹽部：鹽添嚴凡	葉部：葉帖業乏

　　從晉代開始，從根本上改變了上古時代陰、陽、入三類韻母相配的格局，入聲韻跟陽聲韻相配而不跟陰聲韻相配。入聲韻的變化和陽聲韻的變化總是平行的，陽聲韻發生分化、合併或字類轉移時，入聲韻也相應地發生同樣的分化、合併或字類的轉移。這是漢語語音的一種結構性變化。

三、南北朝時期的語音變化

　　南北朝和隋代的漢語語音就是《切韻》所根據的現實語音基礎，或

者說《切韻》音系就基本上代表了這個時期的漢語語音。不過《切韻》是為「審音」目的而作的，要「論南北是非、古今通塞」，而且是「我輩數人定則定矣」，所分音類跟它的基礎方言的實際音類一定會有某些差別，不會完全相同。所以，還有必要參考詩文用韻以及其他材料對當時的語音系統作進一步的考訂。

㈠南北朝時期的聲母

南北朝初期的漢語聲母基本上還是和晉代一致的，到中期以後發生的變化是舌音分化為舌頭音「端、透、定、泥」和舌上音「知、徹、澄、娘」兩組。舌音分化的條件是明確的，一等、四等字仍為舌頭音，二等、三等字變為舌上音。北周至隋代的梵漢對音把這兩組聲母分用，以端組對譯舌尖前音，以知組對譯舌尖後音。如：

ti 底（端）　　tha 他（透）　　da 大（定）　　ni 泥（泥）

ṭi 知（知）　　ṭhi 痴（徹）　　ḍa 茶（澄）　　ṇi 膩（娘）

此外的變化是日母跟泥、娘母的關係也疏遠了。

《切韻》的聲母系統就是南北朝中後期漢語聲母的代表（見本書第四章和第六章），從這個時期的其他文獻裡還可以考訂出不同於《切韻》的聲母系統。如梁朝顧野王《玉篇》、隋陸德明《經典釋文》、隋曹憲《博雅音》等書的聲母系統，都帶有吳方言特色，屬於顏之推所說的「各有土風」之列。它們對於方言史研究有重要價值，在此不擬多談。

㈡南北朝初期的韻部

從詩文用韻的情況看，南北朝初期和中後期的韻部有顯著的不同。南朝初期的劉宋時代（西元 420–479 年）和北朝前期的北魏時代（西元 386–534 年）詩文用韻大體一致，可以總稱為南北朝初期。這一時期的韻部還比較接近於晉代，但也發生不少變化。主要的變化有以下幾方面：

1. 真部分化為真、文兩部。真部包含真、諄、臻三韻，文部包含文、欣兩韻。

2.質部分化為質、物兩部。質部包含質、術、櫛三韻，物部包含物、迄兩韻。

3.東、冬兩部合併為一部。押韻例證：

謝靈運〈山居賦〉：峰、縱、江、紅、風。

顏延之〈陶徵士誄〉：風、邦、恭、農。

鮑照〈還都口號〉：宮、通、風、冬、空、容、江、邦、逢、功。

以上諸例中「風農宮冬」是原來的冬部字，其餘是原來的東部字。

4.屋、覺兩部合併為一部。押韻例證：

謝靈運〈宋盧陵誄〉：酷、毒、辱、贖。

謝靈運〈山居賦〉：木、贖、濁、谷、竹、綠。

以上諸例中「酷毒竹」是原來的覺部字，其餘是原來的屋部字。

各部之間字類發生轉移的有以下幾類：

1.支部裡的齊韻字轉入皆部。押韻例證：

江淹〈冬盡難離〉：闈、題、懷、西、啼、乖、睽、蹊。

顏延之〈和謝靈運〉：迷、栖、闈、睽、霾、乖、蹊、稽、淮、黎、畦、偕、圭、懷。

以上諸例中的「闈題啼蹊畦圭」是原來的支部字，其餘是原來的皆部字。

2.先部的元韻字轉入魂部。押韻例證：

顏延之〈挽歌〉：昏、門、園、根。

鮑照〈代東武吟〉：喧、言、恩、源、垣、奔、溫、存、論、門、猿、軒、魂。

以上諸例中的「園喧言源垣猿軒」是元韻字，其餘是魂部的魂、痕韻字。

3.屑部裡的月韻字轉入沒部。這是跟元韻字的轉移相呼應的。

4.藥部的覺韻字（「較駁濯」等）轉入屋部；藥部裡的陌、麥、昔韻字（「白獲石」等）轉入錫部。藥部只剩下藥、鐸兩韻字。

5.沃部的錫韻字（「戚迪寂」等）轉入錫部。

在經過了以上各種變化以後，南北朝初期的韻部數目還是三十九個，但各韻部的內容跟晉代有了很多方面的差別。這三十九部是：

陰聲韻：之咍脂皆祭泰支歌魚幽宵
陽聲韻：東陽庚蒸登真文魂先寒侵覃談鹽
入聲韻：屋藥錫職德質物沒屑曷緝合盍葉

到這一時期，《切韻》同韻字分屬於不同韻部的情況就很少了，同韻字大部分都到了同一個韻部之內。

㈢南北朝中後期的韻部系統

南朝中後期的齊、梁、陳（西元 479–589 年）和北朝後期的東魏、西魏、北齊、北周（西元 534–581 年）的詩文韻部系統大體一致，可以總稱為南北朝中後期。這一時期韻部的分化趨勢更為顯著，從前一時期的三十九個韻部分化為五十六個韻部。這五十六部已經在前面第四章列出過，為了便於說明前後的變化，在此仍把它再次列出。

陰聲韻部	陽聲韻部	入聲韻部
支部：支	東部：東	屋部：屋
之部：之脂	冬部：冬鍾	沃部：沃燭
微部：微	江部：江	覺部：覺
魚部：魚	真部：真諄臻欣	質部：質術櫛迄
模部：虞模	文部：文	物部：物
齊部：齊祭	魂部：元魂痕	沒部：月沒
泰部：泰廢夬	寒部：寒桓	曷部：曷末
佳部：佳	刪部：刪	鎋部：鎋
皆部：皆	山部：山	黠部：黠
咍部：灰咍	先部：先仙	屑部：屑薛
宵部：蕭宵	陽部：陽唐	藥部：藥鐸
肴部：肴	庚部：庚耕清	陌部：陌麥昔

豪部：豪　　　青部：青　　　錫部：錫

歌部：歌戈　　蒸部：蒸　　　職部：職

麻部：麻　　　登部：登　　　德部：德

尤部：尤侯幽　侵部：侵　　　緝部：緝

　　　　　　　覃部：覃銜　　合部：合狎

　　　　　　　談部：談　　　盍部：盍

　　　　　　　鹽部：鹽添咸　葉部：葉帖洽

　　　　　　　嚴部：嚴凡　　業部：業乏

從南北朝初期三十九部到中後期五十六部的主要變化是：

陰聲韻部

1.脂部分化為脂（脂韻）、微（微韻）兩部；脂部又跟之部合為同一部（含之、脂兩韻），微部獨立；

2.皆部裡的灰、咍韻字轉入咍部；咍部包含了灰、咍韻的全部字；皆部的齊韻字又分出去，跟祭部（祭霽韻）合併為一個齊部；皆部只剩下皆韻字；

3.支部分化為支（支韻）、佳（佳韻）兩部；

4.歌部分化為歌（歌、戈韻）、麻（麻韻）兩部；

5.魚部分化為魚（魚韻）、模（虞、模韻）兩部；

6.宵部分化為豪（豪韻）、肴（肴韻）、宵（宵蕭）三部。

陽聲韻部

1.東部分化為東（東韻）、冬（冬、鍾韻）、江（江韻）三部；

2.庚部分化為庚（庚、耕、清韻）、青（青韻）兩部；

3.文部的欣韻字歸入真部。真部包含真、諄、臻、欣韻，文部只剩下文韻；

4.先部分化為先（先、仙韻）、山部（山韻）兩部；

5.寒部分化為寒（寒、桓韻）、刪部（刪韻）兩部；

6.覃部的咸韻轉入鹽部；談部的銜韻轉入覃部；

7.鹽部分化為鹽（鹽、添韻）、嚴（嚴、凡韻）兩部。

入聲韻部發生跟陽聲韻部相對應的變化

1.屋部分化為屋（屋韻）、沃（沃、燭韻）、覺（覺韻）三部；

2.錫部分化為陌（陌、麥、昔韻）、錫（錫韻）兩部；

3.物部的迄韻歸入質部。質部包含質、術、櫛、迄四韻，物部只剩下物韻；

4.屑部分化為屑（屑、薛韻）、黠（黠韻）兩部；

5.曷部分化為曷（曷、末韻）、鎋（鎋）兩部；

6.合部的洽韻轉入葉部；盍部的狎韻轉入合部。

7.葉部分化為葉（葉、帖韻）、業（業、乏韻）兩部，葉部增加洽韻。

從東漢以後到《切韻》時期，漢語的韻部一直是朝著分化的方向發展，到《切韻》之前達到分部最多的階段。由此也可以證明，《切韻》分類細密是有現實語言為依據的，決不是任意割裂分剖、雜湊拼合而成的。齊梁以後文學界盛行聲律之說，用韻細密跟當時的文學風尚很有關係。此外，當時國土分割、政權對峙以及人口大量遷移必然會給文學語言帶來很大影響，各地的文人所依據的實際語音總有所不同，這些都是當時詩文用韻和《切韻》的韻部迅速增多的客觀因素。

四、從先秦到中古聲調的變化

先秦聲調的具體狀況如何目前還沒有定論，但基本上可以確定有四種調類，一般都以中古的平、上、去、入四聲為先秦的四種調類命名。從先秦到中古，漢語的聲調主要發生了以下變化：

1.入聲韻部裡的很多字變到了去聲。這項變化在漢代就發生了。

2.一部分平聲字變到了去聲，以陽聲韻部的字為多。如「震訊信運翰怨汗嘆憲訟控狀慶定競」等。

3.有少數上聲字變到了去聲。如「麗濟顧怒」等。

4.一部分平聲字變到了上聲。如「爽享養朗寵泯」等。

後三項變化是在魏晉時代或更晚一點發生的。

第二節　《切韻》到《中原音韻》之間的語音變化

一、唐五代時期的語音變化

㈠唐五代的聲母

《切韻》以後的聲母變化情況，可以從多種音注和對音材料中發現。不過經籍音注沿用舊音的情況很多，對音材料的來源也很複雜，仍需要仔細審辨、比較。

從初唐到五代末（西元 618–960 年），聲母方面的主要變化有以下幾項：

1.從重唇音「幫、滂、並、明」中分化出輕唇音「非、敷、奉、微」。

這項變化在初唐就發生了。玄奘（西元 600–664 年）的譯音中，對譯梵文的輔音 b、bh、p、ph 全用的重唇音字，不用輕唇音字，而且還把前人所用的輕唇音字改為重唇音。例如 puruṣa 舊譯「富樓沙」，玄奘改為「補盧沙」；jambu-dvipɑ 舊譯「閻浮提洲」，玄奘改為「贍部洲」；subuti 舊譯「須扶提」，玄奘改為「蘇部底」。玄奘是洛陽人，在長安譯經，所用讀音當代表中原語音。顏師古（西元 581–645 年）《漢書注》的注音反切中輕、重唇音的分別也是清楚的，他把《切韻》的許多「類隔切」改成「音和切」。例如《切韻》「標，甫遙反」，顏師古改為「必遙反」；《切韻》「裨，符支反」，顏師古改為「頻移反」；《切韻》「鼆，武幸反」，顏師古改為「莫幸反」。顏師古是京兆長安人，他的注音也反映中原語音。

此後的譯音和反切注音，如西元八世紀時釋不空的譯音、釋慧琳《一

切經音義》反切、張參《五經文字》的反切，輕、重唇字都不混用，說明當時輕、重唇音分化已經是很普遍的現象了。

2.正齒音二等「莊、初、崇、生、俟」與三等「章、昌、船、書、禪」合併為「照、穿、牀、審、禪」。

這項變化發生得比較晚。在玄奘的譯音中，章組字對譯梵文的 c、ch、j、ś 等，莊母、生母字對譯梵文的 kṣ、ṣ 等，兩者分得很清楚。八世紀的音注、對音中，兩類也是分用不混的，如慧琳《一切經音義》的反切、釋不空的對音都是這樣。大概在晚唐以後莊、章兩組才徹底合併。變化結果是莊、章合一，初、昌合一，生、書合一，崇、船合一（「俟」也併入），於是到三十六字母正齒音只有「照穿牀審禪」一組。

3.從匣母中分化出「于」類，合併於「以」母而成為三十六字母的喻母。這一變化發生得也比較晚。在慧琳《音義》中，「于」類已經從匣母中分出，但是並沒有跟「以」母合併，可能到晚唐時代才合併為喻母。

音注和對音材料中所反映的聲母變化還有各種參差現象，例如有的非母、敷母合一，有的船母、禪母合一，有的知組、章組合一，還有全濁聲母清化的跡象，目前尚難於把各種方言的聲母系統一一分別清楚。三十六字母雖然見於宋代典籍，但反映的是更早時期的聲母系統，可能在一定程度上有綜合性質。所以，可以把三十六字母作為晚唐五代北方話聲母系統的代表。

(二)唐五代的韻部

從南北朝到唐代，韻部的合併現象十分顯著，同時也發生一些分化或字類轉移。唐代詩文流傳至今的數量很多，而且地域分布很廣。根據唐代洛陽、長安及其周圍地區的作家如杜甫、白居易等人的古體詩用韻，盛唐、中唐時期的中原音系可以分為二十八個韻部：

陰聲韻	陽聲韻	入聲韻
支部：支脂之微	真部：真諄臻欣	質部：質術櫛迄

齊部：齊祭廢	文魂痕	物沒
魚部：魚虞模	寒部：寒桓山刪	曷部：曷末黠鎋
尤唇音侯唇音	先仙元	屑薛月
咍部：咍灰泰	東部：東冬鍾	屋部：屋沃燭
皆部：皆佳夬	陽部：陽唐江	藥部：藥鐸覺
宵部：宵蕭肴	庚部：庚耕清青	陌部：錫陌麥昔
豪部：豪	蒸部：蒸登	職部：職德
歌部：歌戈	侵部：侵	緝部：緝
麻部：麻佳少	談部：談覃	合部：合盍
尤部：尤幽侯	鹽部：鹽添咸銜嚴凡	葉部：葉帖洽狎業乏

唐代近體詩用韻一般都遵守政府規定的《切韻》同用、獨用的規矩，古體詩可以不受功令的約束，押韻比較寬，較能夠反映自然語言的真相。如果跟南北朝詩文韻部作簡單的比較，南北朝的五十六部至唐代減少了二分之一。因為南北朝的韻部是從全國範圍內的詩文作品中歸納出來的，具有一定的兼容性，分類自然細緻一些；而上面所列唐代韻部是只從洛陽、長安一帶的詩人作品中歸納出來的，有一定的地域性；兩者的性質有所不同，其間的差別既有前後演變的關係，也有綜合性與單純性的差異。下面只舉例說明一部分韻部的合併、分化、轉移。各項變化的發生時間有早有晚，不再一一詳述。

陰聲韻部

1.支部（支韻）、脂部（脂之韻）、微部（微韻）合併為一部。押韻例證：

杜甫〈病橘〉：為、梨、宜、皮、枝、吹、姿、輝、時、司、枝、悲。（「輝」微韻，「時司」之韻，「悲」脂韻，其餘支韻）

杜甫〈奉送魏六丈佑少府之交廣〉：垂、之、飢、兒、詞、微、稀、遲、期、時、欺、卑、辭、宜、歸、螭、悲、霏、迤、飛、斯、疑、為、

枝、儀、離。(「垂兒卑宜螭迆斯為枝儀離」支韻,「之詞期時欺辭疑」之韻,「飢遲悲」脂韻,「微稀歸霏飛」微韻)

2. 魚部(魚韻)、模部(虞模韻)合併為一部,並從幽部轉來一部分尤、侯韻的唇音字(「母畝部茂婦覆」等)。押韻例證:

杜甫〈羌村〉二:趣、去、樹、慮、注、暮。(「去慮」魚韻系,「趣樹注」虞韻系,「暮」模韻系)

白居易〈琵琶行〉:住、部、妒、數、汙、度、故、婦、去。(「部」侯韻系,「婦」尤韻系,「去」魚韻系,「住數」虞韻系,其餘模韻系)

白居易〈念金鑾子〉之一:女、撫、所、語、聚、苦、暑、母。(「母」侯韻系,「撫聚」虞韻系,「苦」模韻系,其餘魚韻系)

3. 泰部分化,泰韻合併於咍部,廢韻合併於齊部,夬韻合併於皆部。押韻例證:

杜甫〈萬丈潭〉:晦、內、靄、大、對、碎、外、斾、瀨、輩、最、礙、會。(「晦內對碎輩」灰韻系,「礙」咍韻系,其餘泰韻)

白居易〈漢高皇帝斬白蛇賦〉:噬、勢、銳、屬、契、斃、帝。(「契帝」齊韻系,其餘祭韻)

4. 佳部(佳韻系)合併於皆部,但有一部分字如「涯崖娃佳罷」等合併於麻部。押韻例證:

杜甫〈喜晴〉:佳、華、花、涯、蛇、賒、家、麻、瓜、瑕、沙、斜、查、嗟。(「佳涯」佳韻,其餘麻韻)

白居易〈道州民〉:下、罷。(「下」麻韻系,「罷」佳韻系)

陽聲韻部

1. 真部(真諄臻欣韻)、文部(文韻)和魂部的魂痕兩韻合併為一部。押韻例證:

杜甫〈丹青引〉:孫、門、存、人、軍、雲。(「人」真韻,「軍雲」文韻,其餘魂韻)

白居易〈南亭對酒送春〉：熏、聞、春、雲、人、貧、身、分、孫、欣。（「熏聞雲分」文韻，「春」諄韻，「人貧身」真韻，「孫」魂韻，「欣」欣韻）

2.寒部（寒桓韻）、先部（先仙韻）、山部（山韻）、刪部（刪韻）和魂部的元韻合併為一部。押韻例證：

元結〈宿丹崖翁宅〉：端、難、歡、顛、泉、間、前。（「端歡」桓韻，「難」寒韻，「顛前」先韻，「泉」仙韻，「間」山韻）

白居易〈春眠〉：安、眠、閑、仙、言、禪、關、然。（「安」寒韻，「眠」先韻，「閑」山韻，「仙禪然」仙韻，「言」元韻，「關」刪韻）

3.東部（東韻）、冬部（冬鍾韻）合併為一部。押韻例證：

白居易〈續虞人箴〉：宗、容、中、窮。（「宗」冬韻，「容」鍾韻，「中窮」東韻）

白居易〈百煉鏡〉：宮、封、龍、宗、容、中、銅。（「宮中銅」東韻，「宗」冬韻，「封龍容」鍾韻）

元稹〈行宮〉：宮、紅、宗。（「宮紅」東韻，「宗」冬韻）

4.江部（江韻）、陽部（陽唐韻）合併為一部。押韻例證：

王梵志〈尊人〉：降、長。（「降」江韻，「長」陽韻）

元稹〈有酒〉：江、長、茫、江、良、黃、昂、狂、藏、荒。（「江」江韻，「長良狂」陽韻，其餘唐韻）

杜牧〈九日〉：香、缸、雙。（「香」陽韻，「缸雙」江韻）

5.庚部（庚耕清韻）、青部（青韻）合併為一部。押韻例證：

杜甫〈新安吏〉：兵、丁、行、城、傳、聲、橫、情、平、營、京、輕、明、兄。（「丁傳」青韻，「城聲情營輕」清韻，其餘庚韻）

白居易〈廢琴〉：聲、情、生、泠、聽、箏。（「聲情」清韻，「生」庚韻，「泠聽」青韻，「箏」耕韻）

6.蒸部（蒸韻）、登部（登韻）合併為一部。押韻例證：

杜甫〈最能行〉：陵、徵、能。（「陵徵」蒸韻，「能」登韻）

白居易〈衰病〉：仍、勝、燈、僧、繩。（「仍勝繩」蒸韻，「僧燈」登韻）

7.覃部的覃韻、談韻合併為一部。押韻例證：

杜牧〈送荔浦〉：酣、南、潭、諳。（「酣」談韻，其餘覃韻）

元稹〈寄浙西李大四〉：南、甘、潭。（「甘」談韻，「南潭」覃韻）

8.鹽部（鹽添咸韻）、嚴部（嚴凡韻）和覃部的銜韻合為一部。押韻例證：

韋應物〈送秦系赴潤州〉：髯、衫、帆。（「髯」鹽韻，「衫」銜韻，「帆」凡韻）

白居易〈奉和汴州令狐相公〉：帆、淹、添、謙、廉、閻、鈐、嚴、髯、銜、檐、簾、衫、霑、纖、黏、咸、瞻、巖、兼、厭。（「凡」凡韻，「淹廉閻鈐髯檐霑纖黏瞻厭」鹽韻，「添謙兼」添韻，「嚴」嚴韻，「銜衫巖」銜韻，「咸」咸韻）

入聲韻部的變化跟陽聲韻部是平行的，跟以上陽聲韻部相配的入聲韻部的變化是：

1.質部（質術櫛迄韻）、物部（物韻）和沒部的沒韻合併為一部。

2.曷部（曷末韻）、屑部（屑薛韻）、黠部（黠韻）、鎋部（鎋韻）和沒部的月韻合併為一部。

3.屋部（屋韻）、沃部（沃燭韻）合併為一部。

4.覺部（覺韻）、藥部（藥鐸韻）合併為一部。

5.陌部（陌麥昔韻）、錫部（錫韻）合併為一部。

6.職部（職韻）、德部（德韻）合併為一部。

7.合部的合韻、盍部合併為一部。

8.葉部（葉帖洽韻）、業部（業乏韻）和合部的狎韻合併為一部。

敦煌出土的唐代變文是當時的通俗文學作品，能比較真實地反映實

際語言。其中的韻文用韻跟上述唐詩韻部不相同，可以歸納為二十五部：

陰聲韻部	陽聲韻部	入聲韻部
支部：支脂之微	真部：真諄臻欣	質部：質術櫛迄
齊祭廢	文魂痕	物沒
皆部：皆佳灰咍	寒部：寒桓刪山	曷部：曷末黠鎋
泰夬	元先仙	月屑薛
魚部：魚虞模	東部：東冬鍾	屋部：屋沃燭
尤唇音侯唇音	陽部：陽唐江	藥部：藥鐸覺
宵部：宵蕭肴豪	庚部：庚耕清青	陌部：陌麥昔錫
歌部：歌戈	蒸部：蒸登	職部：職德
麻部：麻佳少	侵部：侵	緝部：緝
尤部：尤幽侯	談部：談覃	合部：合盍
	鹽部：鹽添咸銜嚴凡	葉部：葉帖洽狎業乏

這二十五部跟唐詩二十八部比較，有幾方面的明顯區別，這些區別可能反映了從盛唐、中唐到晚唐五代的歷時變化，也可能反映地域方言的差別。主要的區別是：

1.支部、齊部合併为一部。押韻例證：

〈大目乾連冥間救母變文〉：遲、鼻、儀、飢、兒、梨、匙、飢。(「梨」是原齊部字，其餘是原支部字)

〈無常經講經文〉：世、異、避、計、悴、第、備。(「世計第」是原齊部字，其餘是原支部字)

2.皆部、咍部合併为一部。押韻例證：

〈醜女緣起〉：懷、來、街、徊、開、財。(「懷街」是原皆部字，其餘是原咍部字)

〈長興四年應聖節講經文〉：開、階、乖、齋、懷。(「開」是原咍部字，其餘是原皆部字)

〈妙法蓮華經講經文〉：偕、懷、齋、哀、來。(「偕懷齋」是原皆部字，「哀來」是原咍部字)

　　3.宵部、豪部合併為一部。押韻例證：

〈漢將王陵變文〉：笑、叫、老、悄、號、道。(「笑叫悄」是原宵部字，「老號道」是原豪部字)

〈醜女緣起〉：笑、少、巧、老、少。(「老」原豪部字，其餘原宵部字)

談部、鹽部用例很少，多數分用。例如變文〈維摩詰經講經文〉押「三、堪、談、慚」，都是談部字；〈下女夫詞〉押「纖、潛、廉」，都是鹽部字。看來這兩部並沒有像山攝各韻那樣合併為一部。相配的入聲韻合部字、葉部字也是分用的，沒有合併為一部。例如變文〈茶酒論〉押「葉接」，〈下女夫詞〉押「攝涉業」，都是葉部字；〈下女夫詞〉押「鴿匝」，都是合部字。

二、宋金時期的語音變化

　　宋初把《廣韻》定為官韻，兩宋三百年間文人一直恪守不渝，連為古書注音時也大多以官韻為準。目前研究兩宋和金代 （西元 960–1279 年）音韻的材料主要是詩詞用韻、邵雍的《聲音唱和圖》、等韻圖和音注中的零散反切等。

㈠宋金時期的聲母

　　北宋時中原一帶的聲母系統主要可以從邵雍《皇極經世書·聲音唱和圖》的「地音」分析出來。《聲音唱和圖》的「地音」按照四等（「開發收閉」四類）區分聲類，共分一百五十二類，四等合併，得四十八聲母，各按清濁相配而成二十四對；其中有一對是「有音無字」的，其餘二十三對是有字之音。現在一般都認為邵雍「地音」體系中的塞音、塞擦音、擦音濁聲母是虛設的，鼻音、邊音、半元音中的清聲母是虛設的，

實際上相配的每兩組聲類都屬於同一個聲母，聲母的總數是二十三個，如下表所列：

古類 近類 }k	坤類 乾類 }k'	黑類 黃類 }x	五類 吾類 }ŋ	
卜類 步類 }p	普類 旁類 }p'	夫類 父類 }f	母類 目類 }m	武類 文類 }v
東類 兌類 }t	土類 同類 }t'		乃類 內類 }n	老類 鹿類 }l
走類 自類 }ts	草類 曹類 }ts'	思類 寺類 }s		
莊類 乍類 }tʃ	叉類 崇類 }tʃ'	山類 士類 }ʃ		耳類 二類 }ʒ
卓類 宅類 }tɕ	坼類 茶類 }tɕ'			
安類 爻類 }ø				

說全濁聲母在上列系統中已經「清化」、每對相配的清濁字母實際上同音，主要有兩條根據：其一，塞音、塞擦音的全濁聲母字分別為兩類，仄聲字跟全清聲母相配，平聲字跟次清聲母相配，這與濁聲母字在後代的歸屬是一致的；其二，鼻音、邊音等次濁聲母在以前不分清濁兩類，以後也不分清濁兩類，唯獨此系統中分，這是不合乎語音變化規律的，在現實語言中不大可能存在。由此推斷，邵雍所分的「地音」清濁，只可能是為了適應他的數理觀念而設計的，扭曲了語言的真實面目。

除了全濁聲母的清化以外，上列聲母系統與三十六字母的區別還有喻母合併於影母，非、敷合一（在唐代已經有此現象），泥、娘合一。

宋代的零星音注材料也顯示了濁音清化現象。如董衡《新唐書釋音》

（西元 1106 年）有清濁互切的例證：撲，蒲卜切（「撲」滂母，「蒲」並母）；剔，亭歷切（「剔」透母，「亭」定母）；滹，洪孤切（「滹」曉母，「洪」匣母）。

南宋時代的聲母系統也可以從音注中看出消息。以朱熹《詩集傳》、《楚辭集注》的「叶音」反切為例，其中反映出濁音清化、知照合流、影喻合一等不同於中古聲母的變化。知照合流是新出現的現象，在邵雍「地音」體系這兩組還沒有合併。朱熹的「叶音」主要是為了改變韻母或聲調以求得押韻和諧，一般不需要改變聲母，他的反切中不合乎中古音的反切上字多數是按照實際口語來的；當然也有連聲母也改讀的，不能用來證明聲母的變化，那比較容易識別出來。

1.全濁聲母清化的反切例證：

蒲，滂古反。（「蒲」並母，「滂」滂母）

墳，敷連反。（「墳」奉母，「敷」敷母）

濁，竹六反。（「濁」澄母，「竹」知母）

釋，時若反。（「釋」書母，「時」禪母）

2.知、照合併的反切例證：

中，諸仍反。（「中」知母，「諸」照母）

展，諸延反。（「展」知母）

3.影、喻合併的反切例證：

遠，於圓反。（「遠」喻母，「於」影母）

矣，於姬反。（「矣」喻母）

但是朱熹叶音反切也包含著方音成分。例如：

精組、莊組互切：「陬，子侯反」，陬是莊母字，子是精母字；「差，七何反」，差是初母字，七是清母字；「生，桑經反」，生是生母字，桑是心母字。

敷母和匣母互切：「華，芳無反」，華是匣母字，芳是敷母字。

其他南宋音注也有類似情形。

　　南宋時盧宗邁《切韻法》（西元 1179 年）有「知照合一、徹穿合一」圖，把知母的「中」、「張」、「珍」、「知」分別與照母的「鍾」、「章」、「真」、「之」列為同音字，把徹母的「痴」、「椿」、「楮」、「敕」分別與穿母的「蟲」、「春」、「處」、「尺」列為同音字。這種合併跟朱熹的反切是一致的。

　　金代處於北宋和元代之間，北方話知、照兩組聲母的合併和疑母變影母應當發生在這段時間內。

㈡宋金時代的韻部

北宋時期的韻部

　　北宋時期的韻部可以從宋詞、古體詩的用韻並結合邵雍《聲音唱和圖》的「天聲」類別歸納出來。北宋時期（包括兩宋之交）中原地區文人的詩詞用韻可以歸納出十八個韻部，而邵雍的「天聲」系統則與此稍有出入。下面把兩者放在一起加以比較（邵雍的「天聲」每一行屬於同一個韻部）：

詩詞韻部	邵氏「天聲」代表字
支部：支脂之微齊祭廢	妻子四／衰帥
——	——／龜水貴
皆部：佳皆灰咍泰夬	開宰愛／回每退
魚部：魚虞模尤唇音侯唇音	魚鼠去／烏虎兔
宵部：宵蕭肴豪	刀早孝／毛寶報
歌部：歌戈	多可個／禾火化
麻部：麻佳少	——
尤部：尤侯幽	牛斗奏
東部：東冬鍾	宮孔眾／龍甬用
陽部：陽唐江	良兩向／光廣況
真部：真諄臻欣文魂痕	臣引艮／君允巽

先部：寒桓刪山先仙元　　　千典旦／元犬半

庚部：庚耕清青蒸登　　　　丁井亙／兄永瑩

侵部：侵　　　　　　　　　心審禁

談部：覃談咸銜鹽添嚴凡　　男坎欠

屋部：屋沃燭　　　　　　　六／玉

藥部：藥鐸覺　　　　　　　岳／霍

質部：質術櫛迄物沒　　　　日／骨

　　　職德陌麥昔錫　　　　德／北

　　　緝　　　　　　　　　十

屑部：曷末黠鎋屑薛月　　　舌／八

　　　盍合洽狎葉帖業乏　　妾

邵雍的體系中有的韻部內分開合（斜線前為開口、後為合口），或分洪細（如魚部、東部）；止攝合口分「衰帥」和「龜水貴」兩類；假攝字（麻韻的「化」字）併入果攝（「多禾」類），可能是音近的關係；入聲韻類也比詩詞韻部細緻，−p、−t、−k 三類韻尾的界限依然保持著；這是跟詩詞韻部顯著的差別。詩詞韻部是從北方文人押韻的總體趨勢總結出來的，不限於某個地點方言，陰聲韻部、陽聲韻部跟邵雍的體系大體一致；只在入聲韻分類寬一些，質部、屑部各包含了《廣韻》的許多入聲韻字，原來三種入聲韻尾的界限已經消失，這兩部之間還有較多的通押現象。這說明當時入聲韻在北方地區的不同次方言中的變化程度有差別。

　　關於邵雍音系的基礎方言，有的學者認為是洛陽一帶的語音，有的學者認為是邵雍家鄉范陽（今河北涿州）語音或鄰近范陽的北京語音。邵雍在洛陽生活時間很長久，估計他可能同時參考洛陽音和范陽音而編定一個合乎他的數理觀念的語音體系，這個體系可以反映黃河下游地區的主要語音面貌。但他的「天聲」、「地音」只有代表字而沒有詳細的同音字類，許多語音細節不能從中看出來。

跟唐代的韻部相比，北宋中原詩詞韻部主要有以下幾項變化：

1.庚、蒸兩部合併為同一部。押韻例證：

邵雍〈治亂吟〉：生、烹、能、凌。（「生烹」原庚部字，「能凌」原蒸部字）

晁端禮〈醜奴兒・小庭數朵〉：棱、英、勝、冰、乘、層。（「棱層勝冰乘」原蒸部字，「英」原庚部字）

李之儀〈漁家傲・洗盡秋空〉：瑩、靜、徑、暝、並、凝、咏、醒、境、迥。（「凝」原蒸部字，其餘庚部字）

2.談、鹽兩部合併為同一部。押韻例證：

邵雍〈王公吟〉：瞻、嚴、兼、貪。（「瞻嚴兼」原鹽部字，「貪」原談部字）

賀鑄〈憶秦娥・著春衫〉：衫、南、銜、鹽、纖、三。（「衫銜纖」原鹽部字，「南鹽三」原談部字）

3.入聲質、陌、職、緝四部合併為同一部。押韻例證：

朱敦儒〈好事近・春雨細如塵〉：濕、碧、瑟、息。（「濕」原緝部字，「碧」陌部字，「瑟」質部字，「息」職部字）

朱敦儒〈鵲橋仙・竹西散策〉：日、濕、客、得。（「日」原質部，「濕」原緝部，「客」原陌部，「得」原職部）

劉幾〈花發狀元紅慢・三春向暮〉：坼、質、國、特、白、壁、蝶、夕、客、溺。（「坼白壁夕客溺」原陌部字，「質」原質部字，「國特」原職部字；「蝶」原葉部字，合韻）

4.入聲屑、盍、葉三部合併為同一部。押韻例證：

康與之〈瑞鶴仙・薄寒羅袖怯〉：怯、襭、滅、月、葉、別、折、切、設、結、節、疊、血。（「怯葉疊」原葉部字，其餘原屑部字）

曾覿〈醉落魄・情深恨切〉：切、歇、愜、業、別、頰、絕、月。（「愜業頰」原葉部字，其餘原屑部字）

5.皆部一等韻灰、咍、泰韻裡的合口字既跟支部字相押，也跟皆部字相押，正處在轉變的中間過渡階段。押皆部韻例證：

晁補之〈西江月・似有如無好事〉：懷、催、外、猜、臺、改。(「催」灰韻字，「外」泰韻合口字)

賀鑄〈雨中花・回首揚州〉：來、埃、裁、苔、回、徊、梅、才。(「回徊梅」灰韻字)

押支部韻例證：

晁補之〈行香子・雪裡清香〉：枝、姿、回、飛、歸、時、溪。(「回」灰韻字)

曹勛〈水龍吟・翠簾遲晚〉：霽、氣、治、外、里、陛、水、會、醉。(「外會」泰韻合口字)

南宋時期韻母的變化

宋室南渡，大量的士人也隨之南遷，北宋時的正音觀念在南宋一直保持下來。在書面上，仍然以《廣韻》、《禮部韻略》為準則；在口語中，仍然以「中原之音」為正音。南宋的文學語言如詩詞用韻等與北宋一脈相承，韻部和北宋的差別不大，但也有一些材料反映出以下變化：

1.中古止攝開口三等齒頭音精組字（如「資子字詞此次思死寺」等）的韻母變成了 [ɿ]。《切韻指掌圖》把這類本來屬於韻圖四等的字放到了一等位置，表明它們已經是開口呼了；朱熹《詩集傳》、《楚辭集注》遇到這類字跟 [i] 韻母的字押韻，就注上「叶音」反切，如〈召南・江有汜〉以「汜」韻「以」，朱熹注「汜，叶羊里反」；〈衛風・碩人〉以「私」韻「姨」，朱熹注「私，叶息夷反」。如果不是讀音變化，是用不著叶音的。這一變化其實在北宋已經發生了。邵雍的「地音」系統中，把「自司寺」放在「開」類即一等字類，意味著這些字的韻母已經屬於洪音而不是 [i] 了，但他的「天聲」系統仍然把「子四」和「妻」放在同一行列，而且當時詩詞也沒有分開押韻。到南宋時，這個變化才得到更充分的證明。

2.中古蟹攝一等合口灰、泰韻字完全跟止攝三等合口韻母合併。在《切韻指掌圖》中「傀恢杯裴枚崔摧灰回會外對內貝妹」等字放到止攝合口圖內。詩詞用韻似乎沒有跟上這種變化，押韻方式仍然和北宋差不多，那可能是仿古的緣故。

3.假攝三等字從二等韻母分化出來，趨向於獨立。南宋毛晃、毛居正《增修互注禮部韻略》微韻後注：「《禮部韻略》有獨用當併為通用者，亦有一韻當析為二者。……所謂一韻當析為二者，如麻字韻自『奢』字以下、馬字韻自『寫』字以下、禡字韻自『借』字以下，皆當別為一韻」。這裡所提到的應當從麻韻系分出的字，正是假攝三等字，即後來《中原音韻》車遮韻的字。

金代的韻部

宋金對峙時期，金朝轄域內的北方漢語韻部和南宋有所不同，這可以從詩詞用韻和新興起的「諸宮調」等戲曲體裁的用韻看出來。北方漢語韻部的主要特點有：

1.支部分為齊微、支思兩部，跟《中原音韻》相當；

2.麻部分為家麻、車遮兩部，跟《中原音韻》相當；

3.宵部分為豪高（豪韻）、蕭宵（蕭、宵二韻）兩部，肴韻字未見入韻；

4.先部分為寒桓、先天兩部，前者等於《中原音韻》寒山、桓歡兩韻的內容，後者等於《中原音韻》的先天韻；

5.談部分為監咸、廉纖兩部，跟《中原音韻》相當；

6.在諸宮調的用韻中入聲字押入陰聲韻部。

這時的韻部系統已經接近於元代的《中原音韻》音系了。

三、唐宋時代的聲調變化

唐宋時代的韻書、韻圖、音注和詩詞用韻等文學語言一直保持著平、

上、去、入四聲的調類體系，但是也有一些資料反映出口語中實際調類的變化。

平聲分化為陰陽兩類，大概在唐代的某些方言就開始了。日本沙門安然《悉曇藏》（西元 880 年）卷五有一段關於漢語聲調的記載：

> 平聲直低，有輕有重；上聲直昂，有輕無重；去聲稍引，無輕無重；入聲徑止，無內無外。

這裡說的平聲「輕、重」之分應該是指由於聲母清濁不同而區別出的調值差異。

全濁上聲變成去聲，從唐代也已經開始。白居易詩歌有濁上變去的現象。據統計，白居易的詩文用韻出現的 61 個全濁上聲字中有 17 字只跟去聲押韻，有九個字上、去兩押。例如：

〈自咏〉之二：樹、墅、處、去。（「墅」是全濁上聲字）

〈琵琶行〉：住、部、妒、數、汙、度、故、婦、去。（「部婦」是全濁上聲字）

〈八駿圖〉：象、壯。（「象」是全濁上聲字）

〈山遊示小妓〉：半、伴、玩、亂、緩、斷。（「伴緩斷」是全濁上聲字）

書面語言所反映的新現象總是落後於口語的，白詩用韻所透露出的應是口語中濁上已經變為去聲的事實。

韓愈的〈諱辨〉一文也透露出濁上變去的現象。詩人李賀在參加科舉考試時遭人打擊，李賀之父名晉肅，有人以「避家諱」為理由，排斥李賀使不得中進士。韓愈作此文為他鳴不平，文中說：「父名晉肅，則子不得舉進士；若父名仁，子不得為人乎？……漢之時有杜度，此其子宜如何諱？將諱其嫌，遂諱其姓乎？」「杜」字定母上聲，「度」字定母去

聲，韓愈提出這兩個字如何避諱的問題，說明他那個時代二字已經同音，即「杜」字讀成去聲了。

宋代文獻關於濁上歸去的記載較多。如張麟之《韻鏡》釋例說：「凡以平側（按即「仄」字）呼字，至上聲多相犯。古人制韻，間取去聲字參入上聲，正欲使清濁有所辨耳。或者不知，徒泥韻策分為四聲，至上聲多例作第二側讀之，此殊不知變也。若果為然，則以士為史、以上為賞、以道為禱、以父母之父為甫可乎？今逐韻上聲濁位，並當呼為去聲。」張麟之對古人製作韻圖的方式有誤解，但也明確指出了濁上變去的事實。

入聲調類的消失可能在金代發生，諸宮調的用韻把入聲字押入陰聲韻部，分派情況和《中原音韻》差不多。

第三節 《中原音韻》到現代北京話之間的語音變化

從元朝以後，北京成為全國的政治、文化中心，北京語音也隨之成為漢民族共同語的基礎音系。這個階段內北京話語音的演變過程就是現代漢語標準語音的形成過程。

有關近代北京音的各類資料很多，有的直接記錄北京語音，如明代的《等韻圖經》、《合併字學集韻》，清代的《圓音正考》、《李氏音鑑》、《音韻逢源》和《官話萃珍》等；有的並不是直接記錄北京語音的，但能夠反映北方話的普遍現象，如北京周圍地區的韻書、韻圖、俗曲押韻以及當時的對音材料等，對於研究北京音的演變也有重要的參考價值。

一、從《中原音韻》到《等韻圖經》的語音變化

㈠聲母的變化

從《中原音韻》到《等韻圖經》聲母發生了以下三項變化：

1.中古的疑母字到《中原音韻》大部分已經變成了零聲母，但還有

一些疑母字自成小韻，保持著殘存的 [ŋ] 聲母，跟由影母喻母合併成的零聲母小韻對立。到了《等韻圖經》，那些疑母小韻就全部合併於影母了。這項變化發生的時間比較早，《韻略易通》（西元 1442 年）的〈早梅詩〉二十字母沒有疑母，疑母字都歸到「一」母（零聲母），可見這項變化大約在明初就完成了。十六世紀初的《翻譯老乞大》、《翻譯朴通事》（西元 1517 年前）用朝鮮諺文所注的漢語「俗音」也把疑母字標為零聲母。如「傲」標為 aw 或 ao，「我」標為 o 或 e，「仰」標為 iang。《翻譯老乞大》、《朴通事》所記音的來源目前還不太清楚，但一般認為其中有不少跟北京語音一致之處。

　　2.《中原音韻》支思韻的「兒」類字韻母到明初已經成為卷舌元音 [ər]，同時輔音聲母也失落，而成為零聲母字。在《等韻圖經》中，「兒」類字都屬於影母。

　　3.中古音的微母在《中原音韻》還完整保存著，到《韻略易通》仍然保持獨立，即〈早梅詩〉裡的「無」母。《翻譯老乞大》、《朴通事》對微母字的標音也不同於影母、喻母字，影母、喻母合口字用 [u] 作起首音，微母字多用 [w] 作起首音。例如：「委喂」（影母）「為圍位」（喻母）標為 ui，「微尾未」（微母）標為 wi，「溫穩」（影母）標為 un，「文問」（微母）標為 wyn。微母完全變成零聲母大概在明中葉以後，《等韻圖經》中微母字歸入影母。

　㈡韻母的變化

　　從《中原音韻》到《等韻圖經》，韻母發生了以下變化：

　　1.《中原音韻》魚模韻的細音韻母是 [iu]，其他韻部合口細音韻母的介音也是 [iu]。到《等韻圖經》魚模韻洪音 [u] 韻母的字單獨構成一個韻部，即祝攝；這一攝只有「育倏鈕」等少數入聲字還讀 [iu] 韻母，可能只在讀書音裡出現。其餘的魚模韻細音字都歸到止攝，成為與 [ɿ]、[ʅ]、[i] 相配的合口細音，即變成了前、高圓唇元音 [y]。這項變化發生時間比

較早，《韻略易通》已經把魚模韻分成了居魚、呼模兩個韻部，居魚部就是合口細音一類，既然跟呼模韻不在同一韻部，韻母就應該已經是 [y]了。明嘉靖年間（西元 1522–1566 年）直隸高陽人王荔所作《正音捃言》也把魚模韻分成「居」[y]、「孤」[u] 兩部。

2. 現代讀 [ər] 韻母的「兒而耳爾餌邇二貳」等字，在《中原音韻》屬於支思韻、日母，讀音為 [ɻʅ]；在《等韻圖經》中被放在止攝的影母開口呼位置。明末方以智《切韻聲原》提到：「『兒』在支韻，獨字無和，姑以人誰切，附入支韻」。這說明當時「兒」類字的音值已經是 [ər] 了，但由於這個韻母字很少，就跟 [ɿ]、[ʅ] 類放在同一行列。《西儒耳目資》用 [ul] 來標記這個韻母，也是因為拉丁字母中沒有適當的符號表示這個特殊的音，金尼閣就用二合字母來表示。

[ər] 韻母的形成年代大概在明初。《四夷館譯語》的《高昌館雜字》以漢字標記回鶻語的詞彙，凡是回鶻文以 r 開頭的音用來母字即 [l] 聲母的字對譯，而凡是回鶻文以 r 收尾的音都用「兒」對譯。例如：

回鶻文轉寫音	對譯的漢字
mondür（雹）	滿都兒
yir（地）	葉兒
ərtə（早晨）	阿兒得
bars（虎）	把兒思

元代雜劇、散曲在押支思韻時經常以「兒」類字入韻；而在明初北方俗曲的押韻中，用支思韻時很少出現「兒」類字，並且有「兒化」的跡象。

單獨讀 [ər] 韻母的字雖少，但這個韻母在漢語音系中的地位卻很重要。[ər] 韻母產生以後，才有可能出現由「兒」詞尾形成的兒化韻。因此 [ər] 韻母的產生在近代漢語史上有重要意義。

3. 《中原音韻》有侵尋、監咸、廉纖三個收 –m 韻尾的閉口韻部，到《等韻圖經》中都變成了收 –n 韻尾的抵顎韻，合併到臻攝、山攝裡。

這一變化大約在十五世紀完成。《翻譯老乞大》、《翻譯朴通事》對原來抵顎韻和閉口韻的韻尾都用 –n 音來標注，許多本來不同音的字成了同音字。例如「新」、「心」都標注成 sin，「難」、「南」都標注成 nan。王荔《正音捃言》的韻語也把原來的閉口韻歸入抵顎韻。例如「麟斤人」（原真文韻）、「深心琴砧吟」（原侵尋韻）在同一韻，「還關」（原寒山韻）、「潭嵐」（原監咸韻）、「鸞」（原桓歡韻）、「源泉鵑」（原先天韻）在同一韻。

4.由於低元音的合併再加上 –m 韻尾變成 –n 韻尾，《中原音韻》的寒山、桓歡、先天、監咸、廉纖五個韻部合併為一個韻部（山攝）。蕭豪韻《等韻圖經》效攝）內部的韻腹區別可能在元代的北京話就已經消失，到明末更無區分的痕跡。

5.在《中原音韻》時代有 [i]、[iu] 韻頭的細音字，按照正常音變規律應該分別變為齊齒呼和撮口呼，但到了《等韻圖經》中，有不少字變成了開口呼、合口呼即洪音。其中，原來讀細音的卷舌聲母（知照系）字全部成為洪音。此外精組、來母的一部分字按照音變規律應該成為撮口呼而實際上成為合口呼，由細音變為洪音，如東鍾韻的「踪縱從松嵩竦聳訟誦頌」等，真文韻的「遵鱒隼笋、倫輪掄淪」等。

6.來自中古梗攝、曾攝入聲而在《中原音韻》屬於齊微、皆來韻洪音 [ei]、[uei]、[ai]、[uai] 的字，到《等韻圖經》時代又產生了屬於拙攝（相當於《中原音韻》車遮韻）的 [e]、[ue] 的讀音。例如：

讀 [e] 韻母的：德特劾黑勒肋革格刻客厄冊宅

讀 [ue] 韻母的：白百拍陌墨國或惑

這種讀音不是從《中原音韻》的齊微、皆來韻的讀音變化而來，而是新出現的讀書音，與舊有的白話音同時共存。北京話的讀書音不是在同一時代形成的，而分為不同的時間層次。在《中原音韻》，古江、宕攝入聲字歸歌戈韻的是讀書音，歸蕭豪韻的是白話音；通攝入聲字歸魚模韻的

是讀書音，歸尤侯韻的是白話音；梗攝、曾攝入聲字的異讀則很少，只有「客額嚇」這樣少數幾個字出現在車遮韻。到《等韻圖經》梗攝、曾攝入聲字的讀書音才大量出現於拙攝。這種變化跟以上幾種變化不同，並不影響音系的結構。

㈢聲調的變化

《等韻圖經》的陰平、陽平、上聲、去聲四個調類和《中原音韻》一致，但清入聲字的歸派有很大不同。清入聲字在《中原音韻》全部歸入上聲，在《等韻圖經》則分派於陰、陽、上、去四聲之中，歸陽平的少，歸去聲的很多；影母入聲字在《中原音韻》是隨次濁入聲字歸去聲的，在《等韻圖經》也大多改歸陰平和去聲。總起來看，清入字在《等韻圖經》的分派規律已經跟現代北京話的基本上一致，漢語聲調從中古四聲到現代四聲的變化在《等韻圖經》時期已經基本上完成。

值得注意的現象是清入字在《等韻圖經》、《合併字學集韻》派入去聲的最多，其中有好些字在後代不讀去聲，如「尺積出角谷職」等。有些字兼有去聲與非去聲兩讀，從所在的韻部看，去聲一音都屬於讀書音，非去聲一音都屬於白話音，例如：

例字	非去聲音 所在韻攝	對應的 今音	去聲音 所在韻攝	對應的 今音
黑	壘攝	[ˌxei]	拙攝	[xəˀ]
色	蟹攝	[ˤʂai]	拙攝	[səˀ]
百	蟹攝	[ˤpai]	拙攝	[ˌpo]
拍	蟹攝	[pʻai]	拙攝	[pʻoˀ]
約	效攝	[ˌiau]	果攝	[ye]
角	效攝	[ˤtɕʻiau]	果攝	[tɕʻye]

由此看來，讀去聲的清入字中有許多可能是由於讀書音造成的。

二、從《等韻圖經》到現代北京話的語音變化

㈠聲母的變化

明末以後北京話聲母的變化是從舌根音見 [k]、溪 [k']、曉 [x] 和舌尖前音精 [ts]、清 [ts']、心 [s] 這幾個聲母中分化出舌面前音 [tɕ]、[tɕ']、[ɕ]。分化條件是所配合的韻母的洪細：見、溪、曉三母的洪音字（開口呼、合口呼）仍然保持舌根音的讀法，即現代的 [k]、[k']、[x]；細音字（齊齒呼、撮口呼）變成舌面前音，即現代的 [tɕ]、[tɕ']、[ɕ]；精、清、心三母的洪音字仍然保持著舌尖前音的讀法，即現代的 [ts]、[ts']、[s]；細音字也變成了舌面前音 [tɕ]、[tɕ']、[ɕ] 而和見組細音字合流。

在現代部分北方方言裡，見組細音讀 [tɕ]、[tɕ']、[ɕ] 聲母，精組細音仍然讀 [ts]、[ts']、[s] 聲母，這就是所謂「尖音」、「團音」的分別：讀 [tɕ]、[tɕ']、[ɕ] 的是團音，讀 [ts]、[ts']、[s] 的是尖音。由此可以推斷，見組聲母的分化是先於精組的。明末清初北方話的韻書、韻圖中，都沒有把見組或精組分成兩套，但也有個別材料顯示出見組聲母分化的跡象。如喬中和《元韻譜》（西元 1611 年）中有這樣幾句話：「舊以『見』概角清，試呼之，止母剛呂耳，至剛律則不合」。喬氏有一套獨特的術語，「角清」指牙音的全清音，「剛呂」指齊齒呼，「剛律」指開口呼，他的意思是說「見」字只適合於作齊齒呼的聲母代表字，不適合於作開口呼的聲母代表字。這是實際讀音分化的一種反映。見組字分化後在四呼的分布是互補的，用同一套字母代表洪音、細音的聲母無任何矛盾，傳統音韻學家習慣於運用舊的音類歸納方式，這可能就是在韻書、韻圖上未予以區別的原因。

到了清朝中葉，精組也開始分化出 [tɕ]、[tɕ']、[ɕ]，就出現「尖、團不分」的現象。持保守語言觀念的人認為把精組字讀同見組是「訛音」，應該予以糾正。乾隆八年（西元 1743 年），北京出現了專門教人區別尖

團音的《圓音正考》一書，作者佚名。該書的體例是把已經混同的見組字和精組字分開，並列比較，分別注明哪一組為尖音，哪一組為團音，如「其旗棋奇起氣」等為「團音」，「妻齊臍七砌」等為「尖音」。直到今天，傳統京劇裡讀音還必須「分尖團」，已經屬於一種「藝術語言」的要求，來源則是清朝時的實際口語讀音。

㈡韻母的變化

明末以來北京話的韻母發生了以下幾項變化：

1.《等韻圖經》拙攝開口呼 [e] 韻母的字的全部（如「革刻劾厄德特勒則冊色遮車奢惹熱」等），果攝開口呼 [o] 韻母的牙喉音字（如「歌可何阿惡」等），在十八世紀以前韻母變成了 [ə]。李汝珍《李氏音鑑・北音入聲論》（西元 1805 年）為「革」類字注音都用「歌」類字作反切下字。如：

特忒，透賀切；	勒肋，浪個切；
客克刻，抗賀切；	德得，等娥切；
則澤擇，子娥切；	額，昂和切。

裕恩《音韻逢源》（西元 1840 年）把以上這些字歸在「申部」開口呼，都讀 [ə] 的音。

2.《等韻圖經》拙攝合口呼 [ue] 韻母的全部字（如「國或惑拙啜說百拍墨」等），果攝開口呼 [o] 韻母的舌齒音字（如「酌灼綽爍若諾絡」等），在十九世紀以前韻母變成 [uə]，即跟果攝的合口呼合流了。《李氏音鑑》反切例證：

國，古羅切；	或惑，互臥切；
酌拙，主娥切；	綽戳，充窩切；
說，舒阿切；	若，閏個切；
百，補訛切；	墨，孟賀切；
諾，怒臥切；	絡落，路臥切；

《李氏音鑑》以反切上字決定被切字的四呼，反切下字只決定被切字的韻腹和聲調，所以被切字是合口呼時反切下字也用「阿娥訛賀個」等開口字。

3.《等韻圖經》蟹攝齊齒呼 [iai] 韻母的字來自《中原音韻》皆來韻，如「皆階街解戒屆介界（見母）、楷揩（溪母）、諧偕鞋懈蟹械（曉母）、埃挨捱矮隘（影母）」等，其中見母字、曉母字的韻母到現代變成了 [ie]，溪母字、影母字到現代變成了 [ai]。這項變化持續的時間很長，在徐孝《合併字學集韻》裡「鞋解」二字已經有蟹攝和拙攝兩讀；但到《李氏音鑑》裡這類字還在 [ai] 類的第六部，該書的韻圖收字少，不足以反映出異讀；《音韻逢源》收字多，這類字仍然收在「巳部」齊齒呼 [iai] 類，但見母字、曉母字兼收於 [ie] 韻母的「酉部」，表明它們有兩讀，處在轉變的中間階段。到美國人富善 (Chauncey Goodrich) 編的《官話萃珍》（西元 1898 年）中，[iai] 韻母就消失了，上列各字分別讀 [ie] 和 [ai] 兩種韻母。

4.《等韻圖經》果攝齊齒呼 [io] 韻母只有來自中古江、宕攝的入聲字，到現代變成了 [ye] 韻母。在十八世紀到十九世紀中葉，這些字都是讀 [yə] 的。《李氏音鑑》的反切中，反切上字都用撮口呼字，表示這些被切字都屬於撮口呼；以 [ə]、[uə] 類字作它們的反切下字，表示它們的韻腹都是 [ə]。例如：

覺角，卷娥切；　　　　　岳樂躍，用破切；

學，兄娥切；　　　　　　略，慮貨切；

藥，用臥切；　　　　　　鵲確，勸賀切。

在《音韻逢源》中，這些字的讀音跟《李氏音鑑》一致，屬於「申部」，與來自《等韻圖經》拙攝的酉部字不同音。如：

申部：覺爵卻學岳略 [yə]；　　酉部：掘絕闕穴月劣 [ye]。

到十九世紀末的《官話萃珍》中，「覺爵掘絕」、「卻闕」、「學穴」、「岳月」、「略劣」分別成了同音字，說明這時 [yə] 變成了 [ye]。《官話萃珍》的韻

母系統跟現代北京音系已經完全一致了。換句話說，現代北京音系在一百年前就已經形成了。

　　清代北方戲曲、曲藝界流傳著一種「十三轍」，是民間藝人編寫、演唱各種戲曲和曲藝的用韻系統，僅在藝人中間口耳相傳，一直沒有出現正式的韻書，被稱為「有目無書」的韻部系統。由於是口頭流傳，轍名用字和排列順序都有不同的說法。根據清代北京俗曲的用韻，十三轍的韻目和韻母可以列如下表：

轍名	開口呼	齊齒呼	合口呼	撮口呼
1. 發花	a	ia	ua	
2. 梭坡	ə		uə (uo)	yə
3. 乜斜		ie		ye
4. 懷來	ai	iai	uai	
5. 灰堆	ei		uei	
6. 遙迢	au	iau		
7. 尤求	əu	iəu		
8. 一七	ɿ、ʅ	i		y
9. 姑蘇			u	
10. 言前	an	ian	uan	yan
11. 人辰	ən	iən	uən	yən
12. 江陽	aŋ	iaŋ	uaŋ	
13. 中東	əŋ	iəŋ	uəŋ	yəŋ

　　除以上十三轍以外，還有兩個用兒化韻構成的「小言前」和「小人辰」轍，是由兒化後韻母變成同音的各轍合併成的。例如「玩兒」和「花兒」、「牌兒」可以押韻，說明兒化後的言前轍、發花轍和懷來轍應該合併，都屬於「小言前」轍。京劇和北方的地方戲以及曲藝都尊奉十三轍，但分類和歸字並不完全相同。從總體上看，十三轍能夠反映出民間的押韻規律，對瞭解清代以來北京話韻母的特點和變化是重要的參考資料。

參考書目

（依作者姓名音序排列）

白一平 (Baxster, William H.)：

    《上古漢語音韻手冊》(*A Handbook of Old Chinese Phonology*, Mouton de Gruyter, Berlin, New York, 1992)。

包擬古 (Bobman, Nicholas C.)：

    《原始漢語與漢藏語》，潘悟雲、馮蒸編譯，中華書局，1995。

鮑明煒：《唐代詩文韻部研究》，江蘇古籍出版社，1990。

北京大學中文系語言學教研室：

    《漢語方音字彙》（第二版），文字改革出版社，1989。

本尼迪克特 (Benedict, Paul K.)、馬提索夫 (Matisoff, James A.)：

    《漢藏語言概論》(*Sino-Tibetan: A Conspenctus*)，樂賽月、羅美珍譯，瞿靄堂、吳妙發校，中國社會科學院民族研究所語言室，1984。

陳新雄：《六十年來之聲韻學》，文史哲出版社，1973。

陳振寰：《音韻學》，湖南人民出版社，1986。

丁邦新：《魏晉音韻研究》(*Chinese Phonology of the Wei-Jin Period: Reconstruction of the Finals as Reflected in Poetry*)，歷史語言研究所專刊之六十五，1975。

丁　鋒：《琉漢對音與明代官話音系》，中國社會科學出版社，1995。

    《博雅音音系研究》，北京大學出版社，1995。

董同龢：《上古音韻表稿》，歷史語言研究所單刊甲種之二十一，1944。

《漢語音韻學》，廣文書局，1968。

高本漢 (Bernhard Karlgren)：

《漢日分析字典》 (*Analytic Dictionary of Chinese and Sino-Japanese*, Geuthner, Paris, 1923)。

《漢語詞類》(*Word Families in Chinese*)，張世祿譯，商務印書館，1937。

《中國音韻學研究》(*Études sur la Phonologie Chinoise*)，趙元任、羅常培、李方桂譯，商務印書館，1948 年重印本。

《漢文典》(即《中日漢字形聲論》，*Grammata Serica: Script and Phonetic in Chinese and Sino-Japanese*, Bulletin of the Museum of Far Eastern Antiquities, 12: 1–471, 1940)。

《中上古漢語音韻學綱要》(*Compendium of Phonetics in Ancient and Archaic Chinese*)，聶鴻音譯，齊魯書社，1987。

葛信益：《廣韻叢考》，北京師範大學出版社，1993。

耿振生：《明清等韻學通論》，語文出版社，1992。

何大安：《聲韻學中的觀念和方法》，大安出版社，1993。

何九盈：《中國古代語言學史》，廣東教育出版社，1995。

《中國現代語言學史》，廣東教育出版社，1995。

《古漢語音韻學述要》，浙江古籍出版社，1988。

何九盈、陳復華：《古韻通曉》，中國社會科學出版社，1987。

黃典誠：《切韻綜合研究》，廈門大學出版社，1994。

《漢語語音史》，安徽教育出版社，1993。

黃　侃：《黃侃論學雜著》，上海古籍出版社，1980。

《聲韻文字訓詁筆記》(黃焯編次)，上海古籍出版社，1986。

黃　焯：《古今聲類通轉表》，上海古籍出版社，1983。

蔣紹愚：《近代漢語研究概況》，北京大學出版社，1994。

李葆嘉：《清代上古聲紐研究史論》，中華發展基金管理委員會、五南圖
　　　　書出版公司，1996。

李方桂：《上古音研究》，商務印書館，1982。

李　榮：《切韻音系》，中國科學院「語言學專刊」第四種，1952。
　　　　《音韻存稿》，商務印書館，1982。

李思敬：《音韻》，商務印書館，1985。
　　　　《漢語「兒」[ɚ]音史研究》，商務印書館，1986。

李新魁：《韻鏡校證》，中華書局，1982。

李　玉：《秦漢簡牘帛書音韻研究》，當代中國出版社，1994。

林　燾：《語音探索集稿》，北京語言學院出版社，1990。

林燾、王理嘉：《語音學教程》，北京大學出版社，1992。

林尹著、林炯陽注釋：
　　　　《中國聲韻學通論》，黎明文化事業公司，1985（改版）。

林語堂：《語言學論叢》，開明書店，1933。

魯國堯：《魯國堯自選集》，河南教育出版社，1994。

陸志韋：《古音說略》，哈佛燕京學社，1947。
　　　　《陸志韋近代漢語音韻論集》，商務印書館，1988。

羅常培：《羅常培語言學論文選集》，中華書局，1963。
　　　　《唐五代西北方音》，歷史語言研究所，1933。

羅常培、周祖謨：
　　　　《漢魏晉南北朝韻部演變研究》（第一分冊），科學出版社，1958。

羅常培、王均：《普通語音學綱要》，商務印書館，1981（新一版）。

馬學良等：《漢藏語概論》，北京大學出版社，1991。
　　　　《藏緬語新論》，中央民族學院出版社，1994。

麥　耘：《音韻與方言研究》，廣東人民出版社，1995。

民族語文編輯部：《民族語文論集》，中國社會科學出版社，1981。

寧繼福：《中原音韻表稿》，吉林文史出版社，1985。

《校訂五音集韻》，中華書局，1992。

蒲立本 (Pulleyblank, Edwin G.)：

《中古漢語音韻研究》 (*Middle Chinese: A Study in Historical Phonology*, University of British Columbia Press, Vancouver, 1984)。

錢玄同：《文字學音篇》，北京大學出版組，1918。

邵榮芬：《漢語語音史講話》，天津人民出版社，1979。

《中原雅音研究》，山東人民出版社，1981。

《切韻研究》，中國社會科學出版社，1982。

沈兼士等：《廣韻聲系》，中華書局，1985。

唐作藩：《音韻學教程》，北京大學出版社，1991（修訂本）。

《上古音手冊》，江蘇人民出版社，1982。

王理嘉：《音系學基礎》，語文出版社，1991。

王　力：《中國語言學史》，山西人民出版社，1981。

《漢語史稿》，中華書局，1996（新版）。

《清代古音學》，中華書局，1992。

《漢語音韻學》，中華書局，1956。

《漢語語音史》，中國社會科學出版社，1985。

《龍蟲並雕齋文集》，中華書局，1980、1982。

魏建功：《古音系研究》，北京大學出版組，1935。

吳承仕：《經籍舊音序錄》、《經籍舊音辯證》，中華書局，1986。

向　熹：《簡明漢語史》，高等教育出版社，1993。

謝紀鋒、劉廣和等：《薪火編》，山西高校聯合出版社，1996。

薛鳳生：《中原音韻音位系統》(*Phonology of Old Mandarin*)，魯國堯、侍建國譯，北京語言學院出版社，1990。

　　　　　《北京音系解析》，北京語言學院出版社，1986。

雅洪托夫 (S. E. Yakhotov)：

　　　　　《漢語史論集》，唐作藩、胡雙寶編選，北京大學出版社，1986。

楊耐思：《中原音韻音系》，中國社會科學出版社，1981。

楊亦鳴：《李氏音鑑音系研究》，陝西人民教育出版社，1992。

應裕康：《清代韻圖之研究》，臺北弘道文化公司，1972。

俞　敏：《中國語文學論文集》，日本光生館，1975。

　　　　　《俞敏語言學論文二集》，北京師範大學出版社，1992。

袁家驊等：《漢語方言概要》（第二版），文字改革出版社，1989。

遠藤光曉：《「翻譯老乞大·朴通事」漢字注音索引》，《中國語學研究·
　　　　　開篇》單刊 No.3，好文出版，1990。

張　琨：《漢語音韻史論文集》，張賢豹譯，華中工學院出版社，1987。

張世祿：《中國音韻學史》，商務印書館，1938。

張洵如：《北平音系十三轍》，中國大辭典編纂處，1937。

章炳麟：《國故論衡》，浙江圖書館刊《章氏叢書》本，1917–1919。

　　　　　《文始》，同上。

趙　誠：《中國古代韻書》，中華書局，1980。

趙蔭棠：《中原音韻研究》，商務印書館，1936。

　　　　　《等韻源流》，商務印書館，1957。

周祖謨：《問學集》，中華書局，1966。

　　　　　《唐五代韻書集存》，中華書局，1983。

　　　　　《語言文史論集》，浙江古籍出版社，1988。

周祖庠：《原本玉篇零卷音韻》，貴州教育出版社，1984。

朱曉農：《北宋中原韻轍考》，語文出版社，1989。

竺家寧：《聲韻學》，五南圖書公司，1991。

中國音韻學研究會編：

《音韻學研究》（第一輯），中華書局，1984。

《音韻學研究》（第二輯），中華書局，1986。

《音韻學研究》（第三輯），中華書局，1994。

《中原音韻新論》，北京大學出版社，1991。

《音韻學研究通訊》，1–20 期，1981–1996。

《語言研究》，一九九一年增刊，華中理工大學出版社，1991。

《語言研究》，一九九四年增刊，同上，1994。

《語言研究》，一九九六年增刊，同上，1996。

文獻學　劉兆祐／著

　　本書旨在討論文獻的內涵及其相關問題，以提供中文系所學生及文化界關心文獻者參考取資。從事文史研究工作，文獻之充足與否，常是決定研究成果品質的重要因素。如何掌握文獻？如何考辨文獻？如何精確徵引文獻？如何以非圖書文獻印證圖書文獻？如何整理文獻？讀畢本書，必能獲得正確的認識。

中國文字學　潘重規／著

　　本書作者以浸淫國學數十載的功力，分析比較中國文字的構造法則、文字流傳解說的歷史，進一步肯定推崇《說文解字》在文字學上的地位與價值。繼而分別說明文字書寫工具的源起與沿革；上下縱論中國文字的演變，從鐘鼎彝器甲骨文乃至於歷代手寫字體，莫不加以詳細而清晰之闡述，書後更附上三篇各自獨立的相關論文。藉由本書，讀者將可充分了解中國文字之優越性，以及中國文化之淵深廣博。

國家圖書館出版品預行編目資料

聲韻學／林燾,耿振生著.－－三版一刷.－－臺北市：
三民，2022
面；　公分.－－（國學大叢書）

ISBN 978-957-14-7548-6 （平裝）
1. 漢語 2. 聲韻學

802.4   111016540

國學大叢書

聲韻學

作　　者	林燾　耿振生
發 行 人	劉振強
出 版 者	三民書局股份有限公司
地　　址	臺北市復興北路 386 號 (復北門市)
	臺北市重慶南路一段 61 號 (重南門市)
電　　話	(02)25006600
網　　址	三民網路書店 https://www.sanmin.com.tw
出版日期	初版一刷 1997 年 11 月
	二版四刷 2018 年 10 月
	三版一刷 2022 年 11 月
書籍編號	S031500
I S B N	978-957-14-7548-6